ET SI…

Du même auteur
dans la même collection

Ma raison de vivre
Ma raison d'espérer
Ma raison de respirer

REBECCA DONOVAN

ET SI...

Traduit de l'américain
par Caroline Bouet

POCKET JEUNESSE
PKJ·

Titre original :
What if

Collection « Territoires » dirigée
par Pauline Mardoc

Loi n° 49 956 du 16 juillet 1949 sur les publications
destinées à la jeunesse : octobre 2016

ISBN : 978-2-266-26087-9

À mon fils Brian,
qui est la personne la plus courageuse que je connaisse.
Je t'ai tant désiré.

Prologue

— Qu'est-ce qu'on fout ici, Cal ? me demande Rae en me tendant une bière. Je ne les aimais déjà pas quand on était au lycée. Et ça n'a pas changé.

Et pourtant si, quelque chose a changé.

Assis sur le hayon de mon pick-up, je bois quelques gorgées en balayant du regard la foule, divisée en petits groupes. Ce sont les mêmes qu'à la fin du lycée, l'année dernière : les sportifs, les artistes, les fumeurs de pétards et, bien sûr, les élites.

C'est à cause d'eux que je suis ici. En quelque sorte.

— On reste une heure, et après on se casse, déclare Rae en sirotant sa bière.

Lentement, elle baisse son verre en écarquillant les yeux.

— Je rêve ou Heather Townsend vient vers nous ?

Je lève les yeux au moment où Heather apparaît devant moi. Un sourire aguicheur sur les lèvres, elle enroule une mèche de cheveux blonds autour de l'un de ses doigts.

— Salut, Cal. Ça me fait plaisir que tu sois venu.

Elle s'approche de moi, et se glisse entre mes jambes.

— Les soirées en pleine nature, ça fait tellement… lycée ! dit-elle en soupirant. La fac était censée nous rendre un peu plus adultes, mais… on dirait que c'est raté !

— Ouais, nos parents ont toujours autant de mal à nous laisser boire et saccager leur maison !

Elle rit aux éclats comme si ma remarque était la chose la plus drôle qu'elle ait jamais entendue.

— Non mais j'hallucine ! grommelle Rae.

Heather se penche vers moi, et son visage se retrouve si près du mien que je sens son souffle.

— J'ai l'impression que toi et moi, on va bien se marrer, cet été.

J'avale ma salive. Impossible de reculer davantage à moins de m'allonger.

— Je ne suis ici que pour une semaine, lui dis-je.

Sa lèvre inférieure se tord alors en une moue boudeuse pas très sexy.

— Tu vas où après ? me demande-t-elle en posant une main sur mon genou.

Mon corps entier se crispe.

— Dans l'Oregon. Je vais travailler pour mon oncle.

— Mais tu es arrivé, genre… aujourd'hui.

J'entends Rae marmonner quelque chose.

— Désolé, dis-je en haussant les épaules. Alors, euh… où sont les autres ? Nicole n'est pas avec vous, à ce que je vois.

Heather fait un pas en arrière en levant les yeux au ciel. Elle croise les bras. J'ai touché un point sensible.

— Je ne sais pas. J'imagine qu'elle se croit supérieure à nous maintenant qu'elle est à Harvard.

Je poursuis mon interrogatoire.

— Tu as eu de ses nouvelles depuis la remise des diplômes ?

— Non. Pas un seul texto ! Quand même, on était ses meilleures amies depuis, genre… toujours. Et rien ! Quelle garce !

Face à tant d'hostilité, j'écarquille les yeux.

— Heather.

Vi se tient derrière elle, les mains sur les hanches.

— C'est par ici que ça se passe.

Elle lui indique d'un mouvement de tête le groupe des élites, tous agglutinés autour de la BMW de Kyle.

Heather tourne les talons et suit Vi. Jusqu'à aujourd'hui, cette bande ne nous avait jamais jugés dignes d'intérêt.

C'est alors qu'un coup d'épaule me propulse en avant. Et voilà, j'ai de la bière sur le pantalon.

— Arrête de mater !

Neil Talbert est juste derrière moi.

Je ferme les paupières et j'inspire un grand coup pour garder mon calme. J'ai envie de me retourner pour lui en coller une. Rien qu'en y pensant, mon poing se serre.

— Gros débile, lui balance sèchement Rae quand je me retrouve face à lui.

Mon regard se détourne de Neil et se pose sur Rae, à qui j'adresse un rapide non de la tête.

— Tu envoies encore les filles se battre à ta place, ricane-t-il. T'as un nouveau look, mais t'es toujours le même.

Je ne réponds pas. Cela ne sert à rien. Il a toujours été stupide et ça non plus, ça n'a pas changé.

Un type l'appelle. La tension dans mes épaules se relâche tandis qu'il s'éloigne.

— Cal, je ne comprends pas pourquoi tu l'autorises encore à te traiter comme ça. Tu es plus fort que lui, maintenant. Tu sais que tu pourrais le dégommer ? dit-elle, en lui lançant un regard noir par-dessus mon épaule.

— Il n'en vaut pas la peine.

Je me hisse de nouveau sur le hayon.

— Et c'était quoi, son cirque, à Heather ? C'est vrai, tu as pris quelques centimètres, du muscle et maintenant tu portes des lentilles, mais tu es toujours le même !

— Merci, Rae, tu sais vraiment comment me redonner confiance en moi.

Ignorant ma remarque, elle poursuit.

— Et Nicole ? Vraiment, Cal ? Je croyais que ça faisait des années que tu avais lâché l'affaire.

— Mais c'est bizarre, non, qu'elle ne soit pas revenue cet été ?

J'observe Ashley embrasser Kyle comme si elle voulait marquer son territoire. Pendant presque tout le lycée, il est sorti avec Nicole. Et Ashley, Heather et Vi étaient censées être ses meilleures amies. Nicole avait beau être au sommet de leur hiérarchie, j'ai toujours trouvé qu'elle n'avait rien à faire à cette place-là. L'attention qu'on lui portait semblait toujours la gêner. Peut-être étais-je le seul à le penser. J'ai arrêté depuis longtemps de la défendre parce que je sais que ça gonfle Rae.

— Qu'est-ce que ça peut te faire ? me demande Rae. On n'est plus potes avec elle depuis la quatrième, quand Richelle a déménagé ! Nicole nous a laissé tomber pour eux, tu te souviens ?

Son ton est acerbe. C'est sa façon à elle de masquer sa tristesse. Elle n'a toujours pas digéré que nous ayons perdu deux de nos meilleures amies le même été. Nous n'en parlons pas. Jamais.

Nous avons grandi tous les quatre dans la même petite ville de Californie. Rae est ma voisine – enfin, aujourd'hui, je la considère comme un membre de ma famille. Nicole et Richelle habitaient quelques maisons plus loin, dans la même rue. Enfants, nous étions inséparables. Mais en grandissant, les choses ont changé.

Richelle a déménagé. Nous sommes restés en contact pendant un temps. Et puis, plus rien. Nicole a sacrifié notre amitié au nom de la popularité. Rae ne s'est jamais remise de cette trahison. Et moi, je ne me suis jamais remis de Nicole.

Je regarde Rae.

— Tu ne trouves pas curieux qu'on soit sans nouvelles de la fille la plus populaire du bahut depuis plus d'un an et que personne ne se pose de questions ?

— À part toi, tu veux dire ? se moque Rae. Oublie-la, Cal. Ashley a pris sa place. Elles n'en ont plus rien à faire d'elle.

— C'est juste qu'elle a… disparu, dis-je doucement en regardant le sol.

Un cri. C'est la dernière chose que j'ai entendue avant que Nicole s'évanouisse dans la nature.

— *Tu ne peux pas l'effacer en faisant comme s'il ne s'était rien passé !*

1

— Tu comprends, hein ? me demande Carly. Ça m'embête vraiment de casser avec toi à une soirée, mais je ne trouvais pas ça cool de le faire plus tard, quand on sera bourrés.

Elle croise les bras, soulignant ce que son déguisement de Shéhérazade a du mal à couvrir.

— Ouais.

Je hoche la tête, trop sonné pour ajouter quoi que ce soit. J'examine le cow-boy avec qui je l'ai surprise en grande conversation tout à l'heure. Prudent, il attend un peu plus loin en tenant deux verres. La voilà, la raison pour laquelle Carly voulait me parler *tout de suite.*

Ce n'est pas comme si notre relation était vraiment sérieuse. Nous ne sommes ensemble que depuis trois semaines. Carly m'attire vers elle par la visière de ma casquette de base-ball et m'embrasse sur la joue avant de disparaître dans le brouillard artificiel de la soirée d'Halloween. Je regarde mes deux verres en secouant la tête. Ça craint. Je vide l'une des bières en sortant par la porte de derrière. Pas question de traîner ici plus longtemps.

Un couple est collé contre l'une des façades – sympa de me rappeler ce à quoi je n'aurai pas droit ce soir. Je n'avais vraiment pas besoin de ça maintenant. Mais en approchant, je me rends compte qu'ils ne sont pas en pleine action. Ils se disputent… ou plutôt, *elle* est en train de lui faire passer un sale quart d'heure.

— Ne me touche pas ! bouillonne la fille, en noir de la tête aux pieds.

Je ne remarque pas tout de suite qu'elle porte un costume de ninja, parce qu'elle se fond pratiquement dans l'ombre de la maison. Et puis je distingue ce qui ressemble au reflet d'une lame de couteau dans sa main.

— T'as pas le droit de les toucher. Et si tu oses les mater, je te coupe les couilles en petits morceaux. Pigé ?

Le type en blouse blanche hoche la tête. Ses yeux vont du regard furieux de la fille au *sai* qu'elle pointe sous son menton. L'arme n'a pas l'air en toc. Et la fille a l'air assez vénère pour s'en servir. À la place du mec, moi aussi je la bouclerais.

Je bois une gorgée de bière en essayant d'imaginer la suite. Mais la ninja se contente de partir. Je suis déçu. Je m'attendais au moins à ce qu'elle lui brise les genoux.

— Elle est malade, celle-là ! crache le chirurgien, mais pas assez fort pour qu'elle l'entende et revienne l'amputer de ses parties intimes.

Je descends d'une seule traite le reste de ma bière, balance le gobelet sur la pelouse et pars derrière la fille. J'ai bien envie de savoir où elle va. Je la suis sur le trottoir.

— Nyelle ! crie une fille déguisée en Charlotte aux fraises qui sort de la maison en trombe. Où tu vas ?

Elle me bouscule presque puis lève la tête vers moi et, surprise, écarquille les yeux.

— Oh, salut, Cal !

Elle sourit. Ses joues maquillées rosissent.

Je mets quelques secondes avant de la reconnaître.

— Tess ! Comment ça va ?

Elle regarde le trottoir où Nyelle s'est arrêtée.

— Bien, mais je crois qu'il faut que j'y aille.

Tout en marchant vers son amie, elle me dit :

— J'étais vraiment contente de te voir. On devrait…

— Vous voulez que je vous dépose quelque part ?

Je regarde Tess, puis la folle furieuse qui a les mains sur les hanches.

— Carrément.

— Non !

Mes yeux vont de l'une à l'autre, sans savoir qui écouter.

— Allez, Nyelle. Il fait froid. Dis oui !

— J'ai besoin de marcher.

Nyelle tourne les talons et continue son chemin. Je fixe Tess d'un air interrogateur. Celle-ci soupire et s'élance derrière sa copine. Je suis intrigué, alors c'est plus fort que moi – je les suis.

— Quelle bande d'abrutis, ces mecs ! râle-t-elle sans détacher les yeux du sol.

— Elle passe une mauvaise soirée, essaie d'expliquer Tess.

J'examine plus attentivement la ninja. Son visage est caché. Seule une fente laisse entrevoir ses yeux. Sa tunique et son pantalon ne sont pas moulants, mais pas de doute, là-dessous, il y a bien une fille – le genre à être sexy même vêtue d'un sac poubelle. L'autre abruti aurait mieux fait de garder ses mains pour lui.

— Tes cours sont comment, ce semestre ? T'as trouvé ce que tu voulais faire ? me demande Tess, sans me quitter des yeux.

Je détourne les miens de la ninja fulminante qui continue à lâcher des jurons. Elle a l'air à deux doigts de retourner dans la maison pour expédier le chirurgien aux urgences.

— Les cours sont potables. Et non, je ne sais toujours pas ce que je veux faire quand je serai grand.

Tess se met à rire.

— J'espérais qu'on aurait encore une matière en commun. Tu m'as sauvé la vie en histoire de l'art, au semestre dernier. Sans tes commentaires, je me serais endormie.

Tess me sourit. Je vois bien qu'elle flirte timidement, mais je choisis de l'ignorer.

— C'est dommage que tu n'aies pas accepté qu'il nous ramène, se plaint Tess à son amie. Il fait froid.

Elle passe ses bras autour de sa taille en frissonnant.

Je m'arrête et j'enlève la chemise de bûcheron que je porte par-dessus mon tee-shirt.

— Tiens.

— Merci ! répond Tess, aux anges, en posant le vêtement sur ses épaules.

Bras croisés, Nyelle nous attend. Elle me toise. J'examine mon tee-shirt pour voir s'il n'est pas déchiré ou taché. Quand je l'ai enfilé tout à l'heure, je n'ai pas vraiment fait attention.

— Quoi ?

— T'es censé être qui, toi ? demande Nyelle en me tournant soudain le dos pour reprendre son chemin.

— Un étudiant bourré.

— Original, lâche-t-elle d'un ton très cassant.

— Quoi, y en avait d'autres, ce soir ?

Ma petite blague amuse Tess. Nyelle continue à me prendre de haut.

J'inspecte la lame étincelante rangée dans sa ceinture. Ce n'est pas un jouet.

— Tu sais t'en servir ?

— Tu veux le découvrir par toi-même ?

— Nyelle ! la reprend Tess en me regardant d'un air navré.

— Désolée, normalement, elle n'est pas aussi cash... Enfin, si, en fait. Mais je suis quand même désolée.

— Ne t'excuse pas pour moi. Surtout quand je suis là.

— Je ne suis pas vexé, dis-je pour rassurer Tess.

Je regarde Nyelle, et je remarque qu'elle plisse les yeux de façon presque imperceptible. Il fait trop sombre pour distinguer leur couleur, et le masque n'aide pas vraiment, mais leur forme pas banale me paraît étrangement familière.

— Par contre, merci pour ta proposition, mais je n'ai pas envie de vérifier. Ça risque de faire mal, même si tu n'y connais rien. Et je n'aime pas souffrir.

Des petites rides apparaissent au coin de ses yeux. Je crois bien avoir réussi à la faire sourire.

Nous avançons dans un silence un peu étrange, troublé par Tess qui tente de se réchauffer et Nyelle qui continue à marmonner.

J'essaie de voir à quoi elle ressemble, mais elle garde la tête baissée sans desserrer les poings. Je crois bien n'avoir jamais de ma vie rencontré de fille aussi en colère.

Nous finissons par arriver devant leur résidence universitaire qu'éclaire une vive lumière orange.

— Merci de nous avoir raccompagnées, dit Tess, encore plus dépitée quand elle remarque que j'ai les yeux rivés sur son amie.

Elle me rend ma chemise.

— De rien.

Je lui adresse un petit sourire avant de poser de nouveau les yeux sur Nyelle.

— Ravi d'avoir fait ta connaissance.

— On n'a pas…

Mais nos yeux se rencontrent et elle laisse sa phrase en suspens. Tout ce qu'il y a autour de nous semble ne plus exister, et je suis incapable de détourner le regard. J'ai devant moi les yeux bleus les plus incroyables que j'aie jamais vus. Je pourrais rester planter là à les contempler toute la nuit, comme un abruti. Je le sais, parce que ces yeux-là, je les connais.

— Bonne nuit, dit Tess.

Je cligne des paupières.

— Bonne nuit, Tess.

Ma voix est étranglée.

Quand je me retourne, la fille en noir est déjà en train de traverser le hall de la résidence.

* * *

Je n'ai jamais regardé un œil pendant aussi longtemps. Toutes ces formes et ces lignes ! Plus je l'observe, plus je découvre de couleurs. Près de la pupille, il y a une nuance de bleu si légère qu'on ne dirait presque pas une couleur. Et puis, tout autour, les teintes se déploient, plus foncées. Le contour de l'iris est si sombre, presque violet, comme... le ciel à minuit. Vraiment, toute la palette s'y trouve, il y a même des paillettes argentées. Le fait de me concentrer sur les différentes nuances m'empêche de battre des paupières. Je veux m'approcher pour les voir toutes.

— Richelle, arrête ton cirque ! À cause de toi, ils vont finir par cligner des yeux, dit Rae derrière moi. Quoi ? T'es jalouse qu'il ne te regarde pas toi ?

— La ferme ! se vexe Richelle tandis que Rae éclate de rire.

Les longs cils de Nicole se mettent à papillonner et se referment.

— Cal a gagné ! déclare Richelle.

Je m'adosse à ma chaise et je cligne plusieurs fois des yeux, qui sont secs à force d'être restés ouverts aussi longtemps.

Nicole me regarde et me sourit discrètement. Ses joues sont roses.

— Tu as gagné.

* * *

— Impossible que ce soit elle, je murmure.

Je suis accoudé au bar, enfin, à la planche posée sur deux piles de briques de lait. Elle s'affaisse, parce que ce truc n'est pas vraiment fait pour qu'on s'appuie dessus.

— Mec, de quoi tu parles ? me demande Eric, de l'autre côté. Ça fait une heure que tu te tapes un délire sur des yeux. T'es bourré, et tu racontes n'importe quoi.

— Tu ne comprends pas ! Elle a *ses* yeux.

— OK. Si tu le dis. En tout cas, tu ne rentres pas à l'appart en voiture. Reste ici ce soir.

Je hoche la tête tout en clignant péniblement des yeux. Je titube jusqu'au canapé marron foncé sur lequel je m'effondre. Eric me jette une couverture qui atterrit sur mes jambes. Je n'essaie même pas de me couvrir avec. Je pose mon bras sur mon visage et je ferme les paupières.

J'essaie de me convaincre que toute cette histoire est dans ma tête. Je n'ai aperçu les yeux de la ninja que pendant quelques secondes. Pourtant, j'aurais juré que c'était ceux de Nicole Bentley.

* * *

Je manque de tomber du canapé en me tournant, et je me réveille en sursaut. Il me faut quelques secondes pour comprendre où je suis. Et puis les souvenirs de la nuit précédente remontent à la surface.

Une fille m'a plaqué. Il y avait une ninja. Charlotte aux fraises. Les yeux de Nicole. Le trajet à pied jusqu'à la fraternité d'Eric. Boire. Et re-boire.

Je me redresse prudemment. J'attends que ma tête arrête de tourner pour prendre mes chaussures. Je passe ma langue toute sèche sur mon palais et fais une grimace en sentant le goût atroce dans ma bouche.

— Salut, dit Eric, la voix cassée. T'as cours ?

— On est dimanche.

Je mets mes chaussures.

— Ah, c'est vrai !

Il se retourne et enfouit sa tête sous la couverture.

D'après le réveil, il est dix heures passées. J'ai vraiment envie de me recoucher, mais j'ai une dissert à écrire. Et une gueule de bois à dompter. Pas forcément dans cet ordre-là.

Après avoir enfilé ma chemise, je sors. Hier, pour la soirée d'Halloween, je me suis garé à une centaine de mètres de la fraternité. L'air froid et vif m'aide à redescendre un peu. Je démarre. Mais ni le siège en vinyle qui me glace les cuisses ni les températures polaires ne m'aident à y voir plus clair. Il me faut un café.

* * *

En faisant la queue chez Bean Buzz, je sens qu'il me faut à tout prix de la caféine pour me secouer. J'ai joué à fond mon rôle d'étudiant bourré… Ça ne m'arrive pas souvent. C'était vraiment n'importe quoi, cette soirée.

Je remercie Mel quand elle me tend mon gobelet. En marchant vers la porte, les paupières mi-closes, j'ai l'impression d'être un somnambule. Je me concentre sur la lumière qui provient de la sortie, et je m'efforce d'avancer dans cette direction.

— Cal ?

J'écarquille les yeux et j'inspire profondément par le nez afin de me concentrer. Carly est devant moi. Comment savait-elle que je serais ici ? Je ne l'ai jamais emmenée chez Bean Buzz. Je n'y ai jamais invité de filles. J'ai choisi exprès un café situé loin du campus pour ne pas tomber par hasard sur l'une d'elles.

— Carly, mais qu'est-ce que tu fais ici ?

Je suis trop surpris pour le cacher.

— Euh, je prends un café ? répond-elle en soulevant son gobelet.

— Ah, bah oui ! dis-je avec un léger hochement de tête.

Je me sens vraiment stupide.

— T'as une seconde ? J'aurais bien aimé qu'on parle.

— Euh…

J'ai déjà du mal à tenir debout, alors parler…

— J'en ai pas pour longtemps, promis.

— OK.

Je la suis à contrecœur jusqu'à une table devant la baie vitrée. Je ne sais pas du tout à quoi m'attendre. J'imagine qu'elle veut s'excuser d'avoir cassé comme ça avec moi la veille.

— Je crois que j'ai fait une erreur, dit-elle alors que je m'assieds. Je n'aurais pas dû te plaquer.

Pour une surprise, c'est une surprise.

Voyant que je reste bouche bée, elle poursuit :

— Je crois que j'ai flippé parce que je commence à avoir des sentiments pour toi. Mais après ton départ hier soir, je me suis rendu compte que le campus grouillait de gros blaireaux. Tu n'es pas comme eux. J'ai fait une bêtise, et j'aimerais qu'on se donne une seconde chance.

Je ne suis pas assez lucide pour affronter un truc pareil. Alors j'essaie de gagner du temps en buvant lentement mon café tout en évitant soigneusement de regarder la fille assise en face de moi qui attend ma réponse. C'est alors que je vois les yeux bleus incroyables de la nuit dernière. Ils me scrutent depuis le canapé en cuir à l'autre bout du café – mais sans le masque. Carly me ramène à la réalité :

— Cal ?

— Pas possible ! je murmure, subjugué.

— Quoi ? me demande Carly, prise de panique. Ça veut dire non ?

— Désolé.

Je me remets de mes émotions, et je me force à détourner le regard.

— Euh, j'ai cru voir… Laisse tomber !

Je secoue la tête et tente de me concentrer sur la conversation. La nuit dernière, cette fille m'a montré la porte. Alors je l'ai prise. De toute façon, notre histoire n'aurait pas duré beaucoup plus longtemps, surtout si elle attendait plus de moi.

J'inspire un petit coup avant de répondre :

— En fait, non. On ne peut pas se remettre ensemble.

— Hein ? Quoi ?

Carly plisse les yeux.

— Pourquoi ?

— Désolée, Carly. Ce n'est pas possible.

Je me lève et je m'en vais sans attendre sa réaction. Je devrais continuer mon chemin et sortir. Mais au lieu de ça, je traverse le café jusqu'au canapé en cuir marron où la fille de la nuit dernière, sans masque, est en train de lire, les pieds posés sur la table basse.

Et puis je reste planté devant elle à la regarder. Elle ne me remarque pas, et c'est sans doute mieux car j'ai vraiment l'air d'un pauvre type. Je suis à court de mots parce que je me trouve devant *Nicole Bentley*. Et en même temps, cette fille paraît… différente. Elle ne ressemble pas *exactement* à celle qui a emménagé dans mon quartier il y a quinze ans. Peut-être que ce n'est pas elle. Je ne vois pas ce qu'elle ferait ici. Mais… ces yeux-là, ce sont les siens.

— Nicole ?

Elle ne lève pas la tête. Je suis sur le point de l'apostropher une nouvelle fois quand quelqu'un frôle mon bras.

— Tiens, Nyelle, dit Tess en tendant une tasse à Nicole par-dessus la table. Un chocolat chaud avec une pointe de moka et de crème fouettée. Comment tu peux avaler autant de sucre le matin ? Rien que d'y penser, j'ai mal au ventre.

Tess lève alors les yeux et me fait un grand sourire.

— Salut, Cal !

— Oh, salut, je réponds, complètement paumé.

Mes yeux se posent sur Tess, puis sur Nicole, et rebelote.

— Euh, tu t'appelles *Nyelle* ?

Je suis peut-être encore saoul.

Nicole sourit gentiment.

— Oui. Nyelle Preston.

Elle me tend la main.

— Pardon, je me suis trop mal comportée avec toi hier soir.

Elle me regarde droit dans les yeux, et attend que je prenne sa main. Elle porte des gants dont le bout a été coupé. À en juger par son expression, elle ne m'a pas reconnu.

— J'avais un peu trop bu et je passais une très mauvaise soirée.

— Ouais, pas de souci, dis-je lentement en tendant le bras pour prendre sa main délicate dans la mienne.

— Ravi de faire ta connaissance.

Bon, soit je dors, soit je suis bourré, soit je suis dans un épisode de *La Quatrième dimension*. Parce que j'ai en face de moi – j'en mettrais ma tête à couper – le visage de Nicole Bentley, la fille qui a hanté mes pensées pendant de bien trop nombreuses heures de ma vie. Mais elle me regarde comme si elle ignorait complètement qui je suis. Ça me fait flipper.

— Pardon, mais je crois qu'on se…

— Enfoiré ! Tu aurais dû me dire qu'il y avait une autre fille ! Quand je pense que je t'ai supplié de me reprendre…

Je me retourne au moment exact où Carly balance son café dans ma direction. J'essaie de l'esquiver, mais trop tard. Mon corps se crispe de douleur quand le liquide brûlant touche ma poitrine. Abasourdi, je regarde les boucles blondes de Carly sortir du café en tressautant.

Dents serrées, je halète et décolle le tee-shirt trempé de ma peau.

— Oh mon dieu ! s'exclame Tess.

Elle attrape des serviettes sur la table basse et se met à éponger frénétiquement mon tee-shirt.

— Pourquoi elle a fait un truc pareil ? Ça va ?

Soudain, Mel est devant moi et me tend un tas de serviettes en papier.

— Tu as besoin de quelque chose ?

— Oui, de ma dignité, je marmonne.

Nicole se met à rire. Tout à coup, je regrette de ne plus être à moitié évanoui sur le canapé d'Eric.

— J'ai l'air d'un abruti, pas vrai ?

Nicole sourit.

— Eh bien… un peu, oui ! Mais elle, elle avait l'air cinglée. Alors tu t'en sors bien.

Pitié, achevez-moi.

— Oh, Cal, je n'en reviens pas qu'elle ait fait une chose pareille. C'était qui ? me demande Tess.

— Une ex, je grommelle en prenant les serviettes que me tend Tess. Merci de ton aide. Mais je vais y aller.

Tous les regards sont posés sur moi, et notamment celui pour lequel j'ai décidé de rester tout à l'heure.

— À plus.

Je balance les serviettes en papier dans la poubelle avant de sortir. Je jette un œil par-dessus mon épaule. La fille qui ressemble à Nicole Bentley me regarde encore.

Nicole

Juin - Avant le CM1

Je regarde les maisons défiler derrière la vitre. Je me demande bien quand on va s'arrêter et laquelle sera la nôtre. J'angoisse un peu. Je ne connaîtrai personne. Et s'ils ne m'aiment pas ?

Je lisse le bas de ma robe jaune en essayant de ne pas penser à tout ça. Maman dit qu'ils m'aimeront bien – j'espère qu'elle a raison. J'avais deux amies, là où on habitait avant. Nos mères s'invitaient tout le temps, alors c'était facile d'être copines. Elles aimaient jouer à la poupée et inventer des histoires, comme moi. Elles étaient mes amies à l'école aussi.

— Bien, nous sommes arrivés, annonce mon père en tournant dans la rue.

Je vois le gros camion de déménagement devant la maison jaune citron. Elle est assortie à ma robe, c'est rigolo.

— Qui est-ce ? demande maman en regardant la fille aux cheveux châtains foncer vers la voiture.

— Elle habite sûrement juste à côté, dit mon père.

Elle porte un short à pois bleus et un tee-shirt blanc. Elle court vers nous, et sa queue de cheval se balance.

— Elle n'est pas... timide, fait remarquer ma mère en ouvrant la portière.

Debout à côté de la voiture, la fille respire fort, comme à la fin d'une course. Je n'arrive pas à la quitter des yeux. Je détache doucement ma ceinture de sécurité et j'ouvre ma portière.

— Bonjour ! Je suis Richelle. J'habite juste là, dans la maison bleue, annonce-t-elle sans la moindre peur.

Je suis épatée. C'est sûrement la fille la plus courageuse que j'aie rencontrée.

— Bonjour Richelle. Je suis madame Bentley.

Ma mère se tourne vers moi pour me pousser vers Richelle. Lentement, j'avance d'un pas et je prends la main de maman. Je reste scotchée à elle.

— Et voici ma fille, Nicole.

— Salut, me dit Richelle en me faisant un petit coucou.

Elle a de grands yeux marron. Elle sourit beaucoup. Elle a l'air très contente de me voir.

— On joue ?

Je lève les yeux vers ma mère, sans trop savoir quoi répondre. Je ne m'étais pas préparée à ça. Je sais que quelques minutes plus tôt, j'avais peur de ne pas avoir d'amis. Mais maintenant, je ne suis plus sûre d'être prête à lâcher mes parents.

— C'est très gentil de ta part, Richelle, dit ma mère. Mais nous avons beaucoup de choses à ranger. Peut-être que demain, ce sera plus simple. Tu pourras passer chez nous, si tu veux.

Les yeux de Richelle vont de moi à ma mère. Elle attend toujours ma réponse, mais je n'ouvre pas la bouche.

— OK, finit-elle par dire. Salut, Nicole. À demain !

Au moment où je me tourne vers la maison, je remarque un garçon et une fille sur le trottoir d'en face. Ils ont observé toute la scène. Le garçon a les cheveux châtains et porte des lunettes aux montures noires. Et la fille a des cheveux blonds coiffés d'une tresse en bataille. Elle plisse les yeux, un peu comme si elle essayait de deviner quel genre d'animal je suis. Je me retourne vite et j'entre dans la maison avec maman, sans lâcher sa main tant que nous ne sommes pas à l'intérieur.

2

— C'est… non… Elle… ?

Rae rit tellement qu'elle n'arrive pas à parler. D'un geste rapide, j'enlève mon tee-shirt et j'attends avec impatience qu'elle se calme.

— Rae, concentre-toi un peu ! je lui demande tout en examinant les taches rouges qui parsèment mon torse.

— Cette fois-ci, t'as décroché le gros lot ! s'exclame-t-elle en se tordant de rire. Dommage que j'aie raté ça !

— Bon, ce n'est pas le sujet, je marmonne. Nicole Bentley est ici, à Crenshaw.

— Eh voilà, maintenant, tu délires, dit-elle en retrouvant progressivement ses esprits. Nicole a été admise à Harvard. À moins d'avoir été virée, ce qui, on le sait bien, n'arriverait jamais, elle ne choisirait pas Crenshaw. Jamais. C'est paumé au fin fond de l'État de New York. Pas moyen qu'elle ait atterri dans ce trou.

— Alors elle a été séparée de sa jumelle à la naissance, parce que je l'ai vue, je te jure ! Et puis, on est sûr qu'elle est vraiment à Harvard ? Personne n'a eu de ses nouvelles depuis qu'on a quitté le lycée.

— J'ai vu sa lettre d'admission. D'ailleurs, tout le lycée l'a vue. Elle a saoulé tout le monde avec ça.

Elle soupire profondément.

— Ça ne peut pas être elle. Et je te répéterai la même chose dans un mois, quand je viendrai. Je pense que tu as réussi à te convaincre que cette fille était Nicole parce qu'elle lui ressemble vaguement.

— OK. Tu verras bien.

J'ai bien compris que je ne parviendrais pas à lui faire changer d'avis.

— Cal, est-ce qu'au moins, tu lui as demandé si elle était Nicole ? me demande Rae.

— Euh… j'ai essayé, je réponds lentement. Mais on a été interrompus par le café, tu te souviens ?

Cela suffit à déclencher un nouveau fou rire chez Rae. Je lui raccroche au nez.

Je balance le téléphone sur le lit, je vais dans la salle de bains et je dégote dans l'armoire à pharmacie un tube de crème censée apaiser les brûlures. Je ne sais pas du tout si la pommade est encore bonne parce qu'elle date d'avant notre emménagement, mais j'espère que ça calmera la douleur. J'applique doucement le gel transparent sur ma peau sensible.

Je retourne dans ma chambre et je m'assieds sur le bord de mon lit en essayant de visualiser une nouvelle fois la fille que j'ai croisée au café. Quelque chose en elle est réellement différent. Son visage ressemble à celui de Nicole, et en même temps… pas vraiment.

Nicole Bentley était toujours impeccable, on aurait dit une fille dans un magazine. Celle qui prétend s'appeler Nyelle a l'air de s'en moquer, de son allure, avec ses cheveux châtains qu'elle laisse frisotter librement comme après une douche – ce qui lui donne une crinière folle et sexy. Pour utiliser une image, Nicole serait un cadeau emballé à la perfection et entouré d'un joli nœud bien fait. Alors que Nyelle serait plutôt le papier qui jonche le sol le matin de Noël.

Peut-être que Nyelle n'est pas Nicole. J'essaie de les comparer encore. Mais ce n'est pas facile, parce que je n'ai pas vu Nicole depuis la fête de fin d'année du lycée. Je n'arrive toujours pas à me rappeler ce qui s'est passé ce soir-là. J'avais bu. OK… J'étais complètement bourré. Mais je sais que je l'ai entendue crier sur ses parents dans leur maison.

— *Tu ne peux pas l'effacer en faisant comme s'il ne s'était rien passé ! Sinon, autant que tu m'effaces aussi, papa.*

Mais qu'est-ce qui a bien pu se passer ce soir-là ? Et qu'est-ce qui se serait passé si je n'étais pas parti ?

* * *

Le lendemain, je ne vois pas Nicole, ou Nyelle – enfin, *cette fille*. Le jour d'après non plus. Par contre, je suis plusieurs fois à deux doigts de tomber sur Carly. Quand je m'arrête au café mercredi matin, je me demande si je ne tente pas un peu le diable. Elle m'a laissé quelques messages bien corsés sur mon téléphone. J'ai tout effacé après en avoir écouté un échantillon de dix secondes. Elle est cinglée. Et les cinglées, ce n'est pas mon truc. J'ai plutôt l'habitude de sortir avec des filles sympas. Du genre qu'on peut présenter à sa mère. Sauf que je ne reste jamais assez longtemps avec elles pour en arriver là.

Au moment où j'approche de la grande baie vitrée sur laquelle Bean Buzz est écrit en grosses lettres blanches, je remarque la chevelure blonde et bouclée de Carly à l'intérieur. Je me plaque contre la façade du bâtiment en espérant qu'elle ne m'a pas vu.

Je jette une nouvelle fois timidement un œil à l'intérieur. Carly regarde ce qui se passe dehors. Je me dépêche de recoller ma tête contre le mur en brique.

Je laisse échapper un juron et je reste aplati en réfléchissant à la suite. Bien sûr, il est toujours possible qu'elle ne soit pas en train de m'attendre. Je regarde une nouvelle fois. Le visage collé à la baie vitrée et les mains en visière, elle scrute le trottoir. Raté.

— Qui est-ce que tu essaies d'éviter ?

Je sursaute avant de me retourner.

Nicole est appuyée contre le mur en brique qui s'effrite. Un bonnet en laine marron foncé lui barre le front. Ses cheveux dépassent sur les côtés et tombent en cascade sur un gros pull bleu marine. Son nez est rouge à cause du froid, et de la buée s'échappe de ses lèvres qui esquissent un sourire. Il y a des différences, mais j'ai tout de même l'impression que c'est Nicole qui me regarde.

— La Folle te cherche, ou quoi ?

— Euh, j'ai l'impression, je bafouille en détournant les yeux quand je m'aperçois que je la regarde dans le blanc des yeux depuis un peu trop longtemps. Je crois bien qu'elle est encore pas mal vénère.

Elle jette un coup d'œil et se met à rire lorsqu'elle voit Carly postée devant la vitrine.

— Qu'est-ce que tu lui as fait ?

— Elle m'a plaqué, et je n'ai pas voulu me remettre avec elle ensuite.

— T'es sûr que t'as pas écrasé son chat, en plus ?

Elle ricane.

— Non, mais j'aurais dû. Je déteste cette bestiole, dis-je en marmonnant.

Elle sourit de plus belle.

— Mince, je vais être en retard en cours.

Je vérifie l'heure sur mon téléphone.

— Laisse tomber. Je ne vais pas poireauter ici en attendant qu'elle parte. C'est débile. Je crois que je vais devoir me passer de mon café.

— Quoi ? Arrête de dire n'importe quoi, dit Nicole. Si je dis à la fille au comptoir « Pour Cal, comme d'habitude… »

— Elle s'appelle Mel.

— Mel saura quoi servir, pas vrai ?

Je hoche la tête.

— OK. Ne bouge pas. Je reviens tout de suite.

Je ne reste pas exactement au même endroit. Parce que j'ai l'air d'un abruti, là, tout ratatiné contre l'immeuble, à me cacher d'une ex qui m'arrive à peine aux épaules. Alors je me mets à arpenter la ruelle qui longe le café. Je m'attends à ce que Carly surgisse à tout moment. C'est de la parano. Je le sais. Et je n'en suis pas fier.

Cette fille ressemble vraiment à Nicole, mais n'agit pas du tout comme elle. En dehors du cercle des élites, Nicole ne parlait jamais à personne quand on était au lycée. En plus, Nyelle n'a aucun mal à dire ce qu'elle pense. Ces deux filles sont trop différentes pour être la même personne. Sauf si quelque chose est arrivé à Nicole. Un accident, par exemple. Ou alors, après tout, peut-être bien qu'elle a vraiment été séparée de sa jumelle à la naissance...

— Tiens !

Je me retourne d'un bond, ce qui fait sursauter Nic... Nyelle.

— Relax, Cal. Je ne suis pas armée.

Elle regarde la tasse de café et se met à rire.

— Enfin, pas vraiment.

— Merci, dis-je entre mes dents.

Génial. Elle se paie ma tête.

L'air moqueur, Nyelle me tend mon gobelet avec une petite serviette pliée sur le côté.

— Mel m'a demandé de te donner ça, dit-elle avant de souffler sur son chocolat chaud.

Je déplie la serviette en papier. Je lis : *Ce n'est pas dans cette ruelle que tu retrouveras ta dignité.*

Nyelle rit tandis que je chiffonne la serviette et que, vexé, je jette un regard furieux au mur en brique. Merci, Mel.

— Tu l'as lu ?

— Bien sûr, répond-elle sans hésiter. Si je fais passer un mot, je veux savoir ce qu'il raconte.

Le fait que toute cette affaire l'amuse ne m'aide pas à retrouver ma dignité.

— Je vais être en retard. Merci pour le café.

En passant devant elle, je m'arrête.

— Tu veux que je te dépose quelque part ?

— Non. J'aime bien marcher.

— On est assez loin du campus.

— Je sais, dit-elle en m'accompagnant jusqu'à mon pick-up.

Quand j'ouvre la portière, elle me redemande :

— Tu es sûr que tu ne lui as rien fait ?

— Je te le jure.

Après réflexion, j'ajoute :

— J'imagine que je ne correspondais pas à ses attentes.

— Ah ça, c'est toujours le problème, non ? demande-t-elle avec un petit sourire.

Et puis elle poursuit son chemin tout en sirotant sa boisson. Elle ne se retourne pas. Je la regarde jusqu'à ce qu'elle tourne au coin de la rue. Sa dernière remarque reste gravée dans ma tête.

* * *

La semaine dernière, j'ai cherché Nyelle partout sans jamais tomber sur elle une seule fois. Notre campus est assez étendu, alors ce n'est pas très compliqué d'éviter quelqu'un. Je le sais. Je suis passé maître dans cet art l'année dernière. Pourtant, en regardant bien, on finit généralement par trouver la personne qu'on cherche. Je suis même tombé sur Tess une ou deux fois. Mais Nyelle n'était jamais avec elle.

Je suis en train de faire la queue chez Bean Buzz quand j'entends :

— Tu ne te caches plus dans les ruelles ?

Je tourne la tête et je la vois.

— Ah, salut ! Euh, je me suis dit qu'assez de temps avait passé pour que je puisse venir ici sans prendre trop de risques !

Au cours du week-end, Carly m'a laissé un message vocal et envoyé quelques textos qui sentaient l'alcool à plein nez, mais elle semble avoir lâché l'affaire depuis.

J'avance dans la file tandis que Nyelle attend sa commande à l'autre bout du comptoir.

— Bonjour, Mel.

— Cal.

Sa voix est aussi monotone que tous les autres matins. Elle me tend mon gobelet avec mon nom écrit dessus tout en faisant passer ma carte bleue.

— Merci, dis-je en partant.

J'essaie de trouver une excuse pour parler avec Nyelle, alors je sors le premier truc débile qui me passe par la tête.

— Je ne t'ai pas vue la semaine dernière.

— J'étais… dans le coin.

Sa réponse est évasive. En voyant mon gobelet, elle me dit :

— Comment ça se fait que tu as déjà ta commande ?

— J'imagine que c'est parce que je prends la même chose tous les matins, dis-je en haussant les épaules.

Sa boisson arrive et elle prend le gobelet qu'on lui tend.

Je marche à côté d'elle jusqu'à la porte, la scrutant du coin de l'œil comme si je pouvais percer son mystère en l'observant bien. Ses cheveux châtains dépassent d'un chignon tout désordonné au sommet de son crâne. Elle n'est pas maquillée. Son sweat, trop grand pour elle, tombe sur ses hanches et glisse sur ses épaules, laissant entr'apercevoir les grosses bretelles de son débardeur. Elle a fait des trous pour ses pouces dans les manches, qui couvrent pratiquement ses doigts. Son jean est délavé et déchiré, et ses boots marron, complètement défoncées. Elle n'en demeure pas moins sublime, comme Nicole, tout en étant à l'opposé de celle-ci. J'ai du mal à comprendre.

— Quoi ? me demande-t-elle quand elle me surprend à la regarder.

— Tu ressembles tellement à…

Je m'arrête. Je n'arrive pas à le dire. Et si elle était vraiment Nicole ? Ça signifierait qu'elle ment. Et pourquoi ferait-elle une chose pareille ? À moins que… à moins qu'elle ait quelque chose à cacher. Ou qu'elle ne sache pas du tout qui elle est.

— À qui ? demande Nyelle alors que je lui tiens la porte.

J'hésite encore. Si je lui parle de Nicole, il est possible que je ne la revoie jamais. Et je viens tout juste de la récupérer – enfin, en quelque sorte. Je me ressaisis quand elle passe devant moi.

— Non, personne. Laisse tomber !

En sortant, je rentre dans quelqu'un. Carly. Avant de comprendre ce qui se passe, une méchante gifle atterrit sur ma joue.

— Mais enfin, Carly ! C'était quoi, ça ?

— Tu ne vaux pas mieux que les autres. Comment j'ai pu être aussi bête !

Ça suffit. Voilà une semaine qu'elle fait de ma vie un enfer, et cette fois-ci, je sais que je ne l'ai pas mérité.

Et donc, au moment où elle s'apprête à tourner les talons, je dis tout haut :

— Tu as décidé de tout arrêter, Carly. C'est toi qui as cassé pour pouvoir sortir avec un autre mec. Alors… lâche-moi !

Abasourdie, Carly écarquille les yeux et rougit. Elle ouvre la bouche mais rien ne sort. Elle finit par dire :

— T'inquiète, c'est ce que je vais faire.

Et avant de disparaître, elle ajoute :

— Mais je garde ton sweat-shirt.

Amusé, je secoue la tête tellement je n'en reviens pas. Je pense que le message est passé.

— Pas mal, le spectacle, dit Nyelle en riant.

Elle s'éloigne.

Comme je ne sais pas quand je la reverrai, je lui crie :

— Je te dépose quelque part ?

Elle hésite, et au moment où je pense qu'elle va accepter, elle secoue la tête.

— Non merci. Mais on se verra peut-être demain.

Elle sourit avant de continuer son chemin.

* * *

— Elle t'a giflé ? Sérieux ?

Rae est morte de rire.

— Rae, dis-je d'un ton sévère pour la calmer. Tu ne m'écoutes pas. Je crois, non, en fait, j'en suis presque sûr, que cette fille, c'est Nicole.

— Mais qu'est-ce qui t'arrive ces derniers temps avec Nicole ? Arrête d'être obsédé par elle. Je commence à trouver ça gênant pour toi.

— Je ne suis pas obsédé. Et ça n'a rien à voir avec le fait qu'elle nous a laissé tomber en 4e, Rae. Il se passe un truc super bizarre. Et je n'y comprends rien. C'est fou ce que cette fille lui ressemble. Mais elle n'agit pas du tout comme elle. Elle ne parle même pas comme elle. Je commence vraiment à penser qu'elle a eu un accident. Après un traumatisme crânien, on peut devenir amnésique et changer de personnalité.

— T'as trop regardé *Docteur House*. Notre ville est minus. Tu ne penses pas que quelqu'un en aurait parlé ? Tu crois vraiment que les langues de vipère auraient laissé passer une rumeur concernant Nicole ?

Rae a raison. L'été dernier, elles ont fait comme si Nicole n'avait jamais existé. Elles ignorent que Nicole est ici et à quel point elle a changé. Sinon, elles en auraient parlé.

— Regarde sa page Facebook. Vérifie quand elle a posté pour la dernière fois, lui dis-je.

— Je ne suis pas amie avec elle, t'as oublié ? Ni sur Facebook, ni ailleurs.

— OK.

Moi non plus.

Tout en restant au téléphone avec Rae, j'ouvre Facebook sur mon portable et je tape « Nicole Bentley ». Il y a une photo d'elle. Son sourire est radieux et elle porte des lunettes de soleil. Je clique sur son profil, et la photo de couverture représente le blason de Harvard. Elle a plus de mille contacts, mais toutes ses photos et ses posts sont privés.

— Cal, t'es là ? demande Rae. Les filles ne devraient pas tarder à arriver pour notre répétition.

— Quoi ? Ouais, euh, vas-y.

Je tape « Nyelle Preston ».

— On se parle plus tard.

Le téléphone est toujours calé sous mon menton quand les résultats s'affichent à l'écran. Il n'y a qu'une Noelle Preston – qui ne ressemble en rien à la fille de Crenshaw. Je pose mon téléphone sur le bureau, en fixant l'écran sans me concentrer sur les mots.

Qu'est-il arrivé à Nicole pour qu'elle soit obligée de devenir Nyelle Preston ?

Mes réflexions me ramènent toujours à cette nuit dont je ne me souviens pas.

Richelle

Au lendemain de l'arrivée de Nicole dans le quartier

J'engloutis le dernier morceau de crêpe, bondis sur mes pieds et mets mon assiette dans l'évier.

— Où tu vas comme ça ? me demande ma mère.

— Voir si la nouvelle veut jouer, je lui réponds en courant presque vers la sortie.

— Richelle, il est tôt. Ça serait gentil de leur laisser le temps de prendre leur petit déjeuner.

J'ouvre la porte-moustiquaire et je lui crie :

— Moi j'ai fini. Elle aussi, peut-être. Salut, maman !

Je traverse la pelouse en courant et je m'arrête à côté des arbustes qui séparent notre maison de la sienne. Je tends l'oreille. Pas un bruit. Je m'approche de leur allée et j'entends :

— Tu as mis tous tes vêtements dans la commode ?

Ils sont réveillés.

Je saute par-dessus le massif de fleurs qui borde l'allée et je grimpe en sautillant les marches de l'entrée. J'appuie sur la sonnette et j'attends. Mais c'est dur d'attendre. Alors je sonne encore.

Mme Bentley ouvre la porte.

— Eh bien, bonjour Richelle. Tu ne perds pas de temps, toi !

— Est-ce que Nicole peut venir jouer avec moi dehors ?

J'attends ce jour depuis le début de l'été – en fait, depuis que j'ai appris que des gens emménageaient dans la maison d'à côté et qu'ils avaient un enfant en CM1. Cal espérait que ce serait un garçon parce qu'il n'y en a aucun de notre âge dans la rue. Mais moi, je suis bien contente que ce soit une fille.

Nicole passe la tête derrière sa mère.

— Salut, Nicole.

Je m'avance et je lui prends la main.

— Tu veux venir jouer avec moi ?

Je l'entraîne avec moi dehors avant qu'elle ait pu répondre.

— Nicole, fais attention, je t'en prie. Et reviens pour déjeuner, lui crie sa mère depuis la porte.

Une fois sur le trottoir, je lui lâche la main. Elle tire sur le bas de sa robe bleue comme si elle cherchait à l'aplatir. Elle a un nœud assorti dans les cheveux. On dirait qu'elle va à un anniversaire, avec ses chaussures noires bien cirées.

— Tu viens d'où ? je lui demande en me dirigeant vers les maisons de Cal et de Rae.

Juste à ce moment-là, Cal sort de chez lui.

Je cours jusqu'au trottoir d'en face, et je me rends compte que Nicole n'est plus à côté de moi. Je me retourne et je lui crie :

— Allez, Nicole ! On va jouer dans les bois !

Nicole continue à marcher, plutôt que de courir. Elle doit avoir peur de glisser avec ses jolies chaussures.

— Est-ce que Phil a terminé ? demande Rae à Cal en traversant son jardin.

Nicole finit par me rattraper et on rejoint Cal et Rae entre leurs deux maisons.

— Non, soupire Cal. Il est super lent.

— Mince, alors ! On peut dire adieu à notre cabane dans l'arbre.

Rae se plaint, comme d'habitude.

— On peut toujours jouer là-bas, dis-je. Au fait, lui, c'est Cal, et elle, c'est Rae.

Nicole est juste derrière moi et regarde ses pieds.

— Salut, dit Cal.

Elle lève les yeux vers lui et les baisse aussitôt. Comment peut-elle avoir peur de Cal ? Il ne fait pas peur du tout.

— Coucou, dit Rae.

Rae, par contre, est carrément flippante. Mais on ne s'en aperçoit que quand on la connaît bien. Quand on la voit comme ça, avec sa natte blonde et ses taches de rousseur, on l'imagine bien vendre de la citronnade dans la rue. Mais une fois qu'on sait qui elle est, on comprend vite qu'elle préférerait vous balancer le pichet à la figure plutôt que de vous servir un verre.

— On joue à quoi, aujourd'hui ? je demande, toute contente qu'il y ait quelqu'un d'autre dans notre groupe, même si elle ne parle pas.

— On pourrait capturer des insectes et leur construire un zoo, suggère Rae.

— Ou un cirque à insectes ! je m'exclame en imaginant des papillons voler à travers des anneaux pendant que je danse sur une piste gigantesque. C'est parti !

Je me mets à courir en direction des bois, en coupant par les herbes hautes où poussent des fleurs sauvages. Je stoppe net quand je vois quelque chose sauter devant moi. Je me mets à quatre pattes et j'observe.

— C'est quoi ? demande Cal.

— Chut !

Je me concentre sur la sauterelle qui a atterri sur un grand brin d'herbe. Vite, vite, vite, je l'entoure de mes mains. Je sens qu'elle s'agite dans tous les sens. Ça chatouille. Je pousse un cri aigu et j'écarte mes paumes. L'insecte tombe par terre.

— Pourquoi t'as fait ça ? demande Rae. Tu l'as laissé partir !

— C'était trop bizarre, je réponds.

Je sautille partout en me rappelant comment la sauterelle a chatouillé ma main. Quelqu'un se met à rigoler. Je lève les yeux. Nicole est en train de glousser. C'est la première fois que j'entends un son sortir de sa bouche, et cela me fait rire aussi.

3

Le lendemain matin, je traîne chez Bean Buzz dans l'espoir d'y voir Nyelle. Je m'en vais avant d'arriver en retard à mon cours de sociologie.

Énervé, je traverse le campus à grandes enjambées en marmonnant. J'emprunte le chemin le plus court jusqu'à Stewart Hall. Le professeur Tenor aime s'en prendre aux retardataires, et je préfère ne pas être sa victime du jour.

Je descends en courant la pente qui se trouve derrière le bureau des élèves. Avant de commencer à gravir celle remontant de l'autre côté, je m'arrête. Une fille est en train de dévaler la colline en roulant sur elle-même, dans un tourbillon de cheveux et de bleu. Son écharpe verte est à la traîne. Elle atterrit sur le dos entre les deux buttes, où elle reste, immobile, bras écartés.

D'abord, je suis tellement estomaqué que je ne bouge pas. Je ne vois pas ce genre de chose tous les jours. D'ailleurs, ça n'arrive jamais. Comme elle ne fait pas mine de se lever, je m'approche lentement d'elle. Elle ne me remarque pas. Ses yeux d'un bleu électrique sont toujours tournés vers le ciel.

— Nyelle ?

En entendant ma voix, elle cligne des paupières, me regarde et sourit tellement que j'aperçois toutes ses molaires.

— Cal !

Sans trop savoir quoi dire à cette fille que je viens de voir dévaler une colline en roulant, je demande :

— Besoin d'un coup de main pour te remettre debout ?

— Quoi ?

Elle se comporte vraiment bizarrement. Peut-être bien que la théorie du traumatisme crânien n'est pas si fantaisiste que ça. Ou alors, elle est soûle.

Elle regarde de nouveau vers le ciel et inspire profondément, un sourire éclatant toujours scotché aux lèvres.

— J'avais envie de faire ça depuis tellement longtemps !

— Ah, OK ! dis-je en lui tendant la main qu'elle prend dans la sienne partiellement couverte d'une espèce de mitaine en laine.

La pelouse est toute sèche, et une fois debout, elle est pleine d'herbe.

— T'as un petit truc, là, lui dis-je en attrapant un brin dans ses cheveux.

Elle secoue vigoureusement la tête. Sous son bonnet en laine marron, ses cheveux bougent dans tous les sens. Cela ne résout pas son problème, mais elle semble s'en moquer. Ce qui ne ressemble absolument pas à Nicole.

— Où tu vas ?

— En cours. Je suis en retard.

Je n'ai pas la moindre envie d'y aller.

— Je t'accompagne, propose-t-elle en commençant à gravir la colline.

Je la rattrape.

— Alors comme ça, tu aimes descendre les collines en roulant ?

— Non. C'était une première.

— Vraiment ? je lui demande, amusé par sa réponse. Alors pourquoi tu l'as fait ?

— C'était sur la liste.

Elle me l'annonce comme si c'était une évidence. Sauf que je n'y comprends rien. Quand elle remarque que j'attends la suite, elle s'exclame en riant :

— C'était super ! Allez, Cal, tu n'as jamais eu envie de faire quelque chose juste pour l'adrénaline ?

— Si, sûrement, je réponds en hésitant. Par contre, ça date.

— Ah bon ? C'est triste.

Elle a l'air vraiment navrée pour moi.

— Alors la prochaine fois, il faut que tu le fasses avec moi.

Je me mets à rire.

— Euh… on verra !

Une fois au sommet de la colline, nous entrons dans le bâtiment où le cours a déjà commencé. Je m'arrête dans le couloir, et je m'apprête à la remercier de m'avoir accompagné, quand j'entends derrière moi : « Hé, beauté ! ». Je sais que le compliment n'est pas pour moi.

Trois types passent à côté de nous. Nyelle plisse les yeux.

— Va te faire voir.

Ses mots les prennent au dépourvu, et moi aussi. Je ne sais pas trop lequel des trois a parlé, ni ce qui a bien pu la blesser, mais il ne lui adressera sans doute plus jamais la parole. Ils se regardent en secouant la tête.

— Connasse !

J'ai envie de prendre sa défense, mais je me tais en voyant le sourire malicieux sur le visage de Nyelle. Je les laisse sortir sans m'interposer.

— Tu les connais ?

— Non, répond-elle simplement, les yeux toujours tournés vers la porte.

— Alors pourquoi tu as réagi comme ça ?

— Ces types ne savent pas du tout qui je suis, dit-elle entre ses dents.

Je lâche un « OK » perplexe en secouant doucement la tête. Ce brutal changement d'humeur est surprenant. Pour l'énerver, ils l'ont énervée. Et puis soudain, je me souviens de la personne que j'ai en face de moi. De ce que j'ai vu lors de la soirée d'Halloween. Je me mets à rire. Nyelle se tourne vers moi

— Quoi ?

— Je me demandais où elle était partie.

— Qui ? dit Nyelle en m'étudiant attentivement.

— La fille sous le masque.

— Laquelle ?

Elle a un petit sourire en coin.

Je reste scotché par sa réponse. Ce n'est pas la première fois qu'elle laisse planer le mystère. Pourtant, cela me déstabilise chaque fois car je ne peux pas m'empêcher de m'interroger sur ce qu'elle ne dit pas.

Elle tourne les talons.

— Salut, Cal.

Je la hèle avant qu'elle soit trop loin. Elle revient sur ses pas.

— Tu as des plans ce week-end ? Je peux t'appeler ?

J'espère que mon désespoir ne se ressent pas trop dans ma question. Mais je ne peux pas la laisser partir sans savoir si je la reverrai.

— Je n'ai pas de téléphone, me répond-elle avec un petit sourire. On se recroisera, promis.

Je pousse la porte de l'amphi. Je souris en la revoyant avec de l'herbe partout sur son bonnet et son sweat. Une voix retentit à travers la salle.

— Eh bien, merci d'avoir trouvé du temps pour nous, monsieur Logan !

Toutes les têtes se tournent vers moi. Discrétion : zéro.

Je hoche la tête en guise d'excuse et me faufile dans la rangée du fond, prenant la première place libre que je trouve.

Finalement, je n'écoute le cours que d'une oreille distraite. Je repense à cette fille qui n'est pas celle qu'elle paraît être. Qui qu'elle soit, je l'aime bien. Elle est imprévisible, et peut-être bien un peu extrême aussi. Tellement différente de la lycéenne perfectionniste qui m'ignorait au bahut. Cette métamorphose a beau me plaire, personne ne change à ce point-là. Pas sans raison.

Nicole

La semaine après le déménagement

— Regarde dans quel état tu es, Nicole, me gronde ma mère quand je rentre à la maison après avoir passé la matinée à courir dans les bois, à soulever des pierres et à déplacer des souches pour trouver des insectes.

Je n'ai pas pu les toucher, et Richelle non plus. On les trouvait, on criait, et puis Rae et Cal les attrapaient et les mettaient dans un des seaux.

Je baisse les yeux et je remarque une grosse trace de boue sur le devant de ma robe, à l'endroit où je n'ai pas arrêté de passer mes mains pour l'aplatir un peu. Mes chaussures noires sont aussi pleines de terre.

— Tu es une petite fille, poursuit-elle. Les petites filles ne se salissent pas ! Richelle n'aime pas jouer à la poupée ? Où êtes-vous allées ?

Je replie mes mains contre moi et je baisse la tête.

— Désolée, maman. Elle m'a, euh… montré toutes les jolies fleurs qui poussent derrière la maison de Cal.

Je n'avais jamais menti à ma mère avant. Mais j'ai peur qu'elle m'empêche de voir mes amis si elle les trouve trop désordonnés à son goût.

— Cal ? Qui est-ce ? Tu ne joues pas avec un garçon, au moins ?

À l'entendre, on a l'impression que je pourrais tomber malade en jouant avec un garçon. Je secoue juste la tête. Je ne suis pas sûre de pouvoir dire un autre mensonge à voix haute sans lui mettre la puce à l'oreille.

— Va te débarbouiller et te changer avant que ton père rentre, me recommande-t-elle. Il sera très contrarié s'il te voit dans cet état. Nous sommes censées le rendre heureux, pas le décevoir.

— D'accord, maman, dis-je en retirant mes chaussures pour ne pas salir partout en allant dans ma chambre.

* * *

Le lendemain matin, je suis dans le jardin derrière la maison, en train d'installer ma dînette sur la table rose, quand Richelle arrive en courant. Je crois bien que cette fille ne sait pas marcher.

— Qu'est-ce que tu fais ? demande-t-elle alors que je pose la tasse sur la soucoupe.

— Je joue !

Je replace la chaise pour qu'elle soit bien droite, comme ma mère lorsqu'elle met la table.

— Tu veux venir jouer avec nous ?

— Pas aujourd'hui.

Je n'ai pas envie de lui expliquer que ma mère ne veut pas que je me salisse. Qu'elle m'a dit qu'il fallait que je me comporte comme une demoiselle. Et que pour cela, il ne faut pas que je joue dans les bois.

— Bon, je peux jouer avec toi, alors ?

Je lève les yeux, surprise.

— Tu veux boire le thé avec moi ?

— Carrément ! me répond-elle toute contente. Attends, je vais mettre une robe, moi aussi.

Et elle file vers sa maison, en prenant le raccourci entre les petits sapins de Noël.

* * *

Richelle est venue à la maison tous les matins de la semaine. Après le déjeuner, elle partait jouer avec Cal et Rae. J'essayais de ne pas être trop triste, mais je l'étais quand même. Depuis le jardin derrière la maison, je les entendais rire, j'entendais parfois Richelle et Rae se chamailler, ce qui leur arrive souvent. J'essayais de les ignorer et de m'occuper. J'aidais ma mère à mettre des fleurs de notre jardin dans des vases, à ranger la maison ou à préparer le repas pour papa.

Le week-end, ça a été pire. Les parents de Cal ont organisé un barbecue. Ils nous ont invités, mais on devait aller rendre visite à ma grand-mère. Il n'y a pas d'enfants là où elle habite. Que des personnes âgées.

Maintenant que lundi est enfin arrivé, j'ai hâte de voir Richelle. Je l'attends à côté des arbres. J'ai vraiment envie d'aller jusqu'à chez elle pour lui demander de venir jouer avec moi, mais ma mère m'a dit que ce n'était pas poli de s'inviter chez les gens. Lorsque je vois enfin Richelle descendre les marches comme une flèche, je souris. Mais elle part en sens inverse, vers la maison de Cal. Elle trébuche sur ses lacets et s'arrête pour les attacher. Quand elle lève les yeux, elle m'aperçoit. Je ne dis rien. Elle me fait un signe de la main.

— Hé, Nicole, devine quoi ! dit-elle en se précipitant vers moi, fouettant l'air avec sa queue de cheval. La cabane dans l'arbre est enfin prête ! Le père de Cal a invité sa famille ce week-end, et les gars l'ont aidé à la terminer ! Tu veux venir la voir ?

J'ouvre la bouche pour dire oui, parce que j'en ai très envie. Et puis je regarde ma robe rose et mes chaussures blanches et je me tais.

— Je… Euh…

J'aimerais lui expliquer que je n'ai pas le droit de me salir, que la place d'une demoiselle n'est pas dans les bois. Mais je ne voudrais pas qu'elle croie que je pense qu'elle n'est pas une demoiselle. Je ne veux pas la vexer.

Richelle prend ma main.

— Allez !

Elle me traîne quasiment jusqu'à chez elle.

— Il vaudrait mieux que je prévienne ma mère, lui dis-je en me retournant vers ma maison.

On entre chez elle. Sa mère sort de la cuisine.

— Bonjour. Tu dois être Nicole. Je suis Mme Nelson, la maman de Richelle.

— Bonjour, je lui réponds en repliant mes mains devant moi. Richelle m'a invitée, mais il faut d'abord que je demande la permission à ma mère.

— Je m'apprêtais justement à lui rendre visite. Je vais lui dire que tu es en train de jouer. Richelle, où allez-vous ?

— Dans la cabane !

Mon cœur bat à toute vitesse.

— Euh, je ne…

— T'inquiète pas ! me rassure Richelle. Maman, Mme Bentley n'aime pas que Nicole se salisse. Alors je vais lui prêter des vêtements pour qu'elle n'ait pas d'ennuis. D'accord ?

C'est fou de l'entendre dire un truc pareil à sa mère ! Mme Nelson sourit.

— Je comprends. C'est une bien jolie robe. Et les bois, ce n'est pas l'endroit idéal pour les chaussures blanches. Vas-y !

Richelle se précipite à l'étage. J'hésite. Je me retourne vers Mme Nelson parce que je ne suis pas encore certaine de ne pas avoir d'ennuis.

— Je ne lui dirai rien.

Elle me fait un clin d'œil.

Je lui souris.

— OK.

Je commence tout juste à monter les escaliers quand j'entends Richelle qui crie :

— Nicole, tu viens ou quoi ?

4

Je traîne les pieds jusqu'à la cuisine, une casquette de base-ball baissée sur le front.

— Mec, tu as une de ces tronches ! T'as foutu quoi, hier soir ? me demande Eric, qui, juché sur le bar, mange un bol de céréales.

— J'ai mal dormi. Je n'ai pas arrêté de faire des rêves délirants.

J'essaie de m'accrocher aux bribes de souvenirs que j'ai de la nuit où j'ai entendu Nicole hurler contre ses parents. Cela me revient petit à petit, mais pas assez pour que je puisse comprendre ce qui s'est passé ce soir-là.

— Il faut que je retourne sur le campus pour terminer mon devoir de compta avant d'aller en cours.

— Demande qu'ils ajoutent un shot d'expresso dans ton café !

Je fais la grimace.

— La dernière image que j'ai vue avant de me réveiller, c'est Carly qui me poussait dans une piscine remplie de café brûlant. Je crois que je vais zapper Bean Buzz ce matin.

— Tu parles, tu tiendras à peine cinq minutes sans ta dose ! se moque Eric. Au fait, la fraternité organise une soirée samedi. Je te mets sur la liste ?

— Pourquoi pas, je marmonne avant de lui dire au revoir.

Pour l'instant, j'ai d'autres choses en tête.

J'enfile ma veste et, en sortant, je prends les clés de mon pick-up.

Dix minutes plus tard, je me rends compte que je roule en direction de Bean Buzz. D'ailleurs, je suis presque arrivé. C'est beau, le pilote automatique !

Je n'ai pas vu Nyelle depuis une semaine. Et ce n'est pas faute d'avoir cherché. Je ne sais pas quels sont les endroits qu'elle fréquente. Mais ce ne sont pas les mêmes que moi. Je commence à penser qu'elle m'évite. Alors je tombe des nues quand, en attendant mon tour au café, elle me dit :

— Salut Cal. Ça t'embête de me déposer quelque part, aujourd'hui ?

Je suis tellement fatigué que je me demande si je n'entends pas des voix.

— Cal ?

Je me retourne. Nyelle me regarde bizarrement.

— Ça va ?

Tout compte fait, elle ne m'évite peut-être pas.

— Ah, salut ! Il me faut juste un café, je réponds en avançant doucement dans la file. Euh… bien sûr, je peux te déposer où tu veux.

— Génial !

Après m'avoir remercié gaiement, elle s'installe sur le fauteuil en cuir avec son énorme mug.

J'avance vers le comptoir.

— Salut Mel. Tu penses que je pourrais avoir un shot d'expresso dans mon café ?

Elle ne me répond pas. Son regard se pose sur le gobelet qu'elle tient dans sa main et sur lequel mon nom est écrit. Et puis elle lève la tête vers moi, une lueur assassine dans les yeux.

— Désolé, je ne voulais pas te perturber.

— Oh, pas de souci, Cal, dit-elle sans la moindre sincérité en balançant mon gobelet dans la poubelle derrière elle.

D'un mouvement de tête, elle m'indique la partie du comptoir où l'on récupère sa commande. On dirait qu'elle m'envoie en exil. Sa réaction est un peu flippante.

Ça ne m'est pas arrivé depuis longtemps, d'avoir à patienter pour ma boisson. Les trois personnes qui étaient derrière moi dans la file ont récupéré la leur. Et moi j'attends toujours. Ça m'apprendra à être imprévisible. Message reçu, Mel.

Quand enfin on me sert, Nyelle est derrière moi.

— Pourquoi ça a été aussi long ?

— Faut pas chercher Mel, dis-je pour toute réponse. T'es prête ?

— Ouais !

Je m'aperçois qu'elle n'a pas de sac – à moins qu'il soit caché sous son manteau marron. Et vu qu'elle porte un long pardessus taillé pour un footballeur américain, ce n'est pas impossible. Il lui descend jusqu'aux genoux et couvre complètement ses mains. Quand elle marche, ses bras frottent contre le tissu. Ça me rappelle les tenues de ski intégrales que, gamins, on portait les rares fois où il neigeait vraiment à Reinfield.

— Alors, t'as fait quoi de beau, ces jours-ci ? je lui demande tandis que nous marchons vers mon pick-up.

J'essaie de prendre un ton détaché alors que je brûle de savoir où elle disparaît comme ça et pourquoi je ne la retrouve pas.

— Je ne sais pas, répond-elle en haussant les épaules. Des trucs.

Visiblement, elle n'a pas l'intention de me simplifier la tâche.

— C'est quoi ta matière principale ? je lui demande une fois sur la route.

Je me contenterai de n'importe quelle information. Et tant pis si je suis lourd.

— Je ne sais pas encore.

— Moi non plus.

J'attends de voir si elle ajoute quelque chose. Rien. Ça me tue.

— Tu étais où, l'année dernière ?

Impossible qu'elle ait pu être ici, à Crenshaw, sans que je la voie au moins une fois. Elle n'est pas du genre à se fondre dans la masse.

— J'ai voyagé un peu partout dans le monde.

Je ne sais pas du tout si elle me dit la vérité.

— Vraiment ? je demande d'un ton perplexe.

— Oui.

Nyelle plonge la main au fond de la poche de son manteau sans plus d'explication et en sort un sachet de réglisse rouge. Elle en détache un et me l'offre. Je secoue la tête.

— C'est ton petit déj ?

— Non, juste une habitude, me répond-elle en gobant le spaghetti rouge.

Je déclare forfait. Cette succession de phrases laissées en suspens, ce n'est pas vraiment ce que j'appelle une discussion. Et je suis trop fatigué pour essayer de déchiffrer ses énigmes. Le reste de la route se passe en silence.

Quand nous arrivons sur le campus, la caféine commence à agir. Mais je pense déjà à la sieste qui m'attend après la compta. Je n'ai pas cours avant ce soir, alors je peux très bien dormir tout l'après-midi si ça me chante. Là, tout de suite, cette idée est plutôt séduisante.

Après m'être garé à la place qui m'est réservée, je propose à Nyelle :

— Si ça t'intéresse, je vais au bureau des élèves. J'ai des devoirs à terminer avant les cours.

— Oui, on ne m'attend nulle part.

Un morceau de réglisse dépasse de sa bouche.

— Alors pourquoi voulais-tu que je te dépose sur le campus ?

— Parce que tu y allais !

Tu parles d'une réponse… Je ne sais pas pourquoi je persiste.

Nous marchons dans l'air froid de novembre. Je jette mon gobelet dans une poubelle et j'enfonce mes mains dans les poches de ma veste. Quelle idée d'avoir oublié mes gants !

— Oh, non, pas elle ! je murmure en apercevant Corinne qui traverse la cours dans notre direction.

Sans prendre le temps de me justifier, je l'évite en m'engouffrant dans l'entrée de la bibliothèque de droit.

Nyelle me suit et s'adosse à la voûte en brique.

— C'est la dingue du café ? murmure-t-elle.

— Non, je ronchonne. Ce n'est pas Carly.

Nyelle essaie de regarder.

— Non, s'il te plaît.

Elle me dévisage, perplexe.

— OK…

Je me rends compte que j'ai l'air vraiment stupide, à me cacher comme ça d'une autre fille encore, mais je ne me sens pas prêt à affronter l'enthousiasme débordant de Corinne. Je n'en ai pas l'énergie.

— Une autre ex ?

Je serre la mâchoire et baisse les yeux en hochant légèrement la tête

— Waouh, Cal ! Tu les collectionnes ? Et il te faut combien de temps pour traverser le campus si tu dois en permanence te cacher ?

J'essaie tant bien que mal de lui expliquer :

— Ce n'est pas ce que tu crois, OK ? Corinne, ça va. Elle est gentille. Mais chaque fois qu'elle me coince, je suis obligé de l'écouter me raconter tout ce qu'elle a fait depuis la dernière fois qu'on s'est vus. Je voulais juste… m'épargner ça ce matin.

— Ah, c'est sûr que c'est tellement plus agréable d'être cachés là ! dit-elle en s'appuyant contre le bâtiment tout en me regardant de ses yeux bleus taquins.

— Crois-moi. Ça l'est.

Corinne n'est plus là. Je pousse un soupir de soulagement.

— La voie est libre.

— Vraiment, y en a combien ? demande Nyelle en se dirigeant vers la cour. Et est-ce que leur nom commence toujours par un C ?

Je vois bien que tout cela l'amuse, mais moi, non. Ce n'est pas dans mes habitudes de me cacher de mes ex, même s'il m'arrive parfois de devoir les éviter. Ce n'est pas exactement l'image que je voulais renvoyer de moi-même.

— Je ne sais pas, dis-je de façon évasive, incapable de la regarder en face. Quelques-unes…

— Des coups d'un soir ou bien des copines ?

— Des copines.

— *Toutes* ?

Je remets mes mains dans les poches de ma veste et je continue à marcher tête baissée, en essayant d'esquiver les accusations.

— Que s'est-il passé ? Quel était leur problème, à *toutes* ?

— Rien de spécial, je t'assure. À part Carly, qui s'est avérée cinglée. Mais généralement, elles sont vraiment chouettes. C'est juste…

Je hausse les épaules et j'essaie de ne pas ralentir afin d'arriver au plus vite et de mettre un terme à cette conversation sur mes ex.

— Alors pourquoi tu as cassé avec elles ? Parce que c'est toi qui rompt chaque fois, pas vrai ?

— La plupart du temps, oui, dis-je d'une toute petite voix.

Nyelle ne lâche pas le morceau :

— Eh bien, poursuit-elle en s'arrêtant quand elle aperçoit les portes du bureau des élèves. Raconte-moi. Que s'est-il passé ?

Je me tourne brusquement vers elle et je lui balance :

— Elles n'étaient pas celle dont j'avais besoin, OK ?

Nyelle m'observe d'un air songeur.

— Celle dont tu avais *besoin* ? Mais qu'est-ce que ça veut dire, ça ?

Je laisse échapper un grognement.

— Sérieux ? Je ne crois pas devoir d'explication à la fille qui ne donne que des réponses énigmatiques.

Je continue à marcher sans prendre la peine de vérifier qu'elle me suit.

— Dis-moi, Cal, m'implore Nyelle tandis que je cherche une table libre où m'installer. Qui est celle dont tu as besoin ?

Je ne lui réponds pas. Deux types s'en vont d'un box et je me précipite avant que quelqu'un d'autre puisse prendre la place. Je pose mon sac à dos sur un banc et Nyelle s'assied en face de moi.

— Tu as faim ? je lui demande. Je n'ai pas encore pris mon petit déjeuner.

Voyant que je cherche à éviter le sujet, elle m'encourage prudemment.

— Je ne te juge pas, Cal. Je te le promets. Ce qui m'intéresse, c'est de comprendre pourquoi tu as semé autant de cœurs brisés sur le campus.

Je laisse échapper un rire moqueur.

— Dis-le-moi, allez ! Qui est-ce que tu cherches ?

— Je reviens.

Je mets l'interrogatoire en pause afin de décider si oui ou non, j'ai envie d'expliquer ce que j'ai voulu exprimer tout à l'heure, dans un élan d'honnêteté.

J'achète deux sandwichs et une bouteille d'eau. Quand je retourne à ma table, elle m'attend, pleine d'impatience, le menton posé sur les mains.

Tout en sachant que c'est une erreur, je me confie à elle :

— La fille que je cherche, c'est celle que je regretterai si je la laisse partir.

Nyelle réfléchit quelques instants.

— Ta fille « et si » ! Ça me plaît bien.

— Ma quoi ? je lui demande, la bouche pleine.

— Ta fille « et si » ! « Et si c'était elle ? » Tu sors avec tout un tas de nanas au cas où elle se trouverait dans le lot.

Je hausse les épaules.

— Je ne me suis jamais vraiment demandé pourquoi je sortais avec elles. Juste pourquoi je ne restais pas avec elles…

— Il n'y en a pas une qui t'a plaqué ?

Je m'adosse à mon siège et je soutiens son regard intense. J'hésite avant de parler, incapable de répondre avec totale franchise.

— Non, pas vraiment.

— Même pas là où tu vivais avant ? Tu viens d'où, d'ailleurs ?

Je manque de m'étouffer avec mon sandwich. Je fais tout mon possible pour la voir comme Nyelle Preston et non pas comme Nicole Bentley. Et voilà qu'elle me pose une question qui remet tout ça sur le tapis… Du coup, ça me démange de lui demander ce qui lui est arrivé. Mais elle risquerait de prendre peur. Et de disparaître pour de bon. C'est déjà assez difficile de ne pas savoir quand je vais la revoir. Je n'ai pas envie de tout gâcher en lui posant trop tôt la mauvaise question. Je dois attendre qu'elle soit prête à me parler.

— Je viens d'une petite ville dans le nord de la Californie, pas loin de Sacramento.

Impossible de la regarder dans les yeux. J'ai l'impression que c'est moi qui mens.

— Oh la ! Tu es loin de chez toi ! Pourquoi avoir choisi Crenshaw ?

— C'est une bonne université.

Ma réponse est un peu vague. J'aurais pu lui dire que je voulais m'éloigner de ma famille, mais c'est faux. J'aime ma famille. J'aurais pu lui dire que c'est à cause de la spécialité que j'ai choisie. Sauf que je ne me suis toujours pas décidé.

— En vrai, je devais aller à UCLA mais… j'ai changé d'avis à la dernière minute.

Elle sourit comme si je venais de lui révéler quelque chose d'intéressant.

— Tu as laissé le hasard décider de quelque chose susceptible de changer tout le reste de ta vie, juste… comme ça ?

— Je crois bien, dis-je en haussant les épaules.

— Tu étais déjà un bourreau des cœurs, au lycée ?

J'éclate de rire. Si elle ne devait se rappeler qu'une seule chose me concernant, c'est que j'étais loin d'être le gars le plus sexy du bahut. D'accord, j'ai eu quelques copines, mais…

Je continue à jouer le jeu.

— Non, je réponds en secouant la tête. J'étais assez… différent au lycée. Je ne m'en suis vraiment rendu compte qu'en rentrant à la maison l'été dernier.

* * *

Une jeep rouge s'arrête au bout de l'allée, Craig Mullins se hisse à l'arceau de sécurité et se balance au-dessus de la portière.

— T'es rentré quand ? hurle-t-il pour qu'on l'entende par-dessus la stéréo poussée à fond.

— Depuis quelques heures, je lui réponds en criant.

— On va chez Carter's. Tu viens ?

Je regarde Rae qui est assise à côté de moi sur le canapé à carreaux orange-gerbe et marron-diarrhée installé dans son garage. Elle hausse les épaules.

— Le hot spot *dans cette ville, c'est le marchand de glaces. Pathétique…*

Elle se lève brusquement et se dirige vers la jeep. Je la suis. Alors qu'elle s'installe à l'arrière, Brady, qui est au volant, lui lance :

— Tu es Rae-yonnante !

Elle lui fait un doigt d'honneur.

— Toujours aussi joyeuse, à ce que je vois.

Craig me jette un drôle de regard quand je m'installe à côté d'elle.

— Qu'est-ce que t'as fait à tes cheveux, Logan ? T'es dans un boys band *maintenant ou quoi ?*

Je ne réponds même pas à sa vanne. J'écarte la mèche qui me tombe dans les yeux. Je n'avais pas prévu de les laisser pousser. Je les ai toujours portés courts. En terminale, en gros, j'avais la boule à zéro. Mais je n'ai pas pris le temps de les couper depuis que je suis parti à Crenshaw, du coup, c'est du grand n'importe quoi.

— Tu travailles pour ton oncle cet été ? me demande Brady, alors que nous quittons notre quartier.

— Exact. Et vous, les gars, vous avez prévu quoi ?

— Comme tous les étés, répond Craig en se retournant pour nous parler. Faire de l'aménagement paysager pour le père de Parker et boire des bières au bord du lac. Mec, t'as… carrément changé !

— Euh, OK.

— Rae, j'ai entendu parler de ton groupe de meufs. Vous faites des concerts ?

— On bosse encore nos chansons.

— Cool, tu pourras jouer à toutes les soirées que j'organiserai cet été, dit Brady en nous regardant dans le rétroviseur.

— J'y penserai si je veux jouer pour les criquets, se moque Rae.

— Hé, mes soirées sont démentes !

— N'importe quelle soirée à Renfield est cool, dit Craig en rigolant. Ce bled est tellement minus que t'es sûr de rameuter toute la ville.

Dix minutes plus tard, nous arrivons sur le parking devant Carter's. Quand nous étions au lycée, tout le monde rêvait de bosser là-bas. Les gamins les plus populaires réussissaient à faire embaucher leurs potes ici l'été. Et donc… je n'y ai jamais travaillé.

C'est plein à craquer, comme toujours à cette époque de l'année. J'essaie de me préparer à revoir toute la clique des anciens du lycée.

— Réservez la table de pique-nique, dit Rae tandis qu'un groupe s'en va. Je vais vous chercher un cornet.

Brady s'assied à côté de moi sur la table pendant que Rae et Craig se placent dans la longue file.

— T'as des histoires croustillantes à me raconter ? demande Brady.

Je suis trop distrait par la meute de peaux bronzées qui fonce vers nous pour répondre à sa question. J'ai l'impression de regarder une de ces pubs pour rasoirs qui prétendent laisser la peau douce et soyeuse. On a presque l'impression qu'elles marchent au ralenti. En revanche, Neil Talbert, derrière elles, a juste l'air d'une grosse limace. Mes yeux vont de visage en visage. Il y a un truc qui cloche. Nicole n'est pas avec elles.

— Hé, Brady, dit Heather en approchant. C'est qui ?

Elle me scrute de la tête aux pieds, sans chercher à être discrète.

— Euh, Heather, c'est Cal, répond Brady comme si elle était folle. Cal Logan.

Elle penche la tête d'un air perdu.

— Il était avec nous au lycée, ajoute Brady, qui n'en revient pas.

Je passe une main dans mes cheveux pour me dégager le visage. J'essaie de cacher mon malaise.

— Hum, je ne me souviens pas de toi, dit Ashley, à côté de Heather.

Son regard se promène sur moi aussi.

Heather balaie sa remarque d'un mouvement de crinière.

— Il faut absolument que tu viennes à la soirée organisée à Gosland's End ce soir.

— Bouh ! beugle Neil en arrivant derrière Ashley dont il empoigne le derrière.

Elle sursaute et lui donne un coup dans le bras.

— Bas les pattes, Neil, dit-elle d'un air dégoûté avant de rediriger son attention sur moi. C'est toi ? Dis donc, t'as… grandi.

Sa phrase est lourde de sous-entendus. Je me demande ce qui se passe.

Au début du lycée, j'étais plus petit que tout le monde – je mesurais bien dix centimètres de moins qu'aujourd'hui –, je portais des lunettes rondes à montures noires et j'étais maigrichon. Neil avait l'habitude de crier « Où est Charlie ? » chaque fois qu'il me voyait, et cela a fini par me coller à la peau. Il me servait cette phrase débile à toutes les soirées. Ce n'était pas drôle à l'époque, ça ne l'est pas plus maintenant. Je n'ai jamais frappé personne, mais je ferais bien une exception pour lui...

— Charlie, qu'est-ce qui t'est arrivé ? T'as pris du muscle. Tu t'es mis à la muscu ou quoi ? me demande Talbert.

— Arrête de jouer au con, dit Craig en revenant à notre table avec un milk-shake qu'il tend à Brady. On sait tous que t'es le seul à avoir besoin de faire de la muscu pour compenser ta queue riquiqui.

— Je t'emmerde, Mullins, grogne Talbert en s'avançant vers lui le poing serré.

— Ne commence pas à jouer les gros durs, Neil, se moque Vi. Tu sais qu'il va te foutre une branlée.

Il la fusille du regard et s'en va. Vi roule des yeux. Tout le monde sait que Talbert est toléré parce que Nicole est sortie avec Kyle au lycée. Sauf que... Nicole n'est pas là.

* * *

Elle n'est pas à Renfield. Je suis presque sûr qu'elle est en face de moi et essaie de se faire passer pour quelqu'un d'autre.

— T'es parti où, comme ça ? me demande Nyelle en me ramenant à la réalité.

J'ai bien envie de lui retourner sa question.

— Perdu dans mes pensées.

Tout à coup, Nyelle lève les mains au ciel et se met à agiter les bras dans tous les sens. Je me retourne pour voir à qui elle fait signe. Tess. Elle se met à sourire quand elle nous aperçoit.

— Elle t'aime bien, tu sais, dit Nyelle tout bas en se penchant au-dessus de la table.

— Je sais, je réponds en la regardant se frayer un chemin jusqu'à nous.

— N'en fais pas l'une de tes victimes, m'avertit-elle. Je ne te louperai pas.

Je me retourne. Nyelle est sérieuse.

— C'était pas au programme, je lui assure en soutenant son regard.

— Hé, les gars !

Tess brise notre bras de fer silencieux.

— Quoi de beau ?

— Je suis venue pour t'aider à réviser, s'exclame Nyelle en se levant d'un bond. Ça te dit d'aller à la bibliothèque ?

— Euh, ouais… répond lentement Tess, visiblement surprise par cette proposition. Merci. Je ne pensais pas que tu avais le temps pour ça.

— Mes plans ont changé ! À plus, Cal. Merci de m'avoir déposée !

Je hoche la tête. Tess me dit au revoir de la main tandis qu'elles se dirigent vers les escaliers menant à la bibliothèque.

Je sors un exercice de compta mais impossible de me concentrer. Je n'arrête pas de penser à ce que Nyelle m'a divulgué ce matin. A-t-elle vraiment voyagé l'année dernière ? Et qu'est-ce qui ferait venir une fille pareille à Crenshaw ? J'ai accepté toutes ces coïncidences jusqu'à ce qu'elles finissent par ne plus me convaincre.

RICHELLE

Août – Avant le CM1

— Cal et Rae nous retrouvent à la cabane, je crie en me retournant vers Nicole alors que je traverse la rue à toutes jambes.

Je commence à me demander si elle sait courir. Je m'arrête sur le trottoir et j'attends qu'elle me rattrape.

— On n'a qu'à cueillir des fleurs pour la décorer.

— D'accord, répond-elle en tirant sur le short que je lui ai prêté.

Elle fait souvent ce geste. Je crois qu'elle n'avait jamais mis de short avant. Elle porte aussi l'un de mes tee-shirts et ma mère lui a acheté des baskets – même si Nicole pense que les chaussures sont à moi. Ma mère ne voulait pas qu'elle se sente gênée.

Je ne sais pas comment elle va faire en sport pour courir sans baskets. Peut-être qu'elle ne court vraiment pas. C'est bizarre. Mais c'est mon amie, alors je m'en fiche.

Je traverse le jardin de Cal en sautillant pour rejoindre les bois, et je me mets à cueillir des fleurs sauvages. J'ai vraiment un faible pour les marguerites, alors j'en prends autant que je peux. Nicole, elle, choisit des fleurs roses et violettes. Ce n'est pas facile de casser les tiges. Certaines viennent avec leurs racines. Je hausse les épaules. Elles ont quand même l'air jolies.

— J'aime beaucoup les fleurs, dis-je à Nicole.

Je renifle mon bouquet – il ne sent pas vraiment grand-chose.

— Ma mère me laisse lui donner un coup de main, pour les fleurs, me raconte-t-elle. Elle faisait partie d'un club de jardinage là où on habitait avant, et parfois, je l'accompagnais. Il y avait tellement de belles fleurs, là-bas.

— Je crois que mes préférées, c'est les fleurs sauvages. Elles poussent là où elles veulent. Personne n'a à les planter. Et ensuite le vent souffle sur leurs graines qui trouvent un nouvel endroit où grandir.

Nicole prend le temps de réfléchir et hoche la tête.

— Je crois que moi aussi, ce sont mes préférées.

Je lui prends le bouquet des mains et je cours vers les bois, en m'arrêtant quelques fois pour lui laisser le temps de me rattraper. C'est dur d'attendre, alors parfois je cavale vers elle pour la retrouver et puis je repars dans l'autre sens. Elle n'est vraiment pas pressée d'arriver où que ce soit.

À la cabane, Rae est assise au pied de l'arbre et appuyée contre le tronc. Cal est debout à côté d'elle.

— Enfin ! souffle Rae en se levant. Cal, on peut monter, maintenant ?

Elle remarque alors les fleurs que j'ai dans les mains.

— Pas moyen ! Tu ne vas pas mettre des fleurs dans notre cabane. C'est un fort, pas une maison de poupées !

Je décide d'ignorer ce qu'elle dit et me dirige vers l'échelle. Bras croisés, elle me barre la route.

— Allez, Rae ! Laisse-moi passer.

Elle ne bouge pas.

— Cal, dis-lui que j'ai le droit de mettre des fleurs dans notre cabane.

Je me tourne vers Cal. Il regarde Nicole.

— Tu en penses quoi ?

Le regard de Nicole va de moi à Rae. J'ai bien peur qu'elle ne dise rien parce qu'elle ne parle pas beaucoup… jamais.

— Richelle était super contente de les cueillir pour la cabane. Je crois qu'elle serait triste de ne pas pouvoir les utiliser.

Je souris.

— Rae, laisse-la mettre des fleurs dans la cabane, dit Cal.

Il a l'habitude de jouer les arbitres, et généralement, quand il décide quelque chose, sur n'importe quel sujet, ça se produit. À part ça, il s'en fiche pas mal de ce qu'on fait – enfin, du moment qu'on ne joue ni à la dînette ni à la poupée.

— Allez viens, Nicole, lui dit-il.

Elle passe devant lui et il attend qu'elle commence à escalader avant de la suivre.

— Super, marmonne Rae. De toute façon, elles vont mourir.

— Eh bien j'en cueillerai d'autres, je lui réponds.

Je grimpe à l'échelle. Cal baisse les yeux vers moi et je lève les miens vers lui en souriant.

5

— Pardon !

Quand je lève les yeux, je me rends compte que plusieurs personnes attendent que je bouge pour pouvoir sortir de ma rangée. Je suis assis devant l'écran de mon MacBook, qui s'est mis en veille. J'ignore ce qu'il s'est passé pendant le cours parce que j'ai été obnubilé par une question : quand vais-je revoir Nyelle ? Et maintenant… c'est terminé. Je vais devoir emprunter les notes de mon voisin.

— Désolé, dis-je à la fille qui passe devant moi en traînant les pieds.

Je referme d'un coup sec mon ordinateur et je prends mes affaires. Alors que je suis au milieu du troupeau de sacs à dos qui se dirige vers la sortie, Nyelle occupe encore mes pensées. Chaque fois qu'elle s'en va, je sens l'angoisse qui monte. Je déteste ne pas savoir où elle est. Je suis à la merci de ses apparitions imprévisibles, et ça craint. La dernière fois, je ne l'ai pas vue pendant une semaine. Je me demande combien de temps cela durera cette fois-ci.

Je passe les portes battantes et me retrouve dans la lumière aveuglante du soleil. Maintenant que décembre approche, les températures oscillent entre froid polaire et fraîcheur automnale. Aujourd'hui, il fait doux, et un sweat-shirt suffit. Ça me rappelle un peu le genre de temps qu'on peut avoir à Renfield. Tiens, d'ailleurs, il faudrait peut-être que j'appelle Rae pour prendre de ses nouvelles. Je sais qu'elle se sent isolée, là-bas. Mais elle ne va pas tarder à venir ici.

Je sors mon téléphone. Je me ravise quand je remarque les boucles marron qui arrivent en sautillant à ma hauteur. Nyelle est désormais à côté de moi. Je ne l'ai pas vue arriver.

— Salut.

— Salut, me répond-elle, l'air de rien.

— Deux jours de suite, c'est… surprenant.

— Tu notes les jours où tu me vois ? demande-t-elle. Oh, Cal, je suis flattée !

Elle me taquine, et moi j'aurais dû la boucler.

Au moment où je m'apprête à traverser la rue, elle prend à gauche.

— Tu vas où ?

Je sais qu'elle aurait continué à marcher avec moi si je n'avais rien dit.

Nyelle s'arrête et se retourne. Les gens passent entre nous. J'ai du mal à la voir.

— L'Arbre à glaçage. Tu veux venir ?

— Pourquoi pas, je lui réponds prudemment.

Je n'ai jamais entendu parler de cet endroit.

Je coupe à travers le flot continu de piétons et je suis Nyelle qui se dirige vers la sortie du campus. Malgré les températures plutôt douces, elle porte encore son gros manteau marron.

— Tu n'as pas chaud avec ce truc ?

— Je suis nue en dessous, me répond-elle d'un air impassible.

J'écarquille les yeux. Elle se met à rire.

— Oh là, Cal, détends-toi. C'est une blague. J'ai besoin de ce manteau, mais en dessous, je suis en débardeur. Enfin, merci de t'inquiéter pour moi.

Je serre les lèvres en hochant la tête.

Nous traversons une rue qui mène à l'extérieur du campus, dans un quartier résidentiel. Pas l'ombre d'un magasin ou d'un restaurant.

— C'est où, ton machin ? je lui demande alors qu'on traverse encore une rue.

— Plus très loin. C'est quand, ton prochain cours ?

— Dans environ une heure.

— On y est ! s'exclame-t-elle alors que nous venons de nous engager dans une nouvelle rue.

De l'autre côté, il y a un grand parc avec un terrain de base-ball, de basket-ball et une aire de jeux. Je me demande où peut bien se trouver cet Arbre à glaçage. Nyelle se dirige vers un banc. Peut-être qu'elle a changé d'avis. Je suis sur le point de m'asseoir quand elle s'approche de l'arbre juste derrière.

Elle cale son pied à l'endroit où les branches principales se séparent et saisit celles se trouvant au-dessus de sa tête pour se hisser. J'ouvre la bouche, mais aucun son ne sort. Nyelle continue à grimper encore un mètre cinquante avant de me regarder de tout en haut.

— Tu viens ou quoi ?

— Tu veux que je grimpe à un arbre ?

— Tu n'es pas obligé, mais moi, je le fais. D'ailleurs, c'était quand, la dernière fois que tu as escaladé un arbre ?

— Euh… quand j'étais gamin. Et là d'où on… d'où je viens, il y a surtout d'immenses pins. Pas le genre d'arbres faciles à escalader.

— Allez, m'encourage-t-elle encore. Monte avec moi.

Je regarde autour de moi pour voir si on nous regarde. Cette histoire est complètement dingue. Mais j'obéis.

Nyelle choisit une branche épaisse vers la cime et s'assied dessus. J'en choisis une qui a l'air solide en face d'elle tout en m'accrochant à une branche au-dessus de moi. Jusqu'ici, je ne pensais pas avoir le vertige, mais le fait de ne pas réussir à voir le sol à travers le méli-mélo de branches et de me trouver plus haut que les lignes électriques, ça rend mes mains légèrement moites.

— J'aime bien être ici, tout en haut, dit Nyelle en inspirant profondément.

On dirait qu'elle est au sommet d'une montagne et qu'elle admire le paysage. Son dos est appuyé contre l'écorce, l'une de ses jambes repose sur la branche et l'autre se balance dans le vide.

— C'est un endroit formidable pour réfléchir.

— Tu fais ça souvent ? je demande. Des gamins approchent de l'arbre. Ils dribblent avec leur ballon de basket. Ils continuent jusqu'au terrain sans même remarquer notre présence au-dessus d'eux.

— Réfléchir ? Seulement quand ça s'impose, répond-elle d'un ton sarcastique.

— Cool. Non, je veux dire : tu montes souvent sur cet arbre ?

— C'est la première fois.

— Tu n'étais jamais venue ici avant ? Pourtant, tu avais l'air de savoir où tu allais.

Cette fille n'arrête pas de me surprendre.

— Je savais qu'il y avait un parc dans le coin, explique-t-elle. Alors je savais qu'il y aurait un Arbre à glaçage. L'arbre idéal pour s'asseoir et… réfléchir à la vie.

— Encore une première fois, hein ? C'est sur ta liste aussi ?

Elle hoche la tête.

— Pourquoi tu l'appelles l'« Arbre à glaçage » ?

Elle plonge son bras jusqu'au coude dans les poches de son manteau et en sort un pot de glaçage à la vanille.

— J'aime bien manger des trucs sucrés quand je réfléchis.

— Évidemment. J'aurais dû deviner.

Je secoue la tête en riant.

— Et c'est pour ça que tu portes ce manteau gigantesque. Pour transporter tes courses. Tu as quoi d'autre, là-dedans ?

— Qu'est-ce qui te ferait plaisir ? me demande-t-elle avec un petit sourire malin.

Elle enlève le couvercle en plastique et retire l'opercule avant de plonger un doigt dans le pot et d'en sortir une énorme goutte blanche visqueuse qu'elle laisse tomber dans sa bouche. Elle me tend le glaçage.

Je lève une main.

— Ça ira, merci.

— Goûte ! insiste-t-elle. Tu trouveras ça encore plus cool d'être sur cet arbre.

J'hésite encore un instant avant de céder. Je me sers de façon raisonnable. Quand je mets le glaçage dans ma bouche, Nicole remarque mon expression.

— C'est bon, pas vrai ?

Je hoche la tête.

— T'avais raison. L'arbre prend tout son sens, maintenant.

— J'adore le glaçage, dit-elle, songeuse, en ignorant ma remarque ironique.

Elle se ressert.

— Qu'est-ce que tu pourrais manger tous les jours sans t'en lasser ?

Après avoir avalé une deuxième portion, je lui réponds.

— Les céréales. Je crois que je pourrais en prendre à tous les repas.

— T'es un vrai mec, toi.

Nyelle éclate de rire.

— Moi, je pourrais manger des chips jusqu'à la fin de ma vie. Je les mélangerais ou bien j'essaierais des nouveaux parfums ou des marques différentes tous les jours. J'adore les chips.

— Et le glaçage, je fais remarquer en la regardant en consommer sans modération.

— T'as déjà trempé une chips dans du glaçage ? demande-t-elle, tout excitée, comme si c'était la meilleure idée du monde.

— Non, je lui réponds en faisant la grimace. Ça a l'air dégueulasse.

— Trop pas. Le salé et le sucré, c'est le meilleur mélange qui soit. Maintenant que j'y pense, il va falloir que j'essaie.

Je glousse. Je m'attends à ce qu'elle plonge la main dans sa poche et en sorte un paquet de chips. Mais elle ne le fait pas.

Une nuée d'oiseaux attire l'attention de Nyelle qui les regarde se poser sur un arbre à l'autre bout du parc. Une légère brise ramène quelques mèches sur ses joues. J'aime bien quand elle a les cheveux lâchés, comme ça, bouclés et un peu sauvages. Ses yeux papillonnent tandis qu'elle réfléchit. Son visage, lui, reste calme et serein.

— Si tu avais un superpouvoir, ce serait quoi ?

Elle me lance un regard, et je me rends compte que j'ai les yeux scotchés sur elle depuis tout à l'heure. Je cligne des paupières et regarde autour de moi.

— Euh… dis-je en séchant complètement.

Sa question m'a pris de court.

— On réfléchit, là ?

— Oui, répond-elle en souriant. Ne t'inquiète pas. Ce qui est dit sur l'arbre, reste sur l'arbre.

Je me demande jusqu'où ira la sincérité.

— OK.

Je hoche la tête en espérant ne pas regretter mes propos plus tard.

— Je dirais… être super fort. Sans doute parce que quand j'étais gosse, j'étais super maigrichon.

— Ce n'est plus le cas aujourd'hui, fait remarquer Nyelle en penchant la tête pour m'examiner.

Je me tortille, mal à l'aise.

— Oui, mais ça ne change rien à mon enfance. Et toi ?

Ses yeux bleus translucides balaient le ciel. Elle est adossée au tronc le plus naturellement du monde. Comme si elle était assise sur le banc, en bas – et pas au sommet d'un arbre.

— J'aimerais voler. Enfin, plutôt planer. Laisser le vent me porter et me déposer où bon lui semble.

Les yeux fermés, elle se cambre. Comme si elle invitait le vent à l'emporter. Sa poitrine se soulève et se baisse de façon théâtrale. Elle remplit ses poumons avec l'air dans lequel elle aimerait se fondre. Cette fille n'arrête pas de me perdre. Elle ne ressemble à personne que je connais.

— Ça t'arrive de vouloir refaire quelque chose, mais autrement ? me demande-t-elle, avec plus de sérieux cette fois-ci.

Son regard est sombre, trouble. Je me demande où ses pensées l'ont transportée pendant cette parenthèse calme dans le vent.

— Et si j'avais agi différemment ? Qui serais-je ? À quoi ressemblerait ma vie ? Et si… ?

Elle inspire profondément, laissant sa pensée en suspens.

Sans crier gare, l'orage s'éloigne de ses yeux, et un sourire malicieux traverse son visage.

— Si tu pouvais refaire quelque chose autrement, ça serait quoi ?

J'ouvre la bouche mais je ne sais pas quoi répondre. L'ironie de la situation m'empêche de parler. Si quelqu'un a quelque chose à avouer, c'est bien la fille qui est assise en face de moi.

— Pas la peine de te torturer, dit Nyelle en riant.

Elle regarde deux petites filles qui courent au loin, sur le trottoir.

— Et si j'avais un jour de plus ?

— Pour quoi faire ? je m'empresse de lui demander.

Elle serre les lèvres sans rien ajouter. Toujours aussi cryptique.

Je regarde autour de moi pour trouver l'inspiration et j'observe les garçons qui jouent au basket.

— Eh bien… et si je m'étais entraîné davantage ?

Nyelle suit mon regard et sourit.

— T'étais nul au basket ?

Je hausse les épaules. Je n'étais pas très doué, en effet. J'ai intégré l'équipe – mais mon rôle se limitait à chauffer le banc. J'imagine que le sens de ma phrase n'était pas très difficile à deviner. Ou peut-être que je ne suis pas doué non plus pour les mystères.

— OK, dit Nyelle. Et si j'avais su mieux mentir ?

Je me mets à rire. Mentir… N'est-ce pas déjà ce qu'elle fait maintenant ?

— Tu regrettes de ne pas savoir mentir ?

— Comment dire…

Elle sourit avant d'ajouter :

— Je suis capable de tenir une promesse pour l'éternité, mais qu'on ne me demande pas de mentir. Si je peux, j'éviterai de mentir à quelqu'un comme toi tu évites tes exs.

Waouh, j'articule en silence.

— Je promets de ne jamais te demander de mentir pour moi.

Si seulement elle pouvait éviter de me mentir à moi.

— Merci ! Et toi, tu es un bon menteur ?

— J'ai pas mal menti dans ma vie, j'admets, sans honte. Mais seulement pour ne pas blesser les autres. Ou pour m'éviter des ennuis quand j'étais gamin. Des petites choses sans importance. Rien de moralement condamnable ou quoi.

Toute cette conversation me donne des sueurs froides. Je ne sais pas comment elle fait pour garder autant son calme. À moins qu'elle ne pense pas vraiment qu'elle ment.

— Je vois ce qui se passe, Cal. Tu as l'air gentil et innocent. Et puis tu brises le cœur de ces pauvres filles et tu leur mens sur les raisons qui te poussent à rompre avec elles.

Elle secoue la tête d'un air désapprobateur. Mais la petite lueur taquine dans ses yeux la trahit.

— Je suis quasiment sûr qu'elles s'en sont toutes remises, j'argumente avec un sourire forcé.

— Et si tu avais la possibilité de sortir à nouveau avec l'une d'entre elles. Est-ce que tu le ferais ?

J'inspire profondément et je m'efforce de répondre de la façon la plus sincère qui soit. Dans ma tête, je passe en revue les visages de ces filles. Je ne m'arrête sur aucune d'entre elles – sauf une. Mais à l'époque, nous n'étions que des enfants, rien de plus. Et maintenant, j'ignore où elle se trouve.

— Non.

Nyelle ouvre la bouche, surprise.

— Vraiment ? Tu ne ressens pas encore quelque chose pour l'une d'entre elles ?

— Pour commencer, je ne crois pas que j'ai déjà été très amoureux. Je les aimais bien. Je les aime toujours bien, pour la plupart, mais…

Je hausse les épaules. Je sens une chaleur monter dans mon cou.

— Et toi ? Si tu pouvais redonner sa chance à l'un des mecs avec qui tu es sortie, tu le ferais ?

Je retiens mon souffle en attendant sa réaction.

Elle se met à rire, et pas qu'un peu. Ce n'est pas la réaction que j'attendais.

J'ai peur qu'elle tombe de l'arbre quand je la vois poser la main sur son ventre en secouant la tête. Il lui faut une bonne minute pour se ressaisir. Elle essuie le coin de ses yeux.

— À ce point-là ?

Je repense à Kyle Talbert, le type avec qui Nicole est sortie pendant presque tout le lycée. Et j'ai l'impression qu'elle aussi l'a en tête.

— On ne peut pas imaginer pire !

Je suis entièrement d'accord avec elle – enfin si, elle aurait pu sortir avec Neil, son frère cadet, et là, ç'aurait été encore plus terrible. Mais alors, pourquoi sont-ils restés ensemble si longtemps ? C'est la non-conversation la plus étrange que j'aie eue de ma vie.

— J'aimerais vraiment pouvoir tout recommencer.

Elle frémit, ce qui me fait rire à gorge déployée.

— Et puis il y a mon premier baiser, aussi.

Nyelle fronce le nez en y repensant et tire la langue d'un air dégoûté.

— Beurk.

— Je commence à avoir pitié de toi, dis-je en la taquinant. Ton mec était atroce. Et ton premier baiser était apparemment… dégueulasse.

— Oui, tu résumes bien ! affirme-t-elle de façon catégorique. Mon premier baiser était tout en langue et en bave. J'ai eu envie de lui demander s'il cherchait à deviner ce que j'avais mangé, mais j'ai manqué de culot. Après, il a fallu que je trouve un moyen de m'essuyer la bouche avec ma manche. Répugnant.

— Ouais, c'est moche ! dis-je avec une grimace.

Je ne sais pas du tout qui est le premier type qu'elle a embrassé.

— Ça m'est arrivé d'embrasser des filles qui… débordaient. Ceci dit, pas la première. Mais quand même, je compatis.

— J'en suis sûre !

Elle lève les yeux au ciel.

— Dis-moi, si tu pouvais revenir en arrière et refaire certaines choses pour la première fois, tu le ferais ?

— Mon premier baiser ?

— Premier baiser. Première fois que tu as couché avec quelqu'un, précise Nyelle.

Je me mets à rire, mal à l'aise.

— OK, tu veux aller sur ce terrain-là…

Elle hoche la tête pour m'encourager.

— Pour être honnête, peu importe avec qui tu le fais. Je pense que la première fois, c'est horrible pour tout le monde.

Nyelle rit.

— Tu crois ?

— Attends ! Le mec, il a la grosse pression, il doit assurer, mais c'est mission impossible. On ne sait pas du tout ce qu'on fait, même si on a… Enfin, pas moyen de faire ça bien. Et la fille, elle a mal. Comment ça pourrait être cool ?

— J'aime croire qu'il y a quelques exceptions.

Nyelle sourit, songeuse.

— Ta première fois n'était pas naze ?

Je n'en reviens pas. Jamais je ne me serais attendu à ce que Kyle soit prévenant. Même avec ses deux ans de plus. À moins qu'il y en ait eu un autre avant. Je n'ai pas du tout envie de penser à ça.

— C'était qui, la première ? me demande Nyelle.

— Euh… une certaine Lily Graham, je réponds prudemment, en guettant sur son visage un signe montrant qu'elle voit de qui il s'agit.

Parce qu'elle la connaît. Ou la connaissait, avant de perdre la mémoire. Mais rien ne la trahit. À peine un petit haussement de sourcil, en attendant que j'en dise plus.

— Pas très romantique, comme histoire. On est sortis ensemble pendant quelques mois en première. Elle m'a invité chez elle quand ses parents n'étaient pas à la maison, et on a décidé que le moment était venu. Il y avait un jacuzzi. On s'est déshabillés. On a fini par mouiller complètement le canapé. Elle était plus inquiète de la réaction de ses parents en voyant le sofa qu'émue de l'avoir fait pour la première fois. C'était… rapide.

— Que s'est-il passé ?

Nyelle se penche vers moi et, sans me quitter des yeux, se ressert du glaçage. Il n'y a pas grand-chose de plus à ajouter, mais, assise au bord de la branche, elle attend ma réponse.

— Comment ça, qu'est-ce qui s'est passé ?

— Vous deux ? Tu étais amoureux ? Pourquoi ça s'est terminé ? Tu lui as brisé le cœur, à elle aussi ?

— Euh… non. On n'était pas amoureux. Je veux dire, on était au lycée. En fait, on a cassé deux jours plus tard.

Les épaules de Nyelle s'affaissent tandis qu'elle prononce un « Oh » dépité.

— Désolé de te décevoir.

— Et ton premier baiser ? demande-t-elle en retrouvant son enthousiasme.

Je réfléchis en repensant à mon premier baiser. J'ai toujours considéré qu'il y en avait eu deux. Techniquement, le *premier* faisait partie d'un jeu. Le deuxième était voulu. Peu importe. Dans les deux cas, c'était avec la même fille. J'esquisse un petit sourire. Je ne peux pas partager ça avec elle. Surtout qu'elle était là.

* * *

— C'est le jeu le plus débile que je connaisse, ronchonne Rae, assise en tailleur par terre contre le canapé à carreaux du salon.

— Tu ne diras pas la même chose quand la bouteille pointera vers moi, dit Brady avec un clin d'œil.

— Beurk, dégueu ! s'exclame Rae en grimaçant. Plutôt embrasser un serpent !

— Oh, madame veut de la langue, fait Brady avec un petit sourire nunuche qui nous fait tous marrer.

Rae lui adresse un doigt d'honneur.

— OK, il y a trois filles et trois mecs, déclare Richelle. On alterne un gars, une fille, et quand la bouteille pointe sur la personne la plus proche de vous, vous devez l'embrasser.

Elle plisse les yeux en regardant Brady.

— Et pas de langue, espèce de pervers.

— Bouh ! proteste Craig.

— Nicole, tu commences, dit Richelle.

Le visage de Nicole devient tout rouge.

— Moi ?

— Ouais, c'est parti !

Nicole me jette un regard furtif et je hoche la tête pour l'encourager. Je ne veux pas l'avouer, mais j'ai envie que la bouteille me désigne. Nous sommes amis depuis deux ans, depuis qu'elle a emménagé dans le quartier en CM1. Mais je l'aime bien. Depuis toujours. Même si elle est un peu timide. Elle n'est pas aussi culottée que Richelle. Et Rae, elle, se comporte plus comme un mec que Brady. Nicole n'est peut-être pas très bavarde, mais elle est… parfaite.

Je retiens mon souffle en regardant la bouteille de soda tourner. Elle ne met pas longtemps avant de s'arrêter entre Richelle et Brady.

— Petite veinarde ! s'exclame ce dernier en souriant.

Je serre les dents, prêt à bondir sur lui s'il la touche.

Nicole se penche par-dessus le cercle, à quatre pattes. Brady tend le cou vers elle. Il s'attend sûrement à plus que le ridicule smack qu'il reçoit. Je n'ai même pas l'impression que les lèvres de Nicole ont touché les siennes.

— C'est tout ? marmonne Brady. Même ma grand-mère fait mieux que ça.

— T'es un porc, dit Rae en le fusillant du regard. Tu n'embrasseras peut-être jamais personne d'autre de ta vie, alors arrête de te plaindre.

— C'est mon tour ! annonce Richelle.

— Hé ! Je pensais que c'était mon tour à moi ! Je suis juste à côté de Nicole.

— D'abord les filles, explique Richelle à Craig, qui lève les yeux au ciel.

Richelle fait bien tourner la bouteille, mais elle finit par rebondir par terre.

— Doucement, poupée ! se moque Brady en lui rendant la bouteille.

Richelle l'ignore et recommence.

La bouteille tourne encore et encore, et finit sa course dans ma direction. Richelle serre les lèvres pour ne pas sourire.

— Sans les lunettes, Cal.

Je les enlève et la pièce devient immédiatement floue. Je cligne des yeux. Mais cela ne change rien. Craig pourrait m'embrasser, je n'y verrais que du feu.

— Ferme juste les yeux, me dit-elle.

Je lui obéis et j'entends les garçons qui pouffent de rire. J'attends.

Ensuite, quelque chose de chaud presse ma bouche. Je ne savais pas que cela pouvait être aussi doux, des lèvres. Elles restent contre moi pendant ce qui me semble un long moment. Cela ne me dérange pas. J'aime bien. Quand Richelle arrête de m'embrasser, je sens le sang affluer dans mon corps, et j'essaie tout de suite de changer de position. Les gars sont morts de rire. J'ai envie de leur dire de la boucler, mais je ne veux pas que les filles remarquent ce qui, de toute évidence, ne leur a pas échappé.

— *Quelle bande de gamins immatures ! souffle Richelle.*

Je remets mes lunettes. Elle me regarde, les joues légèrement roses. Elle sourit un peu, et je lui rends la pareille.

* * *

— Eh bien, ce baiser, ça devait être quelque chose, dit doucement Nyelle, en m'arrachant à mes souvenirs de Richelle.

Ses yeux bleus songeurs se déplacent et se posent sur moi. Ni elle ni moi ne prononçons le moindre mot pendant une bonne minute. Nos genoux se touchent légèrement tandis que nous restons assis à nous regarder, sans qu'aucun de nous deux ne détourne le regard. Je me penche vers elle et retire le cheveu qui tombe sur ses lèvres. Elle prend une petite inspiration. À cet instant, j'ai bien envie de l'embrasser.

Nyelle cligne des paupières comme si une lumière l'aveuglait, et ce moment magique s'envole. Je recule en m'agrippant à deux mains à la branche.

— Ça m'a bien plu, dit-elle, les yeux fermés, en prenant une grande bouffée d'air.

Elle lève les épaules. Et les laisse retomber en expirant longuement. Elle m'offre un sourire éclatant.

— Merci d'avoir trouvé l'Arbre à glaçage avec moi, Cal. Tous les mecs ne feraient pas ça.

— Je suis bien d'accord avec toi.

Je hoche la tête, il me faut encore quelques secondes pour me remettre de ce qui a bien failli se passer. Je regarde le méli-mélo de branches en dessous de nous en me demandant : pourquoi je l'ai suivie jusqu'ici ? Et comment je suis censé redescendre ?

— On devrait y aller pour que tu ne sois pas en retard à ton cours.

Nyelle replace le couvercle sur le pot de glaçage qu'elle enfonce ensuite dans sa poche caverneuse. Elle descend à l'étage du dessous, et ensuite, c'est parti – elle saute jusqu'au pied de l'arbre. Cela ne lui demande pratiquement aucun effort. Il me faut plus de temps. Je m'agrippe bien chaque fois que je pose le pied sur une nouvelle branche, de peur qu'elle ne cède sous mes grosses chaussures.

Quand j'arrive enfin tout en bas, Nyelle est déjà dans la rue.

— À bientôt dans les parages, Cal.

L'angoisse familière me prend à nouveau aux tripes quand je comprends qu'elle est sur le point de s'éclipser.

— Nyelle !

Elle s'arrête au milieu de la rue et se retourne vers moi.

— Ça te dirait de sortir, demain soir ? La fraternité de mon coloc, Delta Ep, organise une soirée.

— Demain soir ?

Elle réfléchit un instant avant de répondre :

— Peut-être.

Avant que j'aie le temps de lui demander comment la joindre, elle a repris son chemin – pas celui du campus. J'ai bien envie de la rattraper, mais il faut que j'aille en cours.

— Peut-être, je marmonne. C'est censé être une réponse, ça ?

Nicole

Octobre - CM1

Je descends du bus et commence à marcher vers chez moi, en ajustant mon sac à dos sur mes épaules.

— Hé, Nicole ! dit Cal avant que j'aie le temps de trop avancer. Où est Richelle ?

— Chez le dentiste, lui dis-je doucement. Où est Rae ?

— Elle est allée avec sa mère chercher Liam. Tu veux venir à la maison ? Papa a fini par installer la balançoire avec le pneu.

Je lisse le devant de ma robe violette.

— Euh… je crois qu'il faut d'abord que je fasse mes devoirs.

— OK. À plus, répond-il en replaçant ses lunettes sur son nez avant de partir chez lui en courant.

Je le regarde descendre la rue à toutes jambes. Mais au moment où je me tourne vers ma maison, je me rends compte que je ne peux pas faire de la balançoire avec lui. Richelle n'est pas chez elle, ce qui veut dire que je n'ai pas de tenue pour jouer. Et c'est très important pour ma mère que je reste propre. Il faut qu'on soit jolies pour papa. J'essaie de trouver une solution en terminant mes devoirs. On pourrait plutôt jouer à l'intérieur ?

— Maman, je peux aller chez Cal pour jouer avec lui et Jules ?

La sœur de Cal, Jules, est à la maternelle. Elle est trop petite pour jouer avec nous. Mais ça rassurera ma mère de penser qu'elle est avec nous.

— Ma chérie, est-ce que Mme Logan t'a invitée ? me demande-t-elle depuis la cuisine.

J'entends la porte du four se refermer.

— Non, mais Cal, oui.

— Nous allons appeler sa mère pour savoir si elle est d'accord.

J'attends sagement qu'elle téléphone à Mme Logan. Quand elle raccroche, elle me dit :

— OK. Tu es la bienvenue chez eux. Sois polie et assure-toi d'être de retour à 17 h 30 pour m'aider à mettre la table pour papa.

— D'accord, maman ! lui dis-je en ouvrant la porte grillagée.

Cal m'attend dans l'allée devant chez lui. Les mains dans les poches, il gratte le sol avec ses baskets.

— Salut, Nicole ! Je sais que tu n'as pas le droit de salir ta robe, alors si tu veux, j'ai préparé des affaires à moi dans la salle de bains pour qu'on puisse aller à la balançoire. Ma mère pense que le pneu laisse des marques noires sur les vêtements, et je me suis dit que ça ne te plairait pas.

Je sens que je rougis.

— Tes habits à toi ?

Il vaudrait peut-être mieux que je rentre. Je ne vais pas m'habiller avec des vêtements de garçon, quand même !

Cal hausse les épaules comme pour dire que cela n'est pas très grave.

— On s'en fiche un peu de savoir à qui ils sont, ces habits. Quand c'est sur toi, c'est à toi.

Je réfléchis à ce qu'il vient de me dire avant de sourire. Il lève les yeux du sol et me sourit aussi, discrètement.

— Merci, Cal. C'est super sympa. Je reviens tout de suite !

Je me dirige vers sa maison pour me changer.

Cal est à peu près aussi grand que moi et Richelle, alors le short et le tee-shirt sont à ma taille. Les chaussures sont un peu grandes, mais ça va. Je décide que ce n'est pas grave que ce soient des habits de garçons, même s'il y a un ballon de basket sur le tee-shirt. J'ai quand même l'air d'une fille.

Quand je ressors, Cal ne fait aucun commentaire. Nous marchons simplement jusqu'au jardin derrière sa maison, traversons les fleurs sauvages et arrivons dans les bois.

— Waouh ! je m'exclame en voyant le plus gros pneu du monde. Je crois qu'on pourrait tenir à six sur ce truc.

Le pneu géant est accroché par des chaînes à une énorme branche tout là-haut. On dirait un donut.

— C'est ça, l'idée, je crois ! dit Cal. Monte, je vais te pousser.

J'ai du mal à grimper sur le pneu tellement il est énorme. Il devait appartenir à un camion-benne.

— Attends, je vais t'aider.

Debout à côté de moi, Cal fait un marchepied avec ses doigts.

— Pose un pied là-dessus. Je vais te hisser.

Je suis un peu nerveuse, mais j'y vais quand même. Il me soulève facilement. Je ne pensais pas qu'il était si fort. Il n'a pas l'air très costaud. Je m'accroche aux chaînes et je rampe dans l'énorme pneu. Je m'assieds en laissant mes pieds pendouiller par le trou au centre.

— Prête ? demande Cal.

Je m'agrippe bien et je hoche la tête.

— OK, je vais te faire tourner. Dis-moi si c'est trop.

Cal enroule le pneu sur lui-même encore et encore et je regarde les chaînes s'entortiller au-dessus de ma tête. Quand il n'y arrive plus, il dit :

— À vos marques, prêts, partez !

Il recule.

La balançoire se déroule lentement. Et puis soudain, elle se met à tournoyer très rapidement. Autour de moi, tout devient flou, et le vent souffle dans mes cheveux. Je me mets à rire, encore et encore, jusqu'à ce que la balançoire s'arrête. J'ai la tête qui tourne. J'ai encore l'impression que le monde tourne super vite.

Quand finalement je vois à nouveau normalement, Cal me sourit comme s'il y avait quelque chose de drôle. Je suis toute décoiffée, ou quoi ?

— Qu'est-ce qu'il y a ? je lui demande, soudain gênée.

— Tu devrais rire plus souvent.

Je ris encore. Et Cal aussi.

6

— Mais tu cherches qui ?

La question d'Eric me détourne de mon activité du moment : scruter le visage de chaque fille dans la pièce.

— Personne ! je réponds en laissant échapper un long soupir.

Si elle doit venir, elle viendra. Je ne peux rien y faire. Je devrais le savoir maintenant.

— Allez, on va boire un coup !

Eric nous conduit dans l'une des chambres le long du couloir. Au centre de la pièce se trouve un vieux fauteuil de barbier.

Une fille s'assied dessus. Bien qu'elle ajuste sa jupe courte, je vois quand même sa culotte rouge lorsqu'elle s'allonge sur le siège. La plupart des mecs présents penchent la tête pour mieux profiter du spectacle. Visiblement, je ne suis pas le seul à avoir remarqué.

Un type coiffé d'une casquette de base-ball qu'il porte à l'envers incline une bouteille au-dessus de sa bouche et un autre, avec un chapeau de cow-boy, l'aide à faire tourner le fauteuil pendant que tout le monde encourage la fille.

— Pas moyen que j'aille là-dessus, dis-je à Eric.

Il glousse et brandit deux doigts en direction de l'un de ses camarades de la fraternité qui distribue des shots. Le gars grimpe sur une chaise en bois et m'ordonne d'ouvrir la bouche.

Je penche la tête en arrière. Il vide une partie de la bouteille dans mon gosier. Quand il finit par s'arrêter, je comprends que je n'aurais jamais dû avaler autant. Je lâche un juron en frémissant et puis je laisse la place à Eric.

Lorsque ce dernier me propose une bière de leur frigo, je lève la main en secouant la tête.

— Fini pour moi !

Eric me donne tout de même la bouteille, que je n'ouvre pas. Je suis certain que les effets de ce que je viens d'ingurgiter ne vont pas tarder à se faire sentir. En plus, je gère trop mal les gueules de bois.

— Non, vraiment. Je prends le volant. Toi tu restes ici cette nuit ou bien tu rentres avec moi à l'appart ?

Il récupère la bière et l'ouvre avec ses poings.

— Tout dépend du déroulement de la soirée, dit-il en reluquant une fille qui passe à côté de nous.

À un moment, je ne sais pas trop quand, je finis par le perdre de vue. Mais alors que je suis en train de chercher Nyelle quelque part au premier étage, je m'aperçois qu'Eric n'est plus là. Ce qui signifie sans doute qu'il va dormir ici ce soir.

Je reste là-haut un bout de temps. Je regarde les autres, qui vont de pièce en pièce pour boire des shots, se mettre minable. Dans chaque chambre, on propose une boisson différente et une façon stupide de la boire – dans un entonnoir, la tête en bas en se suspendant à une barre fixée au plafond, la tête plongée dans une bassine remplie de gélatine aromatisée à la vodka. Plutôt amusant, comme spectacle, enfin, jusqu'à ce que je redevienne sobre.

— Salut.

Je me retourne lentement.

— Ça te dirait de boire un truc ?

Une jolie fille aux cheveux bruns et aux yeux marron me sourit. Je lui rends la pareille.

— Euh… ouais, carrément.

Un autre verre, ça devrait passer. Pour elle, en tout cas. Il faudrait être débile pour refuser.

J'ouvre la marche jusqu'à la cave où est installé le bar officiel. Elle me tient la main pour qu'on ne se perde pas, et je me rapproche d'elle pour qu'on ne soit pas séparés. Je me penche vers elle et lui glisse à l'oreille :

— Qu'est-ce qui te ferait plaisir ?

Elle sent le sucré, les fraises.

— La boisson bleue, là, est sympa.

Je lui commande ce qu'elle a demandé et je me prends une bière.

— Moi, c'est Cal, je crie par-dessus la musique.

— Jade !

Elle sourit, révélant ainsi des fossettes qui la rendent dix fois plus craquante encore.

— Tu fais partie de la fraternité ?

— Non, mais mon coloc, oui !

J'entends un rire dans la foule. D'instinct, je me retourne. Je balaie du regard la pièce mal éclairée mais ne la vois pas.

— Ça va ? me demande Jade d'un air inquiet.

— Euh… ouais, désolé. J'ai cru entendre quelqu'un que je connaissais.

Il faut vraiment que j'arrête de chercher Nyelle. Si elle avait eu envie d'être avec moi, elle serait là. Alors que la fille qui est devant moi, elle, s'intéresse à moi.

— Une ex ? demande-t-elle en fronçant le nez.

Je secoue la tête.

— Non, pas une ex.

Enfin, tomber sur l'une de mes exs reste une possibilité… Mais je préfère ne pas y penser.

J'essaie de discuter avec Jade. Ça ne prend pas. Ce n'est pas le genre d'endroit où l'on peut apprendre à connaître quelqu'un. Et plus les autres sont saouls, plus je me sens sobre. Je préfère mettre un terme à tout cela tant qu'elle est en mesure de se souvenir encore de moi.

— Il faut que je ramène mon coloc en voiture.

Je sors mon mensonge au moment où elle se met à bouger les hanches à côté de moi, pour me signifier qu'elle veut danser. Et moi, je ne danse pas.

— File-moi ton numéro ! me demande-t-elle en me tendant sa petite main manucurée. On pourrait sortir ensemble, un de ces quatre.

Je m'exécute. Elle entre mon numéro et m'appelle.

— Comme ça, tu as le mien aussi.

Je me penche pour la serrer dans mes bras. Elle effleure mes joues avec ses lèvres.

— Bonne nuit, Cal, ronronne-t-elle dans mes oreilles.

Tout à coup, je ne suis plus si sûr de vouloir partir. Mais elle s'éloigne déjà, en criant quelque chose à des filles sur la piste de danse.

Au moins, je n'aurai pas tout perdu ce soir.

* * *

Une gigantesque masse cogne contre ma tempe. J'enfonce mon visage dans l'oreiller en priant pour que ça s'arrête. Et puis je me rends compte que le bruit ne provient pas de l'intérieur de ma tête. Quelqu'un frappe à la porte. Je plisse les yeux pour les ouvrir en essayant d'ajuster ma vision à l'obscurité. Je n'ai aucune envie de me lever pour répondre. Je roule sur le côté en grognant. Qui que soit cette personne, je veux qu'elle parte. Mais le frappeur est persévérant.

J'attends qu'Eric y aille.

Les coups résonnent dans l'appartement.

Bon sang ! Eric n'est pas à la maison.

En ronchonnant, je rejette les couvertures et je sors avec difficulté du lit. À moitié endormi, je marche péniblement jusqu'à l'entrée qui me fait l'effet de se trouver à un kilomètre.

— J'arrive ! je hurle tandis que la porte vibre de nouveau sous les martèlements.

Lorsque j'ouvre enfin, je suis immédiatement ébloui par la lumière crue dans le couloir. Je plisse les yeux. Un regard bleu électrique est fixé sur moi. Je passe une main dans mes cheveux et je cligne encore des paupières, pas certain qu'elle soit réelle.

— Nyelle ?

— Salut, Cal ! s'exclame-t-elle, débordante d'énergie.

— Euh… Qu'est-ce que tu fais là ?

J'ouvre un peu plus afin qu'elle puisse entrer, mais elle reste dans le couloir.

— Je suis venue te chercher.

Je secoue la tête en essayant de comprendre ce qui se passe.

— Comment tu sais où j'habite ? Et pourquoi tu as un sac de couchage ?

— J'ai demandé aux gens de la résidence. Je me suis dit que l'une des filles avait dû sortir avec toi à un moment ou un autre. Une nana dont la copine est sortie avec l'un des camarades de fraternité de ton coloc m'a indiqué où tu habitais.

Je suis perdu.

— Tu as un sac de couchage ? me demande-t-elle alors que je la regarde fixement depuis un peu trop longtemps.

— Euh, ouais, je réponds avec hésitation, en essayant de me souvenir si c'est vrai. Pourquoi ?

— Prends-le et rendez-vous devant ton pick-up, me dit-elle.

Après quoi elle passe devant moi, prend mes clés sur le clou au mur et disparaît dans le couloir.

— Tout de suite ? je demande machinalement.

Je n'ai aucune idée de l'heure, mais je sais que je devrais encore être en train de dormir.

— Oui, me lance-t-elle par-dessus son épaule avant de sortir du bâtiment.

Je frotte mes yeux en essayant de me réveiller.

Et puis j'entends le bruit de mon pick-up qui démarre dans le parking.

— Elle est sérieuse ! je m'étonne en soufflant.

Mais où est-ce qu'elle m'emmène au milieu de la nuit… avec un sac de couchage ? Même si l'idée de me glisser dans un sac de couchage avec Nyelle est alléchante, je suis quasiment certain que ce n'est pas ce qu'elle a en tête. Comme apparemment, je n'ai pas le choix, je me traîne jusqu'à ma chambre pour prendre mes affaires.

Je jette un coup d'œil à mon réveil. Je n'en reviens pas : 4 h 21. Pas étonnant que j'aie du mal à me concentrer.

Je finis par sortir, habillé, et avec un sac de couchage que j'ai retrouvé sur l'étagère tout en haut de mon placard. Je marmonne dans ma barbe en regardant le ciel noir. Je ne devrais pas être debout à une heure pareille.

— Tu conduis ? je lui demande en m'installant côté passager.

Je n'ai pas occupé cette place depuis l'époque où la voiture appartenait à mon frère aîné, Devin. Mais je suis trop fatigué pour que ça me fasse quelque chose – et pour pouvoir conduire sans que ce soit dangereux –, alors je claque la portière et je me vautre dans le siège, en laissant tomber le sac de couchage par terre.

Nyelle entame une marche arrière et une légère secousse agite le pick-up parce qu'elle relâche trop vite l'embrayage. Après un passage en première poussif et un changement de vitesse houleux, nous voilà sur la route. Je grince des dents en l'entendant passer péniblement les vitesses. Et puis elle finit par s'habituer à la boîte manuelle.

— Tiens !

Nyelle me tend une tasse thermos qui était posée sur le porte-gobelet.

— Je ne sais pas si c'est bon. Je n'ai jamais moulu de café avant.

J'enlève le couvercle et l'odeur puissante du café me hérisse les poils du nez.

— Oh là ! Je n'ai pas encore goûté mais je peux déjà dire qu'il est corsé !

— Ça te réveillera.

Son sourire est taquin.

Je prends mon courage à deux mains et j'en bois une gorgée. Ma mâchoire se serre immédiatement.

— La vache ! Je crois que je ne vais pas dormir pendant trois jours, avec ça !

Ma remarque la fait rire.

— Bon… On va où ?

— Voir les Léonides ! répond-elle.

— Les quoi ?

— Ce sont des météores. Si le ciel reste dégagé, on devrait pouvoir les voir vers 5 heures. Et ensuite, j'ai pensé qu'on pourrait assister au lever du soleil.

— Oh !

C'est tout ce que je parviens à dire. Nyelle me sourit et ses yeux pétillent. Dingue, son histoire. Ouais, complètement dingue. Comme elle. Mais dans le bon sens du terme. D'ailleurs, à une heure raisonnable du jour, j'apprécie ce trait de sa personnalité.

Nous roulons en silence dans les rues désertes. J'appuie ma tête contre le siège et je ferme les yeux.

* * *

Je suis réveillé par le pick-up qui rebondit violemment. Il roule sur une route abandonnée envahie par les mauvaises herbes et creusée par de profondes marques de pneus.

— On est où ?

Je m'agrippe à la barre au-dessus de la portière.

— J'ai trouvé cet endroit en allant me promener l'autre jour, m'explique Nyelle en se concentrant sur la route obscure entourée de bois denses. Je me suis plus ou moins perdue et puis… Tu vas voir, c'est plutôt cool.

— T'es venue marcher ici toute seule ?

— Tu as peur, Cal ?

La lueur émise par le tableau de bord me permet d'apercevoir son sourire moqueur.

— Tu te rends compte que toutes les conditions sont réunies pour qu'on rencontre un tueur armé d'une hache ?

Nyelle éclate de rire.

La route débouche sur une clairière. Nyelle se gare devant un lodge. « Camp Sunshine » est gravé sur un panneau au-dessus de la porte du bâtiment. Avec les phares braqués dessus, je vois bien que l'endroit est vieux et aurait sérieusement besoin d'être retapé. Le plancher du porche est cassé, et la porte grillagée pendouille aux gonds.

— Tu peux me rappeler pourquoi il a fallu qu'on vienne jusqu'ici pour voir les étoiles filantes ?

— T'inquiète, je ferai en sorte qu'il ne t'arrive rien, plaisante Nyelle avec un petit sourire en coin.

Elle sort le sac de couchage de derrière le siège et claque la portière en sortant. Entre le café carabiné, le décor digne de *Vendredi 13* et les températures glaciales, me voilà bien réveillé. Je sors mes gants de ma poche et je les enfile avant de ramasser mon sac de couchage et de suivre Nyelle qui prend la direction du ponton. Sachant que les cabanes du lodge sont à deux doigts de s'effondrer au moindre coup de vent, je ne suis pas sûr que marcher là-dessus est une très bonne idée.

— On ne va pas s'installer ici ? je lui crie en courant pour la rattraper.

— C'est le meilleur endroit pour observer les étoiles, m'apprend-elle.

Son souffle forme un gros nuage dans l'air frais.

Debout sur le sol durci juste devant le ponton, je regarde le long enchaînement de planches malmenées par le mauvais temps. Il fait trop sombre pour juger réellement de leur état, mais elles ont l'air de tenir.

Nyelle s'avance sans hésiter. Je m'attends à la voir s'enfoncer d'un instant à l'autre. Le bois craque et la plate-forme se balance doucement dans l'eau, mais rien ne cède.

— Tout va bien se passer, je murmure en la suivant.

Je sens que les lames ploient légèrement sous mon poids, mais elles résistent.

Quand j'arrive à sa hauteur, Nyelle étudie le ciel.

— Où se trouve le nord ?

Je sors mon téléphone et j'ouvre l'application lampe-torche avec la boussole. Je pointe vers la droite.

— De ce côté-ci !

Elle s'oriente en conséquence et déroule son sac de couchage.

Je balaie du regard la surface du lac constellée de reflets et j'inhale l'air glacial. Qu'est-ce que je fais ici, bon sang ? Et puis mes yeux se posent sur Nyelle, qui a les jambes enfoncées dans son sac de couchage. Je la regarde sortir un thermos de l'une de ses poches à la Mary Poppins et un sac de marshmallows de l'autre. Je souris. Voilà pourquoi je suis ici.

— T'aurais pas aussi un radiateur là-dedans, par hasard ?

Elle roule des yeux.

— Arrête de dire n'importe quoi. Viens t'asseoir.

Je détache la sangle de mon sac de couchage que je déroule à côté d'elle. Elle ouvre le thermos, ce qui libère un nuage de vapeur.

— Attends, laisse-moi deviner. Du chocolat chaud ?

— Ce n'est pas n'importe quel chocolat chaud. C'est mon préféré.

Elle en verse un peu dans le bouchon.

— Vas-y, goûte !

Je m'assieds sur mon sac de couchage bleu marine et prends ce qu'elle me tend. C'est la même odeur, mais en plus sucré.

— Tu ne me fais pas confiance ?

— Si, si, je réponds, sur la défensive.

J'en bois une petite gorgée. C'est carrément extra.

— Qu'est-ce que c'est ?

— Du chocolat chaud à base de Milky Way. J'ajoute du caramel et du moka en plus.

— C'est ma glace préférée !

— Ah bon ?

Ses mots sont étouffés par l'énorme marshmallow qu'elle a dans la bouche. Je me moque d'elle.

Elle avale et se met à glousser de façon incontrôlable. Mon rire se perd quand j'entends le sien. J'ai déjà entendu Nyelle rire, mais ce son léger, très « fille », est différent. C'est un son dont je me souviens parfaitement. Ce rire-là, c'est un de mes souvenirs d'enfance préférés.

— Quoi ? me demande-t-elle. Tout va bien ?

— Euh, ouais, dis-je en revenant dans le présent. Pas encore tout à fait réveillé.

— On ne devrait pas avoir à attendre trop longtemps, m'explique-t-elle en s'allongeant sur le ponton et en remontant le sac de couchage sous son menton.

— Qu'est-ce qu'on cherche exactement ?

— Des étoiles filantes, mais plein, et super brillantes.

Après quelques minutes sans bouger, je suis carrément congelé. Alors je me glisse dans mon sac de couchage et je m'allonge à côté de Nyelle, en posant la tête sur mes mains gantées.

Nous restons comme cela, en silence. Le ciel est constellé d'une multitude d'étoiles, et ce malgré la lune qui est basse dans le ciel.

— J'espérais te voir ce soir, lui dis-je sans la regarder.

— Tu m'as vue, ce soir, dit-elle en riant.

— Non, à la soirée.

Elle est muette. Je tourne un peu la tête vers elle. Ses yeux sont immobiles, comme fixés sur une seule étoile.

— J'y ai pensé. Mais la plupart des gens m'agacent, et après un verre, j'ai tendance à le leur faire savoir.

Je me mets à rire.

— Alors pas de soirée pour toi ?
— Si, mais mon max, c'est une par mois.
— Et t'as atteint ton max ce mois-ci ?
Les lignes de son profil sont douces, et ses lèvres pulpeuses accentuent cet effet. Je n'avais jamais vraiment remarqué ses lèvres avant – j'étais trop distrait par ses yeux.
— Non. Pas encore.
Elle me regarde furtivement avant de détourner son attention une nouvelle fois vers le ciel.
— Dans ce cas-là, ça te dirait de venir à une soirée avec moi et mes amis le week-end prochain ?
Si cela ne ressemble pas trop à un rancard, elle viendra peut-être. J'aimerais bien que Rae la rencontre.
— Où ?
— Je ne sais pas encore. Je te le dirai quand je te verrai chez Bean Buzz jeudi.
C'est ma façon d'être sûr de la revoir cette semaine.
— Ah… OK.
Je regarde le ciel. Un sourire éclaire mon visage.
Nous sommes de nouveau silencieux. J'entends le clapotis de l'eau contre le ponton. C'est apaisant. À force d'attendre, mes paupières sont lourdes.
— En voilà une !
J'ouvre les yeux. Nyelle tend le bras, un doigt pointé vers le ciel. Mais je l'ai ratée.
— On ne verra que les plus brillantes à cause de la pleine lune.
Cinq minutes plus tard, en voilà une autre. Je la vois traverser le ciel comme un phare solitaire sur une route la nuit.
— J'adore observer les étoiles.

Sa voix est calme et lointaine, comme un souvenir.

— Si tu les laisses faire, elles peuvent emporter tes chagrins. Et quand le jour se lève, toute ta tristesse a disparu.

En regardant les nombreuses étoiles dans le ciel, je me dis qu'il y a beaucoup de souffrance.

— Et les étoiles filantes ?

Nyelle tourne la tête, surprise, en entendant ma voix, comme si elle avait oublié ma présence.

— Tu fais un vœu quand tu en aperçois une. Tu demandes à pouvoir refaire certaines choses, mais en mieux.

— Tu crois que c'est possible ? Recommencer, comme ça ?

— Chaque jour, dit-elle dans un murmure, le regard tourné vers les étoiles.

Deux traînées éclatantes parcourent rapidement le ciel nocturne, se croisant juste au-dessus de nos têtes.

— Et voilà, maintenant, nous avons chacun une deuxième chance, dis-je.

— Et tu sais ce que tu aimerais faire autrement ?

— Il faut que j'y réfléchisse.

C'est un mensonge. Je ne suis pas prêt pour autant de sincérité.

— Et toi ?

— Moi je sais.

Ses yeux sont fermés. Sa poitrine se soulève en une profonde inspiration. Un sourire se dessine progressivement sur ses lèvres, et puis elle ouvre les paupières. Elle tourne la tête vers moi, sans arrêter de sourire.

Je ne peux me détourner de la lumière que je distingue dans son regard. Je le scrute pour essayer de comprendre ce qu'elle ne me dit pas. Mais elle se tourne de nouveau vers le ciel. Je me sens découragé.

Je lève les yeux vers l'espace. En regardant un autre météore glisser le long de la cime des arbres, je me dis que ce soir, le ciel regorge de secondes chances. Nyelle continue à signaler chaque nouvelle étoile filante. Mais au bout d'un moment, mes paupières sont trop lourdes et tout devient noir.

— Ça te dirait qu'on couche ensemble ?

— Quoi ?

J'ouvre brusquement les yeux, que je cligne en tâchant d'avoir l'air alerte.

— T'as dit quoi ?

— J'étais sûre que ça te réveillerait.

Son rire que j'aime tellement résonne dans la nuit. Il m'a manqué. Il est réel – plein de vie. Je lui souris.

Je m'appuie sur mes coudes en observant ce qui m'entoure. Au-delà des arbres, l'horizon s'éclaire.

— Désolé, je ne pensais pas que ce serait aussi long.

— Ouais, ce n'est pas vraiment un feu d'artifice céleste.

— Du coup, je ne sais pas pourquoi on appelle ça une pluie de météores.

Je bâille, et je m'assieds pour étirer mes bras au-dessus de ma tête.

Les oiseaux pépient et j'entends le bruissement du petit matin.

— Ça te dirait de faire du canoë ?

Au moment où je commence à me demander si c'est une blague, elle se lève et se dirige vers le lodge. Un canoë est posé contre une petite cabane, enfoui sous des feuilles et des aiguilles de pin. Elle ne plaisante pas.

— OK, c'est parti, alors.

Je me mets debout lentement. Mon corps est raide d'être resté allongé sur le ponton glacial depuis – je vérifie sur mon téléphone – une heure.

Quand j'arrive à sa hauteur, Nyelle est déjà en train de tirer le bateau vers la rive gelée.

— Laisse-moi faire ! lui dis-je. Va plutôt chercher une rame.

Je dresse le canoë à la verticale et je le traîne vers le rivage. Tout en retirant les feuilles qui parsèment le fond de l'embarcation, j'essaie de jauger son état. Le bateau est vieux et a été malmené par le soleil. À part ça, il me semble correct. Mais il n'est pas facile d'en être sûr avec toutes les feuilles qui se sont collées au fond depuis des années.

— J'ai trouvé ça !

Nyelle brandit la moitié d'une rame en bois.

— Et ça !

Elle tient dans son autre main un gilet de sauvetage orange taille enfant. Le genre qui vous donne l'impression de vous étouffer, pas de vous sauver la vie.

— Tu veux vraiment ?

Nyelle passe le gilet de sauvetage par-dessus sa tête et me balance la rame. Je l'attrape en riant. Elle a l'air ridicule et adorable en même temps.

Je pousse le bateau sur la glace qui a commencé à se former autour du lac. Dès que Nyelle grimpe à bord du canoë, celui-ci brise la surface gelée et se met à flotter. Je le pousse un peu plus loin avant de monter à bord moi aussi.

— De quel côté ? je demande.

Je tombe presque dans l'eau en ramant.

Nyelle montre du doigt l'endroit où le soleil se lève.

Nous enlevons la couche de gel et glissons le long du ponton en nous dirigeant lentement vers les éclats dorés.

Nous sommes à environ un mètre cinquante du bout du ponton quand l'eau glacée se met à s'infiltrer dans mes chaussures. Je lève un pied. Les feuilles sont trempées. L'eau continue à monter et les recouvre désormais.

— On est en train de prendre la flotte, annonce Nyelle le plus naturellement du monde.

Elle lève les pieds qu'elle pose sur la barre transversale. Je la corrige :

— Non. On est en train de couler.

J'essaie d'amorcer un demi-tour vers le ponton. Mais j'irais plus vite avec mes mains. Si seulement je pouvais pagayer à la même vitesse que les battements de mon cœur !

En moins d'une minute, mes pieds baignent complètement dans l'eau glaciale. Plus celle-ci s'infiltre dans le bateau, plus nous allons lentement et nous coulons vite.

— On va devoir nager. On sera sous l'eau avant d'arriver jusqu'au ponton !

— Je parie que tu regrettes de ne pas avoir un de ces super gilets de sauvetage sur toi, pas vrai ? me lance Nyelle en riant.

Comment peut-elle rigoler ?

Je me mets à pagayer de plus belle. Le bain d'eau glacée commence à me donner des crampes aux mollets. Je serre les lèvres pour qu'elles arrêtent de trembler.

Quand elle le remarque, Nyelle perd son sourire.

— Cal, tu es congelé… Et moi, je prends tout cela à la rigolade… Excuse-moi.

— Ça va, t'inquiète. Moi aussi, je trouverai ça drôle quand ça sera terminé. Mais là, ça craint.

J'essaie de sourire pour la rassurer, mais au lieu de cela, je me mets à claquer des dents.

Nyelle délace ses bottes.

— Tu fais quoi ?

— Je retire mes chaussures. Elles pèseront une tonne là-dedans !

Pas faux. Je laisse tomber la rame, j'enfile mes gants et je me bats avec mes lacets gelés.

Nyelle attache ses chaussures entre elles, retire le gilet de sauvetage qu'elle a autour du cou et le remplace par les bottes. Elle plonge les pieds dans l'eau et s'exclame, le souffle coupé :

— La vache ! Je ne comprends pas qu'on ne soit pas en train de patiner sur ce lac, à l'heure qu'il est !

Je lui réponds entre deux claquements de dents :

— Attends une semaine, et ça sera bon.

Nous regardons les deux mètres qui nous séparent du ponton.

— Ça va être l'horreur, je souffle.

— C'est clair.

Nyelle enroule le gilet sous ses bras, se penche au bord du canoë et se glisse dans le lac. Le petit bateau est pratiquement submergé. En tâchant de ne pas mouiller ma tête, je l'imite – le gilet de sauvetage en moins.

Au contact de l'eau glaciale, j'en ai la respiration coupée. Mes muscles se contractent. J'agite les pieds et les bras en une sorte de crawl. Je n'ai pas l'impression d'avancer, sans doute parce que je ne sens plus rien.

Je ne lâche pas Nyelle des yeux. Je veux m'assurer qu'elle ne coule pas.

Elle tend la main devant elle, pour saisir l'échelle au bout du ponton. Je lui donne le petit coup de pouce final qui lui permet de s'accrocher et de se hisser. Je m'agrippe à la barre tandis que Nyelle essaie tant bien que mal de grimper. Tout son corps tremble de façon incontrôlable.

Je monte derrière elle et je cligne des yeux en la voyant retirer son jean et révéler ainsi une culotte en dentelle blanche. Je comprends son geste, mais je ne suis pas encore prêt à faire pareil.

Je cours, ou en tout cas je titube, jusqu'à mon pick-up. Heureusement, Nyelle a laissé les clés sur le contact. Une fois dans le véhicule, je démarre en mettant le chauffage à fond. J'attends de me réchauffer.

Quand je retourne voir Nyelle, ses habits forment un tas trempé sur les planches en bois, et elle est roulée en boule dans son sac de couchage. Elle tremble tellement que j'entends ses dents claquer.

Sans lui demander son avis, je la prends dans mes bras, avec le sac de couchage. Je la porte aussi vite que je peux jusqu'au pick-up, où je l'installe côté passager. Elle ne dit rien, laissant à peine échapper un vague murmure entre ses dents qui s'entrechoquent.

Mon corps, raide et engourdi, me fait mal tandis que je me précipite de nouveau vers le ponton pour ramasser ses affaires. J'ai l'impression d'être sorti de moi-même, et afin de ne pas arrêter de bouger, je me concentre sur ce que je dois faire pour sortir d'ici.

Je balance ses vêtements à l'arrière du pick-up, et j'enlève tous les miens, à l'exception de mon boxer.

J'ai plus chaud presque nu dans l'air hivernal que tout habillé. J'enroule mon sac de couchage autour de moi et je monte à bord de mon véhicule.

Nyelle est complètement enfouie dans son duvet. Je ne vois pas son visage, mais je l'entends encore trembler.

Il me faut un peu de temps. Je ne suis pas sûr de pouvoir conduire en tremblant autant. Quand je suis enfin en mesure d'agir, je fais demi-tour et je reprends le chemin par lequel nous sommes arrivés.

Une fois sur la route principale, je ne peux que deviner quelle est la bonne direction car je dormais quand on a obliqué vers le lodge. Quelques instants plus tard, je vois un panneau que je reconnais et je prends une route menant à mon appartement.

Le chauffage finit par souffler de l'air chaud, et je commence doucement à décongeler. Au moins, mes mains ne sont plus crispées autour du volant. Mais le froid s'est insinué dans mes os et je n'arrête pas de trembler.

Je jette un œil à Nyelle. Le sac de couchage enroulé autour de sa tête, elle regarde vers l'extérieur avec ses grandes billes bleues.

— Désolée d'avoir choisi le Titanic pour notre traversée des eaux arctiques ! dit-elle doucement.

Je ne peux pas m'empêcher de sourire.

— Et je n'ai même pas eu le temps de me proclamer le roi du monde. Quelle arnaque !

— Ouais, on a loupé tous les trucs drôles : poser nus, faire l'amour à l'arrière de ton pick-up et embuer les fenêtres. Quoiqu'on se soit presque mis à poil.

Elle m'observe du coin de l'œil. Je sais que sous le duvet, elle sourit. Et oui, j'ai bien conscience qu'elle ne porte qu'un soutien-gorge et une petite culotte. Je ne suis pas gelé à ce point.

— Vas-y. Continue à me chercher. Tu finiras par me le payer un jour ! dis-je pour plaisanter. Comment tu te sens ? Tu as moins froid ?

— J'ai l'impression d'être un esquimau, me répond-elle.

L'image me fait rire.

Le soleil s'est levé, mais par contre, aucun étudiant normalement constitué n'est encore debout en ce dimanche. Quand on se gare, le parking est désert.

— Tu peux marcher ?

Elle hoche la tête.

— OK, prête ?

Je tends à Nyelle les clés de mon appartement et elle se précipite vers la porte. Ses pieds nus dépassent du tissu noir de son duvet tandis qu'elle court sur les quelques mètres qui la séparent de l'entrée. Tenant nos affaires d'une main, mon sac de couchage enroulé autour de mon torse de l'autre, je la suis.

Quand j'entre dans l'appartement, elle est sous la douche.

Je balance nos habits dans le lave-linge et je déverse de la lessive dans le tambour. Nyelle n'a rien pour se changer, alors je lui trouve un sweat et un pantalon de jogging.

Je frappe avant d'ouvrir lentement la porte de la salle de bains.

— J'ai déposé des affaires pour toi sur le bar de la cuisine, OK ?

— Merci, dit-elle de derrière le rideau.

Je ne m'attarde pas. Mais j'ai du mal à ne pas me la représenter sans le soutien-gorge et la petite culotte jetés sur le sol de ma salle de bains. Je chasse de mon esprit cette image avant que cela me tourmente trop.

Je reste enveloppé dans le duvet jusqu'à ce qu'elle sorte, ses cheveux mouillés enroulés au sommet de son crâne. Et elle porte… mes vêtements. Je souris. Ils sont trop grands, mais tout a l'air bien sur elle. Cela ne me dérangerait pas qu'elle porte mes habits plus souvent.

— Retourne-toi, me demande-t-elle en se glissant dans mon lit et en remontant les couvertures sous son nez.

— Ça va mieux ?

Elle a déjà les yeux fermés. Je souris et me rends dans la salle de bains.

Quand je sors de la douche, elle ronfle légèrement. Seul le haut de sa tête dépasse.

Je mets nos vêtements dans le sèche-linge au-dessus de la machine à laver. Je la ramènerai chez elle quand nos vêtements seront secs.

Tout mon corps me fait mal. Je crois bien que je n'ai jamais été aussi fatigué de ma vie. Je me glisse sous les draps à l'autre bout du lit.

Un sourire se dessine lentement sur mon visage quand je vois Nyelle respirer profondément sous la couette. Je lui tourne le dos et je m'emmitoufle dans les couvertures. On a beau ne pas se toucher, je sens parfaitement la chaleur de son corps contre moi. Tandis que mes yeux se ferment, je pense aux secondes chances. La mienne est allongée juste à côté de moi.

RICHELLE

Juillet - Juste avant le CM2

— Je crois que c'est moi qui devrais chanter. Toi, on dirait un chat en train de crever ! s'exclame Rae derrière sa batterie rafistolée avec du scotch.

Je sais qu'elle essaie de me faire enrager pour que je lui laisse ma place de chanteuse dans le groupe. Ça n'arrivera jamais.

— Les batteurs ne chantent pas, dis-je en tenant la brosse qui me sert aussi de micro.

Cal est adossé au mur avec sa guitare en plastique. Il attend qu'on arrête de se chamailler – ou de trouver comment s'interposer entre nous.

— J'ai aussi apporté de nouveaux morceaux aujourd'hui.

Je branche mon iPod au poste de radio.

— Si c'est du Britney Spears, je vomis, prévient Rae en mimant des haut-le-cœur. Et si je ne peux pas chanter, alors au moins, je choisis la musique.

— Ce que t'écoutes, j'appelle pas ça de la musique. Mais plutôt des cris.

— T'y connais quoi, toi, à la vraie musique ?

Je suis sur le point de répliquer que ça ne serait pas dans les meilleures ventes, si ce n'était pas de la bonne musique, mais je remarque l'heure et ne prends pas la peine de répondre.

— Il faut que j'aille chercher Nicole. Je reviens tout de suite.

— Pourquoi elle ne vient pas toute seule ? Je ne comprends pas ses règles bizarres.

— Tu sais que sa mère pense qu'il faut qu'on l'invite avant qu'elle vienne chez quelqu'un.

Je soupire. Parfois, Rae peut être vraiment énervante.

— C'est un vampire ou quoi ? lance-t-elle en riant.

— Rae, la reprend Cal. Arrête !

Ça lui cloue le bec. Comme souvent, quand Cal intervient. Je me mets à courir dans la rue et j'appuie sur la sonnette des Bentley, à bout de souffle. Tous les jours, je sonne à la même heure, et tous les jours, Mme Bentley répond comme si elle ne savait pas ce qui m'amène devant sa porte.

— Bonjour, Richelle. Que puis-je pour toi ?

J'ai envie de lever les yeux au ciel, mais je me retiens. Je souris et je répète la même chose qu'hier, et avant-hier – et que le jour où Nicole est arrivée dans le quartier.

— Bonjour, madame Bentley. Est-ce que Nicole peut venir jouer ?

Sauf qu'aujourd'hui, j'ajoute :

— Et est-ce qu'elle peut venir dormir chez moi ce soir ?

— Oui, Nicole peut aller jouer avec toi. Mais pour ce qui est de dormir chez toi, il faut que j'appelle ta mère et que j'en discute avec son père.

Nicole est derrière Mme Bentley, comme toujours quand je viens la chercher. Dès qu'elle entend le feu vert de sa mère, elle me laisse prendre sa main.

— Sois rentrée à 17 h 30, Nicole, dit-elle alors qu'on s'éloigne en bondissant. J'aurai parlé à ton père d'ici là.

Je ne sais pas pourquoi elle doit demander à son mari si Nicole peut dormir chez moi. Elle est venue à la maison tous les vendredis soir de cet été.

— OK, maman, dit Nicole.

On sautille jusqu'à la maison de Rae. Nicole ne court toujours pas, mais au moins c'est un progrès. C'est toujours mieux que marcher, même si je trouve cela encore trop lent.

Alors qu'on approche, Cal se dirige vers sa maison.

— Tu vas où ? je lui demande.

— Rae est partie chercher Liam avec sa mère. Et il faut que je me prépare pour le base-ball. À plus !

Le frère de Rae vit avec son père et rentre un week-end sur deux. Mais on ne le voit jamais, pas plus que Rae, parce que leur mère veut qu'ils passent un moment tous ensemble, en famille. Cal, lui, joue dans l'équipe de base-ball avec Craig et Brady tous les mardis et vendredis soir.

— Oh, je réponds, déçue. Bon, bah, on peut aller chez moi.

Dans le jardin derrière ma maison, on s'amuse à défiler comme des mannequins avec un vieil appareil photo dont ne veut plus mon père. Comme je le pensais, Nicole a le droit de dormir à la maison. Après une pizza et un film, on va dans ma chambre. On est censées dormir, mais impossible. On est trop surexcitée, et du coup on rigole beaucoup.

— Est-ce que je peux te dire un secret ? Par contre, tu dois me promettre de ne le répéter à personne, je murmure dans le noir.

Nicole est dans le lit du bas. Avant, ma sœur Kara et moi, on partageait la chambre. Mais quand elle a commencé le collège l'année dernière, mes parents l'ont autorisée à prendre l'ancien bureau de ma mère. Elle a même sa propre télé. Je m'en fiche parce que j'ai pu garder les lits superposés.

Je me penche tête en bas en me tenant au bord du lit pour ne pas tomber.

— Je te promets de ne jamais le répéter à personne, chuchote Nicole.

Je souris avant d'annoncer :

— Cette année, je vais sortir avec Cal.

— Ah bon ? demande Nicole en pouffant de rire. Et tu vas te marier avec lui ?

Je sais qu'elle dit ça pour être drôle. Mais ma réponse est sérieuse.

— Ouais. Quand on sera grands, on se mariera et on habitera dans une immense villa toute blanche. J'aurai une Mercedes et lui une BMW. Je vendrai des maisons et lui sera rock-star.

Nicole glousse.

— Eh bien moi, j'étudierai à Harvard et je deviendrai quelqu'un de respectable, comme le veut mon père.

— Pourquoi tu veux aller à Harvard ?

— Parce que ma mère et mon père en ont envie. Ils ont mis de l'argent de côté à la banque depuis que je suis bébé pour que je puisse étudier là-bas. C'est là que vont les gens importants, et mon papa veut que je devienne quelqu'un d'important. D'après lui, il faut que je sois la meilleure élève de toute l'école pour pouvoir entrer à Harvard. Et il faut que je devienne quelqu'un de bien que tout le monde aime et écoute.

— Mais tu ne dis jamais rien à l'école, je fais remarquer, un peu perdue.

— Peut-être que pour l'instant, je n'ai encore rien trouvé d'important à dire.

— Pour ma mère et mon père, l'important, c'est qu'on soit heureux. Et puis la fac, c'est loin ! Je n'arrive pas à y penser.

— Mais tu n'as pas envie de te marier après la fac ? souligne Nicole.

— Ouais, mais c'est pour de faux, dis-je en me défendant.

J'ai la tête qui tourne à force d'être restée la tête en bas.

— Par contre cette année, je vais sortir avec Cal.

7

J'ouvre légèrement un œil, sans trop savoir si j'ai envie d'être réveillé. Il est 14 heures passées. Et puis je me souviens de Nyelle et je me retourne dans le lit. Elle n'est pas là. Mon sweat et mon pantalon de jogging sont bien pliés sur mon oreiller.

Je m'assieds quand j'entends la porte d'un meuble claquer.

— Nyelle ?

J'écoute. Des pas, mais aucune réponse.

— Nyelle ?

— Qui ? Non, c'est Eric !

Je souffle fort. Elle est partie. Je ne suis pas surpris, mais il n'empêche que la déception envahit ma poitrine.

— Laisse tomber.

Eric passe une tête dans ma chambre.

— Alors, la nuit dernière ? T'es parti avec la jolie brunette avec qui je t'ai vu parler ?

Je bâille en me contorsionnant pour étirer mon dos.

— Non, j'ai retrouvé une autre fille et j'ai failli me noyer dans un lac gelé.

Eric se met à rire.

— Quoi ?

— Oui, j'avoue, là, maintenant, ça paraît marrant. Mais pas sur le coup.

Je lui donne une version abrégée de l'histoire. Il se bidonne encore plus.

— C'est qui, cette fille ? me demande-t-il en gloussant encore.

— J'essaie de le découvrir, justement.

* * *

Nyelle m'évite encore. Ou en tout cas, c'est ce dont je me suis convaincu. Elle est partie sans un mot, et je ne l'ai pas vue depuis quatre jours. Là, je suis chez Bean Buzz, assis sur le canapé. Les yeux braqués sur la porte, je remue nerveusement une jambe tout en me frottant les mains. J'espère qu'elle finira par se montrer. Je ne lui ai pas dit à quelle heure je serais ici. J'ai juste parlé de jeudi. C'était peut-être une erreur.

J'attendrais bien toute la journée mais je ne peux pas être en retard en cours. J'ai un examen de fin de trimestre. Je sors à nouveau mon téléphone pour regarder l'heure. Un message est affiché sur mon écran.

JADE : ENVIE DE ME VOIR CE WEEK-END ?

J'essaie de ne pas juger les filles d'après leurs SMS. Le ton ne passe pas forcément dans les messages. Enfin, pour moi, ça en dit long quand une nana envoie un texto en premier. Cela prouve qu'elle n'a pas froid aux yeux.

J'hésite à ignorer son message, mais je décide que lui répondre pourrait me distraire de l'angoisse qui me serre le ventre et qui menace de m'avaler tout entier. Et j'ai une bonne excuse puisque Rae arrive ce soir en avion.

MOI : J'AI DE LA VISITE CE WEEK-END.

JADE : EH BIEN... LAISSE TOMBER TON AMI.

Je secoue la tête. Quoi ? Il n'y a pas grand-chose à mal interpréter dans cette phrase.

MOI : PAS MON GENRE. APRÈS LES VACANCES ?

JADE : ARGH ! C'EST SUPER LOIN.

JADE : TA VISITE, C'EST UN MEC OU UNE MEUF ?

J'aurais peut-être dû ignorer son texto. Le manque de confiance en soi, ce n'est pas très attirant. Jade et moi, nous n'avons pas beaucoup parlé le soir de notre rencontre, et que ce soit volontaire ou pas, il y a des signaux dans les quelques textos qu'elle a envoyés qui devraient m'alerter. Je ne dois pas répondre assez vite à son goût parce qu'elle m'envoie un nouveau SMS :

JADE : PAS DE PROBLÈME. ON SE VOIT APRÈS LES VACANCES. AMUSE-TOI BIEN CE WEEK-END.

Elle se rachète. Ou essaie, en tout cas.

MOI : TOI AUSSI. JE T'APPELLE À MON RETOUR.

Je sais que je n'aurais pas dû écrire ces mots parce que je n'ai pas du tout l'intention de la revoir.

Je remarque l'heure sur mon écran. Il faut que je file. Je ne peux plus attendre Nyelle. Alors que je me dirige vers la porte, Tess entre dans le café. Mes épaules se relâchent, je me dis que Nyelle est sur le point d'arriver. Mais Tess est seule.

— Salut, Cal, dit-elle avec un grand sourire.

— Salut ! Nyelle est avec toi ?

La déception est visible sur son visage. Elle secoue la tête.

— Je ne sais pas où elle est allée ce matin. Quand je me suis réveillée, elle n'était pas là.

Je n'ai pas le choix, alors je dis :

— Il y a une soirée dans une maison de Lincoln Street samedi soir, si toi et Nyelle voulez venir…

Elle retrouve le sourire. Exactement ce que je craignais.

— Vraiment ? Ça a l'air super.

Elle fouille dans son sac.

— Attends, donne-moi ton numéro, comme ça, je pourrai t'envoyer un texto.

Après avoir échangé nos numéros, je vais en cours. J'espère que Tess ne s'imagine pas des choses et qu'elle parviendra à convaincre Nyelle pour la soirée.

Quelle torture de ne pas savoir où elle se trouve, de me demander sans cesse si elle finira par apparaître. Je me prépare à la voir surgir à chaque instant, mais cela n'arrive jamais. J'ai de plus en plus de mal à la laisser partir quand je suis avec elle, parce que je n'en peux plus de devoir attendre jusqu'à la prochaine fois – en craignant qu'il n'y en ait pas.

Dans ma tête, je repasse en boucle le film de dimanche matin. Est-ce que j'ai fait ou dit quelque chose qui l'a effrayée ? Ça me rend dingue de ne toujours pas pouvoir la rejoindre. Où est-elle, bon sang, et pourquoi m'évite-t-elle ?

* * *

— Hello ! crie Rae en entrant.

Je sors de ma chambre et je m'arrête net. Elle pose son sac par terre, près de la porte, et balaie l'appartement du regard.

— Pas mal. Très… étudiant !

Elle remarque alors que je la contemple, bouche bée.

— Quoi ?

— Euh… T'as un sacré look, dis donc !

Elle porte un pantalon noir moulant déchiré et un tee-shirt XXL représentant une langue avec un piercing. Ses billes noires sont soulignées de façon exagérée par des tonnes de maquillage. Je crois bien que je ne l'ai jamais vue barbouillée comme ça. Mais ce sont ses cheveux roses coupés ras qui me troublent vraiment. Ça, plus l'anneau qui traverse son sourcil et le clou au-dessus de sa lèvre. Elle avait déjà un piercing dans le nez et du métal dans le lobe de ses oreilles.

— T'es pas un peu vieille pour la phase rebelle ?

— Va te faire foutre, répond-elle sans grande conviction. C'est ma nouvelle image. Les cheveux blonds et les taches de rousseur, ça le faisait pas trop dans un groupe de punk.

— T'as toujours tes taches de rousseur, dis-je pour la taquiner.

Il va me falloir du temps pour m'y habituer.

— J'aime bien, intervient Eric. Ça déchire.

Ça déchirerait si elle ne mesurait pas un mètre cinquante les bras levés. Mais je dois admettre que sa maigreur colle bien avec son look rock'n'roll.

— Tu veux une bière ? propose Eric, qui est devant le frigo.

Je secoue la tête.

— Je dois terminer un devoir pour demain.

Rae tend la main.

— J'en veux bien une… ou trois.

Eric se met à rire et lui donne une canette. Rae s'affale dans le canapé avec sa boisson.

— Eric, merci d'être allé la chercher, dis-je. Quel exam foireux !

Je m'en serais mieux sorti si j'avais été capable de me concentrer.

— Cal, tu te rends compte que je n'avais pas vraiment rencontré Eric avant aujourd'hui ?

Elle ouvre sa canette de bière.

— Quoi, mais bien sûr que…

Ma phrase reste en suspens quand je me rends compte qu'elle a raison.

Eric et moi, nous étions colocataires l'an passé dans la résidence universitaire. Il a rencontré toute ma famille. Mes frères, quand ils sont venus assister aux matchs de football en début d'année universitaire. Jules et mes parents lors du week-end portes ouvertes. Mais les deux fois où Rae m'a rendu visite l'année dernière, Eric n'était pas là. Il était occupé à faire des trucs débiles pour intégrer la fraternité Delta Ep.

— Ça ne m'a jamais frappé ! dis-je. Je parle tellement de vous que j'ai dû finir par croire que vous vous connaissiez déjà.

— Ouais, c'est vrai que j'ai l'impression de la connaître, admet Eric en s'asseyant sur le fauteuil inclinable miteux. D'ailleurs c'est pour ça que ça ne me dérangeait pas d'aller la chercher. Mais une fois en route pour l'aéroport, je me suis rendu compte que je ne savais pas du tout à quoi elle ressemblait.

— Pas sûr que ma description t'aurait aidé !

Je lance un regard à Rae en secouant la tête.

— Trop drôle, Cal, dit-elle. J'avais vu la tête d'Eric sur Facebook, alors on s'en est sortis.

— Rae, c'est quoi le nom de ton groupe, déjà ? demande mon coloc en pianotant sur son téléphone. Il faut que je vous suive. On peut télécharger des morceaux ?

— On s'appelle les Ragin'Bitches, répond Rae. Tu trouveras rien pour l'instant. On est censées enregistrer une démo à mon retour. Il nous manque encore quelques chansons, mais j'espère qu'on pourra bientôt organiser un concert.

Je suis surpris. C'est la première fois qu'elle l'évoque. Généralement, quand je discute avec elle, Rae passe son temps à dire qu'elle et les filles ne sont d'accord sur rien. Je suis content d'apprendre qu'elles ont fini par avancer.

— Je pourrai te voir jouer quand je rentrerai ?

— Peut-être, si les voisins ne nous font pas virer. Ta mère essaie d'apaiser la situation en déposant des bouchons d'oreille dans les boîtes aux lettres. C'est pas comme si les gens n'avaient pas l'habitude d'entendre de la musique en provenance de mon garage. Je joue depuis qu'on est gamins.

— Ouais, Rae m'en a parlé, s'esclaffe Eric. Elle m'a aussi raconté que t'étais un gros naze quand t'étais môme.

— Sympa, Rae.

Je secoue la tête. Rae hausse les épaules.

— Oh, ça va ! Je ne disais pas ça pour être méchante. C'est juste… un fait.

— D'après Rae, tu penses que la fille du lac est une nana de votre quartier qui t'obsède depuis toujours.

— Waouh. T'as rien oublié, Rae ? Et je ne suis pas obsédé. J'aimerais bien que tu arrêtes de répéter ça.

Bon, quand on pense au temps que j'ai passé à penser à Nyelle, elle n'a pas tout à fait tort.

— Tu l'as rencontrée ? demande Rae à Eric.

Il fait non de la tête.

— Nicole, la fille avec qui on a grandi, n'avait pas grand-chose à voir avec la nana dont il me parle. Elle était super timide quand on était mômes. Et puis au lycée, elle est devenue une vraie garce, hyper coincée en plus.

— Rae, dis-je sévèrement.

— Quoi ? Mais c'est vrai ! Nicole était tellement occupée à être parfaite qu'elle se foutait pas mal de nous. Sérieusement, quand est-ce qu'elle nous a parlé pour la dernière fois ? À part pour nous dire de lui foutre la paix.

Je baisse les yeux au sol.

— Nyelle est différente.

— C'est vrai. Parce que ce n'est pas la même personne. Enfin, quand est-ce que je vais rencontrer ton délire ?

— Pas sûr, je réponds. J'espère qu'elle se pointera à la soirée de demain avec sa coloc.

Eric se tourne vers moi.

— Si tu es sûr que Nyelle est Nicole et que tu la connais depuis toujours, pourquoi est-ce que tu ne lui parles pas ?

— C'est… compliqué. Je veux qu'elle me fasse confiance. Rae, quand tu la verras, ne dis rien, OK ?

Si elle ment, il doit y avoir une raison. Et si elle croit vraiment être Nyelle, il a dû lui arriver quelque chose. Je pense que la confrontation ne ferait qu'empirer la situation.

Je regarde Rae en l'implorant des yeux.

— Oh, comme tu veux, marmonne-t-elle. De toute façon, ce n'est pas elle.

Nous restons assis dans un silence gêné pendant quelques instants. Rae joue avec la languette de sa canette. Le regard d'Eric va d'elle à moi comme s'il essayait de deviner nos non-dits. J'essaie de changer de sujet.

— Comment va Liam ?

— Toujours aussi relou, répond Rae. Mais il marche plutôt droit.

— Ton frère ? demande Eric.

— Ouais. C'est à cause de lui que je ne suis pas encore ici.

— T'es censée étudier à Crenshaw ?

J'observe Rae qui hoche la tête. Pas facile pour elle de parler de ce qu'elle a dû abandonner pour son frère.

— Je serai ici l'année prochaine, sauf si ma carrière musicale décolle, lui explique-t-elle avec un sourire plein d'assurance.

— Alors pourquoi tu n'es pas encore ici ? demande Eric, perplexe.

— Liam a tendance à être attiré par les trouducs. Ils lui rappellent sûrement notre père.

Elle roule des yeux puis poursuit.

— L'année dernière, il a été arrêté pour détention de drogues et intention de revendre. Quel débile !

— Waouh, répond Eric, les yeux écarquillés. Donc, t'es un peu comme… son agent de probation ?

— Ouais, c'est l'impression que j'ai ! (Elle rit.) Je dois juste m'assurer qu'il ne commette pas de connerie assez monumentale pour foutre sa vie en l'air avant d'entrer à la fac. Après le lycée, il se débrouillera pour nettoyer sa merde.

— Et tes parents ? demande Eric.

Rae boit sa bière d'une traite. Je ne m'attends pas à ce qu'elle réponde. Elle n'est pas du genre à se confier, même pas avec moi. Je suis quasi convaincu que, gamine, elle s'est mise à la batterie pour avoir un truc à défoncer. C'est sa façon de gérer les crises.

— Ils se sont séparés quand on était gosses. Mon frère est parti vivre avec notre abruti de père jusqu'à ce qu'il se barre et laisse ma mère avec un crédit et des tonnes de dettes en plus d'avoir à s'occuper de nous. Alors elle travaille deux fois plus à l'hôpital et on ne la voit presque pas. J'ai quasiment passé toute mon enfance chez Cal vu que sa mère travaille à la maison.

Eric a l'air un peu perdu.

— Et donc, qu'est-ce que cette fille, Nicole, vient faire là-dedans ?

— Richelle et Nicole habitaient juste à côté de chez nous, explique Rae.

Elle inspire profondément.

— Et puis elles nous ont laissé tomber.

— Dis pas ça, Rae ! Richelle a déménagé. Et on ne sait pas trop ce qui s'est passé dans la vie de

Nicole. Peut-être qu'on n'a jamais vraiment su ce qui se passait dans sa vie, d'ailleurs.

— Arrête un peu, Cal, dit Rae en secouant la tête. Tu la défends tout le temps.

Impossible. Pas avant que je sache ce qui se passe vraiment.

Nicole

Août – Avant le CM2

Je marche jusqu'à la maison de Cal et je sonne. Mme Logan m'ouvre.

— Salut Nicole. Je suis contente de te voir. Cal est derrière, dans le jardin.

La mère de Cal a appelé la mienne pour lui demander si je pouvais venir. Elle a expliqué qu'il voulait montrer quelque chose à ses amis.

Quand j'arrive dans le jardin, j'ai un énorme sourire. Cal court dans tous les sens, poursuivi par un chiot jaune.

— Il est trop mignon ! je m'exclame sans quitter des yeux la petite boule de poils qui essaie de mordre la corde dans la main de Cal.

Celui-ci s'arrête de courir et le chiot saute sur place en mâchouillant la laisse.

— Salut, Nicole !

— Tu l'as eu quand ?

Je me penche pour caresser le petit animal sur la tête. Il pose ses pattes sur mes genoux et me lèche le visage.

— Aïe !

Il a de sacrées petites griffes.

— Henley, descends ! demande Cal en le déplaçant. Désolé. Il t'a fait mal ?

— C'est pas sa faute !

Je m'agenouille par terre en prenant bien soin de couvrir mes jambes pour qu'il ne me griffe pas.

— Viens ici, Henley !

— Mon père l'a ramené à la maison aujourd'hui.

Cal s'assied en face de moi. On joue tous les deux avec le chiot. Il n'a pas l'air de tenir en place – il saute dans tous les sens et court autour de nous.

— Je ne crois pas que ma mère était au courant, mais elle veut bien le garder. Je vais aider mon père à lui fabriquer une niche.

— Mon père trouve que les animaux, c'est trop sale.

Et quand je vois le chiot se rouler dans l'herbe en chassant un papillon, je me dis qu'il a sûrement raison. Mais il est tellement mignon !

On joue un petit bout de temps avec Henley avant que je m'aperçoive qu'on n'est que tous les deux.

— Où sont Rae et Richelle ?

Je fais couiner une grenouille en plastique sous la truffe de Henley. Il hésite entre mordre la bestiole ou s'enfuir.

— Je ne sais pas. Je les ai appelées, mais elles n'étaient pas chez elles.

Ce n'est pas bizarre d'être seule avec Cal. Il est plus sympa que la plupart des garçons de l'école. Quand Brady et Craig viennent, ils finissent par faire n'importe quoi, et Cal est obligé de leur dire de la fermer toutes les deux minutes. D'après Richelle, ils sont tellement immatures qu'aucune fille ne voudra jamais sortir avec eux. Je ne suis pas sûre d'être prête à avoir un petit ami.

Richelle dit que c'est le meilleur truc au monde, d'avoir un copain. On peut lui raconter des secrets. Marcher main dans la main avec lui. Aller ensemble au cinéma. Et l'embrasser.

Je crois que la seule chose qui me plairait, c'est le cinéma. Et j'y vais déjà avec Cal et ses amis. Sauf qu'aucun d'eux n'est mon petit copain.

J'observe un peu Cal. Il court très vite, Henley à ses trousses. Ses cheveux noirs sont tout pleins de sueur et lui collent au front. Il a les genoux sales à force de s'être roulé par terre. Ses lunettes glissent sur son nez, comme toujours. Est-ce que j'aimerais l'embrasser ?

Je fronce le nez en y pensant.

— Qu'est-ce qui se passe ? demande Cal, essoufflé d'avoir couru. T'as avalé une mouche ou quoi ?

— Beurk, non, dis-je. Je me disais juste…

Ça a failli sortir. J'ai chaud aux joues.

— Quoi ? Raconte ! Je promets que je ne le répéterai pas.

Je m'agenouille de nouveau par terre, à côté de Henley, qui est allongé sur le dos, pattes en l'air. Je gratte son ventre en riant. Il est trop rigolo dans cette position. Il respire vite et je sens son petit cœur qui bat.

Je demande à Cal sans le regarder :

— Est-ce que t'as déjà embrassé une fille ?

Henley roule sur le ventre, ouvre ses minuscules mâchoires pour bâiller, et pose la tête sur ses pattes. Cal et moi, on continue à le caresser. Les mains de Cal sont sales, même sous ses ongles. Ma mère ne le laisserait pas venir à notre table avant de les avoir récurées pendant des heures.

Je regarde mes mains. Même si j'ai joué, moi aussi, j'ai fait très attention à ne pas me salir. Elles sont tellement différentes de celles de Cal, quand on les voit côte à côte, en train de caresser la fourrure dorée de Henley.

— Non, répond Cal. Je n'ai jamais embrassé une fille. Et je ne crois pas que j'en aie envie.

— Ouais. S'embrasser, c'est dégueu, dis-je toujours sans le regarder.

Nos mains se touchent. On arrête de caresser Henley, qui s'est endormi. Mais on garde les mains sur son ventre, qui monte et qui descend quand il respire. Je retiens mon souffle et je pose ma main sur celle de Cal.

Elle est chaude, et super douce – je ne m'y attendais pas. J'enroule mes doigts autour des siens et il les serre doucement. Je garde les yeux posés sur nos mains. Je n'ose pas le regarder. Mais je souris. Mon cœur bat comme si j'avais un papillon dans la poitrine. Je ne suis peut-être pas prête à embrasser un garçon, mais j'aime vraiment donner la main à Cal.

8

— Tu es sûr qu'elles vont venir ? demande Rae en se collant contre l'embrasure de la porte entre le salon et la cuisine pour laisser passer deux filles.

— Je ne suis jamais sûr de grand-chose avec Nyelle. Mais dans son texto, Tess m'a dit qu'elles étaient en route.

— Ouais, mais c'était il y a genre une heure, fait remarquer Rae en buvant une gorgée de bière.

Je hausse les épaules.

— Nyelle aime bien marcher. Ça risque de leur prendre un peu de temps.

— Elles viennent à pied du campus ? s'étonne Rae. Elle est folle ou quoi ?

Je souris sans répondre.

Je suis sur le point de demander où est passé Eric quand Nyelle entre par la porte de derrière.

— La voilà.

Rae se retourne, mais elle est trop petite pour l'apercevoir dans la masse de gens entassés dans la cuisine.

Nyelle a les cheveux détachés, comme j'aime. Des boucles sauvages tombent en cascade sur ses épaules. Le sommet de sa tête est parsemé de neige, et ses joues et le bout de son nez sont rouges parce qu'elle a marché dans le froid. Ses yeux bleus pétillent tandis qu'elle parcourt la foule du regard. Elle s'arrête quand elle me voit. Comment va-t-elle réagir ? Elle sourit. Ouf ! Je lui rends la pareille.

Tess me fait signe et articule une excuse en roulant des yeux en direction de son amie.

Le sourire sur le visage de Nyelle s'efface brusquement. Elle est trop loin pour que je puisse voir ce qui se passe. Mes yeux se promènent dans la cuisine. Je cherche à savoir quel est le type qui lui a dit quelque chose.

— Nyelle ! crie Tess.

Je me retourne au moment où la porte claque.

— Je reviens, dis-je à Rae.

Je me fraie un chemin à travers la foule dans la cuisine et je trouve Tess dehors sur les marches à l'arrière de la maison.

— Nyelle, qu'est-ce que tu fabriques ? Je suis gelée parce qu'on est venues jusqu'ici à pied. Il faut vraiment que je me réchauffe. S'il te plaît, reviens à l'intérieur.

Nyelle n'écoute pas. Elle arpente la petite cour en marmonnant quelque chose.

— Tess, rentre et reste avec Rae. C'est la fille aux cheveux rose pétant. Tu ne peux pas la louper.

Voyant qu'elle hésite, j'ajoute pour la rassurer :

— On arrive tout de suite.

Tess soupire et dit :

— Nyelle, je rentre. Ne pars pas sans moi.

Et puis elle retourne à l'intérieur. Une fois la porte fermée, on entend moins la musique et le brouhaha des voix.

Les poings serrés le long de son corps, Nyelle continue à arpenter la cour en baragouinant des trucs. De temps en temps, je capte un mot – généralement, une insulte. Je ne comprends pas ce qu'elle dit.

— Bordel ! balance-t-elle.

Elle reprend son discours incohérent. Un « Je peux pas ! » ressort de ses paroles indistinctes.

— Nyelle ? Qu'est-ce qui se passe ?

Elle s'arrête net en se mordant la lèvre. Elle pose sur moi ses grands yeux furieux. Visiblement, elle est perturbée. En tout cas, moi, je le suis.

Un vent glacial s'engouffre sous ma chemise. Je frissonne.

— Il fait froid. Et il neige. Rentre un peu histoire de te réchauffer. Et ensuite je t'emmènerai où tu veux. Même s'il faut dévaler une colline en roulant.

Nyelle respire un grand coup pour se ressaisir avant d'esquisser un léger sourire.

— Il neige, hein ?

Elle lève la tête vers le ciel et regarde les flocons tomber sur son visage.

La porte s'ouvre, et une vague d'air chaud me souffle dessus. Rae sort.

— Elle est en train d'attraper des flocons de neige avec sa langue ?

En effet, bouche ouverte, Nyelle tire la langue pour absorber les cristaux de neige. Je souris.

— Ouais, c'est ça.

— Mais…

Nyelle pose ses yeux sur Rae. Elle prend une grande inspiration et se lance :

— Salut, je m'appelle Nyelle. J'étudie dans la même fac que Cal.

— Salut, dit Rae en bafouillant. Moi, c'est Rae. Je suis une copine d'enfance de Cal.

— Contente de faire ta connaissance, répond Nyelle avec un sourire forcé. Et maintenant, allons nous éclater !

Elle balance sans grande conviction ses poings au-dessus de sa tête et lance un « Youhou ! » tout aussi peu enthousiaste avant de passer entre nous pour rejoindre la maison.

Rae me regarde, bouche bée.

— Bah ça, alors, Cal ! Il vient de se passer quoi, là ? Et c'était qui, ça ? Parce que cette fille, c'est le portrait craché de Nicole Bentley !

— Ça… *tout ça*, c'était Nyelle Preston, dis-je en suivant Rae dans la maison.

Tess nous attend derrière la porte, mais Nyelle est au milieu de la cuisine, et se fraie un chemin vers le salon. Je commence à marcher dans sa direction, et puis je me retourne vers Tess et Rae.

— Vas-y, m'encourage Rae. On va se chercher à boire et on te rejoint dans une seconde.

Je hoche la tête, puis je fends la foule des gens qui boivent et qui parlent en m'excusant.

Quand j'arrive enfin jusqu'à Nyelle, elle se tient dos au canapé.

— Hé !

Je suis si près que je pourrais la toucher. D'ailleurs, lorsqu'elle lève les yeux vers moi avec un petit sourire, j'ai bien envie de le faire. Mais je me retiens.

— Ça va ?

Elle descend la fermeture Éclair de sa veste qu'elle enlève et cale entre ses genoux. En dessous, elle porte un gros sweat orange et rouge trop grand pour elle. Elle a fait des trous dans les manches pour ses pouces, comme avec son pull.

Et voilà que quelque chose me frappe : je n'ai jamais vu ses mains. Je sais, c'est bizarre de se dire ça. Mais ça me saute aux yeux, et maintenant je regarde fixement le bout de ses doigts, qui dépassent à peine du vêtement. Pourquoi n'ai-je jamais vu ses mains ?

— Oui, ça va, me répond-elle. Et toi ?

Comme je reste muet, elle agite sa main cachée devant mon visage pour me ramener sur terre.

— Ah, euh, super !

— Je ne savais pas que tu recevais la visite d'une amie de chez toi.

Elle pose ses mains sur le canapé, à côté de ses hanches.

— Je ne t'ai pas vue cette semaine, alors je n'ai pas eu l'occasion de te le dire.

J'essaie de ne pas regarder ses mains.

— Elle est là pour combien de temps ? me demande Nyelle en balayant la foule du regard.

J'étudie ses yeux perçants. Elle a encore l'air… énervée. Est-ce que quelqu'un a dit quelque chose qui l'a foutue hors d'elle ? Ou bien est-ce à cause de Rae ?

— On reprend l'avion ensemble mercredi pour Thanksgiving.

Elle se contente d'un « Oh ! » et inspire un grand coup. Elle essaie encore de se calmer.

— Tu es sûre que ça va ?

Avant qu'elle ait eu l'occasion de répondre, Eric arrive à ma hauteur et me donne une claque sur l'épaule.

— Hé, moi c'est Eric, dit-il sans attendre que je fasse les présentations.

Il la regarde fixement. Et je comprends pourquoi, mais j'ai bien envie de lui donner un coup de coude pour que ça cesse.

— Eric, voici Nyelle.

— Oh, la fille du lac ! s'exclame-t-il en riant.

Nyelle sourit.

— Tu lui as parlé du Titanic ?

Je hoche la tête.

— C'était entièrement ma faute, lui explique Nyelle.

— Ouais, bon, nous, les mecs, on est capables de faire des trucs vraiment débiles pour coucher, plaisante Eric.

— T'avais envie qu'on couche ensemble ? s'étonne Nyelle en me regardant, bouche bée.

— Quoi, moi ? Pas dans le canoë, non, dis-je maladroitement.

Cette fois-ci, je balance un coup de coude à Eric, qui, le visage écarlate, essaie tant bien que mal de masquer sa douleur en toussant. Ma vie serait tellement plus simple s'il réfléchissait avant de parler. Ce mec est vraiment sans filtre.

— On a failli se retrouver à poil, ajoute Nyelle en m'adressant un sourire taquin.

— C'est vrai ? Tu m'as pas raconté ça, petit cachottier ! se plaint Eric.

— Elle mais pas moi, je réponds, toujours concentré sur Nyelle.

— Ne bouge pas ! Liza à 5 heures, murmure Eric, assez fort pour que tout le monde l'entende.

— Oh, j'aimais bien Liza ! dit Rae en se glissant à côté de moi avec Tess.

Celle-ci passe un verre à Nyelle, et Rae me tend une bière.

Je croise le regard de Liza et elle me sourit. Je l'aimais bien, moi aussi. Elle est jolie, intelligente, drôle, mais…

— Hello, Cal. Hello, Eric.

Elle nous salue avec un petit signe de tête avant de regarder les autres. Elle attend qu'on la présente.

— Salut Liza. Euh, voici Nyelle, Tess et Rae.

— Oh, c'est toi, Rae ! s'exclame-t-elle.

Elle marque un temps d'arrêt et plisse les yeux.

— Désolée, mais je crois que je t'imaginais plus… grande. C'est peut-être parce que quand Cal parlait de toi, il m'a toujours donné l'impression que t'étais…

— Une vraie teigne ? propose Eric, ce qui amuse beaucoup Liza.

— Comment va ton frère ? demande Rae.

Le frère de Liza a été victime d'un sale accident de la route au semestre dernier. Pas impossible que nous ayons cassé à cause de cela. Elle a dû rentrer dans sa famille. Je réfléchis. Non. Ce n'est pas pour cette raison que nous nous sommes séparés. L'accident s'est produit après que j'avais mis un terme à notre relation.

— Waouh, tu lui racontes vraiment tout, alors ? dit Liza pour me taquiner. Écoute, il va bien. Complètement remis. Merci.

Elle lève les yeux vers moi et sourit.

— Bon, c'était sympa de te revoir, Cal. Amusez-vous bien ce soir !

Et puis elle repart d'où elle est venue.

— Je me souviens d'elle, fait remarquer Eric. Je l'aimais bien, moi aussi.

— Encore l'une de ces filles dont tu as brisé le cœur ? vérifie Nyelle.

— Ah, t'es au courant ! s'exclame Rae.

Mes échecs sentimentaux créent immédiatement un lien entre elles. J'aurais dû m'en douter !

— Je t'avais prévenue que c'était un briseur de cœurs, murmure Nyelle à Tess.

Tout le monde a entendu.

Tess écarquille les yeux. Elle est tellement surprise que sa mâchoire en tombe.

— Ah non, non, non ! s'énerve Rae en secouant la tête. Ne t'embarque pas là-dedans, Tess. Tu as l'air d'être une fille vraiment chouette. Ne t'approche pas de lui. Il a du mal à s'engager. Et pas qu'un peu.

Tess s'étouffe presque. Elle devient rouge pivoine.

— Allez viens. On va te chercher un truc à boire, lui propose gentiment Eric en la prenant par la main.

— J'ai ce qu'il faut, répond-elle tout bas en montrant son verre.

— Bon, alors allons à côté le temps que ton visage retrouve une couleur normale.

J'ai envie de lui présenter des excuses. Mais cela risquerait d'empirer la situation parce qu'elle ne saura pas si je le fais parce que ces accusations sont vraies, ou parce qu'on vient de souligner qu'elle m'aime bien et que moi, je ne partage pas ce sentiment. Dans les deux cas, il vaut mieux qu'elle parte.

— J'essaie de me souvenir de l'excuse que tu as utilisée quand tu as cassé avec Liza, dit Rae en se concentrant. C'était quoi, déjà ?

— Moi, ce qui m'intéresse, c'est de savoir si tu le regrettes, demande Nyelle.

— Non, je réponds sans hésiter.

Elle sourit. Rae nous regarde d'un air suspicieux. Ses yeux s'attardent de façon un peu trop insistante sur Nyelle et je lui donne un coup de coude pour qu'elle arrête.

Nyelle ne s'en rend pas compte. Elle est trop occupée à piocher des oursons dans la poche de son sweat.

— T'en veux un ?

— Non merci, je lui réponds en buvant une gorgée de ma mauvaise bière.

Rae en prend un et lui arrache la tête avant de l'avaler tout entier.

— Je crois qu'on ferait mieux de retourner chez toi, dit Rae en descendant sa bière. Cette soirée est super naze. On serait vraiment mieux entre nous. On n'a qu'à prendre du sky en chemin. Nyelle, ça te tente ?

Nyelle hésite et me regarde, comme si elle attendait que je lui donne le feu vert. Je lève les sourcils pour l'encourager.

— OK, dit-elle.

Rae fait un crochet par la cuisine, embarque quelques bières et crie à Eric et Tess.

— On s'arrache. Vous venez ?

Elle fend la foule sans difficulté et sort fièrement par la porte de derrière.

Nyelle l'observe en souriant.
— Je l'aime bien.
— Ouais, moi aussi ! dis-je en riant.

* * *

Appuyé contre le bar dans la cuisine, je regarde fixement la porte de la salle de bains. J'attends que Nyelle et Rae en sortent. Elles sont enfermées là-dedans depuis qu'Eric est parti raccompagner Tess chez elle. C'était il y a vingt minutes.
— Pas possible ! crie Nyelle de l'autre côté de la porte.
Rae rit.
— Je te jure que si !
J'ai peur de savoir de quoi elles parlent.
La porte d'entrée s'ouvre. Eric.
— Elles sont où, les filles ?
Je dirige mon regard vers la salle de bains d'où provient un éclat de rire.
— Elles font quoi, là-dedans ? demande-t-il bras croisés, les yeux rivés sur la porte.
Je hausse les épaules.
— Aucune idée. Qu'est-ce que font les filles quand elles sont ensemble dans une salle de bains, en général ?
— Elles parlent des mecs, répond Eric. Sauf que Rae n'aime pas les mecs. Ce qui veut dire qu'elles sont sûrement en train de parler de toi.
Je me raidis.
— Quoi ?
J'ai peur que Rae soit bourré et l'ouvre trop. Ou qu'elle en veuille tellement à Richelle et Nicole depuis

des années qu'elle balance tout ce qu'elle a sur le cœur. Mais le rire que j'entends n'a rien d'hostile. Alors je deviens parano : peut-être qu'elles parlent vraiment de moi.

— Oh, et je ne comprends pas pourquoi Tess ne te plaît pas. Elle est cool, comme fille. J'ai son numéro, maintenant. Mais est-ce que ça veut dire que je récupère tes vieilles miettes ?

— Arrête tes conneries ! Tess n'a rien d'une miette, et puis je ne suis jamais sorti avec elle ! Elle est super, mais elle ne m'intéresse pas.

— Parce que tu t'intéresses plutôt à sa coloc ! dit-il en montrant de la tête la porte de la salle de bains. Pourquoi tu ne m'as pas dit que la fille du lac était une bombe ?

Quand j'entends le rire hystérique de Nyelle, je décide que trop, c'est trop. Je frappe à la porte.

— Hé, vous sortez, toutes les deux, ou quoi ?

Rae me répond en criant :

— Hé, je suis déjà sortie : du placard en troisième, t'as oublié ?

Nyelle se bidonne.

— C'était trop drôle ! J'ai bien cru que Brady allait faire une crise cardiaque !

— Ouais, j'y étais. Sortez de là. Vous êtes enfermées là-dedans depuis plus d'une demi-heure, je soupire.

* * *

— J'avais envie de te parler d'un truc, confesse Rae alors que nous attendons Brady et Craig.

Ils ont appelé il y a déjà un moment pour nous dire qu'ils venaient en vélo. Ils ont réussi à chourer une bouteille de vodka chez les parents de Craig. Si c'est la même bouteille que celle qu'on a bue l'été dernier, je sais qu'elle est coupée à l'eau, alors ce n'est pas si dément que ça.

— Ouais, quoi ?

Je ne lève pas les yeux du jeu vidéo sur mon téléphone.

— Cal.

Sa voix est sérieuse et grave. C'est la même que celle qu'elle utilise pour parler à son frère quand il a des ennuis.

Je referme l'appli et je l'écoute vraiment.

Rae ouvre la bouche mais se ravise. Elle est stressée, et cela ne lui ressemble pas.

— T'es enceinte ?

— Non, je ne suis pas enceinte, espèce de loser ! (Elle me donne un coup de poing dans le bras), je…

— Je sais que je t'ai manqué ! hurle Brady en remontant l'allée sur son vélo.

Rae s'enfonce dans le canapé et ferme les yeux. Maintenant, elle ne va plus rien dire.

— Allez, ma Rae-yonnante adorée ! Dis-moi que je t'ai manqué !

— Même pas un peu, marmonne-t-elle.

— Ça finira par venir, dit-il avec un clin d'œil.

Craig sort une bouteille de Jack Daniel's, pas de vodka. Rae se lève d'un bond, ouvre la bouteille et boit un grand coup. Elle se met à tousser parce que l'alcool lui brûle le gosier.

— Non, ça n'arrivera jamais, Brady.

Elle tousse encore et se racle la gorge.

— Parce que les glands, c'est pas ma came.

Et puis elle avale un autre shot de whisky cul sec.

— Eh, doucement ! intervient Craig en tendant la main pour récupérer la bouteille.

— C'est un peu vache ! pleurniche Brady en feignant d'avoir le cœur brisé.

— Tu n'as pas bien compris. Je n'aime pas les glands – les bites, quoi !

Nous nous figeons. Brady a encore la main posée sur le cœur. Nous la regardons fixement. Personne ne dit rien jusqu'à ce que je vienne briser le silence :

— Ah ouais, pas de risque que tu sois enceinte.

* * *

— On arrive ! crie Rae.

Je grogne de frustration et j'appuie la tête contre l'encadrement de la porte. Derrière moi, j'entends Eric ouvrir un paquet de chips.

La porte s'ouvre.

— Des chips ! s'exclame Nyelle.

Elle passe devant moi sans m'accorder un regard, et fonce sur Eric.

Je l'observe.

— Tu l'as entendu ? Ca veut dire qu'il suffisait que je fasse la même chose pour que tu sortes ?

Nyelle éclate de rire et prend une poignée de Doritos.

Rae l'imite. Je cherche sur son visage un indice qui m'indiquerait de quoi elles ont pu parler pendant aussi longtemps. Elle s'assied sur le canapé avec un sourire ultra agaçant. J'hallucine !

Je m'installe à l'autre bout en essayant de capter son regard. J'écarquille les yeux, l'implorant en silence de me rassurer sur ce qui s'est dit là-dedans. Mais elle affiche le même air mystérieux. J'ai envie de l'étrangler.

Je lève les mains au ciel et son sourire ne fait que s'élargir. Nyelle nous interrompt en se plaçant entre nous deux. Elle se débarrasse de ses chaussures et croise les jambes.

— Bon sang, j'adore les Doritos ! Sauf que ça donne une haleine de chacal.

— Pas faux ! dit Eric en hochant la tête.

— Oh ça y est, je me souviens pourquoi tu as plaqué Liza, s'exclame soudain Rae.

Tous les yeux se tournent vers elle.

— Elle voulait te présenter à ses parents. Alors tu as tout arrêté.

Eric se met à rire.

— Mais oui, c'est vrai !

Ça me revient à moi aussi.

— On n'était ensemble que depuis un mois. Je n'étais pas prêt à rencontrer ses parents !

— Mais t'aurais pas pu lui expliquer ça plutôt que de la larguer ? demande Nyelle en balayant les miettes de Dorito sur son jean. Peut-être qu'elle aurait compris.

— Tu rêves, là ! se moque Rae. Cal ne se lance jamais dans ce genre de discussion désagréable avec les filles. Il fait tout pour éviter les conflits. Sérieux, il est même capable de s'enfuir à des kilomètres.

— Oui, je sais, dit Nyelle.

Je me passionne d'un coup pour la tache sur le canapé. Mais Rae éclate de rire. Il faut que cette conversation se termine maintenant.

— Alors, pourquoi tu te casses systématiquement ? Tu as peur de les blesser, ou quoi ? demande Nyelle.

Eric ajoute son grain de sel, histoire de noircir un peu plus le tableau :

— Cal, c'est un mec détendu. Il attend que les choses lui tombent dessus. C'est comme ça qu'il chope. Les nanas sont attirées par lui parce qu'il a l'air d'être un type bien. Je ne crois pas qu'il ait fait une seule fois le premier pas. Du coup, le rejet, il ne connaît pas.

— Mais de quoi tu parles ?

Je ressens le besoin de me défendre. Même si ce qu'il raconte est vrai.

— C'est qui, la dernière fille à qui tu as demandé de sortir avec toi ? m'interroge Rae sur un ton de défi.

Je regarde Nyelle du coin de l'œil. Techniquement, c'était elle.

— Non, tu ne m'as pas vraiment demandé, répond-elle comme si elle avait lu dans mes pensées. Tu m'as présenté ça comme si ce n'était rien du tout, comme une soirée avec des potes.

— Il t'a demandé de sortir avec lui ?

Rae en reste bouche bée. Nyelle secoue la tête.

— Non.

Eric lève les sourcils, comme pour demander : c'est quoi ton problème, mec ?

Incapable de les écouter m'analyser plus longtemps, je me lève et je vais jusqu'au frigo.

— Quelqu'un veut un truc ?

Je me sers une bière. Eric lève la main alors je lui balance une canette.

— Y a du Coca ? demande Nyelle.

— Moi aussi, j'en veux un ! s'exclame Rae.

Je sors des canettes de Coca et prends une autre bière. Je donne le tout aux filles. Rae met du Jack Daniel's dans son soda, alors que Nyelle se gargarise avec le sien.

— Tu te fais un bain de bouche avec du Coca ? plaisante Eric.

— J'ai des Doritos plein les dents, explique-t-elle avant d'avaler.

Ensuite elle se tourne pour observer Rae.

— Quoi ? demande celle-ci en plissant les yeux.

— Je peux toucher tes cheveux ? demande Nyelle les mains au-dessus de la tête de Rae en attendant sa permission.

— T'es bourrée ou quoi ?

— J'aime pas trop boire. Ça me rend mauvaise.

— Et t'as pas envie de voir à quoi elle ressemble quand elle est mauvaise, dis-je en secouant la tête.

Je repense au mec qu'elle a plaqué contre la façade de la maison avec un couteau sous la gorge.

— Elle devient toute verte et arrache ses vêtements ?

Eric s'étrangle de rire tellement sa propre blague lui paraît hilarante. Rae a l'air de trouver cela drôle aussi. Je souris.

Rae se rend compte que Nyelle attend toujours sa réponse et finit par lui donner l'autorisation avec un soupir dramatique. Le visage de Nyelle tout entier s'illumine lorsqu'elle passe la main sur le crâne rose tondu.

— C'est tellement doux ! Tu sais, t'es une fille incroyable.

— Pourquoi tu dis ça ? demande Rae prudemment.

— Tu es tellement sûre de qui tu es. T'as un groupe de punk ! Je vais… Je vais te serrer dans mes bras, maintenant.

Avant que Rae ait pu répondre, Nyelle passe ses bras autour d'elle et, l'espace de quelques secondes à peine, la serre fort contre elle. Rae, abasourdie, ouvre grand les yeux.

— Quand je te vois, je suis heureuse.

Et puis Nyelle se renfonce dans le canapé, presse ses mains et demande, excitée :

— OK, on fait quoi, maintenant ?

Personne ne bouge. Nous nous contentons de la regarder.

— C'était quoi, ton délire ? je bafouille.

— C'est la faute des oursons, murmure Rae.

— J'ai des feux d'artifices ! lance Eric.

— On peut faire exploser des trucs, s'exclame Nyelle en tapant dans ses mains.

— Ouais, enfin, ce sont plutôt des bougies magiques, précise Eric.

— Rien à voir avec des feux d'artifice, espèce d'abruti ! dit Rae en roulant des yeux.

— On peut pas escalader sur un truc ? demande Nyelle avec une étincelle de folie dans les yeux.

Je crois qu'elle a trop forcé sur le sucre.

— Eh bien, y a la grange, suggère Eric. Ou…

— Nyelle, mauvaise idée ! dis-je en essayant de l'en dissuader.

Trop tard. Elle est debout, a remis ses chaussures et se dirige vers la porte avec sa veste et… les clés de mon pick-up.

Je m'effondre dans le canapé.

— T'es malade, Eric ?

— Qu'est-ce que j'ai fait ? demande-t-il, complètement paumé. Attends, elle va à la grange ?

— Ouais, je réponds en soupirant.

Je me lève et je prends ma veste.

— Et t'as intérêt à te bouger si tu veux pas qu'elle parte sans toi !

Quand j'arrive dehors, dans la nuit enneigée, Nyelle nous attend au volant de mon pick-up. Ce n'est pas une bonne idée. Mais je sais qu'il est impossible de l'arrêter – elle a déjà les mains serrées sur le volant.

— Bouge, c'est moi qui conduis, lui dis-je en ouvrant la portière côté conducteur.

— Mais moi, je n'ai pas bu.

— Et moi, j'ai à peine une bière dans le sang. Est-ce que tu sais au moins où on va ?

J'hésite parce que j'ai soudain peur de sa réponse.

— Tu es déjà allée à la grange ?

— T'es allée à la grange ? s'exclame Eric, abasourdi, en tenant la portière côté passager pour Rae.

— De quoi vous parlez, les gars ? demande Nyelle. Je n'y ai jamais mis les pieds, mais c'est toi qui en as parlé, Eric.

— Il neige encore ! se plaint Rae en coupant net notre échange au sujet de la grange. Pourquoi est-ce qu'il neige toujours quand je viens ici ?

Elle se glisse à côté de Nyelle et Eric s'installe à côté d'elle. Nyelle se rapproche de moi pour qu'on tienne tous. Quand je sens sa cuisse contre la mienne, j'en ai des palpitations. Et quand je dois passer la main entre ses jambes pour saisir l'embrayage, j'ai carrément du mal à respirer.

— Explique-moi un truc… Si tu détestes la neige, pourquoi tu viens étudier ici l'année prochaine ? s'interroge Eric.

Rae me regarde et hausse les épaules.

— T'as une sacrée emprise sur les femmes de ta vie, pas vrai ? me murmure Nyelle.

Son souffle me caresse le cou et j'avale péniblement ma salive.

— C'est quoi le plan alors ? demande Nyelle.

— Niquer ! lance Eric avec un sourire idiot sur les lèvres.

— La ferme, Eric, dis-je d'un ton menaçant.

Je baisse la vitre, il me faut de l'air.

— Un peu de sérieux, quelqu'un ? implore Rae.

— La grange est sur un terrain abandonné à l'extérieur de la ville. C'est une espèce de rite de passage, ici, à Crenshaw : les couples vont là-bas et…

Je ne finis pas ma phrase en espérant que les filles compléteront elles-mêmes.

— Niquent, précise Eric.

Bon, si elles n'avaient pas compris, maintenant, c'est fait.

— Je crois qu'il y a les initiales de tous les gens qui y sont passés, ajoute-t-il.

— C'est là qu'on va ? demande Rae d'un ton horrifié. Qui a dit que c'était une bonne idée ?

Nous nous tournons tous vers Eric.

— Eh, je pensais juste à haute voix ! se défend-il. Je ne croyais pas qu'on irait vraiment. Je ne sais même pas où ça se trouve.

— Mais toi, tu connais, dit Nyelle à mon intention.

Je suis incapable de la regarder. Je reste concentré sur la route.

— Cal ? intervient Rae. On va retrouver tes initiales sur le mur ?

Ah, mais laissez-moi tranquille !

— Non, je réponds calmement.

Pas parce que je n'y suis jamais allé, mais parce que la fille et moi ne sommes jamais sortis du pick-up. Enfin, cette information, je la garde pour moi.

Je sens leurs yeux sur moi. Je refuse de me tourner vers eux. Je conduis dans les petites rues de Crenshaw. Il y a de moins en moins de maisons. Celles-ci cèdent leur place à de vastes étendues boisées et à des fermes.

— Moi, je n'y vais pas ! déclare Rae.

— Tu veux qu'on fasse demi-tour ? je demande.

— Non, dit Nyelle. Continue.

Je risque un œil vers elle. Elle a un petit sourire amusé. Peut-être que je devrais dire quelque chose pour ma défense. Mais je ne le fais pas. Quel pourrait bien être mon argument ?

Quelques instants plus tard, je m'engage dans la longue allée remontant vers la ferme à l'abandon. La route se divise en deux. Je prends le côté droit, celui qui mène à la sombre grange en bois et au silo blanc rouillé qui se dresse à côté.

— Il ne neige plus, constate Nyelle quand nous sortons du pick-up.

Elle s'arrête alors devant le véhicule, les yeux rivés sur le haut du silo. Son visage rayonne.

— Oh non ! dis-je. Même pas en rêve.

Trop tard.

Nyelle se dirige déjà vers le silo.

— Elle fait quoi, là ? demande Rae, qui est juste à côté de moi. Elle ne va quand même pas…

— Et si ! je réponds.

Sur ce, abandonnant tout bon sens, je suis Nyelle.

— Oh non, Cal. T'as perdu la boule ou quoi ?

Je ne me retourne pas, de peur de me dégonfler. Je me concentre sur mon objectif : m'assurer qu'il n'arrive rien à Nyelle – cela m'empêche de penser à ce qu'il pourrait m'arriver à moi. Mon courage, c'est elle. Sans Nyelle, jamais je ne m'accrocherais au barreau d'une échelle pour escalader un silo sur lequel il y a plus de rouille que de peinture.

— Allez, Rae, la rassure Eric. Je serai derrière toi. Viens !

— Je n'arrive pas à croire que je suis en train de m'embarquer dans un truc pareil ! je l'entends dire au loin.

Je me concentre sur mes mains, incapable de regarder en bas.

Une fois sur la plate-forme éraillée, Nyelle n'hésite pas un instant. Elle s'engage sur l'échelle qui mène au sommet du dôme. J'ouvre la bouche pour l'arrêter.

Quel cauchemar !

J'ai les mains qui tremblent quand je m'assieds à côté d'elle tout là-haut. Je tente de me convaincre que c'est à cause de l'adrénaline.

Nyelle a beau être essoufflée, elle affiche la même joie qu'une gamine au matin de Noël.

— Quelle vue incroyable !

Elle s'allonge, une main derrière la tête.

— Regarde les étoiles avec moi, Cal.

Je l'imite donc. Nyelle passe son bras sous le mien, en se rapprochant de moi. Je prends une grande respiration et j'essaie de me concentrer sur le spectacle qui s'offre à moi. Les nuages d'orage se sont dissous en fils blancs et tapissent le ciel, permettant à quelques étoiles de percer, çà et là.

— T'as trouvé un truc à escalader. De mon côté, je crois que je préfère l'arbre.

Je m'efforce de rester concentré sur le ciel pour tenter d'oublier que je suis plus proche des nuages que je ne l'ai jamais été sans être harnaché. Inutile de regarder en bas pour essayer de repérer le bon sens que j'y ai laissé. Je suis tout là-haut. Avec Nyelle.

— J'ai trouvé, oui. Ça m'étonne que tu m'aies suivie.

— Et moi donc !

Je laisse échapper un petit rire.

— Pas moyen que je monte là-haut ! hurle Rae depuis la plate-forme.

Eric tâche de la rassurer :

— Assieds-toi à côté de moi. Mon pote Jack est là.

Nyelle rapproche son visage du mien et dit tout bas, pour que personne d'autre n'entende.

— C'est ta meilleure amie, pas vrai ?

— Oui, je réponds, captivé par la petite étincelle dans ses yeux.

— Elle te manque ? demande Nyelle, en tournant la tête vers les étoiles.

Je continue à la regarder, surpris de déceler de l'émotion dans sa voix.

— On se parle tous les jours. Mais oui, elle me manque.

— À ta place, elle me manquerait aussi, murmure-t-elle.

Je m'appuie sur mon coude pour l'observer. Elle se détourne et s'essuie le coin de l'œil.

— Redescendez ! crie Rae. On allume les bougies magiques.

— Prête à quitter le toit du monde ?

Nyelle lève la tête vers moi et sourit.

— OK !

Eric et Rae sont assis sur la plate-forme, jambes pendantes et bras par-dessus la rampe, la bouteille de Jack Daniel's entre eux.

Je m'installe derrière eux à côté de Nyelle.

Rae nous tend à chacun une bougie magique, et Eric fait tourner le briquet. Chaque bâtonnet s'allume dans une pluie d'étincelles. Nyelle agite le sien dans tous les sens, laissant derrière elle une traînée de fumée et une empreinte fantomatique de lumière dans l'obscurité.

Eric et Rae se livrent à une espèce de combat avec leurs bougies. Je me penche par-dessus la balustrade pour voir les étincelles ruisseler jusqu'en bas comme des lucioles. Des rires résonnent dans la nuit. Rae crie victoire tandis qu'Eric réclame une revanche.

Une fois nos bougies éteintes, Nyelle se déplace le long de la rampe pour me retrouver. Nos bras se frôlent. Elle ne dit rien. Elle se contente de rester là, le regard perdu dans l'obscurité. Les étoiles sont de plus en plus étincelantes à mesure que le mince voile de nuages se dissipe. Une lumière traverse le ciel. Je me penche vers elle en lui chuchotant à l'oreille :

— Fais un vœu !

Nyelle ferme les yeux, et un sourire se dessine lentement sur son visage. Je suis sur le point de lui demander ce qu'elle aimerait refaire différemment quand elle glisse sa main dans la mienne et entrelace nos doigts. Une chaleur envahit mon bras. Je serre doucement sa main et j'admire la lumière des étoiles dans ses yeux lorsqu'elle me répond tout bas :

— J'ai demandé un papillon.

Nicole

Septembre - CM2

Je suis nerveuse et mes mains sont moites. Je suis plus stressée que quand je dois montrer à mon père que je n'ai pas eu un « A » à un devoir. J'en ai mal au ventre.

Je regarde sans arrêt par la fenêtre. J'aperçois enfin Cal qui rentre du terrain de foot après la première annonce de fin de récré.

— Mademoiselle Hendricks, je vais y aller maintenant, d'accord ?

Pendant toute la pause, j'ai nettoyé avec elle la salle d'arts plastiques.

— Merci de m'avoir aidée, Nicole, dit-elle depuis l'évier où elle est en train de rincer les pinceaux.

Je prends le rouleau de papier avec le ruban bleu et je me précipite vers les portes par où rentrent les élèves après la récréation. Je me mets sur le côté pour ne pas gêner et voir tout le monde passer.

Cal approche. Il a les cheveux tout hérissés parce qu'il a couru. Il y a une tache d'herbe sur son coude, il a dû tomber. Et ses lunettes ont glissé au bout de son nez.

Je lui fais signe de me retrouver sous l'escalier pour que les gens ne nous remarquent pas.

— Salut Nicole. Pourquoi tu n'es pas allée en récré ?

— J'ai aidé Mlle Hendricks. Et, euh, j'ai fait ça pour toi.

Il tend la main pour prendre mon cadeau, que j'ai du mal à lâcher.

— Ne le regarde pas maintenant, d'accord ? Je ne veux pas que quelqu'un d'autre le voie.

— OK. Merci.

J'ai de nouveau des papillons dans le ventre.

— C'est quoi, ça ? demande Richelle.

Je ne l'ai pas vue arriver, mais elle pointe le doigt vers le rouleau.

Je ne peux pas parler. Ce ne sont plus des papillons que je sens, mais des marteaux. Je serre les lèvres, j'ai envie qu'elle parte.

— Nicole me l'a donné, dit Cal.

— Je peux regarder ? demande-t-elle en tendant le bras.

J'ai envie de lui dire non. Que Cal lui dise non. Il ouvre la bouche et je retiens mon souffle. Mais la main de Richelle touche presque le papier et Cal le lui donne. Les larmes me montent aux yeux.

Richelle détache le ruban qu'elle laisse tomber sur le sol et déroule la feuille. Elle l'observe un long moment. Elle enroule de nouveau le papier et le rend à Cal. Elle refuse de me regarder. Quand elle s'enfuit en courant, je sais qu'elle est furieuse.

— Cal, je t'avais demandé de ne le montrer à personne ! dis-je en lui hurlant dessus. Richelle ! S'il te plaît, ne m'en veux pas !

Je me précipite derrière elle, mais dans le hall, un instituteur est là pour s'assurer que nous allons bien en cours.

* * *

Après l'école, quand j'ai fini mes devoirs, je m'assieds sur les marches devant notre maison en attendant que Richelle sorte de chez elle. J'ai l'impression que ça dure très longtemps.

Sa porte finit par s'ouvrir. Richelle me rejoint et se plante juste devant moi.

— D'après ma mère, il faut que j'exprime mes sentiments pour ne pas garder les choses en moi. Et je veux te dire que tu n'as pas été une très bonne amie aujourd'hui. Je t'ai raconté que j'aimais beaucoup Cal. Je t'ai dit que je voulais qu'il devienne mon petit ami. Et ce que tu as fait n'était pas très gentil.

Je cligne des yeux pour retenir mes larmes et je serre mes mains, qui sont sur mes cuisses.

— Je suis désolée.

— Nicole, tu l'as embrassé ?

Je relève la tête.

— Non. Je te jure. Il est juste mon ami, Richelle. Je te le promets. Je ne voulais pas que cela te mette en colère.

— Tu promets que tu veux juste être amie avec lui ?

— Oui.

Mais cela me fait un peu mal parce que je sais que ce n'est pas tout à fait la vérité. Je ne veux pas que Cal soit mon petit ami parce que ça ne me dit rien de l'embrasser. Mais je voulais vraiment tenir encore une fois sa main.

— OK. J'en ai marre de te faire la tête.

— Tant mieux ! Je ne veux plus jamais que tu m'en veuilles.

Je le pense de tout mon cœur.

— Je te promets que Cal ne sera jamais autre chose pour moi qu'un ami.

C'est la première fois que Richelle et moi, on se dispute. Je ne veux plus jamais me sentir aussi mal.

Elle s'assied à côté de moi sur les marches et prend ma main. Je n'ai pas des papillons dans le ventre comme avec Cal, mais ça m'aide à me sentir mieux. Comme le soleil, chaud et agréable.

— Richelle, pourquoi tu ne sors pas encore avec Cal, comme tu le voulais ?

— Tu m'as raconté qu'il ne se sentait pas prêt à embrasser une fille. Il ne peut pas être mon petit ami tant qu'il ne veut pas m'embrasser. Par contre, je veux être la première fille qu'il embrasse. Et je ne veux pas qu'il ait envie d'en embrasser une autre… jamais.

— Oh ! je réponds, un peu triste.

— Viens à la maison !

Richelle se lève d'un bond en me tirant par la main pour que je la suive.

— J'ai une surprise à te montrer.

9

— Pourquoi tu t'arrêtes ici ? je demande à Brady qui se gare le long du trottoir.

— Mec, ta maison est à deux minutes. Sors ! Je dois aller chercher Rae chez Nina. Elle a besoin qu'on la sauve, et toi, t'es trop bourré pour tenir debout, alors c'est à moi de voler à son secours.

— Je peux venir…

— Non. Va t'effondrer dans ton pieu. On se voit demain.

Je descends à contrecœur de sa jeep.

— Hé ! Tu te rends compte, le lycée, c'est fini ! hurle Brady qui tend le poing tout en décampant.

Je ris en le regardant filer. Mes paupières sont lourdes et autour de moi, tout bouge très lentement. Je me concentre sur mes pas.

Un bruit résonne dans ma tête. J'essaie de le chasser mais ça continue à carillonner. C'est à ce moment-là que je remarque la Lincoln de M. Bentley dans l'allée. La portière est ouverte. Ce bruit est vraiment pénible.

— Il faut que tu te calmes.

La voix grave de M. Bentley sort de la maison par la fenêtre ouverte.

— Te mettre dans un état pareil n'arrangera pas la situation.

— Ne me touche pas ! hurle Nicole.

Je m'arrête sur le trottoir. Je suis derrière la voiture, et je ne vois pas ce qui se passe. De toute façon, j'ai du mal à me concentrer. Je soupire.

— Nicole, t'en fais un peu trop, je marmonne. Kyle est un gros débile. T'es mieux sans lui.

Je parle à qui, là ? Je secoue la tête. Je m'apprête à reprendre mon chemin quand un bruit de verre brisé m'oblige à me retourner.

Je me réveille en sursaut. J'entends encore les échos du bruit de verre. Je cligne des yeux. Lentement, je quitte cette fameuse nuit et je reviens au confinement de l'avion nous ramenant chez nous pour Thanksgiving.

— Ça va ?

Rae me scrute attentivement.

— Oui, je réponds.

Les bribes de souvenir s'effacent en même temps que le rêve. Je ne sais toujours pas ce qui s'est vraiment passé ce soir-là.

Rae retourne à la lecture de son *Rolling Stone.*

J'appuie mon front contre le hublot et je regarde les nuages défiler en dessous de nous. Je souris en repensant à Nyelle. Elle a encore disparu. Après la nuit sur le silo, plus de nouvelles. Je pourrais dire que je m'y suis habitué, mais c'est faux.

— Elle me rappelle un peu Richelle, dit Rae. Cette façon de s'enthousiasmer pour des trucs débiles.

La comparaison m'amuse.

— Oui, t'as pas tord.

Rae n'a pas voulu qu'on discute de Nyelle après que nous l'avons déposée chez elle samedi soir. Je n'ai pas cherché à lui forcer la main. Je savais que le moment venu, elle en parlerait.

— Mais ce n'est pas la fille avec qui on a grandi.

Je fronce les sourcils, perplexe.

— Tu ne penses pas que c'est Nicole ?

— Ce que je dis, c'est cette personne-là, maintenant, ce n'est pas Nicole. Elle lui ressemble beaucoup. Si elle n'avait pas le même rire, je serais convaincue par la thèse des jumelles séparées à la naissance. Mais à part ça, il ne reste rien de la fille qu'on a connue. Ni la sale garce, ni la petite princesse.

Je sens du découragement dans sa voix.

— Je crois qu'il faut qu'on en parle à quelqu'un. Maura saura peut-être…

— Non, dis-je catégoriquement. Ne dis rien à ma mère.

— Quoi ?

Rae a l'air de ne pas en croire ses oreilles.

— Pas maintenant, s'il te plaît. J'ai juste besoin d'un peu plus de temps.

— Pourquoi ? T'attends quoi ? Qu'elle saute d'un pont ? s'emporte Rae.

— Elle ne ferait jamais…

Je me ravise.

— OK. Elle en est capable. Mais pas parce qu'elle est suicidaire.

— Non, mais parce qu'elle est folle. Je suis sérieuse. Quelque chose ne tourne pas rond chez elle. Elle n'a même pas levé un sourcil quand j'ai évoqué Renfield ou des gens qu'elle est censée connaître. Son visage est resté impassible. Ça m'a grave fait flipper.

— De quoi vous avez parlé ?

J'ai envie de lui poser cette question depuis qu'elle est sortie de la salle de bains.

Un sourire taquin vient remplacer l'expression sérieuse de Rae.

— Vous avez...

— Bien sûr !

Elle éclate de rire.

— Tu lui as dit quoi ?

— Elle voulait savoir avec combien de filles tu étais sorti. Je lui ai répondu que j'avais perdu le compte.

Elle affiche un petit air malicieux.

— Rae !

Là, elle se paie carrément ma tête.

— C'est la vérité ! Est-ce que toi, tu sais avec combien de filles tu es sorti ?

— Évidemment !

Bon, je serre les dents quand je vois que le nombre ne me vient pas tout de suite.

— Non mais je rêve, Cal ! Toi-même, t'en as pas la moindre idée !

Rae se gondole tellement que le type en costume-cravate assis à côté d'elle la dévisage.

— Ouais, ouais, marre-toi... Y en a pas tant que ça. Et elle, elle a dit quoi ?

— Elle a trouvé ça drôle, parce que ça l'est.

Je grogne.

— C'est quand même pas ça qui vous a fait rigoler pendant une demi-heure ?

— Non.

Rae prend une grande inspiration pour se retenir de pouffer de rire.

— Elle m'a posé un million de questions sur… tout. Elle voulait connaître toute ma vie depuis…

Rae s'arrête. Ses épaules s'affaissent comme si elle était estomaquée.

— Qu'est-ce qui se passe ?

Il faut une bonne minute à Rae avant de pouvoir parler.

— Elle m'a posé des questions sur le lycée. Mon frère. Le groupe. Toi et moi, explique-t-elle tout doucement. En gros, elle voulait tout savoir de ma vie depuis… la fin de notre amitié à toutes les deux.

Mâchoire serrée, Rae pose la tête contre son siège. J'en perds mes mots. Jamais je ne l'avais vue aussi tendue. Généralement, avant d'en arriver là, elle part s'enfermer dans son garage.

— Il faut qu'on sache ce qui lui est arrivé, poursuit-elle. Est-ce qu'elle est toujours amie avec Richelle ? Peut-être qu'elle en saura plus ?

— Pas sûr… elles sont restées proches au lycée, mais je n'ai aucune nouvelle de Richelle depuis des années.

— Et pourquoi ça ? Ah, ouais, c'est vrai, poursuit-elle d'un ton cinglant. Parce que tu n'as fait aucun effort pour la retenir.

— Hé, ce n'est pas ma faute !

Je suis soudain sur la défensive. Et j'ignore ce qu'on me reproche. Je n'ai jamais eu de conversation aussi intense avec Rae. Je ne sais même pas comment gérer cette effusion d'émotions chez ma meilleure amie qui, il y a encore deux minutes à peine, était dans l'évitement. Elle n'a pas sa batterie sous la main, alors elle se défoule sur moi. Après tout, si ça lui fait du bien…

Rae presse les paumes de ses mains sur son visage.

— Je sais. Désolée. Je suis juste… en colère. Elle était notre amie. Elles l'étaient toutes les deux. Et maintenant… je ne sais pas. Ça craint. Je déteste ça.

— Pourquoi tu n'as jamais parlé à Richelle après son départ ?

Je me sens coupable d'avoir laissé notre amitié dépérir.

— Richelle et moi, on n'a jamais vraiment parlé, me rappelle Rae. On passait juste du temps ensemble. Tu vois ce que je veux dire ?

Je hoche la tête.

— Tu… détestes toujours Nicole ?

— Je ne l'ai jamais détestée, dit Rae. Par contre, je détestais la fille qu'elle était devenue. Et maintenant je ne suis même pas sûre qu'elle sache qui elle est.

Rae prend une grande inspiration.

— Un mois, dit-elle en se tournant vers moi d'un air très sérieux. Tu as un mois pour comprendre ce qui ne tourne pas rond chez elle. Ensuite, je mets Maura sur le coup.

Je hoche la tête. Soyons clairs, j'ai entièrement confiance en ma mère. Elle fera tout le nécessaire pour aider Nyelle. Mais je ne suis pas sûr de le vouloir. Ni que ce soit ce dont Nyelle a besoin. Honnêtement, je ne sais pas si je veux qu'elle aille « mieux » si ça veut dire qu'elle ne sera plus Nyelle.

* * *

— Qui vient nous chercher ? demande Rae tandis que nous partons récupérer nos bagages.

— Devin.

Elle grogne.

Je suis assez proche de ma famille, malgré les différences d'âge. Sean a six ans de plus que moi, Devin, quatre. Ils ont grandi ensemble. Moi, j'ai grandi avec Rae. Jules est la plus jeune. Elle est arrivée cinq ans après moi. Elle et Liam seraient très certainement devenus amis si celui-ci était revenu vivre dans le quartier avant ses treize ans. Maintenant, ils sont trop différents. Jules est du genre calme, un peu artiste. Et Liam, lui, est du genre... à s'attirer des problèmes.

Dès que Rae et moi croisions leur chemin, mes frères nous cherchaient des noises. Ils étaient très fiers de nous torturer. Cela ne m'atteignait pas vraiment. En fait, ça m'a aidé à savoir gérer les humiliations à l'école. Rae, elle, ripostait coûte que coûte. Elle ne gagnait jamais, et ils finissaient toujours par se payer sa tête. Mais cela ne l'empêchait pas d'essayer de se défendre à chaque fois.

— J'y crois pas que tu en veuilles encore à Devin ! dis-je en me frayant un chemin parmi les vacanciers pas pressés. Il ne vit plus chez nous depuis plus de deux ans. Il a un vrai travail maintenant et doit porter une cravate tous les jours. Je suis sûr que le temps où il te harcelait est loin derrière.

— Pas si sûr, marmonne Rae.

Une fois nos bagages récupérés, nous retrouvons mon frère. Il est adossé à un poteau et semble captivé par son téléphone. Il lève la tête un instant, et dans un premier temps, ses yeux glissent sur moi. Il m'accorde ensuite un deuxième regard, dérouté puis ahuri.

— Qu'est-ce qui vous est arrivé à tous les deux ? Je ne me suis pas absenté si longtemps !

— J'aurais préféré, réplique Rae.

Il passe son bras autour de son cou et lui frotte méchamment le crâne.

— Arrête ! hurle-t-elle.

— Oh, Rae ! Ça m'a manqué de plus t'entendre, mademoiselle-je-sais-tout !

Devin la maintient cravatée jusqu'à ce qu'elle lui donne un coup dans les côtes.

— Va falloir te mettre à la muscu si tu veux que ça fasse mal.

Mon frère se tourne alors vers moi.

— Hé, mec ! T'es grave plus grand que Sean, maintenant. Et tes cheveux ont poussé aussi ! Jules va pouvoir te faire des tresses.

— Salut, Devin !

Je lui tends la main et il m'attire contre son torse. Il me serre d'un seul bras tout en me tapant vigoureusement sur le dos.

— Comment tu vas ?

— Au top, ma poule ! dit-il avec un sourire satisfait. Sauf que la cuisine de M'man me manque.

— Ouais, t'as perdu du poids, j'ai l'impression.

Il est plus en forme que jamais.

— Mec, toi t'as pris du muscle. Il était temps !

Il me donne un coup dans le ventre tandis que nous marchons vers le parking.

— Tu fais de la muscu ?

— Avec Eric, on va à la salle de sport plusieurs fois par semaine.

Je frotte l'endroit où il m'a frappé pour dissiper la douleur.

Quand nous étions gamins, Devin et Sean étaient à l'opposée de moi. Populaires à l'école, toujours invités partout. Des sportifs-nés, excellant dans toutes les disciplines.

J'ai toujours été dans leur ombre. J'avais beau faire des efforts, j'étais nul en sport. Du coup, même si on a à peu près la même taille aujourd'hui, j'ai encore le sentiment d'être plus petit qu'eux. Je ne leur ressemble même pas, avec mes cheveux châtains et mes yeux noisette, qui contrastent avec leurs cheveux clairs et leurs yeux bleus.

— Ah, je préfère te prévenir, *les oncles* sont arrivés. Ils ne dorment pas à la maison, heureusement. Mais ils sont là quasiment tout le temps. Alors c'est grave le bordel !

— Super ! répond Rae ironiquement. Je ne m'approche pas de chez vous avant le dîner, demain.

Après avoir jeté nos affaires dans le coffre de sa Jetta, nous nous installons à l'intérieur.

— Vous avez décidé quel dessert vous nous préparez demain ? demande Devin tandis que nous quittons le parking.

— Mince ! peste Rae. Je savais bien que j'avais oublié un truc !

— Classique !

Devin sort de sa veste une feuille de papier pliée en deux qu'il me tend.

Notre famille est très grande – des tantes, des oncles et des cousins viennent chez nous tous les ans. Et nous ne recevons que la moitié d'entre eux à la fois. Ma mère vient d'une fratrie de sept enfants. La moindre fête prend des allures d'événement monumental. Pour empêcher que cela ne vire au cauchemar dans la cuisine, chacun est censé préparer un plat. Cette année, Rae et moi sommes responsables du dessert. Et nous n'avons rien prévu.

La feuille de papier que Devin m'a donnée est une recette. Heureusement que ma mère ne nous fait pas vraiment confiance.

— Ça m'a l'air assez simple, dis-je. On dirait un mélange de cake et de pudding avec de la crème fouettée dessus.

— Merci, Maura ! s'exclame Rae depuis la banquette arrière.

— On s'arrêtera pour les courses sur le chemin. Sean et moi, on doit préparer la farce, et il me manque deux-trois trucs.

— Si tu loupes la farce, il va t'arriver des bricoles, l'avertit Rae.

— Respire, ma petite, répond Devin en riant. On gère. Et à moins que tu te sois mise à manger la même chose que Cal, on est toujours plus costauds que toi.

— Oh, j'ai pas besoin de force pour avoir ta peau, le menace Rae à voix basse.

Devin me regarde du coin de l'œil, passablement inquiet. Je ris.

* * *

Au supermarché, c'est encore pire qu'à l'aéroport. Les allées sont remplies de gens qui font leurs courses à la dernière minute.

— Non mais je rêve ! ronchonne Rae au milieu de cette pagaille. Ce n'est pas comme si on avait eu un an pour préparer le prochain Thanksgiving !

— Toi aussi, t'étais au courant, glousse Devin.

— Ouais, mais j'ai vingt ans. À mon âge, procrastiner est considéré comme un truc fondamental. Eux, ce sont des êtres humains adultes, avec des familles et tout le bazar. J'hallucine grave !

— Allez, Rae. Allons chercher les trucs dont on a besoin avant que tu mordes quelqu'un, dit Devin en nous guidant à travers le labyrinthe de chariots abandonnés et de clients distraits.

À l'autre bout du rayon épices, j'aperçois la mère de Nicole. Ses cheveux noirs et lisses sont attachés en chignon près de sa nuque. Je donne un coup de coude à Rae et lui fais un signe de tête.

— Devin, on devrait se séparer et se retrouver à la voiture, suggère Rae sans quitter des yeux Mme Bentley.

— OK, répond-il.

Il se penche vers moi et murmure :

— Colle-lui aux fesses.

Il lui adresse un petit sourire condescendant. Elle lui en retourne un plein de mépris.

— Qu'est-ce qu'on lui dit ? me demande Rae tandis que nous nous engageons dans l'allée.

— Aucune idée, je marmonne. Peut-être qu'on ne devrait pas…

Trop tard. Nous voilà devant elle, et elle nous regarde bizarrement, comme si elle essayait de nous remettre. J'ai envie de faire demi-tour. Rae doit le sentir parce qu'elle saisit mon coude et y enfonce ses doigts.

— Bonjour, madame Bentley ! dit Rae avec un sourire charmant.

Les yeux de la mère de Nicole s'affolent. Elle semble hésiter entre partir en courant ou la saluer.

— C'est moi, Raelyn Timmons. J'habite dans votre rue. J'étais une amie de Nicole quand nous étions enfants.

Mme Bentley écarquille les yeux. Elle lui sourit gentiment.

— Bonjour, Raelyn. Eh bien, tu as changé. Je ne t'aurais pas reconnue !

Elle laisse échapper un rire gêné.

— Oui, je traverse une phase, répond Rae entre ses dents en me pinçant un peu plus le bras.

Je serre les lèvres pour éviter de sourire.

— Et toi, tu es…

Elle me regarde en essayant de retrouver mon nom.

— Cal Logan.

— Cal ! s'exclame Mme Bentley, surprise. Eh bien, vous avez beaucoup changé tous les deux.

— Je n'ai pas vu Nicole dans les parages depuis un moment. Elle rentre pour Thanksgiving ? demande Rae.

Le sourire de Mme Bentley se fige de façon quasi imperceptible.

— Non, elle reste à Cambridge avec ses amis. Elle a beaucoup de travail à Harvard. Mais nous espérons la revoir à Noël.

Rae poursuit son interrogatoire.

— Et elle se plaît, à Harvard ?

J'étudie le visage de Mme Bentley. Son sourire bidon, qu'elle a travaillé au fil des ans, ne faiblit pas. Maintenant, je sais d'où Nyelle tient le sien.

— Les études l'accaparent beaucoup, et malheureusement, l'obligent à rester loin de nous. Mais elle fait ce qu'il faut pour devenir quelqu'un, répond-elle avec raideur.

Rae attend à peine qu'elle ait terminé pour dégainer une autre question :

— Vous l'avez vue ? Je veux dire… en personne.

J'ai envie de lui donner un coup de coude pour qu'elle la boucle. J'ai peur qu'elle dérape.

Mme Bentley nous dévisage.

— Oui. Son père et moi sommes allés la voir lors de la semaine portes ouvertes. Elle se plaît vraiment là-bas.

Elle reste imperturbable.

— Eh bien, c'était un plaisir de vous revoir. Je dois me dépêcher de rentrer pour commencer à préparer le repas pour demain. C'est nous qui recevons la famille cette année, et à la maison, rien n'est prêt.

— Quand…

— Bon Thanksgiving, madame Bentley ! dis-je pour couper Rae.

La mère de Nicole s'éloigne avec son caddie.

— Tu fais quoi, là ? je demande en extirpant mon bras des griffes de Rae. T'étais à deux doigts de la traiter de menteuse.

— Mais elle ment ! Comme si son sourire stupide de Barbie suffisait à nous embobiner ! Sa fille est à

Crenshaw. Elle doit être au courant que tu y es aussi vu qu'elle parle à ta mère. Elle n'aurait pas essayé de nous servir toutes ces salades sur Harvard si elle savait où est sa fille.

— Alors tu penses qu'ils cachent quelque chose ? je demande en avançant vers le stand boulangerie.

Rae s'arrête au milieu de l'allée, obligeant des clients agacés à nous contourner. Son visage est déformé par la colère.

— Mais grave ! Y a un truc qui cloche, Cal.

Je souffle lentement. La situation vient juste de se corser un peu plus.

* * *

Assis à l'immense table autour de laquelle ma famille est agglutinée, je baigne dans le brouhaha des voix, des rires et des chamailleries – le cocktail habituel de toutes les fêtes que nous passons tous ensemble.

En face de moi, mon cousin Tommy, dix ans, met au défi un autre cousin, Henry, huit ans, de manger sa purée sans les mains. Juste au moment où celui-ci se penche pour plonger sa tête dans le tas bien onctueux, un avertissement venu de l'autre bout de la table l'en dissuade :

— Henry David, ne t'avise surtout pas !

Je laisse échapper un petit rire et je m'adosse à mon siège, immergé dans le chaos. Ce grand n'importe quoi est étrangement rassurant. Sans cela, les fêtes ne seraient pas les mêmes. Que fait donc Nyelle en ce moment ?

— Tu penses à quoi ? me demande Rae, qui est assise à côté de moi.

Elle enlève l'écouteur qu'elle a dans l'oreille. Elle me dit que si la musique ne couvrait pas les voix de mes jeunes cousins, elle finirait par étriper quelqu'un. Sa famille est devenue une extension de la nôtre au fil des ans. Généralement, sa mère s'en va tôt. Elle préfère être de garde un jour férié à la folie de notre repas de Thanksgiving.

— Ma famille est dingue.

— Pas faux.

— Mais je ne peux pas imaginer ne pas vivre ça tous les ans. Du coup, je me demande ce qu'elle fait en ce moment. Elle n'est pas chez ses parents. Alors elle est sûrement à Crenshaw… seule.

— Ouais, j'étais en train de me dire la même chose…

Nous picorons notre nourriture sans échanger un mot de plus. Ce scénario très probable nous coupe l'appétit.

Ma mère est en train de remplir le lave-vaisselle quand j'arrive avec mon assiette et celle de Rae.

Elle me remercie en me les prenant des mains.

— Ça t'ennuierait de mettre du papier-film sur ces bols et de les ranger au frigo ?

Je prends une grande inspiration avant de trouver le courage de lui parler.

— Maman, j'aimerais retourner à la fac un peu plus tôt que prévu.

— Tu entends quoi, par un peu plus tôt ? Tu n'es là que pour le week-end.

Je déglutis.

— Demain.

Ma mère fait rouler le chariot dans la machine.

— Pourquoi ce besoin soudain de rentrer ?

Je m'attendais à ce qu'elle m'interroge, et c'est pour cette raison que j'ai hésité à lui poser la question. Mais quand je pense à Nyelle, toute seule… impossible pour moi de rester ici.

J'examine le sol de la cuisine. Je n'ai pas envie de mentir. Je déteste mentir à ma mère, mais il est trop tôt pour lui révéler toute la vérité.

— Je me fais du souci pour quelqu'un.

— Comment ça ? demande-t-elle en s'appuyant sur le plan de travail sans me quitter des yeux.

— Prêts pour le dessert ?

Ma tante entre dans la cuisine avec les derniers plats.

— Pas encore, dit ma mère poliment. Je t'appellerai quand on aura fini ici. On mettra le café en route.

Mary nous regarde tous les deux et hoche la tête avant de nous laisser seuls.

— Pourquoi es-tu inquiet ?

— Elle est restée sur le campus pour Thanksgiving, alors aujourd'hui, elle est seule, et… je ne crois pas qu'elle devrait l'être.

J'essaie d'être aussi sincère que possible.

— Ah, s'exclame ma mère en hochant la tête. Cette personne est donc une fille.

J'évite son regard plein de sous-entendus.

— Je comprends mieux, maintenant.

Elle réfléchit quelques instants avant de dire :

— OK. Tu peux rentrer demain. Tu reviens ici dans moins d'un mois, alors je ne peux décemment pas être bouleversée par le fait que tu préfères une fille à ta mère. Vas-y, change ton vol.

Elle a un air taquin.

— Merci, maman ! je lui réponds avec un petit sourire. Tu sais bien que tu es la seule femme qui compte dans ma vie.

— Oui, bien sûr.

Elle rit doucement en me donnant un coup de torchon.

* * *

— J'ai beau me creuser la cervelle pour trouver comment te vanner, me dit Rae en se garant le long du trottoir devant l'aéroport, je sèche. Ça me plaît bien, que tu rentres lui tenir compagnie.

— Mais je ne suis pas sûr de la trouver là-bas en arrivant.

— Retourne là où tu l'as vue pour la première fois, me suggère Rae.

Quand elle remarque mon trouble, elle précise :

— Bean Buzz, pas la soirée.

— Ah, OK, dis-je en hochant la tête.

— Tiens !

Elle me tend un petit sac orné du logo d'un magasin d'électronique.

Je le lui prends des mains pour voir ce qu'il contient.

— C'est un téléphone… pour Nyelle. Tu sais, l'un de ces téléphones jetables qu'on voit dans les films. Il faut qu'on puisse la joindre.

— Ça fait un peu truc de dealeur, mais c'est pas grave, lui dis-je, amusé. Comment t'as fait pour acheter ce truc ? Parce que bon, tu n'as pas vraiment de job, à part agent de probation de ton frère.

— J'avoue, je ne l'ai pas payé. C'est toi. Hier soir, quand on était chez Brady, j'ai piqué du fric dans ton portefeuille et je suis allée l'acheter aujourd'hui aux aurores avec tous les hystériques qui font les soldes.

Je me mets à rire.

— Je ne t'aurais jamais cru capable d'un truc pareil.

— Moi non plus, admet-elle avec un petit sourire en coin. Je ne sais pas ce qui se passe, ou ce qui est arrivé, mais elle ne devrait pas avoir à vivre tout ça toute seule. Oh, et je suis allée sur le compte Facebook de Brady hier soir. Nicole n'a rien posté depuis la soirée de fin du lycée.

— Vraiment ? Depuis la soirée ?

Un mauvais pressentiment me serre les tripes.

RICHELLE

Avril - CM2

— Il faut que tu viennes voir ça !

J'ai hâte de montrer à Nicole ce qu'on a trouvé.

— On est censés partir dans pas longtemps à un dîner important pour mon père, répond-elle en fronçant les sourcils.

— Mais il y a des oisillons dans un nid ! On les voit depuis la fenêtre de la cabane. Ils sont trop mignons !

J'examine sa robe jaune à volants et les chaussures blanches qu'elle porte et je sais qu'elle ne peut vraiment pas venir avec moi dans l'arbre.

— Peut-être… demain.

Nicole lisse sa robe avec ses mains pour l'aplatir, comme d'habitude.

— Enfin, peut-être que si je fais attention…

Elle ouvre la porte d'entrée et crie à sa mère :

— Maman, je peux sortir avec Richelle ? Elle veut me montrer quelque chose. Je reviens tout de suite après.

Mme Bentley nous rejoint.

— Je ne sais pas, Nicole. Nous devons partir dans vingt minutes. Nous ne pouvons pas être en retard pour le dîner de ton père.

— Je sais. On fera vite, promis !

Les lèvres pincées, Mme Bentley finit par dire :

— D'accord. Dix minutes. Et on partira dès que tu seras revenue.

Nicole sourit de toutes ses dents. On part en sautillant, main dans la main, jusqu'à la maison de Cal.

— Ça ne sera pas long, je lui assure au milieu des hautes herbes.

Elle les écarte et avance comme si elle était en équilibre sur une corde.

— Tu ne vas pas te salir dans l'herbe, Nicole.

— Mais mes chaussures, explique-t-elle en continuant à avancer sur la pointe des pieds.

À ce rythme-là, il va nous falloir dix minutes pour y parvenir. Je l'attends devant les bois, en essayant de rester patiente.

Quand on arrive enfin à l'arbre, je suis quasi sûre qu'on n'a plus le temps. Mais Nicole n'a peur que d'une chose : salir ses chaussures. Elle marche comme si elle voulait éviter de toucher le sol.

Rae et Cal passent leur tête à travers la porte et la fenêtre sur le côté de la cabane.

— Leur maman vient juste de les nourrir. Ils ont mangé dans son bec. C'était super dégueu et génial ! crie Rae depuis le sommet.

Nicole préfère que je passe en premier, sûrement parce qu'elle porte une robe. Quand j'arrive en haut, elle est à peine à la moitié de l'échelle. Je secoue la tête en la regardant poser prudemment les pieds sur les barreaux. Aujourd'hui elle est méga, méga lente. Je monte dans la cabane et Cal me fait de la place à la fenêtre pour que je puisse voir les oiseaux quelques branches plus bas.

Et puis il y a un cri et un gros boum.

— Nicole ! je hurle en me précipitant vers la porte.

Elle est allongée sur le sol. Je dévale l'échelle aussi vite que je peux. Cal et Rae sont juste derrière moi. Je l'entends gémir avant d'arriver jusqu'à elle.

— Oh non, non, non ! pleure-t-elle.

Je m'agenouille à côté d'elle.

— Ça va ?

Et puis j'entends un immense soupir. Je lève les yeux. Rae a le regard scotché sur la jambe de Nicole. Je mets ma main sur ma bouche pour ne pas hurler quand je vois le bâton qui lui troue la peau et s'enfonce dans sa cuisse.

— Rae, va chercher de l'aide ! lui ordonne Cal.

Elle ne bouge pas.

— Rae, maintenant !

Elle se sauve.

Je tiens la main de Nicole en me retenant pour ne pas pleurer.

— Tu restes avec elle, Richelle. OK, Nicole ? dit Cal, très calme. Ne bouge pas.

Ses yeux bleus sont pleins de larmes, mais aucune n'a coulé pour l'instant. Elle me regarde comme si elle attendait que je lui dise quoi faire.

— Tout va bien se passer.
J'ai l'impression d'avoir un truc coincé dans la gorge.
— N'y pense pas. Continue à me regarder.
Cal s'accroupit à côté d'elle et étale son sweat sur sa jambe pour qu'elle ne voie pas le bâton qui est planté dedans. Ça n'a pas l'air de saigner beaucoup.
Tout à coup, on entend des pas résonner dans les bois. Sean, le grand frère de Cal, marche vers nous.
— Qu'est-ce qui s'est passé ? demande-t-il, tout essoufflé.
Nicole serre ma main en fermant les yeux. Cal enlève le sweat et Sean siffle entre ses dents.
— OK, je vais t'emmener chez le médecin, dit Sean.
— Oh, non ! On va être en retard, pleure-t-elle.
— Ne t'inquiète pas ! Il faut d'abord qu'on s'occupe de ta jambe.
Sean la soulève et Nicole se met à hurler de douleur.
— Sean ! Tu lui fais mal ! je hurle. Ne lui fais pas de mal !
— Richelle, il faut qu'il la ramène chez elle, explique Cal en m'empêchant de tirer Sean par la chemise.
Sean s'en va en marchant super vite. Cal et moi, on est obligés de courir derrière lui. Mme Logan nous attend à l'orée du bois.
— Que s'est-il passé ? demande-t-elle.
Et puis elle voit la jambe de Nicole.
— Oh, ma chérie, ne t'en fais pas. Nous allons te soigner.
— Elle est tombée de l'échelle, dit Cal.
— Rae est allée chercher ta maman, explique Mme Logan. Sean, est-ce que tu peux te glisser sur la banquette arrière avec Nicole, sans trop la bouger ?

— Je pense que oui.

Je fais le tour de la voiture en courant et je le regarde se baisser pour entrer. Nicole hurle encore une fois, et je serre les poings. Des larmes coulent sur mon visage.

— Arrête de lui faire mal !

— Il ne le fait pas exprès, dit Cal, à côté de moi.

— Nicole ? Oh ! Mais que s'est-il passé ?

Mme Bentley remonte rapidement l'allée avec Rae à ses côtés.

— Il faut qu'on l'emmène à l'hôpital, dit Mme Logan. Elle est tombée sur une branche qui a perforé sa jambe.

— Pardon ? demande Mme Bentley.

Elle se penche pour regarder Nicole à l'intérieur de la voiture.

— Oh non ! Qu'as-tu donc fabriqué, Nicole ? Ton père va être furieux ! Pourquoi être allée dans les bois ?

Elle dit ça comme si Nicole avait fait quelque chose de mal.

— Elle voulait juste voir les oisillons, dis-je en essayant de prendre sa défense.

— Il faut qu'on y aille, intervient Mme Logan.

Elle se tourne vers Devin qui est sur les marches. Je ne l'avais pas remarqué.

— Emmène les enfants chez les Nelson, tu veux bien ?

Il hoche la tête.

— Attendez !

Mme Bentley semble perdue. Ou alors elle a peur.

— Nous sommes censés sortir ce soir avec mon mari, je ne…

— Vera, votre fille s'est blessée. Je suis sûre qu'il comprendra.

Mme Bentley secoue la tête, qu'elle tourne ensuite vers sa maison. Elle semble vraiment perdue. J'entends Nicole pleurer. Mon cœur bat à toute allure. Pourquoi sont-ils encore là ? Qu'est-ce qu'elle attend ?

Mme Logan inspire profondément et dit :

— Le Dr Xavier a une clinique privée à dix minutes d'ici. C'est un ami, il s'occupera d'elle. Pourquoi ne pas me suivre, et, quand vous saurez que tout va bien, retrouver votre mari ? Je ramènerai Nicole et je resterai avec elle le temps que vous rentriez. Qu'en pensez-vous ?

Sa voix est posée, comme mes profs quand ils nous donnent les consignes avant un devoir.

Mme Bentley hoche la tête et s'éloigne. Elle trébuche sur quelque chose mais ne tombe pas. Elle poursuit sa route tout en continuant à hocher la tête.

— Nous n'en avons pas pour longtemps ! dit Mme Logan.

Elle me regarde et ajoute calmement :

— Nicole ira très bien. Je te promets.

Je parviens à articuler un faible « OK ». J'ai toujours l'impression d'avoir quelque chose dans la gorge. Nous reculons tous un peu et la voiture démarre.

Je reste assise avec Cal et Rae sur les marches devant la maison de Nicole jusqu'à ce qu'elle revienne. Ma mère essaie de nous faire rentrer pour le dîner, mais je ne peux rien avaler. J'ai trop mal au ventre.

La nuit est tombée quand Mme Logan se gare dans l'allée. Je saute sur mes pieds et je me précipite vers la voiture. Nicole est assise sur les genoux de Sean, à l'arrière. Quand la portière s'ouvre, je m'aperçois qu'elle dort.

Mme Logan les conduit jusqu'à la maison.

— Elle va bien. Ce n'était pas trop profond. Il a juste fallu quelques points de suture. Elle devra marcher avec des béquilles pour soulager sa jambe le temps que tout se remette en place.

— Je peux la voir ? Je ne la réveillerai pas. Je veux juste… S'il vous plaît ?

Elle hoche la tête et je les suis dans la maison, jusqu'à la chambre de Nicole à l'étage. Quand Mme Logan a fini de la coucher, elle quitte la pièce. Je m'agenouille à côté d'elle et lui prends la main.

— Je t'en supplie, ne te fais plus jamais mal, je chuchote en essayant de ne pas pleurer. Tu es ma meilleure amie. Quand tu as mal, j'ai mal aussi. Je t'en prie. Je ne veux plus jamais qu'il t'arrive quelque chose.

10

Je lève les yeux quand la porte s'ouvre. Ce n'est pas elle. J'ai passé la moitié de la matinée ici, et je commence à croire que je ne la verrai pas. Honnêtement, je ne suis pas certain de pouvoir boire encore une tasse de café. J'ai les mains qui commencent à trembler.

La porte s'ouvre une nouvelle fois. Une bouffée d'air froid s'engouffre à l'intérieur. Et elle est là, dans son manteau marron géant, avec son bonnet et ses mitaines. Elle porte une grande housse en plastique blanc pour ranger les vêtements. Elle prend place dans la file.

Et maintenant ? Est-ce que j'attends qu'elle me remarque ? Et si elle ne me voit pas ? Dois-je la héler, ou l'approcher ? Ou faire semblant de tomber sur elle par hasard ?

Je suis tellement perdu dans mes pensées que je ne me rends même pas compte qu'elle me regarde. Quand nos yeux se rencontrent, elle sourit et me salue de sa main libre. C'est finalement plus simple que je ne le pensais.

J'articule un « salut » en tâchant de paraître décontracté. Je pointe mon index vers le sac et je la regarde d'un air interrogateur. D'un doigt, elle me dit d'attendre, qu'elle revient. J'ai de plus en plus la banane. Mais mes mains ont sérieusement la tremblote – je mets cela sur le compte de la caféine.

Elle récupère son chocolat chaud, me rejoint et s'affale à côté de moi dans le canapé.

— Salut, Cal ! Quelle surprise de te voir !

Je lui marmonne une réponse :

— Je voulais... fuir le chaos... Les grandes familles... C'est un peu la folie. Tu les fuis, toi aussi, hein ?

— J'ai décidé de rentrer et de dîner avec des amis, m'explique-t-elle sans paraître le moins du monde perturbée.

Et dire que j'étais inquiet qu'elle soit seule ! Je me demande qui peuvent bien être ces amis...

— C'est quoi, ce truc ?

Je hoche la tête en direction de la housse blanche.

— C'est une robe de mariée, répond-elle avec une étincelle dans les yeux, comme si on les avait allumés de l'intérieur.

Je dois vraiment avoir l'air ahuri parce qu'elle se met à rire.

— On me l'a donnée. Je sortais de chez Elaine...

— Elaine ?

— Elle a un dépôt-vente pas très loin d'ici. Je lui donne un coup de main plusieurs fois par semaine en échange de vêtements.

— C'est là-bas que tu as trouvé ton manteau de footballeur américain ?

— Peut-être !

Elle me fait une grimace.

— Hé, tu sais, j'aime les grandes poches. Et je m'en moque de savoir à qui c'était avant. Quand c'est sur moi, c'est à moi.

Je plisse les yeux. J'ai déjà entendu ça quelque part.

— Bon, raconte-moi l'histoire de cette robe. Quelqu'un t'a demandée en mariage depuis la dernière fois ?

— En fait, c'est une histoire intéressante, commence-t-elle en buvant une gorgée de son chocolat.

Je reste figé. Elle n'a pas répondu « non » à ma question. Elle se rend compte que je retiens mon souffle et éclate rire.

— Détends-toi ! Pas de mariage en vue pour moi ! Par contre, je vais porter cette robe.

— Développe.

J'essaie de trier les informations pas claires qui sortent de sa bouche.

— Je me rendais au magasin d'Elaine quand j'ai vu une femme assise dans sa voiture sur le parking. Elle tenait cette housse entre ses mains. Elle n'arrêtait pas de regarder la boutique comme si elle ne savait pas quoi faire. Quand j'ai compris qu'elle pleurait, j'ai frappé à sa vitre et je lui ai demandé si tout allait bien. Elle m'a répondu qu'elle voulait déposer sa robe au magasin mais qu'elle ne parvenait pas à s'y résoudre. J'ai pensé qu'elle avait du mal à se séparer de cet objet qui lui rappelait son mariage. Mais elle s'est mise à pleurer de plus belle quand je lui ai dit qu'elle devrait la garder.

« En fait, elle ne l'a jamais portée. Les fiançailles ont été rompues et elle a pensé qu'en se débarrassant de cette robe, elle pourrait tourner la page. Sauf que l'idée que quelqu'un d'autre se marie dans cette tenue lui était insupportable. Alors je lui ai proposé de la prendre en lui promettant que personne ne la mettrait pour se marier.

— C'est assez fou, comme histoire. Et maintenant, tu vas en faire quoi ?

— Je ne sais pas trop.

Elle s'arrête pour réfléchir.

— Je pense que cette robe mérite d'être associée à de bons souvenirs, tu vois ce que je veux dire ?

Elle reprend une gorgée de chocolat et puis me regarde comme si elle venait d'avoir une idée de génie.

— Organisons un mariage !

— Pardon ?

— Pas un vrai mariage. Arrête d'être parano. Offrons à cette robe le plus beau jour de sa vie. Je sens qu'en faisant ça, on aidera cette femme à avancer. En plus, ça sera drôle. On sera juste… ridicules le temps d'une journée.

— Comme d'habitude, quoi.

Nyelle me donne une claque sur le bras et je glousse.

— Sois sympa, sinon tu ne seras pas invité.

Elle me regarde alors, comme si elle attendait une réponse de ma part.

— Alors, tu en es ?

Je marque un temps d'arrêt et j'inspire.

— Bien sûr !

Y avait-il une autre réponse possible ?

Elle écarquille les yeux comme si elle visualisait déjà les choses. Elle serre les poings, presque incapable de contenir sa joie. On dirait une gamine qui voit l'un de ses souhaits exaucé.

— Génial ! Je m'occuperai de tout. Ne t'inquiète pas.

Évidemment. Nyelle gère tout, et moi, je ne sais absolument pas ce qui m'attend. Pourquoi devrais-je m'inquiéter ?

— Rendez-vous ici demain matin à 10 h 30. Et n'oublie pas de prendre une cravate.

Une fois les instructions données, elle descend le reste de son chocolat chaud comme s'il s'agissait d'une bière.

— OK. Faut que j'y aille.

— Tu vas où maintenant ?

Je me lève. J'aimerais tellement pouvoir la retenir… ou qu'elle m'emmène avec elle.

— Bosser.

Sa réponse est simple. Et pourtant, elle me perturbe. Elle ne vient pas de me dire qu'elle rentrait du travail ?

— À demain, Cal.

* * *

Le lendemain matin, quand je sors, il neige. De gros flocons dodus et cotonneux tombent lentement du ciel et recouvrent le paysage. Tandis que j'enlève les quelques centimètres qui se sont amassés sur mon pick-up, je m'en veux de ne pas avoir proposé à Nyelle de venir la chercher en voiture.

Après être passé devant son bâtiment, je continue en direction de Bean Buzz en espérant la croiser en chemin. Et je la vois sur le trottoir du café. En tout cas, je crois que c'est elle. Elle est la seule personne que je connaisse à porter un immense manteau marron. Comme un bonnet géant lui couvre la tête, je ne vois pas son visage. Mais la housse blanche me confirme qu'il s'agit bien d'elle.

Je me gare et je sors de ma voiture.

— Nyelle !

Elle lève les yeux.

— Cal !

— J'essayais de te trouver pour que tu n'aies pas à marcher dans le froid !

Elle me regarde d'en dessous son bonnet.

— Oh, ça va. J'ai bien aimé ce trajet dans la neige. C'était... paisible.

Un sourire malicieux se dessine sur son visage.

— Bon... J'ai quelque chose pour toi.

Nyelle sort un sac en papier de sous la housse et me le tend.

— C'est quoi ?

Je regarde à l'intérieur.

— Oh, génial, un smoking... dis-je sans le moindre enthousiasme.

En revanche, Nyelle, elle, en a à revendre :

— Je l'ai dégoté chez Elaine ! Je me suis dit que ce serait marrant qu'on soit tous les deux habillés pour un mariage.

— Marrant ?

Je suis sceptique.

— Allez, ça sera drôle !

Elle me supplie avec un petit sourire accompagné de battements de ses longs cils.

— S'il te plaît !

Je soupire.

Elle sautille dans tous les sens, exécutant une petite danse ridicule. Elle n'a pas besoin que je dise oui pour savoir que j'ai cédé.

— On se change ici, et puis on y va, d'accord ?

— Y a quoi, au programme ?

— Quelque chose que j'ai toujours voulu faire !

Sa réponse est énigmatique. Nyelle entre chez Bean Buzz et fonce directement aux toilettes.

Heureusement, il n'y a pas grand monde au café. La ville est morte quand la fac est fermée, et la neige pousse la plupart des gens normaux à rester à l'intérieur.

Je jette un coup d'œil à Mel en passant devant le comptoir sur le chemin des toilettes. Elle me regarde curieusement. Elle essaie sûrement d'interpréter mon air apeuré. Si je ne savais pas que j'allais passer la journée avec Nyelle, je retournerais dans mon pick-up.

C'est encore pire quand je vois à quoi ressemble vraiment le smoking.

— C'est une blague ! dis-je entre mes dents.

Je soulève la veste blanche dotée d'un énorme revers. Et puis je sors le pantalon pattes d'eph' assorti et je grogne tout haut. Je m'attends à une chemise à froufrous mais elle est sobre. Ouf ! Quand je mets le pantalon, je dois tellement tout rentrer pour remonter la fermeture Éclair que j'en ai presque mal. Le vêtement colle à mes cuisses comme une couche de peinture. Sous les genoux, il s'évase.

La veste ne cache pas vraiment ce désastre. C'est *très* inconfortable. J'essaie d'ajuster la tenue sur moi. Pour la première fois de ma vie, je ressens un immense respect pour les danseurs de ballet. Je m'en veux de m'être moqué d'eux en voyant *Casse-Noisette* en troisième.

J'hésite avant d'ouvrir la porte des toilettes.

— J'en reviens pas de m'être embarqué dans un truc pareil…

Après avoir enfilé mon manteau pour couvrir le revers qui s'étend jusqu'à mes épaules et ravalé ma dignité, je retourne dans le café. Et là, je reste cloué sur place – et cela n'a rien à voir avec mon pantalon.

Debout à côté du canapé, les mains repliées devant elle, Nyelle arbore un immense sourire. Elle est belle. Ses cheveux sont ramenés au sommet de sa tête en un bouquet de boucles folles. Elle porte une couronne de pâquerettes. Je souris. Je repense aux colliers de fleurs qu'elle et Richelle confectionnaient, gamines. Elle s'est même un peu maquillée pour l'occasion. Soulignés de noir, ses yeux paraissent électriques. Ses lèvres brillent.

Son cou et ses bras sont recouverts de dentelle. Je regarde d'un air soupçonneux les gants blancs. J'aimerais savoir ce qu'ils cachent. Et puis une cascade de satin plonge sur le sol. Une grosse ceinture ivoire lui serre la taille. La robe est trop large pour elle, mais malgré tout, Nyelle est magnifique. Quelle que soit sa tenue.

— Waouh, je soupire. Tu…

J'hésite car je n'ai pas envie que mes compliments me vaillent des blessures.

— … sembles prête pour un mariage.

Nyelle sourit de toutes ses dents.

— Toi aussi.

Je baisse les yeux sur mon accoutrement et je grimace.

— Je pense qu'aucun homme ne devrait jamais porter autant de blanc.

— Je suis d'accord, dit Mel en apparaissant devant moi.

Elle me tend une tasse minuscule.

— Mazel tov !

— C'est un shot ?

Ma voix est pleine d'espoir.

— Oui, mais d'expresso.

Elle secoue la tête en me regardant.

— Tu viens de balancer ta dignité par la fenêtre, pas vrai ?

— Hé, intervient Nyelle, comme si on venait de l'insulter. Il est chou, comme ça.

J'avale le shot d'expresso et je frissonne. Je ne m'attendais pas à autant de puissance dans une si petite tasse. Mel se met à rire et continue de glousser en se rendant jusqu'au comptoir.

Tous les clients – ils sont cinq seulement – nous observent. Je ne leur jette pas la pierre.

Je referme mon manteau tandis que Nyelle enfile le sien, qui recouvre presque toute la robe. Je n'ai pas ce luxe-là. Du blanc dépasse de mes boots.

— Où va-t-on ? je lui demande en lui offrant mon bras.

— À l'église.

— Pardon ?

— Calme-toi ! On ne va pas dans l'église. Tu comprendras quand on y sera.

Dehors, une véritable tempête de neige nous accueille.

— Au moins, je peux me camoufler, dis-je en regardant autour de moi.

Pendant que je dépose mes affaires dans le pick-up, Nyelle se glisse dans la ruelle. Elle revient et me dit, en me tendant une soucoupe bleue :

— On pourrait aller faire de la luge. J'en ai toujours rêvé, et j'ai pensé que c'était l'occasion.

— Ah oui, tu es en robe de mariée, et tu trouves que ça se prête bien à la luge… je répète en secouant la tête.

— Et pourquoi pas ? Aujourd'hui, l'idée, c'est de recommencer. On peut faire tout ce qu'on veut !

— D'accord. Allons faire de la luge, alors !

Je hausse les épaules. Je lui propose mon bras, et elle glisse le sien en dessous. Dans sa main libre, elle tient une longue luge rouge.

— Tu les as eues où ?

— Quelqu'un les bazardait.

— Tu aimes bien ne pas gâcher ce que les autres jettent, pas vrai ? dis-je pour la taquiner.

— Peut-être que c'est tout ce que j'ai toujours voulu, répond-elle.

On dirait qu'elle essaie de me faire comprendre quelque chose. Sauf que je ne suis pas certain de savoir ce que c'est.

Nous tournons à l'angle, nous éloignant des magasins et des restaurants sur la rue principale.

La neige continue à tomber en flocons réguliers, couvrant nos pas comme si nous n'avions jamais été là. L'atmosphère est calme. Nyelle avait raison : tout est paisible. La neige a mis le monde en sourdine.

Nyelle donne des coups de pied dans les tas de neige en marchant. Ses bottes noires apparaissent puis disparaissent sous sa robe. Je n'avais pas pensé aux chaussures qu'elle porterait, mais cela m'amuse.

— Quoi ? demande-t-elle.

— J'aime bien tes bottes. Elles ajoutent une petite touche sympa !

— Eh bien, il neige, souligne-t-elle. J'ai gardé mon jean aussi.

Elle soulève le bas de sa robe pour me montrer qu'elle ne ment pas.

— Je peux à peine respirer là-dedans, dis-je en pointant vers mon pantalon qui me fait l'effet d'être en lycra. Et toi, tu portes un jean. Ça ne me paraît pas très juste.

— Ton pantalon est en polyester, dit-elle sans compassion à mon égard. Il va s'élargir.

— J'espère bien !

Je tire sur les cuisses.

— On va vraiment à l'église ?

— Oui, répond-elle juste au moment où la flèche du petit édifice apparaît au sommet d'une grande colline. Regarde-moi ce promontoire ! C'est certainement le meilleur spot de luge de la ville.

Je glousse en hochant la tête.

— T'as sans doute raison.

Nyelle me donne sa luge et soulève sa robe afin de ne pas marcher dessus en remontant le long chemin qui mène à l'église.

— Et si on faisait le tour ! suggère Nyelle en s'enfonçant à hauteur de genou dans la neige qui s'accumule depuis une semaine.

Tout en haut de la colline, nous avons l'impression d'être sur une île qui nous appartient, entourés d'une mer de neige blanche d'où émergent des pierres tombales tels des rochers découpés. Le cimetière s'étend à droite de l'église, jusqu'à la route, et est clos par une grille en fer forgé.

— C'est beau, n'est-ce pas ? me demande Nyelle, qui se tient juste à côté de moi.

Je me tourne vers elle. Elle a les joues roses à cause de l'air frais. Sa respiration forme un nuage entre ses lèvres pulpeuses et brillantes. Ses yeux sont d'un bleu si pâle qu'on dirait qu'eux aussi sont recouverts de givre. L'énergie qu'elle dégage est pleine de possibilités.

— Oui. C'est beau.

Quand elle tend la main pour reprendre sa luge sous mon bras, son sourire est assez éclatant pour dégager le ciel couvert.

— J'y vais en premier, d'accord ?

Je ne peux que hocher la tête. J'avais pratiquement oublié pourquoi nous étions venus ici.

Nyelle s'installe à bord de la longue luge en plastique et replie la robe sur ses genoux. Elle se penche en avant, tassant bien la neige en dessous d'elle avant de se lancer. Elle ne va pas très vite. Elle dégage la neige sur son chemin et creuse une piste sur son passage. Elle s'arrête doucement tout en bas, là où cela devient plat.

Elle descend de la luge et regarde le sommet de la colline, le même sourire radieux aux lèvres.

— À ton tour !

M'asseoir sur cette soucoupe bleue ne fait qu'ajouter à mon supplice. J'étends les jambes devant moi, vu qu'il m'est parfaitement impossible de les croiser. De toute façon, cette luge est trop petite pour moi.

Au début, j'avance en m'aidant de mes mains. Et puis la gravité prend le dessus, et je suis le chemin tracé par Nyelle. Je ne vais toujours pas très vite, mais la colline est suffisamment pentue pour que j'arrive en bas.

Il faut plusieurs passages pour que la neige soit assez tassée et que je gagne en vitesse. Des particules blanches me fouettent le visage tandis que je me déplace sur la surface aussi glissante que de la glace.

Nyelle pousse un hurlement quand elle se retrouve dans les airs en franchissant une bosse. La voir voler en robe de mariée pendant qu'elle dévale cette colline est un souvenir que je ne veux jamais oublier.

— On devrait le faire une fois ensemble, suggère-t-elle alors que nous remontons la pente. Cette soucoupe ne doit pas être très confortable.

— Pas vraiment. J'ai sûrement des bleus.

J'ai senti chaque sillon et chaque bosse comme si j'étais cul nu.

— Mais je me marre bien, si ça peut te rassurer.

— Bien sûr, que tu te marres ! On est en train de faire de la luge, habillés en mariés, en pleine tempête de neige. C'est impossible de ne pas se marrer.

Une fois au sommet, je lui demande :

— On va faire comment ?

Nyelle pose la luge à terre. Elle n'est pas très grande. Nous ne tiendrons pas dessus à moins qu'elle s'asseye sur moi. En fait, cette idée me plaît bien.

— Mettons-nous debout !

— Quoi ? je crie. Et tuons-nous ?

— Qu'est-ce qui peut nous arriver, au pire ? On tombera dans la neige…

— Et on se tuera.

Elle rit et agrippe le revers de ma veste à travers mon manteau qui n'est pas totalement fermé.

— Où est ton sens de l'aventure, Cal ? On va faire du surf des neiges !

Je la regarde fixement pendant quelques instants. Elle soutient mon regard sans cligner des yeux. Je marmonne, m'avouant vaincu. Ces satanés yeux gagnent à chaque fois.

— D'accord. Mais si on tombe, toi et cette énorme robe devrez amortir ma chute !

Ma menace n'a pas l'air d'impressionner Nyelle. Elle monte, s'appuyant d'une main à mon épaule pour trouver l'équilibre, et saisissant de l'autre la fine corde en nylon qui forme une boucle à l'avant de la luge.

Je m'installe prudemment derrière elle, j'enroule mon bras autour de sa taille et je saisis la corde moi aussi. Cela serait plutôt agréable si je n'avais pas les yeux rivés sur la pente abrupte, à imaginer la plus terrible des chutes.

Je tâche d'occuper plus d'espace en largeur et je plie les genoux pour un meilleur équilibre.

— Prête ? je murmure à son oreille.

Elle hoche la tête. Je jure que je sens son cœur accélérer.

— Attends.

Je me penche afin de mieux répartir le poids à l'avant. Nous basculons et la descente commence. Je sens le vent froid sur mon visage, mais pas la neige qui me fouette. Mes jambes cèdent à chaque bosse et l'adrénaline me traverse tout entier. Nous y sommes presque quand nous heurtons une bosse et que mes pieds se détachent de la luge.

Nyelle pousse un cri et est projetée en avant. Elle prend ma main, m'entraînant dans sa chute. Nous nous écrasons dans la neige et dévalons la colline. Je finis par m'arrêter, dos à terre, incapable de voir quoi que ce soit.

— Nyelle, ça va ?

Je roule sur le côté. Pas de réponse.

— Nyelle ?

Elle est enfouie dans la neige. Seules ses bottes dépassent. Je rampe jusqu'à elle et je déblaie l'avalanche autour d'elle.

— Nyelle ?

Quand enfin je trouve son visage, elle rit tellement qu'aucun son ne sort. Sa poitrine est agitée de soubresauts et sa bouche est grande ouverte. Je retire mes gants pour enlever la neige sur ses joues.

Lorsqu'elle parvient enfin à se calmer suffisamment pour pouvoir me regarder, ses yeux sont emplis de larmes d'avoir tant ri.

— Tout va bien ?

Nyelle est complètement ensevelie sous la neige. Elle mord sa lèvre inférieure sans perdre son sourire, et hoche la tête. Soudain, je l'observe prendre de lentes inspirations. J'ai toujours la main posée sur son visage, et je suis subjugué par l'émotion dans ses yeux. Juste au moment où je m'approche d'elle pour l'embrasser, elle se redresse et sa tête heurte ma joue. Je bascule sur le dos en grognant tellement j'ai mal.

— Oh, Cal, je suis désolée ! Ça va ?

Elle se penche vers moi avec une mine inquiète. Elle pose son gant sur ma joue et me barbouille de neige.

— Merci, Nyelle. Ça va, je bafouille en déblayant mon visage.

Elle rit et se lève puis me tend la main pour m'aider à me mettre debout.

— Bon, puisqu'on est déjà dans un sale état, dit Nyelle sans lâcher ma main, on n'a qu'à faire les anges dans la neige.

J'écarquille les yeux.

— Pardon ?

— Viens !

Elle me tire par le bras, et nous avançons péniblement jusqu'à un petit plateau où personne n'a marché.

— Retourne-toi !

Nyelle tend les bras de chaque côté de son corps. Elle me regarde, pleine d'espoir : elle attend que je l'imite.

Je soupire.

— OK.

Elle sourit.

— Prêt ? À trois, on se laisse tomber en arrière. Un. Deux. Trois.

Nous nous écroulons dans l'épaisse neige. Je suis dans une petite grotte blanche et je regarde le ciel menaçant.

— Bouge les bras et les jambes, Cal.

Je lui obéis. Si Rae me voyait, j'entendrais parler de cet épisode jusqu'à la fin de mes jours.

Quand j'ai fini d'aplatir la zone qui entoure mes jambes et mes bras, je m'arrête pour regarder les flocons qui tombent. Je suis fasciné. Ils atterrissent sur mon visage, fondent sur ma peau et se prennent dans mes cils.

— Cal ?

— Oui, je réponds.

Elle est à côté de moi mais je ne la vois pas.

— Tu as déjà été amoureux ?

Pendant quelques instants, le silence nous entoure. Je ne m'attendais pas vraiment à cette question.

— Non, et toi ?

— Non. Je me demande comment c'est.

Sa voix résonne comme un écho.

— Je pense que c'est un peu comme se laisser tomber en arrière dans l'obscurité. Terrifiant. Excitant. Tu n'as pas d'autre choix que de croire que quelqu'un sera là pour te rattraper.

— Ou bien tu atterris dans la neige et tu te gèles les fesses. Ou sur un rocher pointu et tu te casses le dos. Ou…

— Cal ! crie Nyelle en s'asseyant. Ce n'est absolument pas romantique.

Je me mets à rire et une boule de neige atterrit sur ma tête.

— Dis donc !

Je me redresse aussi. Elle me sourit innocemment.

— Ah, c'est comme ça !

Sa mâchoire en tombe.

— Essaie voir ! me défie-t-elle en sautant sur ses pieds avant de courir péniblement à travers la neige.

Je m'appuie sur mes mains pour me lever et je me précipite derrière elle.

Je l'attrape par la taille, la faisant tomber au creux d'une grosse congère. Je m'affale à ses côtés. Elle laisse échapper mon rire préféré et me balance un tas de neige sur le visage afin de pouvoir s'échapper.

Je rampe et je la ramène vers le sol.

— Je me rends ! s'écrie-t-elle en levant les bras en signe de reddition.

Son visage est tout rouge, sa respiration saccadée et elle affiche un grand sourire. L'idée de l'embrasser me traverse encore l'esprit, mais je crains de terminer avec un autre bleu. Alors je me mets debout et je la hisse vers moi.

En voyant mes jambes, elle couvre sa bouche pour étouffer un gloussement.

— Mon pantalon est déchiré, c'est ça ?

Je ferme les yeux en jurant dans ma barbe. La main toujours posée sur la bouche, elle hoche la tête.

— Bon, il est temps de partir avant que ce qui m'est le plus précieux ne gèle.

Elle hoche la tête, toujours sans voix.

Nous ramassons les luges et regagnons le pick-up. Tandis que je marche, je sens l'air s'engouffrer dans la fente entre mes cuisses, mais je me suis résigné à ignorer le problème et à ne pas regarder. Nyelle continue à pouffer de rire. Sauf que moi, je n'arrive pas encore à en rigoler.

— Au moins, tu as un boxer blanc, dit Nyelle en essayant de me rassurer entre deux gloussements.

— Arrête !

Je secoue la tête, certain que ma dignité est enfouie là-bas, quelque part sous la neige.

— S'il te plaît.

Nous arrivons devant mon pick-up. Nyelle attend à l'intérieur tandis que je déblaie la neige qui le recouvre.

— Tu veux venir te réchauffer dans ma chambre d'hôtel ? me demande-t-elle quand j'entre dans le véhicule.

Je déglutis péniblement.

— Pardon ?

Elle sourit.

— Ce n'est pas ce que je voulais dire. J'ai de la glace. On peut faire des sundaes.

— Euh, c'est pas la glace qui va me réchauffer.

— Ça t'aidera à aller mieux, dit-elle avec de grands yeux. Une bonne glace, ça aide toujours à aller mieux.

— Je ne suis pas sûr, mais d'accord.

Je fais marche arrière dans le parking.

— C'est où ?

— Le Trinity Hotel.

— Et pourquoi tu es là-bas ?

Je m'engage doucement sur la route qui a été déneigée.

— La résidence universitaire est flippante quand il n'y a personne.

Au carrefour, Nyelle essuie sa vitre.

— Ça t'embête de tourner ici ?

— Euh, non.

Je prends à droite et nous nous retrouvons sur une route étroite avec une vieille usine d'un côté et des bâtiments délabrés de l'autre.

— Y a quoi ici, à part un mec qui nous attend pour nous zigouiller ?

Elle roule des yeux.

Nyelle essuie encore la vitre en plissant les paupières, un peu comme si elle cherchait quelque chose, ou quelqu'un.

— Stop !

J'enfonce la pédale de frein et je regarde autour de moi. La route est sombre, semée de grandes ombres. On dirait que les immeubles de part et d'autre se sont passé le mot pour bloquer la lumière du jour.

Quand Nyelle ouvre la portière et descend du pick-up, je crie son nom. J'éteins le moteur et je décide de la suivre. Il est hors de question qu'elle marche toute seule ici.

Elle disparaît dans une ruelle tandis que je contourne la voiture. Et puis j'entends :

— Est-ce toi, mon ange ?

La voix est grave et rocailleuse, marquée par les années.

— Gus, où est ton manteau ?

— Les ombres me l'ont pris, répond la voix râpeuse.

Quand j'arrive à l'angle du bâtiment, je m'arrête. Un homme est recroquevillé sur un bout de carton, et s'abrite sous un auvent délabré. Nyelle enlève son manteau qu'elle lui donne.

— Non, non ! Les ombres vont le prendre, dit-il en essayant de le lui rendre.

Sa barbe hirsute est noire et grise, et des mèches de la même couleur tombent sur ses oreilles. Son visage porte les marques du temps. Il est buriné et sale. L'homme n'est pas jeune, mais difficile de lui donner un âge à cause de son teint cireux et de la fatigue qui creuse son front. Il fixe Nyelle de ses yeux noirs comme s'il ne pouvait se fier à ce qu'il voit. Je comprends pourquoi il pense que c'est un ange, surtout dans cette robe – même si, en fait, il délire.

— Elles ne te le prendront pas aujourd'hui, le rassure-t-elle en se baissant pour l'envelopper avec le vêtement. J'espérais te voir au foyer cette semaine.

— Non, marmonne-t-il. Je reste dans le noir. J'aime le noir, répète-t-il tout en se balançant.

— Je sais. Mais j'espérais.

— Tu vas m'emmener aujourd'hui ? S'il te plaît ?

Il l'implore de ses yeux noirs.

Elle lui sourit tristement.

— Pas aujourd'hui, Gus. Je suis désolée.

Nyelle se penche pour le regarder droit dans les yeux.

— Couvre-toi bien, d'accord ? Je reviendrai te voir très bientôt.

Gus se remet à se balancer en scrutant un point sur le sol, tout emmitouflé dans le manteau.

Nyelle se lève et se retourne. Elle marque un temps d'arrêt lorsqu'elle me surprend en train de l'observer. J'enlève ma veste quand elle arrive à ma hauteur et je la passe autour de ses épaules. Je la tiens contre moi, et nous marchons jusqu'au pick-up sans un mot.

Quand je fais demi-tour, je lui demande :

— Comment vous êtes-vous rencontrés ?

Nyelle regarde par la vitre.

— Je me suis inscrite comme bénévole ce mois-ci au foyer pour sans-abris, et parfois j'accompagne l'équipe qui distribue des plats chauds aux gens qui ne viennent pas, qui ne veulent pas venir au foyer.

— Ça t'arrive souvent ?

J'essaie d'assembler les pièces du puzzle de sa vie.

— Je vais plusieurs fois par semaine jouer avec les enfants afin que leurs parents puissent chercher du travail.

Elle se tourne vers moi.

— J'essaie d'aider ces gamins à oublier, même si ce n'est que pour quelques heures.

Elle se tourne vers la vitre.

— C'est là que tu étais l'autre jour ? C'est avec eux que tu as passé Thanksgiving ?

— Oui. Ils manquaient de personnel en cuisine, alors je leur ai donné un coup de main. C'est sans doute l'un des meilleurs Thanksgiving que j'ai passé depuis longtemps.

Elle se tourne vers moi de nouveau.

— Un jour, il faudra que tu m'en dises plus sur ta famille complètement barge.

Assez parlé d'elle, visiblement. Chaque fois que je la vois, je me demande ce qu'elle laissera volontairement filtrer à son sujet. Mais quel que soit le nombre d'informations qu'elle me révèle, j'en veux toujours plus.

— Oui ! dis-je en riant. Je ne saurais même pas par où commencer.

— Je parie que chez vous, les mariages, c'est un sacré truc.

— Le nôtre est plus mon style, je réponds en me garant sur le parking de l'hôtel, juste à côté d'une voiture enfouie sous la neige.

— Pareil !

Ses yeux rayonnent. Au moment où nous nous apprêtons à descendre, elle s'arrête.

— Euh, tu ne veux pas mettre ta veste autour de ta taille ?

Elle m'indique d'un petit mouvement de sourcil la déchirure de mon pantalon en essayant de ne pas trop sourire.

— Bonne idée, dis-je en rougissant.

J'attrape le sac avec mes affaires derrière le siège, j'en sors la chemise de ce matin que j'attache autour de mes hanches. Quand Nyelle referme la portière, je prends le téléphone que m'a donné Rae et je le glisse au milieu de mes vêtements.

Je garde volontairement les yeux rivés au sol quand nous traversons le lobby. Je sais que, déguisés en mariés, et recouverts de neige, nous ne passons pas inaperçus. Je jure entendre des murmures. Mais je refuse de lever la tête pour le vérifier.

Dans l'ascenseur, Nyelle appuie sur le bouton du troisième étage et se met à rire.

— C'est l'une de mes journées préférées de tous les temps ! Sérieusement.

Je la regarde.

— Vraiment ?

Elle hoche la tête, un sourire scotché aux lèvres. Je lui rends son sourire au moment où l'ascenseur émet un petit « ding ». Elle sort.

Dès que nous entrons dans la chambre, je fonce dans la salle de bains pour me débarrasser de mes vêtements trempés et déchirés. Le pantalon est aussi difficile à enlever qu'à mettre et mes jambes sont en feu à cause du froid. Je n'ai qu'une envie : me glisser sous les couvertures de ce lit, de préférence avec elle. Mais je suis certain que cela n'est pas au programme.

Quand je sors, de la musique émane du radioréveil, et Nyelle est assise en tailleur sur le lit. Elle a gardé sa robe. Je remarque son jean humide accroché au dos de la chaise, et juste en dessous, ses bottes.

Elle a dans les mains un sac de petits chocolats en forme de cœur et une bombe de chantilly. Elle sort un chocolat, le recouvre de crème et l'enfourne dans sa bouche.

— Ça te tente ?

— Euh, ouais, dis-je, sans grande conviction.

Je tiens le cœur tandis qu'elle le noie de chantilly puis je le gobe tout rond.

— Merci !

Elle retourne le flacon et se gave.

— T'en veux ? grommelle-t-elle, la bouche pleine.

Je ris en hochant la tête.

— Assieds-toi.

Je m'installe sur le lit, en face d'elle. Je m'attends à ce qu'elle me tende la bombe.

— Ouvre !

Je renverse à contrecœur la tête en arrière, et Nyelle remplit ma bouche de chantilly. Un énorme sourire se dessine sur son visage en voyant mes joues de hamster.

— Tu as un truc, là…

Avant que j'aie pu m'essuyer la bouche avec le dos de ma main, elle passe doucement son pouce sur ma lèvre inférieure pour enlever une trace de chantilly.

Complètement paralysé, je la regarde lécher son doigt.

— Ça te dirait, de la glace ? demande-t-elle en faisant mine de se lever.

Je cligne des yeux.

— Euh, une autre fois, si ça ne t'embête pas. Je ne sens plus mes jambes et pas sûr que ça m'aide à me réchauffer.

Elle se rassied.

— Détrompe-toi. Crois-en une experte. Mais je ne vais pas te forcer.

— C'est sympa !

Je me souviens soudain du téléphone et je me lève pour aller le chercher.

— Au fait ! J'ai un cadeau de mariage pour toi.

Nyelle écarquille les yeux.

— C'est vrai ?

— Pour être exact, c'est de la part de Rae aussi.

Je lui tends le sac avec le téléphone.

— Je m'en veux de n'avoir rien pour toi.

— T'inquiète !

Elle sort le portable. Elle paraît totalement perplexe.

— Pourquoi m'avoir pris un téléphone ?

— Eh bien… au cas où tu aurais besoin de nous ! On voulait que tu puisses nous joindre.

J'espère qu'elle ne va pas me le rendre.

Elle l'allume.

— Vos numéros sont enregistrés ?

— Oui.

Je sors ensuite mon portefeuille de ma poche arrière.

— Tiens, des cartes avec des minutes de communication. Il y en a déjà dedans, mais pas beaucoup.

— Ne te vexe pas. C'est vraiment un gentil cadeau. Mais je n'ai pas l'intention de l'utiliser. Alors ne t'attends pas à recevoir des sextos de ma part !

Je souris.

— Mais tu pourrais le garder, en cas d'urgence ?

Elle acquiesce.

Et puis soudain, le regard de Nyelle s'illumine.

— Oh ! J'adooore cette chanson !

Elle pose le sac et la crème Chantilly sur la table et augmente le volume avant de sauter sur le lit.

— Danse avec moi, Cal.

— Je ne sais pas danser, lui dis-je en levant les mains tout en secouant la tête.

— Mais tu sais sauter.

Elle se met à sautiller, ce qui me secoue.

— Cal, viens sauter avec moi !

Elle soulève sa robe, révélant ses jambes nues, et bondit plus haut.

— OK ! Je vais sauter.

Je m'y mets, mais vraiment pas avec autant d'énergie qu'elle.

Nyelle bondit et tourne dans les airs, sa robe s'évase autour d'elle. Quand le rythme de la chanson s'accélère, elle retrousse le bas de sa tenue et court sur place très, très vite. À la fin du morceau, je ris tellement que j'en ai mal au ventre.

Nous nous laissons tomber sur le lit. Allongés sur le dos, nous essayons de reprendre notre souffle.

Nyelle soupire de satisfaction.

— Merci pour aujourd'hui, Cal, dit-elle les yeux rivés au plafond.

— Je crois que grâce à nous, cette robe a connu le plus beau jour de sa vie.

Le sourire de Nyelle est contagieux. Elle respire tellement la vie. J'ai du mal à imaginer ce qui lui a donné envie de prendre un nouveau départ. Pour moi, elle a toujours été Nyelle. Et ce qui a pu arriver à Nicole ne compte plus. Parce que je préfère avoir à mes côtés la fille qui est ici.

Je me lève, et je l'aide à se hisser hors du lit en lui donnant la main. Ses joues sont en feu. Je passe mon pouce le long de sa mâchoire pour enlever les quelques mèches folles qui y sont collées. Elle me regarde, interloquée. Ses yeux sont si bleus qu'il m'est impossible de détourner les miens. Elle passe nerveusement les mains sur le devant de sa robe. À cet instant précis, elle est la petite fille que j'ai connue, et j'en perds le souffle.

— Je vais t'embrasser maintenant, me dit-elle avec la voix la plus douce qui soit.

Mon pouls s'accélère tandis qu'elle se met sur la pointe des pieds et presse ses lèvres contre les miennes. Elles sont chaudes et douces, et ont un goût de chocolat. Ce contact subtil suffit à embraser tout mon corps. Je serre sa taille. Mon monde s'arrête à cette seconde – elle, dans mes bras, et ses lèvres, sur les miennes. Trop vite, elle se détache de moi, les yeux fermés et la bouche esquissant un sourire de bonheur.

Même s'il était bref, ce baiser était tout. Quand ses cils noirs papillonnent et s'ouvrent enfin, je suis toujours incapable de bouger.

— C'était un premier baiser parfait, soupire-t-elle doucement.

Et puis elle recule d'un pas.

— Tu devrais sûrement y aller avant d'être bloqué par la neige.

— Oui, je réponds en rêvant qu'une avalanche m'oblige à rester ici avec elle.

Je mets ma veste et elle m'accompagne jusqu'à la porte, qu'elle ouvre pour moi.

— Bon, eh bien, j'imagine qu'on se voit bientôt.

Je suis gagné par l'angoisse. Je la regarde droit dans les yeux pour essayer de lire dans ses pensées. Elle se comporte comme si rien ne s'était passé.

— Oui. Je serai dans les parages, répond-elle comme d'habitude.

Juste avant qu'elle ne ferme complètement la porte, je m'empresse de lui dire :

— Nyelle.

— Oui, répond-elle en rouvrant un peu.

J'enfonce nerveusement les mains dans mes poches.

— Si tu veux vraiment m'offrir un cadeau, toi aussi, j'ai une idée....

— Ah bon ?

Elle lève un sourcil interrogateur.

— Ne disparais pas.

Nyelle me regarde fixement. Elle ouvre la bouche comme si elle ne savait pas comment réagir. Et puis elle hoche la tête et répond doucement :

— Je n'en ai pas l'intention.

Je respire, soulagé. Mais juste avant de refermer la porte derrière moi, je l'entends murmurer :

— Pas tout de suite.

NICOLE

Janvier – Classe de 6e

— Je suis vraiment ravie que tu viennes dîner chez nous, dit ma mère à Richelle depuis la cuisine pendant que nous mettons la table dans la salle à manger.

Richelle s'occupe des couverts en argent. Quand je pose les assiettes, je replace les fourchettes et les couteaux comme il faut, à un pouce du bord de la table. Je ne la corrige pas. C'est plus simple de le faire moi-même.

— Merci, madame Bentley. Ça sent très bon.

Ma mère installe les dessous-de-plat sur la table.

— Ton père sera là bientôt. Il faut que tout soit prêt.

— Je sais, je murmure en plaçant les verres juste au-dessus des couteaux.

Je jette un coup d'œil à l'horloge. On ne devrait pas tarder à entendre sa voiture dans l'allée.

— Il ne manque plus que les serviettes.

J'évite de regarder Richelle. J'aurais dû la préparer à tout ça. Enfin, j'ai essayé, mais… ce n'est pas facile à décrire. J'espère juste qu'elle ne dira rien qui contrarie mon père. Il se moquera bien que ça vienne d'elle – pour lui, ça sera moi, la coupable.

Je prends les serviettes en lin dans le tiroir de la crédence et je les place sur chacune des assiettes.

— Est-ce que je vais devoir surveiller mes manières ? me murmure Richelle en regardant les serviettes en tissu.

— C'est juste mon père… Pour lui, le dîner, c'est tout un truc.

— Pigé, répond Richelle. Je vais bien me tenir, promis.

Elle sourit. Elle essaie de me détendre. Mais je n'y arrive pas.

Heureusement qu'elle comprend sans que j'aie à lui expliquer les choses. Enfin, elle ne se doute vraiment pas de ce qui va suivre. Ce n'est pas moi qui ai eu l'idée de l'inviter à la maison, mais mon père. Il n'a jamais eu l'occasion de rencontrer Richelle parce que c'est toujours moi qui vais chez elle. Je préfère. Mais ne me demandez pas pourquoi, au bout de deux ans, il veut en savoir plus sur ma meilleure amie – savoir qu'on est voisines ne lui suffit plus.

À l'instant où ma mère pose le poulet rôti sur la table, mon père se gare devant la maison. Le petit soulagement de tout à l'heure s'envole, une pierre dans ma poitrine le remplace. *S'il vous plaît, faites que tout se passe bien ce soir...*

Ma mère se précipite vers la porte au moment où celle-ci s'ouvre.

— Bonsoir, mon chéri, le salue-t-elle en prenant sa veste et son attaché-case comme chaque soir.

Je reste avec Richelle dans la salle à manger, sans la regarder. Je me prépare à l'entrée de mon père.

Rien que par sa taille, c'est un homme intimidant. Je ne pense pas lui ressembler, même si les gens disent que j'ai ses yeux. Pourvu que non ! Quand il me regarde, parfois, j'ai... froid. J'espère que jamais personne n'aura froid à cause de moi.

— Bonsoir, Papa.

Je le laisse prendre place en tête de table avant de l'approcher et de déposer un baiser sur sa joue.

— Comment vont mes filles ? demande-t-il, comme chaque soir.

Mais ma mère et moi, on ne répond pas, car ce n'est pas une vraie question. On tire nos chaises et on s'assied. Richelle nous imite. Je garde les yeux posés sur mon père. J'ai peur de la réaction de Richelle. Rien à voir avec les dîners chez elle... Qu'est-ce qu'elle peut bien penser de tout ça ?

L'attention de mon père se tourne vers mon amie.

— Alors c'est toi, Richelle.

Sa voix grave résonne comme le tonnerre.

— C'est un plaisir de te recevoir à dîner.

— Je vous remercie.

Ses mots me donnent le tournis. Il n'y a aucune trace de crainte dans sa voix. Richelle est la même que d'habitude : sans peur. Nos yeux se croisent, et elle me sourit un peu, comme si elle essayait de me dire que tout va bien se passer.

Richelle s'apprête à saisir sa fourchette, mais ma mère couvre discrètement sa main avec la sienne pour l'en empêcher. L'espace d'un instant, Richelle semble perdue. Ma mère prend également l'une de mes mains, et je place l'autre dans celle, immense et déjà ouverte, de mon père. Je sais que Richelle me regarde, ou en tout cas, j'en ai l'impression, mais je reste concentrée sur mon père.

— Merci pour tout ce que vous faites pour que nous ayons à manger sur notre table, pour toutes les heures de travail grâce auxquelles notre vie est agréable. Nous vous sommes reconnaissantes de tout ce que vous faites pour nous.

Quand ma mère a terminé, mon père lève la tête et dit :

— Je vous en prie.

Je retiens mon souffle. Richelle est pétrifiée. J'ai envie de disparaître sous la table. J'aimerais tellement pouvoir effacer son regard sidéré. Je me rends compte depuis pas très longtemps que les dîners chez moi sont très différents. Je l'ai compris en allant manger chez Richelle et Cal.

On attend que mon père se serve en premier.

— Nicole, dit-il.

Ma poitrine est nouée. J'espérais qu'il n'en parlerait pas ce soir. Pas devant Richelle.

— Oui, Papa, dis-je en regardant ses yeux bleu glacier qui me font frissonner.

— Que s'est-il passé avec ce contrôle d'histoire ? Un 17 ? Ce n'est pas acceptable !

Le poulet dans ma bouche n'a aucun goût.

— J'ai fait de mon mieux.

— C'est faux, répond-il.

Rien dans sa voix ne laisse filtrer sa déception. Ce n'est jamais sa voix qui le trahit. Ce sont toujours ses yeux. Et j'ai trop peur de les regarder maintenant.

— Moi j'ai eu 16, annonce fièrement Richelle. C'était vraiment un contrôle difficile. La meilleure note était 18.

Mon père se tait. Je suis incapable d'avaler.

— Intéressant, dit mon père.

Maintenant, il sait que je n'ai pas eu la meilleure note. Décevoir mon père est bien la dernière chose que je souhaite.

Le reste du repas se déroule dans un silence mortel. Je regarde fixement mon assiette. J'ai trop peur d'affronter les yeux qui me regardent, car je sais que tous sont tournés vers moi.

— Est-ce que cela vous ennuie si Nicole passe un peu à la maison après dîner ? J'ai besoin… d'aide en maths. Et elle est la meilleure de la classe en maths.

Je lui jette un rapide coup d'œil et elle me sourit. On n'est pas dans la même classe en maths. Je suis dans le groupe des meilleurs, alors qu'elle déteste cette matière.

— Juste un peu, alors, concède mon père. Ce soir, il faut qu'elle révise ses cours d'histoire.

— Super ! s'exclame Richelle.

Ma mère racle son assiette avec sa fourchette.

— Enfin, je veux dire, merci !

Une fois que mon père s'est retiré dans son bureau, on nous autorise à quitter la table.

On apporte nos assiettes dans la cuisine.

— Allez-y, les filles ! dit ma mère de sa voix douce, qui sonne faux.

Je sais qu'elle souhaite comme moi en finir avec cette soirée.

— Tu es sûre, maman ?

Je me sens coupable de partir en lui laissant tout le bazar.

— Absolument ! Reviens dans vingt minutes, ajoute-t-elle. Et ensuite, file dans ta chambre pour étudier, d'accord ?

Je hoche la tête.

Richelle prend ma main et me tire pratiquement jusqu'à la sortie. Elle attrape nos vestes au passage mais ne nous laisse pas le temps de les mettre.

— Richelle…

Mais avant que j'aie pu terminer, on est dehors. On coupe par les petits sapins.

— Maman ! Me revoilà ! hurle Richelle en ouvrant la porte.

— Comment ça s'est… commence Mme Nelson en levant les yeux de son ordinateur qui est posé sur ses genoux.

Elle écarquille les yeux.

— Oh.

— Ouais, répond Richelle en me traînant jusqu'à la cuisine.

— Salut, Nicole, crie Mme Nelson quand on passe devant elle à toute vitesse.

— Euh… bonsoir, madame Nelson, je réponds par-dessus mon épaule.

Richelle pose nos vestes sur une chaise de la cuisine, ouvre le congélateur et en sort un bac de glaces au chocolat et au marshmallow.

— Qu'est-ce…

— Chut. Mange-moi ça, m'ordonne Richelle d'un ton super sérieux.

Elle me tend la crème glacée et une cuillère. Je les prends, sans trop savoir ce qu'elle attend de moi.

— Vas-y, m'encourage-t-elle. Prends-en une bouchée.

Je n'ai jamais mangé directement dans le bac avant. Elle me regarde en guettant ma réaction.

Je gratte la surface avec la cuillère que je mets ensuite dans ma bouche. Je ferme les yeux en soupirant. Je laisse toute cette douceur fondre sur ma langue. Je me ressers. Richelle se joint à moi. On mange sans rien dire pendant un moment.

— Mieux ?

Je hoche la tête.

— La glace, ça arrange tout. Même un dîner avec ton père.

11

— Elle n'a jamais mis les pieds à Harvard, m'annonce Rae au téléphone.

Je suis en train de traverser le campus, et en retard parce que j'ai attendu Nyelle trop longtemps chez Bean Buzz, comme je le fais depuis trois jours. Oui, trois jours. Tout ça pour ne pas la voir. Quand on sait que j'ai envie d'être avec elle tout le temps, j'ai l'impression qu'elle a disparu depuis trois mois. Je ne pense pas pouvoir m'habituer à cela.

— Quoi ?

J'évite de peu une fille qui, occupée à envoyer un SMS, me coupe la route.

— Eh bien, j'ai fait un truc pour la première fois : j'ai parlé aux gens. J'ai posé des questions au sujet de Nicole autour de moi. Nina et Courtney m'ont appris qu'elle ne s'était jamais inscrite l'année dernière.

— Comment elles le savent ?

— Elles étudient à Boston University, et quand elles sont allées rendre visite à Nicole l'année dernière, elles ont réussi à convaincre un gars en charge du logement étudiant de chercher son nom dans son registre. Il leur a dit qu'elle n'avait jamais eu de chambre dans la résidence. Les étudiants de première année sont forcément logés sur le campus, donc…

— Elle m'a raconté qu'elle avait voyagé. C'est peut-être vrai.

J'essaie de trouver une logique dans cette histoire.

— Ou alors elle était enfermée dans la chambre capitonnée d'un hôpital ?

— Rae !

J'aimerais bien qu'elle arrête de remettre en question la santé mentale de Nyelle.

— Simple hypothèse ! se défend-elle. Cal, je l'aime bien, tu te rappelles ? Je n'ai pas envie qu'elle soit folle. Mais je n'ai pas encore éliminé cette piste.

Je m'arrête net en entendant mon nom. J'ai failli entrer en collision avec une petite brune qui se tient juste devant moi.

— Euh… Rae, je te rappelle.

Je raccroche sans attendre sa réponse. Il faut que je règle ce nouveau problème avant d'être encore plus en retard.

— Salut, Jade. Tu vas bien ?

— Je croyais que tu devais m'envoyer un texto à ton retour ?

Son ton se veut neutre, mais cache un véritable reproche.

— Oh, oui, mais… j'ai eu une semaine chargée.

Il faut que je trouve une issue à cette conversation.

— Alors, on sort tous les deux ce week-end ?

Elle bat des cils en attendant ma réponse.

— D'accord !

Mince ! Je n'aurais pas dû lui répondre sans réfléchir. Maintenant, je suis coincé.

— Vendredi soir ?

— Parfait ! Je suis dans l'aile Fredericks. Envoie-moi un texto pour me dire à quelle heure tu passes, OK ?

— Ça marche. Je suis en retard en cours, à vendredi !

Elle tend les bras pour que je la serre contre moi, ce que je finis par faire maladroitement.

— J'ai trop hâte, murmure-t-elle dans mon oreille avant de me laisser partir et de reprendre son chemin.

Ce n'était pas censé se passer comme cela.

* * *

Jade me donne la main dans le noir. J'enroule mes doigts autour des siens à contrecœur. Mon dos se raidit quand elle appuie sa tête contre mon épaule.

Je ne devrais pas être ici avec cette fille. Ce n'est pas sa main que j'aimerais tenir dans la mienne. Ni sa tête que j'aimerais sentir contre moi. Mais parce que je me suis retrouvé au pied du mur et je n'ai pas eu le courage de lui dire non de vive voix, me voilà assis à côté d'elle dans un cinéma – vivement le générique de fin.

Jade n'a pas paru impressionnée quand je lui ai proposé un cinéma. C'est le pire endroit possible pour un premier rendez-vous. On ne se parle pas. On ne peut pas apprendre à se connaître et donc devenir intime. J'espère qu'elle a compris grâce à cet indice révélateur que je ne souhaite pas que notre relation aille plus loin que cela. Mais cette fille est déterminée à profiter un maximum de cette opportunité, ou bien… ne saisit pas la perche que je lui ai tendue. Je grogne intérieurement quand elle caresse ma main avec son pouce.

Mon téléphone se met à vibrer dans ma poche et je me lève d'un bond. Surprise, Jade lève la tête.

— Tout va bien ?

— Désolé, il faut que je réponde.

J'ignore qui m'appelle. Elle écarquille les yeux et un spectateur me demande de me rasseoir. J'ai vraiment l'impression d'être un sale type.

— Je reviens tout de suite !

Je remonte l'allée en regardant l'écran de mon portable pour découvrir le nom de la personne à qui je dois une fière chandelle. Nyelle. Mon ventre se noue. Elle a soutenu que jamais elle n'utiliserait le téléphone. Imaginant le pire, je réponds avant d'avoir franchi les portes qui mènent au hall du cinéma.

— Nyelle ?

— Cal ! hurle-t-elle à l'autre bout du fil. Je me suis battue. Tu aurais dû voir ça. Je l'ai frappé !

Elle rit comme une folle. Elle est bourrée.

— Tu as frappé quelqu'un ? Ça va ?

Je suis au milieu du hall. Un gamin se cogne contre mes jambes et renverse du pop-corn sur mes chaussures.

Silence.

— Nyelle ? Tu m'entends ?

Je me précipite à l'extérieur.

À l'autre bout du fil, elle respire fort.

— Euh… je ne sais pas si je vais bien.

Sa voix est si triste soudain que ma démarche devient hésitante.

— Cal, tu peux venir me chercher ?

— Oui !

Je suis déjà devant mon pick-up.

— Où es-tu ?

— Je ne sais pas, répond-elle doucement. Je suis assise dans un arbre. Ah si ! Je suis dans l'arbre à glaçage.

Je réfléchis quelques instants. J'essaie de me souvenir où cela se trouve exactement.

— J'arrive tout de suite. Ne bouge pas, OK ?

— Cal, j'ai essayé d'oublier, dit-elle d'une voix quasi inaudible. J'ai vraiment voulu oublier.

Je ne sais pas de quoi elle parle, mais je sens que je la perds. Il faut que j'aille la retrouver immédiatement.

— Oui, oui… Tu restes en ligne, d'accord ?

J'ai du mal à attraper mes clés au fond de la poche de mon jean.

— Je voulais partir ce soir, dit Nyelle, doucement. N'importe où. Je voulais juste… partir. Disparaître.

Sa voix s'évanouit, comme si elle était perdue dans ses pensées. Et j'ai les nerfs en boule, parce que pour l'instant, je ne suis pas du tout arrivé.

À peine la clé dans le contact, je fais marche arrière. Le téléphone calé sous le menton, je passe la première.

— Pourquoi t'es restée ? je lui demande sans être sûr que ce soit la bonne question à poser.

Mais à cet instant, mon seul objectif est qu'elle continue de parler.

— Toi, répond-elle.

Ce n'est pas la réponse que j'attendais, mais celle que j'espérais. Un silence s'installe entre nous pendant quelques secondes, le temps que je m'engage sur la route, direction le campus.

— Je t'ai promis que je ne partirais pas tout de suite.

— Et je ne veux pas que tu partes maintenant.

Je prends une route qui mène au parc où j'espère trouver l'arbre sur lequel Nyelle est assise.

— Tu devrais dire à Rae que j'utilise son téléphone !

Elle éclate de rire.

— OK, ça marche.

Ce brusque changement d'humeur me prend au dépourvu.

— Je suis content que tu t'en serves pour m'appeler. Maintenant, parle-moi de cette bagarre. Que s'est-il passé ?

Nyelle explose une nouvelle fois de rire. Cette fois-ci, ça frise l'hystérie. Je n'aime pas ça.

Et puis soudain, elle hurle dans le téléphone.

— Parce que j'en ai envie, alors casse-toi !

— Nyelle ? Qu'est-ce qu'il y a ?

L'hostilité dans sa voix m'inquiète.

Derrière elle, un homme crie, mais je n'entends pas ce qu'il dit.

— Essaie un peu, pauvre con ! crie Nyelle avant d'éclater de rire. Cal ?

— Oui, je suis là.

Je m'arrête à peine au stop. Encore cinq minutes avant d'arriver.

— Tout va bien ?

— Juste des emmerdeurs, répond-elle. Comme s'ils n'avaient jamais vu quelqu'un dans un arbre. Abrutis !

Je l'imagine en train de rouler des yeux.

— De quoi on parlait, déjà ?

— De ce qui s'est passé ce soir. Où est-ce que…

Soudain, elle crie mon nom. J'ai bien cru qu'elle était en train de tomber et j'ai failli freiner sec.

— Cal ! Je vois ton pick-up !

Je m'enfonce dans mon siège, soulagé.

— Bon sang, Nyelle. J'ai cru que… T'es où ?

— Tu ne me vois pas ? Coucou !

Je me gare le long du trottoir.

— Arrête de me faire coucou. Tiens-toi à la branche. Je n'ai pas envie de t'emmener aux urgences.

Je saute du pick-up et je scrute les branches nues de l'arbre qui se trouve en face de moi. Je l'aperçois au milieu des ombres près de la cime. Elle agite frénétiquement le bras.

— Je te vois !

— Je monte ! dis-je après une courte hésitation.

Je raccroche, j'enfonce le téléphone dans ma poche et je m'engage dans le parcours d'obstacles des branches. C'était plus simple la dernière fois, quand il me suffisait de la suivre.

Je cale mon pied dans le V du tronc et je m'accroche aux branches les plus basses pour me hisser.

— Cal ! hurle Nyelle de tout en haut. Tu es là !

— Oui ! je grogne en me frayant un chemin à travers le fourré de minuscules rameaux qui s'accrochent à mon sweat.

J'essaie une autre branche qui, je l'espère, soutiendra mon poids. Je continue mon ascension.

Quand j'arrive au sommet, Nyelle jette ses bras autour de mon cou et manque de me faire basculer dans le vide.

— Je n'en reviens pas que tu sois là !

Et si mon cœur ne battait pas déjà comme un fou, il le fait désormais. L'une de mes mains lâche prise pour lui caresser doucement le dos.

— Oui, je suis là.

Je m'assieds en face d'elle.

— Comment tu te sens ? Tout va bien ?

Nyelle sourit vaguement. Ses yeux sont vitreux.

— Super ! Allez, on parle, Cal ! On est sur notre arbre.

Je ne pensais pas qu'elle était saoule à ce point.

— On peut parler un peu. Mais ne lâche pas la branche, OK ?

Nyelle hoche la tête de façon exagérée.

— T'étais où, ce soir ? Elle est où, ta veste ? demande-t-elle.

— J'étais… Et merde.

Je serre les dents.

— Quoi ?

Je ferme les yeux en grognant.

— Je l'ai plantée.

— Qui ça ? Attends. T'avais un rencard ?

Nyelle sourit, glousse, puis rit franchement. Elle me rappelle Rae, qui m'oblige parfois à lui raccrocher au nez. Mais je ne peux pas raccrocher au nez de Nyelle, alors je patiente.

— Tu as planté une fille pour moi ? Oh, Cal ! Désolée… Je suis nulle !

— Non, ce n'est pas grave. Tu en vaux la peine. Mais on devrait sûrement aller la chercher.

Je soupire. La suite de l'aventure ne m'emballe pas.

— Elle va être verte.

— Elle s'appelle comment ?

— Jade.

— Elle est strip-teaseuse ? se moque Nyelle.

— Non.

Difficile pour moi de ne pas sourire un peu.

— Mais ce n'est pas la bonne, hein ? Ce n'est pas ta fille « Et si ? ».

— Non. Même pas de loin.

— Alors pourquoi tu sors avec elle ?

— Parce que je n'ai pas su lui dire non.

C'est une vérité pathétique. Je le sais bien.

— T'as un problème avec ça, pas vrai ?

Je hausse les épaules.

Nyelle se met à rire.

— Bon, tu devrais sûrement aller la chercher. Je peux rentrer à pied.

Nyelle commence à descendre à travers les branches avec une extrême facilité. Elle prend appui sans hésiter, même si elle est saoule. C'est quoi, son truc, à cette fille, de toujours vouloir tout escalader ?

— Non, j'ai envie d'en savoir plus sur ta soirée. Viens avec moi !

Je ne veux pas la laisser seule. Je n'ai pas oublié sa détresse de tout à l'heure. Rien de tout cela ne me semble normal. Et en plus, c'est la première fois de la semaine que je la vois. Alors je ne vais pas la laisser disparaître une nouvelle fois. Pas ce soir, en tout cas.

Nyelle s'arrête sur une branche et renverse la tête pour me regarder.

— OK.

Elle saute de la dernière branche et m'attend tout en bas.

— Alors, comment t'as rencontré Jade ? demande Nyelle en passant son bras sous le mien et en s'appuyant de tout son poids contre moi tandis que je la conduis jusqu'à mon pick-up.

Comment a-t-elle fait pour se déplacer dans cet arbre sans se tuer ?

— Je l'ai rencontrée à la soirée où tu n'es jamais venue.

Nyelle lâche un petit rire.

— J'aurais dû venir, alors.

— Bon, et cette bagarre. Tu étais où ?

J'ouvre la porte côté passager afin que Nyelle puisse ramper jusqu'à son siège.

— Dans un bar.

Elle avance jusqu'au centre et cale ses jambes autour de l'embrayage.

— Tu es en âge de boire ?

— Cal ! Tu connais mon âge ! dit-elle en secouant la tête.

Je claque la portière et je m'arrête avant de faire le tour du pick-up. Je pourrais profiter de son état pour lui poser toutes les questions que je veux. Mais ai-je envie de découvrir la vérité de cette façon ?

Juste au moment où j'ouvre la porte, mon téléphone se met à vibrer. Je lâche un juron en voyant le nom sur l'écran.

— Salut ! Je suis vraiment désolé. Je reviens. C'était…

Je regarde Nyelle, affalée dans le siège, la tête qui pend d'un côté. Elle me sourit.

— C'était important.

Nyelle sourit encore plus largement.

— Je serai là dans dix minutes.

Je raccroche avant que Jade ait pu en placer une. Je ne veux pas entendre ce qu'elle a à me dire. Cela n'a pas vraiment d'importance. J'ai les yeux posés sur la seule fille qui compte pour moi. Et elle est sur le point de s'évanouir sans que j'aie pu découvrir ce qui lui est arrivé ce soir. Je m'installe derrière le volant et je démarre.

— Nyelle, lui dis-je d'une voix douce. Tu faisais quoi, dans un bar ?

— Je buvais. M'enfin, Cal ! Qu'est-ce que je pourrais faire d'autre dans un bar ?

Elle me donne un petit coup maladroit dans le bras.

— Ils ne t'ont pas demandé ton âge ?

— Nan. Ils étaient contents d'avoir des clients.

Elle laisse tomber sa tête sur mon épaule. Elle a les yeux mi-clos.

— Avec qui tu t'es battue ?

— Un type immmmmmmense ! répond-elle en bâillant. Il m'a mis une main au cul, alors je lui ai foutu mon poing dans la gueule.

— Tu lui as donné un coup de poing ?

J'essaie de ne pas rire, car j'imagine la scène et, franchement, j'aurais bien aimé être là pour assister au spectacle.

Je n'ai jamais donné de coup de poing à personne, mais mes frères se sont suffisamment battus pour que je sache que ça peut faire très mal.

— Comment va ta main ?

J'essaie d'y jeter un coup d'œil, mais elle est cachée sous la mitaine.

— Je ne la sens plus, marmonne-t-elle avant de fermer les yeux. Il ne m'a pas vue venir, lâche-t-elle dans un souffle, comme si parler lui demandait toute son énergie.

Elle est calée contre moi, et je sens qu'elle s'endort.

— Tu m'étonnes ! dis-je en riant doucement.

Je regarde son visage aplati contre mon bras. Moi non plus, je ne l'ai pas vue venir.

Lorsque je me gare devant le cinéma, Jade est sur le trottoir, bras croisés. Elle tient ma veste. Et elle a l'air furax. Ce qui se comprend.

Elle ouvre la portière côté passager et s'arrête, bouche bée.

— J'hallucine, t'es sérieux ? C'était ça, ton urgence ?

Elle monte dans le pick-up et balance ma veste par terre.

— C'est pour ça que tu m'as plantée en plein milieu d'un rencard ? Pour une fille ? Pourquoi tu ne m'as pas dit que tu voyais déjà quelqu'un ?

Je quitte le parking en réfléchissant au chemin le plus court pour la ramener chez elle.

— Ce n'est pas le cas.

Elle dévisage Nyelle comme si elle avait l'intention de la jeter hors du pick-up en marche.

— Ouais, bien sûr… Alors pourquoi tu ne m'as pas dit que tu ne voulais pas sortir avec moi ?

Parce que franchement, aller au cinéma... On est au collège, ou quoi ?

— J'aurais dû te le dire. Désolé.

Je suis incapable de la regarder. Mais je sens ses yeux sur moi, qui me brûlent. La main de Nyelle serre ma jambe. Je grimace. Elle écoute. Cette nuit peut se terminer d'un instant à l'autre.

— Tu te fous de moi ? Tu ne voulais pas sortir avec moi ? L'hallu totale ! C'est le pire plan de ma vie !

Je risque un coup d'œil dans sa direction. Les bras croisés contre sa poitrine, elle s'appuie à la portière.

Je me gare devant sa résidence quelques minutes plus tard, et Jade saute du véhicule avant qu'il soit à l'arrêt. Elle claque la portière.

Sans ouvrir les yeux, Nyelle s'installe. Elle s'allonge en chien de fusil, la tête posée sur mes jambes.

— Elle était mal lunée, marmonne-t-elle en calant ses mains sous ma cuisse.

Je soupire en contemplant ses cheveux marron foncé sur son visage. Je les coiffe doucement vers l'arrière afin de pouvoir la voir. Ses yeux sont encore fermés. Ça me plaît qu'elle soit pelotonnée contre moi. Même si elle est saoule.

— Nyelle, pourquoi tu t'es bourré la gueule comme ça ce soir ? Il s'est passé un truc ?

Mon doigt se promène à la naissance de ses cheveux.

Elle est calme. Juste au moment où je pense qu'elle ne me répondra pas, elle murmure :

— Elle me manque.

— Qui ?

— Toi, dit-elle dans un souffle.

— Je ne comprends pas.

Elle se tait. J'ai peur qu'elle se soit évanouie, alors je lui demande :

— Nyelle, tu veux que je te ramène chez toi ?

— Je n'ai pas de clé, marmonne-t-elle d'une voix pleine de sommeil.

— Tess n'est pas là ?

— Non. Anniversaire de la grand-mère

— Ils ne te laisseront pas rentrer si tu leur montres une carte d'identité ? Enfin, sinon, tu peux venir chez moi. Ça ne me dérange pas.

— OK, soupire-t-elle. Cal, je n'étudie pas ici, tu sais.

Cette phrase n'est qu'un murmure indistinct. On dirait un seul mot bredouillé. Je me demande si je l'ai bien entendue.

— Tu n'étudies pas à Crenshaw ?

Elle secoue la tête de façon presque imperceptible et s'installe plus confortablement, en prenant une grande inspiration.

Eh bien, voilà qui répond à ma question. Sauf que je ne comprends pas pourquoi elle est ici et comment elle a une chambre sur le campus si elle n'est pas inscrite à la fac. Et… qu'est-ce qu'elle peut bien fabriquer, tous les jours ? Tout cela me file le vertige. Ses réponses n'ont fait que me perturber encore plus.

Quand nous arrivons chez moi, Nyelle dort comme une souche alors je la porte jusqu'à l'intérieur.

Je referme la porte d'un coup de pied, je l'emmène dans ma chambre et je la pose sur mon lit qui, heureusement, est défait. Les mains posées sur mes hanches, j'étudie son visage paisible. Je me demande ce qui s'est passé ce soir. Et si elle aura assez confiance en moi pour me le dire.

Je délace ses rangers et je la fais rouler de chaque côté pour enlever sa veste. Et puis je regarde ses gants. J'hésite.

Les enlever, cela reviendrait à révéler un secret sans demander la permission d'abord. Non, je ne peux pas. Lorsque je remonte la couverture sur elle, elle se tourne sur le côté et mets ses mains sous l'oreiller.

Quand je reviens de la salle de bains, elle respire bruyamment, bouche ouverte – le sommeil de quelqu'un qui a trop bu. J'envisage de dormir sur le canapé, mais il est petit pour moi. Alors je me glisse à côté d'elle dans le lit comme l'autre fois, dos à elle. Je l'écoute respirer jusqu'à ce que moi aussi, je m'endorme.

Nicole

Juillet –
Juste avant la classe de 5e

— Si tu décris comment ça fait d'embrasser Cal, je vomis ! menace Rae.

— Oh, si on ne peut même pas parler des garçons à une pyjama-party… proteste Richelle, assise sur son sac de couchage.

— On pourrait aller foutre la trouille aux mecs ! suggère Rae avec un sourire sournois.

Je ris.

— Tu vois ? L'idée plaît bien à Nicole !

— Ils ne sont pas en train de dormir dans le jardin derrière chez Cal ? je demande en regardant Rae, puis Nicole.

C'est la première fois que je passe la nuit chez Rae. Dormir dans une cave avec des duvets, ça n'a rien à voir avec les lits superposés chez Richelle. Mais j'aime bien ça. On a la télé, et comme la mère de Rae est à l'étage, on peut ne pas dormir du tout, elle ne se rendra compte de rien.

Richelle attrape le paquet de chips et se rassied dans le canapé orange et marron.

— OK. Alors, qu'est-ce qu'on fait ? demande-t-elle après avoir bu une gorgée de Coca.

Rae se frotte les mains avec un petit sourire.

— Suivez-moi !

Elle nous entraîne derrière un rideau, dans la buanderie. Elle fouille dans un panier de linge et en extirpe deux sweats à capuche qu'elle nous tend.

— Ils sont au mec de ma mère. Mettez-les !

Elle sort une chemise, qu'elle enfile par-dessus son tee-shirt à l'effigie d'un groupe de punk.

Je regarde Richelle. Elle hausse les épaules et passe le sweat par-dessus sa tête. Je l'imite. Les habits sont trop grands pour nous, mais je pense que c'est justement ça, l'idée.

Rae, sur la pointe des pieds, essaie d'attraper un chapeau sur une étagère. Je le prends pour elle.

— Merci, dit-elle en le plaçant sur sa petite tête.

Il est beaucoup trop grand pour elle.

— Rae, tu ne nous as toujours pas dit quel était le plan, fait remarquer Richelle.

Rae ouvre une porte de l'autre côté de la buanderie et allume la lumière.

C'est flippant, là-dedans. Une ampoule faiblarde pend du plafond. Tout est recouvert de crasse et ça sent le vieux. Je ne la suis pas à l'intérieur.

— On va arriver par surprise près de leur tente, explique-t-elle en fouillant dans le tas de râteaux et de pelles contre le mur.

— L'une de nous tiendra une lumière pour qu'on ait l'air de grosses ombres depuis l'intérieur de leur tente. Et les deux autres…

Elle soulève une petite hache en souriant.

— On ne va pas leur faire de mal, hein ? je demande en regardant fixement la lame brillante.

— Détends-toi, Nicole, soupire Rae. On va juste l'agiter dans tous les sens en hurlant. Histoire de leur foutre la pétoche. On va bien se marrer !

Je hoche la tête, pas convaincue. Richelle fait le tour de la cave avec Rae. Elle cherche aussi une arme. Elle choisit la fourche.

— Parfait !

Elle me regarde et demande :

— Tu veux tenir la lampe-torche ?

Je hoche encore une fois la tête.

On traverse la maison à pas de loup. Rae s'arrête près de la porte de derrière et me tend une grande lampe-torche jaune à poignée.

— Tiens !

Je la prends et on ouvre doucement la porte.

Depuis les escaliers de derrière, on aperçoit la tente-dôme.

— Ils sont réveillés ? demande Richelle.

Rae hausse les épaules.

Elles s'avancent lentement dans l'herbe. Je les suis, un peu plus loin derrière, avec la lampe-torche. On les entend parler. D'un geste de la main, Rae nous demande de nous arrêter. Elle tend l'oreille.

— Je ne peux pas y aller, dit Cal.

— Quoi, il te faut une autorisation de ta copine ? se moque Brad.

Richelle se tourne vers moi. Elle semble perdue, et un peu inquiète.

— Non, c'est pas ce que je dis. Arrête ton délire.

Rae nous fait signe d'avancer. On est maintenant tout près de la tente.

— Prêtes ? murmure Rae en nous regardant.

Richelle hoche la tête.

— T'as pas entendu un truc ? mitraille Craig.

Les garçons se taisent.

Au signal de Rae, j'allume la lampe près du sol et je l'oriente vers le haut comme elle me l'a expliqué. Les grandes ombres des filles se retrouvent projetées sur un côté de la tente.

— Ouuuuuhhh ! braillent-elles d'une voix grave en agitant la hache et la fourche au-dessus de leur tête.

Les gars se mettent à crier. En fait, Brady émet des cris perçants. Rae, Richelle et moi, on est mortes de rire.

— C'est les filles ! beugle Craig.

J'éteins la lampe quand j'entends le bruit de la fermeture Éclair de la tente. Rae et Richelle poussent un cri strident et laissent tomber leurs armes par terre quand elles entendent les gars hurler : « Attrapez-les ! »

Ils surgissent en brandissant des grands pistolets à eau jaune et nous canardent. On se disperse. Je me faufile derrière les buissons près de la maison de Cal. Je les vois passer en courant devant moi.

Quand je pense qu'il n'y a plus de danger, je sors doucement, pile au moment où Cal déboule. Il me vise. Je lève les bras pour me protéger le visage, mais il ne se passe rien. Quand je les baisse, il est juste là, devant moi.

— Je ne vais pas t'arroser, me dit-il avec un petit sourire.

— Nicole, cours !

Richelle est en train de s'enfuir. Craig, à ses trousses, l'asperge.

Cal se retourne et lui tire dessus. Elle se rue vers la maison de Rae en criant. Moi, je regagne mon buisson.

— C'est quoi ce raffut, dehors ? demande Mme Logan depuis le porche à l'arrière de la maison.

On s'arrête tous net.

— C'est leur faute ! on s'exclame tous à l'unisson, en pointant les autres du doigt.

12

Je suis réveillé. Et il faut vraiment que j'aille aux toilettes. Mais je n'ai pas envie de bouger. Nyelle est allongée derrière moi, la tête sur mon oreiller, et respire dans mon cou. Son corps est si proche du mien que je sens sa chaleur. Ses jambes nues touchent l'arrière de mes cuisses. Elle a enlevé son pantalon. Eh oui. Je ne veux pas bouger, parce que je ne veux pas qu'elle bouge. Je préfère rester comme je suis, torturé par le besoin de me soulager. En sachant que je ne peux pas me retourner pour la toucher. Car il vaudrait mieux que je me brosse les dents d'abord.

Ça craint. Faut grave que j'aille aux toilettes. Et que je me brosse les dents. Ça craint vraiment.

Je replie doucement la couverture derrière moi en essayant de ne pas la déranger et je sors du lit en un seul mouvement. Elle se tourne de son côté avec un petit grognement. Je soupire.

Je marche sur son sweat, son pantalon, son soutien-gorge et ses gants en sortant de la chambre. Je ne sais pas ce qu'il reste sous la couverture, mais me glisser de nouveau sous les draps avec elle pourrait être une expérience intéressante… ou déplacée.

Quand je sors de la salle de bains, Nyelle est avachie sur un bras du canapé, penchée en avant, les cheveux comme un rideau devant elle. Elle porte un caleçon à moi et un sweat trop grand d'où dépasse la bretelle de son débardeur.

En frottant son visage avec le revers de sa manche, elle grommelle :

— T'aurais une brosse à dents en rab ? J'ai un goût horrible dans la bouche.

— Je crois, je réponds en ouvrant la petite armoire qui se trouve dans la salle de bains.

Je farfouille et en sors une brosse à dents bleue emballée dans de la cellophane.

— C'est une brosse à dents à deux balles que m'a donnée le dentiste. Ça ira ?

— Je m'en fous, marmonne-t-elle en se mettant debout.

Chancelante, elle tend la main, laquelle dépasse à peine de la manche. Je lui donne la brosse à dents et je me pousse pour qu'elle puisse passer. Les yeux mi-clos, elle se rend en titubant jusqu'à la salle de bains.

J'enfile un sweat à capuche et je m'assieds devant la télé. Je l'allume, pas assez sûr de moi pour me remettre au lit maintenant qu'elle est réveillée.

La porte de la salle de bains s'ouvre.

— Tu te sens comment ?

Pour toute réponse, Nyelle marche à pas lourds jusqu'à la chambre. Elle grogne peut-être un truc au passage.

Quelques minutes plus tard, elle ressort avec un oreiller sous le bras, en traînant une couverture derrière elle.

Nyelle balance l'oreiller sur mes genoux et s'allonge sans un mot. Elle tire la couverture sous son nez et se rendort aussitôt.

* * *

Je regarde un match de football universitaire quand j'entends la clé dans la serrure. Nyelle dort toujours, la tête posée sur mes genoux. Je suis mort de faim, mais il est hors de question que je la réveille. Une main posée sur son épaule, j'ai les yeux rivés sur l'écran quand Eric entre.

— Salut, mec.

Il a acheté de quoi manger au fast-food du coin.

— Pitié, dis-moi que tu as pris un truc pour moi !

Il pose les sacs sur le bar.

— Oui.

Et puis il me jette un regard surpris.

— Euh, c'était bien, ton rencard ?

— L'enfer.

— Dans ce cas-là, demande-t-il avec un petit mouvement de tête en direction de Nyelle, c'est qui, celle-là ?

Une voix d'outre-tombe sort de sous la couverture.

— Salut, Eric.

Eric s'approche sans bruit pour voir de qui il s'agit. Nyelle repousse la couverture.

— T'as ramené un chocolat chaud ?

— La fille du lac ! Bah mon cochon ! s'exclame Eric. Je ne m'attendais pas à te voir là-dessous !

— Hou là, parle moins fort ! l'implore Nyelle en plissant les yeux.

Compatissant, je lui frotte les épaules.

— Un peu trop bu, hier soir ? demande-t-il avec un petit sourire. Tu t'es transformée en Hulk et tu as tabassé quelqu'un ?

— Ouais, répond-elle d'une voix rauque.

J'avais presque oublié. J'ajoute :

— Et d'ailleurs, comment va ta main ?

— Quoi ? T'as vraiment frappé quelqu'un ?

La mâchoire d'Eric en tombe. Et puis il éclate de rire.

— Ne me dis pas que t'as foutu un coup de poing à Cal et que j'ai loupé ça !

Je le fusille du regard.

— Pourquoi je voudrais faire un truc pareil ? Ma main va bien. Par contre, j'ai tellement mal à la tête que je ne sens plus que ça…

— Laisse-moi voir.

Nyelle sort sa main de sous la couverture et me la tend. Elle semble tellement fragile que je ne l'imagine pas vraiment se refermer pour donner un coup de poing. Je glisse ma paume sous sa main pour mieux l'observer. J'en profite pour la regarder en détail, puisque pour une fois, elle n'est pas cachée. Ses articulations sont rouges mais pas entaillées. Heureusement qu'elle avait ses gants.

— Ça a l'air d'aller, lui dis-je.

Avant que je puisse la retourner, Nyelle s'empresse de la remettre sous la couverture. Je n'ai pas trouvé ce qu'elle ne voulait pas que je voie. Mais elle me cache bel et bien quelque chose.

— Tu nous as pris quoi ? je demande à Eric.

— Eh bien, je ne savais pas qu'il fallait nourrir trois personnes.

— Je n'ai pas faim, dit Nyelle en faisant un bruit qui laisse entendre que la simple idée de manger quelque chose la rend malade.

— On n'a pas un genre de boisson énergétiques au frigo ? je demande.

Je n'ai toujours pas envie de me lever.

Eric garde les yeux posés sur Nyelle dont la tête est toujours sur mes genoux. Il répond de façon théâtrale :

— Bon, je vais aller voir !

Il revient avec une boisson et de quoi manger.

— Merci !

Je prends la bouteille et je l'ouvre pour Nyelle.

— Tiens, tu devrais essayer ce truc. C'est bon pour la tête.

— C'est quoi, le programme aujourd'hui ? demande Eric en s'adossant au fauteuil avant de déballer son burger.

— Rien ! répond Nyelle en levant doucement la tête pour boire une gorgée.

— Eh bien, carrément excitant ! réplique Eric avec sarcasme. Il y a une soirée…

— Non ! l'interrompt tout de suite Nyelle. Pas de soirée. Pitié !

Je ris et je hausse les épaules.

— Pas de soirée, alors !

Eric froisse l'emballage du sandwich qu'il vient d'avaler.

— Bon, je dois retrouver des potes au club de sport. Histoire de faire quelques lancers. Il fallait que je te demande…

Il regarde Nyelle et s'arrête net.

— À plus.

— Merci pour la bouffe !

Il disparaît dans sa chambre.

Nyelle se met sur le dos. Comme cela, elle me voit à l'envers. Je balaie les mèches qui lui barrent le visage. Elle me fait un petit sourire. Et puis elle s'endort. J'observe ses yeux qui bougent sous ses paupières closes et je caresse son bras. Je sais qu'elle se sent trop mal. Mais moi, c'est tout le contraire.

* * *

— Henley, descends de là ! je lui ordonne quand il saute sur le canapé à côté de Nicole.

— T'inquiète pas ! dit Nicole en enfonçant ses doigts dans sa fourrure et en le caressant derrière les oreilles. Coucou, Henley ! Ça me fait trop plaisir de te voir !

Il saute par terre. Nicole frotte sa jupe pour enlever les poils.

— C'était comment, ton match de base-ball ? demande-t-elle en retirant ses chaussures et en s'allongeant, la tête posée sur le petit coussin tout près de mes cuisses.

Elle croise les mains sur son ventre et, les jambes droites, reste immobile.

Je la regarde. Ses yeux d'un bleu éclatant sont levés vers moi.

— Mauvaise journée ? je lui demande en reposant la manette de mon jeu vidéo.

Nicole s'allonge toujours comme cela quand quelque chose la tracasse. Et je la taquine toujours en lui disant qu'elle a l'air d'être sur le divan d'un psy. Sauf que les psys n'ont pas vraiment ce genre de sofa. En tout cas, pas ma mère.

— Lance m'a demandé de sortir avec lui aujourd'hui, raconte-t-elle doucement.

Mon cœur s'arrête.

— Et tu lui as répondu quoi ?

J'ai l'impression d'avoir du papier de verre dans la gorge.

Nicole s'assied.

— Que je ne voulais sortir avec personne.

— Oh.

D'abord rassuré, je me ravise :

— Ah bon ?

Elle me regarde et hausse les épaules. Mais elle ne détourne pas les yeux – comme si elle attendait quelque chose.

— On est censés en avoir envie, maintenant qu'on est au collège ?

— J'en sais rien.

Je n'ai jamais demandé à une fille de sortir avec moi depuis qu'on est entrés en sixième il y a quelques mois. Il faut dire que la seule fille qui m'intéresse se trouve devant moi.

Nicole prend ma main dans la sienne et ferme les yeux.

— C'est super troublant. Je n'ai pas envie de devoir y penser maintenant.

J'aimerais m'essuyer la paume. J'ai peur qu'elle soit moite. Mais Nicole a l'air de s'en moquer. Ça lui arrive, parfois, de rester allongée, les yeux fermés, et de me tenir la main comme si j'avais un pouvoir magique qui l'aide à se sentir mieux. Cela ne m'a jamais embêté dans le passé, pas plus qu'aujourd'hui. Mais là, j'ai l'impression que c'est différent. En tout cas, j'aimerais que cela ait un autre sens.

— Coucou ! crie Richelle en haut des escaliers.

Nicole ouvre les paupières d'un coup. Elle lâche ma main et saute pratiquement à l'autre bout du canapé quand Richelle descend les escaliers, une canette de soda vide à la main.

— Vous faites quoi ? Venez chez Rae ! Les gars sont là-bas. On pourrait faire un jeu.

Elle me regarde en souriant.

* * *

— Tu penses à quoi ? me demande Nyelle, les yeux ouverts.

Je regarde sa main, nichée dans la mienne, et je souris.

Je secoue la tête.

— À rien ! Ça te dit de regarder un film ?

— Je peux prendre une douche d'abord ? Ça m'aidera peut-être à aller mieux.

— Bien sûr. Tu veux que je te prépare un truc à manger ?

— Un sandwich au beurre de cacahuète et à la confiture ? me demande-t-elle.

— J'ai ce qu'il faut. Raisins ou fraises ?

Nyelle se lève.

— Fraises !

Quand elle sort de la salle de bains, une assiette en carton avec son sandwich et des chips l'attendent.

— Ça va tellement mieux ! s'exclame-t-elle en jetant la bouteille de boisson pour sportifs dans la poubelle.

Elle se sert de l'eau avant de s'asseoir à côté de moi sur le canapé.

— Parfait ! Merci.

Elle se met à dévorer son repas comme si elle n'avait rien avalé depuis des semaines. Elle mange proprement, mais prend à peine le temps de déglutir entre deux bouchées.

— Si tu pouvais éviter de me souffler dans la figure après, dis-je pour la taquiner.

— Quoi, mon haleine n'est pas sexy ? me demande-t-elle en croquant bruyamment une chips.

— Pas vraiment.

Et hop, elle m'enfourche et me souffle en plein visage. Je retiens ma respiration pour ne pas rire tout en détournant la tête. Elle s'approche un peu plus alors je saisis ses poignets pour l'en empêcher. Hilare, elle essaie de se libérer.

— Tiens, dans ta face, Cal, mon haleine beurre de cacahuète-chips ! Je sais que t'aimes ça !

Je la renverse sur le canapé et je me retrouve entre ses jambes. Je plaque ses bras au-dessus de sa tête.

Elle me sourit. Je ne bouge pas. Soudain, je me fous de son haleine et je me laisse dériver vers cette bouche que j'évitais il y a quelques instants. Nyelle libère l'une de ses mains qu'elle passe dans mes cheveux.

Juste au moment où je m'apprête à l'embrasser, elle me sort :

— T'aurais besoin d'une bonne coupe.

Et elle se redresse, manquant de me donner un coup de tête dans la bouche.

— Je peux les couper, s'il te plaît ?

— T'as envie de me couper les cheveux ?

Je m'appuie contre le siège, dépité. C'est dangereux, d'essayer d'embrasser cette fille.

Nyelle termine son sandwich.

— Ouais. Mais je vais me brosser les dents d'abord, promis ! T'as une tondeuse ? Des ciseaux ? Ou un rasoir ?

Elle se lève et se précipite dans la salle de bains avant que j'aie le temps de réagir.

— Pas avec un rasoir ! dis-je en imaginant un bain de sang.

Je l'entends farfouiller dans la petite armoire.

Elle revient avec le sac noir qui contient la tondeuse d'Eric.

— Ciseaux ? me demande-t-elle après avoir posé ses trouvailles sur la table basse.

Je ne me souviens pas d'avoir donné mon accord à tout cela.

— Dans ma chambre, dans le tiroir du bureau.

Au pire, si c'est moche, je les couperai ras comme au lycée.

Elle revient avec une paire de ciseaux et en traînant derrière elle la chaise de mon bureau.

— Assieds-toi ici, me demande-t-elle en installant le siège au milieu de la pièce.

Je m'exécute.

— T'as déjà fait ça ?

— Pas vraiment, enfin si, presque.

Ce n'est pas vraiment ce que j'appelle une réponse.

— Donc, tu ne sais pas du tout ce que tu es en train de faire.

— C'est ça, admet-elle en branchant la tondeuse.

Elle place une serviette autour de mes épaules, se met devant moi et étudie ma tête en passant sa main dans mes cheveux. Je ferme les yeux quand elle me touche.

Et puis j'entends le bruit de la tondeuse et je les ouvre immédiatement.

— Garde-les fermés. Je ne voudrais pas te mettre des cheveux dans les yeux.

Je devrais être inquiet. Mais je ne le suis pas. Je m'en moque un peu, de ma coupe. En revanche, je pourrais rester assis ici toute la journée, tandis que les mains de Nyelle se promènent entre mes mèches. La tondeuse bourdonne, et je sens ses doigts glisser à la base de mon cou, au-dessus de mes oreilles et sur les côtés. Quand elle éteint l'engin, j'ouvre doucement les paupières, tout groggy.

— J'aime bien leur façon de boucler, dit-elle en secouant la touffe qu'il lui reste à couper.

Elle est si près de moi… Je me force à me concentrer sur son visage. J'ai devant moi les lettres composant le mot « Crenshaw ». Ne pas admirer ce spectacle me demande un immense effort. Elle est en train de m'infliger une véritable torture, et elle ne le sait même pas.

Nyelle prend les ciseaux. Je souffle, tout tendu, quand elle se place derrière moi. Il me faut un moment pour retrouver mes esprits. Allez, respire, et pense au football.

Elle s'attaque au sommet de mon crâne. Quand elle a terminé, elle enlève la serviette de mes épaules et recule d'un pas pour admirer son travail.

— Ça me plaît bien, déclare-t-elle, les mains sur sa taille.

Ce sont mes cheveux qu'elle regarde, pas vraiment moi. Elle repose la paire de ciseaux, s'avance vers moi et replace certaines mèches. Son sweat me chatouille presque le nez. Je suis incapable de résister : je glisse mes mains sur ses hanches.

Quand je la touche, elle s'immobilise. Ses doigts se promènent dans mes cheveux. Je l'attire vers moi doucement et elle se retrouve à califourchon sur l'une de mes jambes. Elle évite toujours mon regard, mais moi j'ai mes yeux plongés dans les siens, à l'affût d'un signe m'autorisant à continuer. Elle inspire profondément, ce qui étire les lettres sur sa poitrine. Et puis sa main descend le long de mon visage.

Je la prends dans la mienne, et c'est alors que je remarque les cicatrices. On dirait qu'elle a tapé du poing sur des lames de rasoir miniatures. De minuscules croix constellent le côté de sa main. Nyelle tremble.

Tout le reste de son corps est figé. Je ne suis même pas certain qu'elle respire. Je presse le côté de sa paume contre mes lèvres, embrassant les marques qu'elle a tout fait pour me cacher. Lentement, elle s'installe sur mes genoux. Ses yeux, sombres, ne cillent toujours pas, et m'observent, emplis d'appréhension. Ma main glisse sur la peau douce de ses joues. Ses yeux se ferment quand je la touche, comme si j'avais appuyé sur un interrupteur.

Elle ouvre la bouche de façon quasi imperceptible, en prévision de la suite. Mes yeux restent posés sur ses lèvres jusqu'à ce que je sois trop près pour les voir. Et maintenant, je les sens contre les miennes, tout simplement. Ses mains glissent autour de mon cou tandis que je l'attire vers moi en me pressant contre sa bouche douce et offerte qui fleure bon la menthe.

Ma langue caresse ses lèvres qui s'ouvrent pour moi. Ce baiser est lent et prudent mais plein d'une chaleur qui tend tous mes muscles. J'enroule mes bras autour de sa taille et je me mets à l'embrasser avec un peu plus d'urgence.

J'ai attendu toute ma vie ce moment. Pourtant, rien n'aurait vraiment pu me préparer à un tel baiser. Je brûle intérieurement. Et je ne veux pas que Nyelle se dégage de mon étreinte. Je ne peux pas la laisser faire. Quand je sens son souffle contre ma bouche, je me décompose. Je suis un brasier.

Ma main se faufile sous son sweat et mes doigts la caressent. Elle se cambre et recule. Nous voilà séparés. Un sourire s'insinue sur ses lèvres rouges.

— Tu veux voir un film ?

Je secoue la tête. Elle se met à rire et a quitté mes genoux avant que j'aie pu l'embrasser une nouvelle fois. Les flammes sont encore là, sous ma peau, et si je veux éviter de sauter sur Nyelle, il faut que j'éteigne l'incendie qui me dévore.

— Il est où, ton balai ? demande-t-elle derrière moi.

— À côté du frigo, je parviens à articuler.

Je me lève de mon siège et je le ramène dans ma chambre en le traînant derrière moi. J'inspire comme jamais dans ma vie je n'ai inspiré.

Agrippé au dossier de la chaise, je murmure un juron tout en regardant fixement mon bureau.

— Tu sais jouer ?

Je me retourne. Nyelle est dans l'embrasure de la porte, les yeux rivés sur la guitare acoustique posée contre le mur à l'autre bout de la pièce.

— Plus ou moins, je réponds en me raclant la gorge.

Elle ne peut pas le savoir parce que je ne m'y suis mis qu'au lycée.

— Généralement, quand Rae vient me rendre visite, elle prend sa guitare, et on joue ensemble pour s'amuser. Elle se débrouille mieux que moi. J'essaie de ne pas être trop ridicule.

Nyelle traverse ma chambre, prend la guitare et s'assied en tailleur sur le lit. Elle cale l'instrument sur ses cuisses et gratte quelques cordes. Elle ne sait pas du tout jouer. Je m'allonge près d'elle, sur le côté, et je la regarde. Elle se concentre comme si elle pouvait apprendre rien qu'en touchant l'instrument. J'aime voir ses doigts se promener sur les cordes maintenant qu'elle n'éprouve plus le besoin de me les cacher.

— Je peux te demander quelque chose ?

Nyelle s'arrête et hoche la tête. Son regard est intense, comme si elle se préparait à ma question.

— Hier soir, quand tu étais saoule… tu as dit que tu n'étudiais pas à Crenshaw. Comment tu fais pour avoir une chambre sur le campus ?

Depuis sa confidence, je me suis demandé quand, et comment lui poser cette question. Nyelle commence juste à avoir confiance en moi, et je n'ai pas envie de tout gâcher en la soumettant à un interrogatoire.

— Pourquoi es-tu ici si tu n'étudies pas à Crenshaw ? Y a plus excitant, comme endroit.

Ses épaules se détendent, et un petit sourire se dessine sur son visage.

— C'était sur ma liste.

— Faire semblant d'étudier à Crenshaw était sur ta liste ?

Je suis sonné.

— Pourquoi ? Et c'est quoi, cette liste complètement folle ?

Elle hausse les épaules.

— C'est une liste de choses que je dois faire. Crenshaw était dessus. Je ne suis ici que pour un semestre.

J'ouvre la bouche pour parler, mais les mots restent coincés dans ma gorge – la semaine prochaine, les examens commencent. C'est la dernière semaine du semestre.

Nyelle poursuit comme si elle n'avait pas remarqué mon expression choquée, que je ne fais pourtant rien pour cacher.

— Un jour après que tout le monde s'est installé dans les chambres de la résidence, j'ai suivi des gens qui entraient dans le bâtiment. J'ai traîné dans la salle commune comme si j'habitais là moi aussi et j'ai tendu l'oreille. Les filles aiment parler. C'est comme ça que j'ai su que certaines, dont Tess, ne partageaient leur chambre avec personne. J'ai frappé à sa porte en prétendant être sa colocataire. Tous les jours, je profite que des filles entrent dans le bâtiment pour passer avec elles et je ne vais dans notre chambre que si Tess s'y trouve. Elle pense que je toque chaque fois par politesse, au cas où elle serait avec un mec. Elle est toujours rouge pivoine quand elle m'ouvre.

Nyelle se met à rire.

J'ai à peine entendu ce qu'elle a dit.

— Alors tu t'en vas la semaine prochaine ? Après les examens ?

Elle baisse les yeux et caresse la guitare.

— Oui, je suis obligée.

— Reste, je m'empresse de lui dire.

— Pardon ?

Nyelle est aussi surprise que moi du désespoir dans ma voix.

Depuis le jour où je l'ai vue pour la première fois chez Bean Buzz, je vis dans la crainte de la perdre encore. Et voilà qu'elle m'annonce que cela va vraiment se produire. En me donnant une date, en plus. Je ne peux pas la laisser faire.

— Ne t'en vas pas ! je la supplie.

— Cal !

Elle se met à rire.

— Je n'étudie pas ici. Tu n'as pas écouté ce que je t'ai raconté ?

— Tu peux… t'installer chez nous, je lui propose en m'asseyant.

Elle scrute mon visage pendant quelques instants et secoue la tête.

— C'est impossible, Cal. Désolée.

Je déglutis. Dans ma tête, les idées se bousculent. J'essaie de trouver un argument pour la convaincre de rester.

— Pourquoi tu ne resterais pas… jusqu'à la fin des vacances ? je lui suggère d'une traite. Reste encore un peu avec moi. J'ai l'impression qu'on vient à peine de se rencontrer et… je ne suis pas prêt à te voir partir.

Nyelle esquisse un sourire plein de douceur. Ses yeux se promènent pensivement sur mon visage. Je n'ose pas bouger. J'ai peur qu'un de mes battements de cils suffise à ce qu'elle disparaisse.

— La fin des vacances, répète-t-elle en réfléchissant. C'est dans un mois, n'est-ce pas ?

Je hoche la tête. Elle presse les lèvres, hésitante.

— D'accord.

Elle prononce cela si rapidement que je ne suis pas sûr d'avoir entendu.

— D'accord ? je répète pour demander confirmation.

Elle hoche une nouvelle fois la tête. J'ai l'impression d'avoir remporté le Super Bowl. J'ai envie de la pousser sur le lit et de l'embrasser. Mais je me retiens. Ça risque de la faire flipper. Ce n'est pas parce qu'elle vient de me donner son accord qu'elle ne peut pas changer d'avis.

Tout à coup, je me sens plus sûr de moi. Parce que autrement, jamais les mots qui vont suivre ne sortiraient de ma bouche :

— Reste avec moi après les examens. Eric rentre chez ses parents et je pourrai dormir dans sa chambre.

— Tu ne retournes pas chez toi ?

Je grimace. Ma mère me tuera si je ne suis pas là à Noël. Et me tuera aussi quand elle découvrira que je ne serai pas là de toutes les vacances.

— Si, à Noël.

— Cal, je ne veux pas que tu sois coincé ici à cause de moi. Ta famille…

— Sera là-bas. Crois-moi. Ils ne bougeront pas. Toi, tu me donnes un mois. Ils s'en remettront.

Les joues de Nyelle, qui a les yeux rivés sur la guitare, rosissent.

— C'est chou.

Et puis elle lève la tête vers moi, l'air contrarié.

— Cal, je ne vais pas être un nom de plus sur ta liste !

— Euh…

Je recule, les mains en l'air comme pour me défendre.

— Bien sûr que non. Ce n'est pas… Waouh. Je ne te toucherai pas, promis !

Et puis j'ajoute :

— Sauf si tu le veux.

Elle fronce encore plus les sourcils.

— Ou plus jamais.

Elle me fait un petit sourire.

— Ne t'en vas pas, c'est tout, je lui demande avec sincérité. Pas tout de suite.

— Pas tout de suite, répète-t-elle entre ses dents, en promenant ses doigts sur les cordes de la guitare.

Richelle

Décembre - Classe de 5^e^

— Qu'est-ce que vous regardez comme ça ? je demande en me frayant un chemin à travers l'attroupement dans le hall.

Quand je m'approche, Cal est accroupi à côté de Nicole et lui parle doucement en lui tenant la main. Elle est assise par terre, adossée à un casier, et secoue la tête. Je ne sais pas ce qu'il est en train de lui dire, mais elle ne lui répond pas. Elle regarde fixement le mur et paraît extrêmement triste.

— Qu'est-ce qui s'est passé ? je demande en m'agenouillant à côté d'elle. Nicole, raconte-moi !

— Il va être tellement déçu ! dit-elle en levant doucement la tête vers moi.

Dans son autre main, elle tient un morceau de papier. Son bulletin de notes. L'encre a bavé. Elle en a aussi sur ses doigts et sa jupe.

— Je ne peux pas lui montrer ça !

— Laisse-moi voir.

Je parviens à lui extirper la feuille que j'aplatis. J'examine chacune de ses notes. Elles ne me paraissent pas mauvaises. J'entends quelqu'un murmurer dans mon dos et je me lève.

— Qu'est-ce que vous regardez ? je me mets à hurler en me retrouvant nez à nez avec l'un des élèves amassés autour de nous.

— Euh, rien, répond un gars minus au visage couvert de boutons.

Il passe son chemin, et le reste de la foule se dissout en voyant mon regard assassin.

Je me tourne de nouveau vers Nicole.

— OK, allez, on va t'aider à te mettre debout.

Cal et moi, on la hisse par les coudes. On dirait toujours qu'elle est en transe, et ça me fait flipper.

— Tu parles de quelle note ?

— Histoire, murmure-t-elle.

— Tu as 17,5. Et 18,5 au trimestre dernier, alors ta moyenne, c'est quand même A. C'est très bien !

— Mon père ne raisonne pas comme ça, répond Nicole en baissant les yeux vers le sol. C'est un B, là. Et pour lui, ça équivaut à un F.

Elle laisse échapper un immense soupir.

— Je déteste vraiment l'histoire !

Rae, adossée au casier, lâche un petit rire. Je la fusille du regard.

— Quoi ? C'était drôle, sa façon de le dire !

Il faut que je réfléchisse. Son père est ridicule, et je sais que si elle n'entre pas à Harvard, elle n'existera plus à ses yeux. Ce qui est absurde, vu qu'on n'est qu'en 5e. Je me mords la lèvre.

— Qu'est-ce qui est arrivé à tes doigts et à ta robe ?

Je regarde Nicole de haut en bas. J'ai peur qu'elle s'évanouisse.

— J'ai cassé mon stylo quand j'ai vu ma note.

— OK. Voilà ce qu'on va faire : Cal, emmène Nicole au labo. Il faut qu'elle se lave les mains avec le savon qui sent très fort. Rae, viens avec moi dans le bureau de Mme Wilson.

— On va faire quoi ? demande Rae, les yeux pétillants.

— On va changer sa note.

— Quoi ? s'étonne Cal, bouche bée.

— Ne t'en mêle pas, lui dis-je. Va l'aider à se nettoyer.

— On va changer les notes sur l'ordinateur ? demande Rae en sautant presque jusqu'au bureau de Mme Wilson.

— Plus ou moins. Je te rappelle que je donne un coup de main aux profs pour les tâches administratives. Alors je sais où sont ses mots de passe. Ils sont scotchés dans son tiroir. C'est trop simple. Elle nous prend vraiment pour des débiles. Enfin bref… elle n'y verra que du feu.

— Qu'est-ce que tu veux que je fasse ? demande Rae.

— Que tu surveilles la porte. Empêche Mme Wilson d'entrer avant que j'aie pu imprimer un nouveau bulletin.

— J'en suis capable, dit-elle, pleine d'assurance.

Ça, j'en suis sûre. Cal serait nul pour détourner l'attention de Mme Wilson. Il se mordrait la langue avant de trouver une excuse pour l'empêcher d'entrer. Rae est capable de se sortir de n'importe quelle situation grâce à son baratin. Je ne suis pas inquiète.

Je passe derrière le comptoir comme si de rien n'était. Mme Kelly est en train d'annoncer l'arrivée des bus, et tout le monde est sur le parking, à veiller à ce que personne ne se fasse renverser. Mme Kelly me regarde.

— J'ai oublié mon sac dans le bureau de Mme Wilson, lui dis-je.

Elle hoche la tête et reprend son annonce.

En quelques minutes, le programme sur l'ordinateur est ouvert. Ça aide, qu'elle ne le referme jamais. Je tape le nom de Nicole, et le 17,5 se transforme en 18. Je sauvegarde. J'imprime. Et hop, je sors.

— Bonne journée, madame Kelly !

Le tout nouveau bulletin de Nicole, où il n'y a que des A, est caché sous ma veste. Mme Kelly ne remarque même pas que je m'en vais.

— Tu l'as fait ? me demande Rae dès que j'arrive dans le couloir.

— Bien sûr ! je fanfaronne en me dirigeant vers le casier de Nicole, où elle m'attend avec Cal.

Je souris en lui tendant le bulletin corrigé. Elle jette ses bras autour de mon cou, et je tombe presque en arrière.

— Interdiction de pleurer, dis-je dans ses cheveux.

Tout son corps tremble.

— Tu ne dois pas le laisser te faire pleurer.

Elle me lâche. On a toujours l'impression qu'elle va se briser en mille morceaux. Je prends sa main.

— J'ai une idée !

Je commence à marcher mais Cal et Rae ne me suivent pas. Je me retourne.

— Vous ne venez pas ?

— OK, répond Rae pour eux deux.

Après avoir traversé le couloir, on sort par la porte derrière l'école. Il n'y a personne. Je les emmène au bord du terrain de sport, sans lâcher la main tremblante de Nicole.

— Je crois… qu'on devrait hurler.

— Quoi ? demande Nicole, complètement perdue.

Je sais, ça paraît dingue.

— T'es toujours super stressée. Il faut que ça sorte, sinon, tu vas t'effondrer. Alors, crie ! Vous êtes prêts ?

Ils me regardent tous comme si j'avais perdu la boule. C'est peut-être le cas. Mais si je devais vivre chez Nicole, avec un père qui s'attend tout le temps à la perfection, je deviendrais vraiment barge. Je ne sais pas comment elle a fait pour tenir jusqu'ici.

J'inspire un grand coup, ferme les yeux, et je hurle. Je hurle pour elle, pour tout ce qu'elle doit endurer et contre quoi je ne peux rien. Et puis… elle se met à hurler aussi. Et puis soudain, on se retrouve tous les quatre à hurler. Nos cris résonnent à travers le terrain. Et c'est vraiment libérateur.

Ensuite, Rae éclate de rire. Et nous aussi, parce qu'on a carrément l'air cinglés.

— On a raté le bus, constate Rae tandis qu'on fait le tour de l'école.

— Pas grave, dis-je. On n'habite pas si loin que ça. En plus, Nicole aime bien marcher.

13

— Mince, si on avait su que ça serait si simple, il aurait fallu lui demander pourquoi elle a choisi Crenshaw, me dit Rae à l'autre bout du fil. Maintenant, demande-lui pourquoi elle se fait passer pour Nyelle.

— Elle était soûle quand elle m'a parlé de Crenshaw. Et ce n'est pas comme si elle avait avoué quelque chose de vraiment utile.

— Oui, comme par exemple, pourquoi est-ce que Crenshaw est sur sa liste. Cal, ça doit avoir un rapport avec toi, tu ne penses pas ? C'est trop bizarre, comme coïncidence. On ne connaît personne d'autre qui vient ici.

J'y ai pensé aussi, mais je n'arrive pas à croire qu'elle soit ici à cause de moi. Sinon, pourquoi m'éviterait-elle autant ?

— Je n'en reviens pas que tu aies réussi à la convaincre de rester avec toi pendant les vacances.

Elle laisse échapper alors un cri de surprise.

— Oh, Cal ! Tu as couché avec elle !

— Non, pas… c'est faux, je bafouille.

— Tu allais dire « pas encore », hein ? m'accuse Rae. Cal, tu ne peux pas tout foutre en l'air en couchant avec elle. Elle est déjà instable. Ne complique pas la situation.

Je décide de changer de sujet :

— Et ta démo ?

Rae ronchonne quelque chose.

— Je crois qu'on va se séparer, finit-elle par m'expliquer d'un ton plat et dépité.

— Mais vous n'avez même pas encore fait de concert !

— Je sais, explose-t-elle. Les filles sont… compliquées. De vraies divas. Épuisantes.

— Ah, ne m'en parle pas !

— Mais j'ai rencontré quelqu'un, et elle est carrément géniale.

Tout à coup, elle semble beaucoup plus enthousiaste – ce qui me prend au dépourvu car, à part lorsqu'elle a un nouvel instrument de musique, Rae ne s'enflamme presque jamais.

— Ah… euh… trop cool.

— Mec, on n'est pas obligés d'en discuter. Je sais que t'es nul niveau sentimental, alors pas de problème. Je peux en parler à Maura.

— Ma mère ?

— Ouais. Elle me donne de super conseils amoureux. Tu devrais échanger avec elle. Ça t'aiderait peut-être à avoir des relations qui durent un peu plus que le temps d'un film.

Elle se met à rire. De nouveau. Je lui ai déjà raccroché au nez une fois. Mes mésaventures avec Jade l'ont beaucoup amusée.

— Rae ! je la préviens.

— Attends ! Ne raccroche pas ! dit-elle en essayant de se ressaisir. Elle est où Nyelle, là ?

— Partie chercher un café et un chocolat chaud.

— Pourquoi tu n'es pas avec elle ?

— Parce que je suis censé étudier.

— Tu l'as laissée y aller à pied ?

— Elle a pris mon pick-up.

— Ton pick-up ? Vraiment ? Tu l'autorises à le conduire ?

— Elle le fait déjà sans me demander la permission. Alors pourquoi pas ?

Nyelle pourrait tout me demander, de toute façon. J'ai beaucoup de mal à lui dire non. Comme elle l'a elle-même souligné, c'est l'un de mes problèmes.

Mon téléphone bipe. Je l'éloigne de mon oreille.

— Rae, ma mère est sur l'autre ligne. J'espère que tu n'es pas juste en face d'elle à la table de la cuisine et qu'elle n'a pas écouté toute notre conversation.

Cela ne serait pas la première fois…

— Non, je ne lui ai rien raconté à propos de Nyelle, je te jure. Mais parle avec elle des conséquences d'une relation avec une fille potentiellement psychotique.

— Je te laisse ! je l'interromps en prenant l'autre appel. Salut, maman.

— Coucou ! Tu étais déjà en ligne ? Tu veux que je te rappelle ?

— Non, c'était Rae. On avait terminé.

— Ah, d'accord ! Elle t'a parlé de Jackie ? demande-t-elle, la voix pleine d'entrain.

— Je, euh, oui…

Ma mère se met à rire.

— Elle est mignonne. Elle te plaira. Enfin bref. On m'a avertie que tu avais changé tes vols. C'est quoi, cette histoire ?

Je serre les dents. J'ai payé l'échange, mais j'avais oublié que les billets étaient à son nom.

— Désolé, j'allais t'en parler.

— M'en parler ? Tu veux dire prévenir ta mère que tu ne vas pas passer les fêtes avec ta famille ?

Même si elle me provoque un peu, je remarque malgré tout de la déception dans sa voix.

— Maman, je serai là à Noël. Tu te souviens de cette amie dont je t'ai parlé ?

— La fille ? demande-t-elle d'un ton accusateur.

— Oui, elle. Eh bien, elle change de fac au semestre prochain, et j'aimerais passer du temps avec elle avant son départ.

Cette discussion est un vrai calvaire. Ma mère a senti que je lui cachais des choses, j'en suis sûr. Elle est bien trop intelligente pour ne pas lire entre les lignes. J'espère juste qu'elle ne posera pas trop de questions. Je ne veux vraiment pas lui mentir… enfin, pas trop.

Silence à l'autre bout du fil.

— Cal.

— Oui ?

Silence encore. Je passe ma main dans mes cheveux qui sont bien plus courts. Je ne m'y suis pas encore habitué.

— Je vais la rencontrer, cette fille ?

— Je ne crois pas.

Autant être honnête. Ma mère soupire. Je garde mes yeux bien fermés. J'ai l'impression de la trahir.

— Comment va papa ? je lui demande en profitant du blanc dans la conversation pour l'orienter sur un autre sujet.

— Il travaille dans mon bureau au-dessus du garage. Une fois de plus. Oh, et j'ai failli oublier ! ajoute-t-elle soudain. C'était pour ça que je t'appelais, au départ. Pas juste pour te dire que tu avais brisé le cœur de ta pauvre mère. Mais j'imagine qu'il va falloir que je m'en remette...

Elle a toujours été très douée pour jouer sur la culpabilité.

— De quoi tu voulais me parler ?

— L'autre jour, il s'est passé quelque chose de très bizarre. Vera Bentley est passée à la maison pour m'offrir des fleurs de son jardin. J'ai trouvé ça vraiment étrange, parce qu'elle ne me parle plus du tout. Enfin, quoi qu'il en soit, elle m'a posé des questions sur toi. Elle voulait savoir si tu te plaisais à Crenshaw. Et puis elle m'a demandé si tu étais toujours en contact avec Nicole. Ce n'est plus le cas, n'est-ce pas ?

— Cal, j'ai...

Je me retourne. Nyelle apparaît dans l'encadrement de la porte de ma chambre. Elle s'arrête quand elle voit que je suis au téléphone, et que j'hyperventile en silence.

— Euh, non, maman, je n'ai pas de nouvelles depuis des années.

J'ai en face de moi mon mensonge. Les yeux de Nyelle bougent de façon imperceptible. Autrement, elle est parfaitement immobile. J'ai l'impression que mon cœur va sauter hors de ma poitrine.

— Il me semblait bien. C'est une fille que j'entends ? Oh… C'est *la* fille ? Laisse-moi lui parler. Puisque je ne vais pas la rencontrer, alors je devrais au moins pouvoir entendre la voix de celle qui me sépare de mon fils.

— Jamais de la vie. Je dois y aller. C'est malpoli, sinon. Tu vois, tu m'as inculqué quelques principes d'éducation.

— Très drôle ! rétorque ma mère. Je t'aime. Salue cette fille de ma part. Et à dans deux semaines, alors, et non pas à vendredi, comme c'était prévu au départ. Prononcer ces mots à voix haute, ça me brise le cœur.

— Moi aussi je t'aime, maman ! Au revoir.

— Au revoir, Cal.

Je raccroche.

— Tiens, me dit Nyelle calmement en me tendant un gobelet. Ta mère ?

— Elle te passe le bonjour.

J'ai sorti cela sans réfléchir. Quand je vois qu'elle écarquille les yeux, j'ai envie de me tirer une balle.

— Tu lui as parlé de moi ?

— Non, je m'empresse de lui répondre.

Nyelle plisse les yeux.

— Enfin, elle connaît ton existence. Mais elle ne sait pas… Et puis merde !

Nyelle ferme les paupières et secoue la tête en riant.

— J'avais oublié ta phobie à l'idée de rencontrer les parents d'une fille. Je ne me sens pas vexée que tu n'aies pas parlé de moi à ta mère. Je veux dire, on ne… sort pas vraiment ensemble.

Je hoche la tête. Il vaudrait mieux pour moi que je la boucle avant de m'enfoncer encore plus.

— Je vais y aller.

Panique à bord. J'ai peur d'avoir tout fichu en l'air et de l'avoir fait fuir.

— Tu n'es pas obligée.

— Ne t'inquiète pas, m'assure-t-elle. Tess ne va pas tarder à rentrer, et il faut que tu révises. On se verra vendredi.

— Vendredi ? Pourquoi vendredi ?

Mais ferme-la, bon sang ! Je parle comme les filles désespérées que j'évite comme la peste.

— Pardon. Ce n'est pas comme ça que je… Enfin, bref. Quel est ton programme, cette semaine ? Tu peux rester ici, si tu veux.

— Non. Toi tu dois étudier. Et moi j'ai des choses à faire.

— Est-ce qu'un jour tu me diras à quoi tu passes ton temps, maintenant que je sais que tu ne vas pas en cours ?

— Je vais en cours. Je change de matière à chaque fois.

— Comme ça, pour rigoler ?

— Oui, exactement, répond-elle en riant. C'est ma motivation principale, dans la vie. Et oui, je te raconterai ce que je fais quand on se verra vendredi. Si tu veux, je te montrerai même.

— Sérieux ?

— Sérieux !

Elle me sourit.

— Salut, Cal.

— Tu veux que je te dépose ?

Je la suis dans le salon.

— Non, j'ai envie de marcher.

Et puis elle s'en va sans se retourner. Je m'affale contre le bras du canapé en poussant un soupir d'épuisement. Aujourd'hui, toutes mes discussions ont été un désastre.

— Bien joué, vraiment ! s'exclame Eric, derrière moi.

Je me retourne. Il est assis sur le fauteuil, un livre de cours posé sur les genoux.

— Tu ne la reverras plus jamais, après ça.

— La ferme, Eric, je lui rétorque.

Je regagne ma chambre en claquant la porte. Je m'appuie contre celle-ci en serrant les poings. J'ai peur qu'il ait raison.

* * *

J'ignore comment j'ai fait pour survivre aux examens. Peut-être bien que j'ai raté toutes les épreuves. Je n'avais qu'une chose en tête : vendredi, et savoir si j'allais revoir Nyelle.

— Je pensais revenir la première semaine de janvier, m'apprend Eric en traînant un sac de linge sale vers la porte. Ça te va ?

— Euh, ouais, pourquoi ? je lui demande en finissant de laver la vaisselle.

J'ai passé presque toute la matinée à désinfecter l'appartement. Bien sûr, Nyelle est déjà venue, mais elle va habiter ici tout le mois prochain. Je ne voudrais pas qu'elle pense que nous vivons comme des porcs… même si c'est parfois le cas.

— Tu vas dormir dans ma chambre, pas vrai ?

Et puis il sourit avant d'ajouter :

— Ou pas…

— Si, si !

— Mais bien sûr ! Allez, joyeux Noël et tout. On se voit dans quelques semaines.

— Joyeux Noël, je lui réponds alors qu'il sort.

Je range le dernier bol dans le placard et je passe l'appartement en revue. À part la chambre d'Eric, dans laquelle je serai le seul à mettre les pieds, tout a l'air plutôt en ordre.

Et maintenant ? Je ne sais pas quand elle arrive, ou si je suis censé aller la chercher. Nous n'en avons pas parlé. Si seulement elle avait allumé son téléphone !

Alors j'appelle Tess.

— Salut, Cal, dit-elle, visiblement surprise de m'entendre.

— Euh, salut, Tess. Tes examens se sont bien passés ?

Je sens qu'il faut que je fasse un peu la conversation avant de lui demander des nouvelles de sa colocataire.

— Bien contente que ce soit terminé ! Tu pars aujourd'hui ?

— Pas encore.

Je marque un temps d'arrêt.

— Est-ce que… Nyelle est là ?

Silence à l'autre bout du fil. Je serre les dents. Ce que je viens de faire est vraiment en dessous de tout.

— Oui, répond-elle doucement. Ne quitte pas.

Je l'entends dire :

— Nyelle, c'est pour toi !

— Allô ?

— Salut !

— Cal ! Quoi de neuf ?

— Je pensais passer te chercher.

— Euh, OK. Viens à 16 heures, et tu m'accompagneras au travail.

— Au travail ? Bon, d'accord.

— À plus !

Et elle raccroche.

* * *

Quand j'arrive devant la résidence à 16 heures, Nyelle m'attend avec un sac à dos et une valise roulante à ses pieds. C'est tout. Je pensais qu'elle serait plus chargée.

Ses yeux s'illuminent quand elle me voit. Elle accourt vers moi, et me fait pratiquement tomber à la renverse en passant ses bras autour de moi. Je n'en reviens pas.

Mais ma surprise disparaît rapidement lorsqu'elle pose ses lèvres sur les miennes. Le monde entier disparaît avec ce baiser.

Elle recule en souriant.

— Salut !

— C'était pour quoi, ça ?

Question idiote, je sais.

— Je pensais qu'il ne fallait pas que je te touche.

— J'aime bien t'embrasser, ça ne t'embête pas ?

— Je crois que c'est supportable, je lui réponds avec un sourire.

Tu m'étonnes !

— Mais attention, je ne suis pas une fille de plus sur ta liste !

Elle se retourne pour ramasser ses sacs.

— Rien à voir ! dis-je dans ma barbe en prenant la valise alors qu'elle passe le sac à dos sur son épaule et se dirige vers le pick-up.

Assise à côté de moi, le levier de vitesse entre ses cuisses, Nyelle a les jambes collées contre les miennes. Elle a pourtant le siège pour elle toute seule. Je lève les yeux vers la résidence étudiante avant de regarder Nyelle, qui m'observe d'un drôle d'air.

— Tu as dit à Tess que tu ne revenais pas ?

— Je lui ai laissé un mot.

Je hoche la tête. Et puis je lui pose la question qui me travaille depuis ma conversation avec Rae un peu plus tôt.

— Pourquoi Crenshaw ?

— Quoi ?

Je l'ai prise de court.

— Il y a des tas d'universités, pourquoi tu as choisi de mettre Crenshaw sur ta liste ?

— Et toi, Cal ? Pourquoi Crenshaw ? me demande-t-elle avec un petite sourire en coin.

Nyelle plisse ses yeux bleus. Elle attend une réponse. Et je suis incapable de lui en donner une.

— Je ne sais pas, je bafouille.

— Exactement. Je ne sais pas.

Je secoue la tête et je rigole intérieurement. Cela ne m'a mené nulle part.

Je me penche et je dépose un baiser sur le côté de son cou.

— Où va-t-on ?

Nyelle sourit et pose sa tête sur mon épaule. À chaque discussion, elle me déroute. Cette fille me rend heureux. Et me frustre, aussi. Mais elle me rend surtout heureux. Et je vais donc profiter de chaque seconde en sa compagnie.

* * *

Je suis les indications de Nyelle et, vingt minutes plus tard, nous arrivons devant un immeuble d'un étage.

— C'est ici que tu travailles ?

J'essaie de lire les noms des bureaux sur la grande enseigne au bord de la route.

— Techniquement, c'est Lynn qui travaille ici. Mais elle me paie cash pour que je la remplace lundi et vendredi. Comme ça, elle peut aller à son autre boulot.

— On sera ici jusqu'à quelle heure ?

— 19 h 30 !

— Et comment tu connais Lynn ?

J'essaie de trouver un lien entre Nyelle et Crenshaw qui ne soit pas moi.

— Je l'ai rencontrée sur le campus, m'explique-t-elle tandis que nous montons à l'étage. Je l'ai aidée à réviser la bio pour ses examens.

Nous traversons une porte en verre sur laquelle est inscrit quelque chose au sujet de services médicaux.

— Mais tu ne vas pas vraiment en cours !

— J'aime bien la biologie, répond-elle avec un petit sourire.

Nous passons devant l'accueil, où il n'y a personne, et nous arrivons devant des box disposés face à des fenêtres.

— Salut, Keith, dit Nyelle à la seule personne présente dans les locaux.

Il est assis devant un ordinateur, muni d'un casque, et triture une balle antistress.

— Nyelle.

Il hoche la tête. Me regarde sans réagir. Puis se retourne vers son écran.

— Il n'est pas très bavard, explique Nyelle en s'installant dans le box d'à côté. Ce qui est paradoxal, puisqu'on nous paie pour parler.

Elle déroule son casque, qu'elle branche au téléphone avant d'allumer son poste.

— Tiens, le kit de formation.

Elle me tend l'un des casques.

— Prends une chaise, là, derrière.

— Tu fais quoi, exactement ? je lui demande en installant le siège derrière le sien dans le box minuscule.

— Comme je te disais, je… parle.

Elle me sourit par-dessus son épaule et tape quelque chose sur le clavier.

Je mets le casque en même temps qu'elle et j'entends le téléphone sonner.

— Allô ?

— Bonjour, Marla. C'est Lynn. Comment ça va, aujourd'hui ?

— Oh, c'est la Lynn du vendredi ! Je vais bien, ma jolie.

— Et Roger ? A-t-il commencé les séances de kiné ?

— Il est enfin parvenu à sortir du lit lundi. Alors il commence la semaine prochaine.

— C'est une excellente nouvelle ! Et Heath et Allie ?

— Pénibles ! répond Marla en riant. Mais c'est leur rôle, n'est-ce pas ? Et avant que vous me posiez la question, l'argent est parti hier. Promis !

— Payez seulement si vous en avez les moyens. Ne vous avisez pas d'envoyer des sous à ces médecins s'il manque quoi que ce soit à vos enfants. Les médecins ne sont pas à plaindre. Croyez-moi.

Marla se met à rire.

— Je sais. Vous êtes vraiment mignonne. Mais ça va, cette semaine.

— Bon, on se reparle bientôt, d'accord ?

— Au revoir !

Fin de la communication. Nyelle tourne sur sa chaise en souriant.

Je suis une fois de plus abasourdi. Chaque fois que je suis avec Nyelle, je me rends compte que je ne sais rien d'elle. Et que j'ai terriblement envie d'en apprendre davantage à son sujet.

— Tu es censée récolter de l'argent, crie Keith de l'autre côté de la cloison.

— Lui, il suit les règles, explique Nyelle.

Elle roule des yeux avant d'ajouter :

— Mais j'ai rempli mon quota, et je te garantis que je rapporte plus d'argent que lui, même quand je dis à mes interlocuteurs qu'ils n'ont pas à rembourser.

Je l'écoute pendant les quelques heures qui suivent. Tous les gens qu'elle appelle l'adorent. Ils lui parlent de leurs enfants. De leurs parents. De leur vie difficile. Ou de leur nouveau travail, des cours qu'ils suivent. Il n'est presque jamais question d'argent. Ou de factures en attente. Elle se montre très patiente à leur égard, s'intéressant sincèrement à leur vie.

À 19 h 30, elle enroule les fils autour de son casque qu'elle range dans un tiroir.

— Et maintenant, le salaire !

— C'est Lynn qui te paye ? je lui demande quand nous sortons du box.

Keith est déjà parti.

— Vendredi, elle s'appelle Jasmine, m'informe Nyelle en passant les portes vitrées. Elle travaille au Starlight le lundi et le vendredi, mais elle ne veut pas que son mari le sache. Je l'aide à garder son autre travail afin qu'elle puisse gagner assez d'argent pour poursuivre ses études.

— Elle est strip-teaseuse ?

— Non, elle est étudiante, corrige Nyelle en montant dans le pick-up. Elle a juste un corps de rêve, et les mecs sont assez stupides pour lui donner de l'argent pour le regarder.

Je glousse.

— Eh ouais, les mecs sont assez débiles pour faire ce genre de trucs.

Et alors, je percute.

— Attends. On va au Starlight, *maintenant* ?

— Tu peux rester dans le pick-up si ça te met mal à l'aise. Mais j'ai pensé qu'on pourrait dîner là-bas. Ils font vraiment les meilleurs burgers de la ville.

— On va dîner dans un club de strip-tease, dis-je, plus pour moi que pour Nyelle. OK...

* * *

Je ne suis jamais allé au Starlight. Le club se trouve à l'autre bout de la ville, loin du campus. Je connais son existence parce que les gars en parlent. Je n'ai jamais été tenté.

Le petit immeuble noir n'a l'air de rien. Je n'aurais jamais deviné que c'était là si le mot « Starlight » n'était pas peint sur l'une des façades. Une étoile remplace le point sur le « i ». Je me gare sur le parking presque vide recouvert de terre verglacée.

Nyelle marche jusqu'à l'entrée, sans prêter attention à ce qui l'entoure. Elle va directement au bar. Après avoir franchi la lourde porte en métal, je m'arrête sur le seuil. Le club, plongé dans la pénombre, est éclairé par une lumière stroboscopique en provenance de la scène. Au centre d'une piste qui part de la scène principale, une barre s'élève jusqu'au plafond. Et, sur cette barre, se trouvent des jambes, à l'envers. De longues jambes.

Nyelle me tire par la veste avant que j'aie pu suivre ces lianes jusqu'au visage de la personne à qui elles appartiennent. Je cligne des yeux à cause de la fumée sur scène et je m'assieds sur un tabouret au bar.

— Salut, Jimmy ! dit Nyelle qui enlève sa veste et s'installe sur un siège.

— Ça roule, Nyelle ?

Jimmy est un type musclé. Il porte un tee-shirt noir moulant et ses cheveux bruns sont coiffés en arrière. Il est bien trop bronzé pour l'hiver de l'État de New York.

— Comme d'hab' ?

— Oui, s'il te plaît. Tu peux en mettre deux ?

Nyelle fait un signe de tête dans ma direction.

— Quelle cuisson ? me demande-t-il en me toisant.
— Euh, à point.
J'essaie de ne pas regarder autour de moi, mais c'est carrément difficile.
— Cal ?
Nyelle et moi nous tournons doucement sur notre chaise. Derrière nous se tient une blonde avec une sacrée chevelure qui lui arrive sous les épaules. Elle porte une tonne de maquillage à paillettes… et pas grand-chose d'autre.
Il me faut une minute pour la replacer. Elle ne ressemble à personne que je connais, avec son haut de bikini en cordelettes noires et son minishort en jean… très très mini. Et puis j'aperçois le tatouage de papillon juste au-dessus de sa hanche.
— Micha ?
Un sourire se dessine sur ses lèvres enduites de gloss rose.
— Comment tu vas ? Eh ben dis donc, j'aurais jamais cru te voir ici !
— Euh, je suis venu dîner… ?
Ma phrase est plus une question qu'une affirmation, parce que je sais que c'est bizarre de sortir ça dans un club de strip-tease.
— Tu connais Micha ? demande Nyelle avec un rire amusé. Évidemment !
— Ouais, on est sortis ensemble pendant… trois semaines ? dit Micha en me regardant pour que je confirme.
Je hoche la tête tout en haussant les épaules.
— Oh, tu es ici avec Nyelle ?
Elle paraît surprise.

— Hé, Nyelle, je vais prévenir Jasmine que tu es là.

Elle pose son plateau à côté de moi et ajoute à l'intention du barman :

— Je reviens pour m'occuper de ces boissons dans une seconde, Jimmy.

Et puis elle part en sautillant juchée sur les talons aiguilles les plus hauts que j'aie jamais vus.

— Comment elle fait pour marcher avec des machins pareils ?

— Tu regardes ses chaussures ou son short ? me demande Nyelle.

Mes yeux remontent un peu, et ma bouche se tord en une drôle de grimace. Ce short recouvre moins de chair que la plupart des maillots de bain.

— Ah oui, ça aussi ! dis-je.

Nyelle me donne une petite claque sur le bras.

— Bah quoi ? Je n'avais pas remarqué avant que t'en parles !

— Tu es sorti avec Micha !

Nyelle secoue la tête.

— Je ne savais pas qu'elle était strip-teaseuse.

— Elle n'est pas strip-teaseuse. Elle sert les cocktails. Et d'ailleurs, ça t'aurait posé un problème si elle était strip-teaseuse ?

Je réfléchis quelques instants. Je balaie des yeux la foule éparse assise dans le noir, concentrée sur les corps qui s'exhibent sur scène. Savoir que des mecs regardent la fille avec qui je sors danser nue… Jamais je n'aurais été à l'aise avec cette idée.

— Oui, carrément.

— Combien de filles as-tu quittées, Cal ?

— Hein, quoi ?

Si les lumières étaient braquées sur moi, on verrait que je suis rouge écarlate.

— Vingt ?

— Non ! Pas autant ! dis-je en essuyant la paume de mes mains. Et puis, quel est le problème ?

— Simple curiosité, répond Nyelle avec un petit sourire en coin. Et c'est toujours toi qui es parti ?

— Non, parfois, ce sont elles.

Je n'aime pas qu'elle me juge.

— Et tu les a laissé faire ?

Comme je ne réponds pas, elle poursuit :

— Pourquoi ?

Derrière Nyelle, j'aperçois une grande femme noire avec une cascade de cheveux bruns qui lui descendent jusqu'à la taille. Elle est mince, mais avec un corps d'athlète.

Nyelle se retourne pour voir ce qui attire mon attention.

— Salut, Jasmine, lui lance Nyelle avec entrain. Je te présente Cal.

— Salut, lui dis-je.

Pas étonnant qu'elle se fasse ici assez d'argent pour payer ses études.

Elle me regarde de pied en cap sans un mot, se contentant de hocher la tête.

— Mignon, dans le genre banal.

Après ce commentaire sur mon physique, Jasmine donne à Nyelle un billet de cent dollars.

— Rusty voulait que je te rappelle que son offre tient toujours. Je lui ai expliqué que tu quittais la ville, mais il est têtu.

— C'est gentil de sa part, répond Nyelle avec un petit rire. Mais ça serait gênant pour tout le monde si je montais sur cette scène.

— Il fallait que je te pose la question.

Jasmine tourne son attention vers moi. Elle me parle tout bas, d'un ton presque menaçant.

— Je n'ai pas l'impression de t'avoir déjà vu ici.

— Cal n'est pas le genre de mec à traîner dans les clubs de strip-tease, dit Micha, qui vient d'apparaître à côté de moi, avec un clin d'œil.

Elle prend le plateau avec les boissons et passe derrière moi. Je tombe pratiquement de mon tabouret quand je sens qu'elle glisse quelque chose dans la poche arrière de mon jean. Je la regarde s'éloigner, incapable de bouger. C'était quoi, ce truc ?

Peu importe, je ne vais pas regarder tout de suite, surtout quand je vois Jasmine, les bras croisés, haussant un sourcil.

— Nyelle, tu fous quoi, avec ce type ? T'as confiance ?

Je me sens immédiatement coupable – même si je n'ai rien fait de mal.

Nyelle m'examine comme si la réponse n'était vraiment pas évidente. Tout à coup, j'ai peur que Jasmine me botte le derrière.

— Je vis avec lui.

Je cligne des yeux.

— Et, oui, je lui fais confiance.

Je n'entends pas ce que dit Jasmine qui s'éloigne d'un pas fier. Je n'entends pas non plus la réponse de Nyelle aux propos de son amie. Je ne remarque même pas qu'on nous a servis.

— Pourquoi tu me regardes comme ça ? demande Nyelle alors qu'elle s'apprête à prendre son burger.

Je passe ma main derrière son cou, je l'attire vers moi, et je l'embrasse. Elle pose les mains sur ma poitrine et me rend mon baiser. Quand nos bouches se détachent l'une de l'autre, Nyelle est essoufflée et rose.

— C'était pour quoi, ça ? demande-t-elle.

— Tu me fais confiance, je lui réponds avec un large sourire.

NICOLE

Août – Avant l'entrée en 4e

— Comment ça, tu déménages ?

J'espère avoir mal entendu.

— On s'installe à San Francisco, répond Richelle, assise sur mon lit.

Ses yeux sont rouges à force d'avoir pleuré.

— Quand ?

Ma gorge se serre et les larmes coulent à grands flots de mes yeux.

— Demain ?

— Non ! je m'écrie en secouant la tête. Non. Tu ne peux pas ! Tu ne peux pas partir, Richelle !

Elle pleure à chaudes larmes.

— Pourquoi demain ? Je ne comprends pas. Pourquoi si vite ?

Richelle hausse les épaules.

— Mon père a un nouveau travail. Et ma mère… veut qu'on parte maintenant. Elle dit… qu'il le faut. Je suis inquiète. C'est trop rapide, tout ça.

— Tu en as parlé à Cal ? À Rae ?

Son visage se tord. Elle pleure dans ses mains, et secoue la tête.

— Je ne peux pas.

— Pourquoi ? Il faut que tu leur dises ! Ce sont tes meilleurs amis !

— Ça me fait tellement mal de te l'annoncer à toi, déjà. Je ne peux pas leur dire au revoir. Surtout à Cal. Je ne peux pas, c'est tout.

— Tu vas partir sans rien dire ?

— Je lui ai écrit une lettre. J'aimerais bien que tu lui donnes après mon départ.

14

Je ne sais pas comment j'ai réussi à me retenir ces quatre derniers jours en me réveillant tous les matins à côté d'elle. Nyelle insiste pour que je dorme dans mon lit… avec elle. Elle dit qu'elle me fait confiance. « Je te fais confiance. » Ces mots que je voulais tellement entendre sont désormais mes ennemis jurés. Ils forment un mur en béton qui coupe mon lit en deux. Et moi, je reste roulé en boule de mon côté pour résister à l'envie de le démolir. De l'autre côté, Nyelle se tourne, laisse dépasser à l'occasion un bras ou une jambe si bien que nos peaux se touchent. Le mur, elle s'en moque pas mal. Contrairement à moi. « Je te fais confiance. » Elle devrait me castrer, tant qu'elle y est.

Et puis tous les jours, je reçois un appel ou un texto de Rae, qui me demande s'il y a du nouveau. Comme si, maintenant que Nyelle habite chez moi, elle allait soudain se confier et révéler tous ses secrets.

En fait, elle est encore plus fuyante qu'avant. Elle me parle en utilisant des phrases cryptiques au sens mystérieux. Toute discussion dans laquelle il est question de sa vie s'apparente à une partie de Scrabble pour dyslexiques.

Lorsqu'elle m'embrasse, je me fiche de savoir qui elle était avant. Elle est celle que je serre dans mes bras ici et maintenant. Je vis pour sentir ses lèvres sur les miennes. J'aimerais bien qu'il y ait plus que ses lèvres, mais je la laisse avancer à son rythme. Je ne veux pas la brusquer.

À son contact, je deviens incandescent. Quand je la touche, un feu embrase chaque parcelle de mon corps. Chaque fois que je pense que nous allons aller plus loin, elle arrête tout. Sans avertissement. Elle se lève et s'en va. Je n'ai pas le temps de me calmer.

Je refuse de croire qu'elle fait exprès de me torturer. Il faudrait que nous parlions de nous deux. Pour savoir où va cette histoire. Ce que nous voulons. Mais quand il s'agit des filles, la communication n'est pas mon fort. Ce n'est pas parce que je m'investis dans cette relation que je trouve cela plus simple.

Il y a une raison pour laquelle Rae est ma meilleure amie. Son moyen d'expression, c'est la batterie. Moi, je ne parle pas. Point.

— Tu vas où, aujourd'hui ?

Nyelle enfile son manteau et s'apprête à disparaître, sans prévenir, comme ça lui arrive parfois. Elle a beau habiter avec moi en ce moment, je n'aime pas la voir franchir le seuil de cette porte.

— Tu veux venir avec moi ?

Je saute du canapé et j'attrape ma veste.

— Grave !

Je ne refuse jamais une de ses invitations. Même si je ne sais jamais à quoi je dis oui.

Dimanche, Nyelle voulait jouer au flipper. Alors nous avons joué au flipper… tout l'après-midi dans une vieille salle de jeux que seuls les *gamers* locaux semblent connaître, et qui est sombre et pue la vieille frite et le moisi. Pas le meilleur des cocktails. En revanche, on trouve dans cet endroit tous les jeux vidéo *old-school* au monde. Quand nous sommes partis, j'avais des ampoules aux doigts.

Hier, elle a acheté trente ballons à l'hélium et a attaché à leur cordelette le message « On t'aime ». Nous sommes ensuite allés jusqu'à la ferme abandonnée, et au milieu du champ, nous les avons lâchés.

Juste avant, je lui ai demandé :

— Ça, c'est sur ta liste ?

— En quelque sorte.

J'ai attendu, car je savais qu'elle n'avait pas terminé.

— Pour être exacte, sur la liste, il y a écrit : « Revivre le jour le plus heureux de ta vie. »

J'ai levé les yeux vers les ballons colorés.

— Ce n'est pas une première ?

— Si ! m'a-t-elle répondu en hochant la tête, un grand sourire aux lèvres.

Et puis elle a lâché les ballons dans le ciel hivernal chargé de nuages – une explosion de couleurs là où tout était terne quelques secondes auparavant.

— Mais maintenant, je pourrai le refaire un jour.

J'ai ri. Et puis je l'ai prise dans mes bras. Un tel moment méritait de se terminer par un baiser, alors j'ai fait en sorte que cela se conclue de la meilleure façon qui soit. Nous nous sommes embrassés longtemps après que les points de couleur commencent à s'éloigner dans le ciel.

Aujourd'hui, je ne sais pas où elle m'emmène. Et cela me va. Je ne cherche pas à deviner. Je sais que ce que me réserve Nyelle dépasse toujours mon imagination.

— Où va-t-on ? je lui demande en démarrant.

— Il faut d'abord passer dans le magasin d'Elaine, me dit Nyelle en se glissant tout près de moi.

— Et ensuite ?

— Ensuite, nous ferons en sorte qu'il y ait un peu plus de bonheur dans le monde.

Elle saute sur la banquette et dépose un baiser sur ma joue.

Ses réponses n'en sont jamais vraiment.

Après avoir récupéré de quoi construire, semble-t-il, un vaisseau spatial, Nyelle s'installe derrière le volant. Sans même me demander la permission. Et moi je n'essaie même pas de protester. Visiblement, elle ne veut pas que je sache où nous allons. Je ne m'attendais pas du tout à arriver devant l'hôpital pour enfants.

Crenshaw possède une faculté de médecine réputée, et les gens viennent d'un peu partout pour être examinés. J'ai entendu dire que des recherches très pointues y étaient menées. C'est ce qui attire les étudiants en médecine ici.

Ce n'est pas ma raison à moi.

Tandis que je suis Nyelle à travers les couloirs de l'hôpital, j'essaie de me mettre en condition. Mais on ne peut pas se préparer à ce genre de choses. Ce n'est pas comme s'étirer avant une course.

— Ce ne sont que des enfants, dit Nyelle en m'arrachant à mes pensées.

Elle m'examine et me sourit pour me rassurer.

— Ça se voit tant que ça ?

— Tu as l'air un peu pâle, remarque-t-elle en me prenant la main.

L'ascenseur sonne. Nous sommes arrivés.

— On est ici pour les aider à se souvenir.

— Se souvenir de quoi ? dis-je en me laissant guider dans le couloir.

— Qu'ils sont des enfants. Peu importe ce qu'ils vivent, ils sont toujours des enfants.

Ses yeux sont brillants. Je hoche la tête. Ce n'est pas que je n'aime pas les enfants. Simplement, il n'y en a jamais autour de moi, à part aux réunions de famille, deux ou trois fois par an.

J'inspire profondément et je presse la main de Nyelle. Est-ce que cela va être si terrible ? Ça ne peut pas être pire qu'être présenté aux parents d'une fille…

Après un dernier couloir, Nyelle pousse une porte vitrée sur laquelle est écrit « Clinique Shea : service des consultations externes ». Je suis assailli par le bruit quand nous franchissons le seuil – des enfants qui parlent et qui rient, des bébés qui pleurent, des jeux vidéo et des voix de personnages sur un téléviseur.

— Salut, Maddie.

La femme qui se trouve à l'accueil et qui porte une tenue médicale couverte de flocons de neige en forme de sourire répond d'une voix agréable :

— Salut, Nyelle.

Elle me regarde. J'essaie de faire semblant d'être à l'aise. À en juger par son expression inquiète, elle voit clair dans mon jeu. La sueur qui perle sur mon front m'a peut-être trahi.

— Nyelle !

Une femme avec des cheveux rouges coiffés en brosse apparaît derrière le bureau.

— Je suis tellement contente que tu sois là ! Les enfants commençaient à demander où tu étais.

— Salut ! Rose, je te présente Cal. Le gars dont je t'ai parlé, et qui va nous aider puisque Elaine ne peut pas venir aujourd'hui.

— Ah oui ! Bienvenue, Cal. Il faut juste que vous remplissiez quelques formulaires, et que je photocopie votre pièce d'identité.

— Bien sûr, je réponds en interrogeant furtivement Nyelle du regard.

Je tends ma carte d'identité à Rose, qui se rend dans le bureau situé derrière l'accueil.

— Avant, Elaine était infirmière ici, m'explique Nyelle.

Ce n'est pas exactement ce que je voulais savoir.

— Maintenant, elle vient faire du bénévolat une fois par semaine. Je l'accompagne depuis deux mois.

— OK. Qu'est-ce qu'on fabrique ici exactement, Nyelle ?

— Et voilà !

Rose me remet un porte-bloc avec des documents avant que Nyelle ait pu me répondre.

— Et ça, ce sont vos badges de bénévole. Dès que vous aurez terminé de remplir les papiers, remettez-les à Maddie et vous serez fin prêt ! Merci beaucoup d'être là aujourd'hui.

— Ce n'est rien, je réponds, sans vraiment savoir en quoi consiste ce bénévolat.

Un cri perçant retentit soudain dans l'une des chambres. Tout mon corps se fige.

— Les enfants n'aiment pas les aiguilles, me dit Maddie lorsqu'elle remarque mes yeux écarquillés.

— Moi non plus !

J'ai l'impression que mon cerveau n'est plus vraiment irrigué. J'espère ne pas devoir me rendre trop près de là où se trouve cet enfant.

— Je vais là-bas !

Nyelle m'indique du doigt le coin à l'autre bout de la pièce. Il y a une grande table entourée de chaises en plastique.

Je hoche la tête. Quand elle approche de l'endroit en question, des petites voix s'écrient joyeusement :

— Nyelle !

Je signe le dernier formulaire et remet le porte-bloc à Maddie.

Je traverse la salle d'attente où des parents lisent et parlent, et je passe devant des garçons qui jouent à la console. Je m'arrête à quelques mètres de la table et j'observe Nyelle qui y dispose ce qui ressemble à du matériel d'arts plastiques.

— Ils le sentent, quand on a peur, dit une infirmière derrière moi, m'obligeant à me retourner.

Je déglutis.

Nyelle regarde par-dessus son épaule.

— Tu viens ?

Je m'avance prudemment. J'ai l'impression d'entrer par effraction. Et vu les regards bizarres que me jettent les mômes, ils doivent penser la même chose.

Nyelle prend ma main et me guide vers la table.

— Ils ne mordent pas... généralement.

Quelqu'un se met à rire. Je me retourne – un homme avec un petit garçon sur les genoux. Il baisse les yeux en essayant de cacher son sourire. J'aurais pu me passer de cela.

— T'es qui ?

Une fillette à qui il manque deux dents de devant et dont la tête chauve est coiffée d'un foulard coloré a les yeux levés vers moi. Elle s'accroche à une barre en métal, et une machine diffuse un liquide clair dans un tuyau caché sous son pull rose.

J'ouvre la bouche mais rien ne sort. Je suis intimidé par une gamine... Pas cool.

— Voici Cal, lui explique Nyelle. Il est un peu timide.

Elle me sourit, et je roule des yeux.

— Salut, finis-je par dire. Comment tu t'appelles ?

— Tally ! J'ai six ans.

— On fait quoi aujourd'hui ?

Un petit garçon avec une tignasse brune bouclée est appuyé contre la table, et prend une fleur rose d'un air inquiet. Lui n'est relié à aucune machine.

— Pas des trucs de fille. Sinon je vais vomir.

— Nous allons fabriquer ça, dit Nyelle en sortant du sac une épée.

La lame est recouverte d'aluminium, et ornée d'autocollants en forme de cœur. La poignée est décorée de fleurs en plastique.

— Ne t'inquiète pas, Jacob. Tu peux mettre ce que tu veux sur la tienne. Tu n'es pas obligé d'utiliser les fleurs. Sauf si tu en as envie.

Elle lui sourit.

— Beurk ! s'exclame-t-il.

Il me rappelle Rae quand elle était enfant. Ça me fait rire.

— Tu as quelque chose pour les princesses ? demande la fille avec les plus grands yeux bleus du monde.

L'absence de cheveux souligne encore plus ses billes rondes.

— Les princesses peuvent avoir des épées, dit Nyelle en s'asseyant sur la chaise bleue à côté d'elle.

La gamine semble perdue.

— Mais, et le prince ?

Elle me regarde. J'écarquille les yeux.

— Il n'a pas besoin d'une épée pour te sauver ?

Nyelle éclate de rire.

— Je n'ai pas besoin qu'on vienne me sauver. Et toi non plus ! C'est pour ça que tu vas fabriquer ta propre épée. Pour pouvoir te défendre toi-même. Et puis, c'est peut-être lui qu'il faudra secourir !

Nyelle se penche vers elle et lui murmure à l'oreille :

— Tu m'as l'air capable de terrasser un dragon à toi toute seule. Lui… pas des masses.

La fille me regarde et glousse.

On tire sur mon pantalon. Un petit garçon coiffé d'une casquette de base-ball a les yeux rivés sur moi. À côté de lui, une machine bipe. Je m'agenouille.

— Ma mère me dit que je ne dois pas jouer avec des fusils ou des épées, me confie-t-il tout bas.

Je regarde Nyelle sans rien dire. Il faut qu'elle m'aide. Mais elle est occupée avec la petite aux yeux bleus.

— Eh bien... On va te fabriquer un bouclier, alors !

Le garçon sourit et hoche la tête.

Nous passons plusieurs heures à construire des armes de chevaliers. Ces gamins sont vraiment attachants. Et mon incompétence ne paraît pas les déranger.

— Elle est super cool, ton épée de feu, dis-je à Jacob en l'aidant à enrouler du ruban adhésif noir autour de la poignée.

— Oui, je sais, se vante-t-il en me l'arrachant des mains et en l'agitant dans les airs.

— Je ne savais pas que tu avais la fibre artistique, dit Nyelle tandis que j'aide le petit garçon à transformer son épée en une route pour camions.

— Moi non plus ! je murmure pour que le garçon ne m'entende pas. Mais ils ne sont pas très exigeants.

Nyelle m'indique d'un mouvement de tête la fille aux grands yeux bleus, qui est restée assise à côté de moi tout le temps. Elle est en train de placer stratégiquement des autocollants en forme de cœur sur son épée arc-en-ciel.

— Je crois qu'Isabel en pince pour toi.

Quand je regarde la petite, son visage s'illumine d'un sourire timide.

— Oui, et je pense qu'elle m'a conquis.

J'ajoute en chuchotant à l'oreille de Nyelle :

— Je ne peux pas résister aux yeux bleus.

Nyelle rougit.

Isabel s'approche de moi alors que je ramasse les derniers autocollants avant de partir. Je m'accroupis pour être à sa hauteur. Elle met une main contre mon oreille et murmure :

— N'aie pas peur. Je viendrai te sauver.

— Merci, lui dis-je tout bas moi aussi.

Elle me colle un cœur sur la main et file. Je souris.

Je regarde Nyelle qui, avant de s'en aller, distribue des câlins et tape dans la main des enfants. Le bonheur qu'elle leur a apporté se lit sur leur visage. Malgré toutes les difficultés qu'ils vivent au quotidien, ce ne sont encore que des gamins. Et même si Nyelle a elle-même sans doute traversé de terribles épreuves, c'est ici qu'est sa place.

— Les enfants, ce n'est pas si terrible que ça. Bon, en tout cas, ceux-là sont sympas.

Nous marchons vers le pick-up. Nyelle se met à rire.

— Ils sont fantastiques, tu veux dire !

Une fois devant la voiture, je me retourne et, les mains sur sa taille, je l'attire contre moi.

— Alors, il y a quelque chose d'autre ?

Nyelle me dévisage avec étonnement.

— C'est-à-dire ?

— Eh bien, voyons… Tu t'aventures de ton plein gré dans les rues les plus louches de la ville pour t'assurer qu'un sans-abri ne meure pas de froid. Tu aides des enfants à combattre leurs dragons. Tu donnes des cours à une strip-teaseuse…

Je m'empresse de me corriger quand je vois ses yeux assassins.

— Pardon, une étudiante en biologie. Et tout ça sans la faire payer et en assistant à des cours auxquels tu n'es pas inscrite. Ah, autre chose ! Pendant ton temps libre, tu descends des collines en roulant, tu grimpes aux arbres et balances des coups de poing à des abrutis. Tu mets un point d'honneur à t'amuser chaque jour. J'ai oublié quelque chose ?

— Euh, non, ta description est assez juste, me répond Nyelle en souriant.

— Alors, qu'est-ce qu'il reste sur ta liste ?

Je l'entoure de mes bras, et la serre contre moi.

Elle se raidit et se dégage.

— Nyelle ? Quel est le problème ?

Elle se détourne pour que je ne remarque pas que ses yeux brillent.

— Hé, que se passe-t-il ?

La situation m'échappe complètement.

Nyelle reste silencieuse. Elle serre les lèvres et se rend côté passager.

— J'ai dit un truc qu'il ne fallait pas ?

J'ai beau chercher, je ne vois pas ce qui a pu déclencher une telle réaction.

— On peut aller acheter de la glace ? me demande Nyelle avant de se glisser dans le pick-up.

Je rentre et je referme la portière.

— Tu ne vas pas me répondre, n'est-ce pas ?

Nyelle secoue la tête.

— J'ai juste besoin d'une glace.

— OK. Allons-y.

Je déclare forfait. Mieux vaut ne pas insister.

— Une glace, ça arrange tout, pas vrai ?

Elle laisse échapper un rire triste.

— Exactement.

J'ignore complètement ce qui a provoqué les larmes qu'elle a refusé de laisser couler, mais Nyelle est de nouveau la personne pleine de vie que je connais dès que nous arrivons chez le glacier. Comme si rien ne l'avait contrariée.

Je n'ai pas trouvé comment lui faire dire ce qu'elle ne veut pas que je sache. J'aime tout de Nyelle. Je l'aime exactement telle qu'elle est. Et je ne suis plus vraiment certain de vouloir connaître la raison de sa transformation. Je préfère la laisser être exactement celle qu'elle a besoin d'être.

* * *

Le reste de la semaine défile à toute vitesse, et je suis censé prendre l'avion pour l'Oregon ce matin.

— Réexplique-moi ta famille, me demande Nyelle, qui est assise à côté de moi avec un bol de pop-corn et une boîte de cacahuètes enrobées de chocolat. Ta mère vient d'une famille de… six enfants ?

— Sept. Elle est la deuxième. Voilà comment nous, on voit les choses : il y a les *oncles*, qui ont deux ans de plus et de moins qu'elle. Et puis les trois qui suivent sont les *tantes*. Elles sont arrivées quatre ans après notre mère et ont chacune deux ans d'écart. Ensuite, il y a Zac. L'accident.

— Cal, c'est affreux !

— Et pourtant c'est vrai… Il a onze ans de moins que ma tante Helen. Il n'a qu'un an de plus que mon frère aîné, Sean. Il n'était pas du tout attendu.

— Et c'est chez lui que tu vas demain ?

— Oui. Quand ils étaient petits, ils passaient leurs vacances dans cette maison. Mais maintenant, Zac habite dedans. La moitié d'entre nous sera là-bas, et l'autre chez ma tante Livia, dans l'Ohio.

Chaque année, on inverse. On est beaucoup trop nombreux pour caser tout le clan sous le même toit.

— J'aimerais faire partie d'une grande famille, dit-elle, les yeux levés vers le ciel comme si elle visualisait la chose.

— Tu peux emprunter la mienne quand tu veux !

Nyelle fourre une poignée de pop-corn dans sa bouche et jette quelques cacahuètes par-dessus.

Je grimace.

— Ça ne peut pas être bon, ce truc-là.

— C'est le meilleur truc au monde après la glace et le glaçage. Tends la main.

J'obéis à contrecœur. Elle dépose quelques pop-corns et des cacahuètes dans ma paume. Perplexe, je les gobe.

— Hmm... dis-je, agréablement surpris. Carrément meilleur que les chips nappées de chocolat. Ça, c'était vraiment dégueulasse.

Nyelle se met à rire.

— Ça ne t'embête pas de rester chez Elaine ? Je vais te laisser les clés si jamais tu as envie de revenir ici.

— Non, ça me va très bien ! On a prévu des trucs.

Elle serre les poings et ses yeux s'illuminent comme chaque fois qu'elle a du mal à contenir sa joie.

— Elle a un grenier rempli de vêtements anciens. On va prendre le thé.

— Tu ne m'entendras jamais dire un truc pareil.

Nyelle sourit.

— Oui, tu disparaissais toujours quand on allait cueillir des fleurs.

Elle fourre du pop-corn dans sa bouche.

J'essaie de ne pas réagir. De laisser couler. Mais c'est impossible.

— Tu te souv…

— Est-ce que tu vas sortir de nouveau avec Micha ? Elle attend ton coup de fil.

— Pardon ?

J'ai forcément mal entendu.

— Micha. Elle m'a raconté qu'elle t'avait demandé de la rappeler. Tu as cassé avec elle parce que tu pensais qu'elle changeait d'université, non ? Eh bien, ce n'est plus le cas. Alors, est-ce que tu vas lui téléphoner ?

— Non, je réponds immédiatement. Non… Mais… pourquoi tu voudrais que je fasse un truc pareil ?

Je n'en reviens pas.

— Sérieux… T'as envie que je sorte avec elle ?

— Je l'aime bien.

Elle hausse les épaules, choisissant d'ignorer l'expression choquée sur mon visage.

Je dois mettre de l'ordre dans mes idées. Je me lève et je me dirige vers le frigo pour prendre une bière. Après avoir descendu la moitié de la canette, je lui demande, d'une voix pleine de colère :

— Ça ne te pose pas de problème que je sorte avec elle ?

— Je m'en vais, Cal, répond Nyelle d'un ton bien trop calme.

Ses propos sont dénués d'émotion. Elle se met en retrait. Cela lui arrive, parfois.

J'ai l'impression d'avoir reçu par surprise un coup de poing dans le ventre, et j'essaie de reprendre mon souffle. Je vide le reste de la bière.

— Bon, dis-je pour toute réponse.

— Tu veux voir un film ? Avant que je finisse tout le pop-corn ?

Elle agit comme si notre échange ne lui faisait ni chaud ni froid.

— OK.

Je m'assieds à côté d'elle sur le canapé.

Elle a raison. Elle va bientôt partir. Ce truc, là, entre nous, n'est à l'évidence… rien du tout. Enfin, allez dire ça à l'émotion qui m'envahit à l'instant même.

Alors quand elle s'allonge sur le canapé et pose sa tête sur mes jambes, c'en est trop. Mais plutôt que de dire quelque chose, je me lève.

— Je crois que je vais préparer mes bagages. Mon avion décolle tôt demain matin.

Elle me regarde bizarrement et hoche la tête.

— OK. Tu préfères que je m'en aille ce soir ? Je peux demander à Elaine de venir me chercher.

— Pars quand tu veux, dis-je en allant dans ma chambre et en fermant la porte derrière moi.

Dès que je suis à l'intérieur, je serre les dents. C'était nul, comme façon d'agir, et je le sais.

Je prends mon sac en toile dans le placard et je commence à y fourrer mes affaires, sans vraiment faire attention à ce que je mets. Entendre la télévision dans la pièce d'à côté, ça me tue. Nyelle ne se rend absolument pas compte de l'effet que ses propos ont eu sur moi. Absolument pas.

— Cal ?

Nyelle passe la tête dans la chambre.

— Ça va ?

Bon, peut-être qu'elle s'en rend un peu compte quand même.

Je hoche la tête en baissant les yeux.

— J'ai appelé Elaine, elle est en route.

Elle ouvre un peu plus la porte et entre pour ramasser son sac à dos au bout du lit.

Je ferme les yeux afin de bien choisir mes mots.

— Reste. Je ne voulais pas dire ça.

— Non, ce n'est pas grave. Elle n'est pas très matinale, de toute façon.

Nyelle emmène son sac à dos et sa valise dans le salon. Je laisse tomber mon sac par terre et je m'assieds au bout du lit, en passant la main dans mes cheveux. Il faut que je trouve une solution. Que je réussisse à la convaincre de ne pas partir ce soir.

À l'instant où je me lève, Nyelle entre dans ma chambre. Nous nous regardons pendant un long moment. Ses yeux se posent ensuite sur le sol. Elle pousse un soupir triste. Soudain, elle plisse le front.

— C'est quoi, ça ?

Je me tourne vers le placard. Il y a une feuille pliée et un morceau de papier kraft enroulé par terre. Ils ont dû tomber quand j'ai pris mon sac sur l'étagère. Nyelle se penche pour les ramasser. Je comprends ce qu'elle tient entre ses mains quand elle déroule le papier.

— Nyelle, ne…

Elle laisse échapper un cri sourd.

Les yeux de Nyelle vont de la peinture à moi. Elle est perdue et cligne des paupières. Elle s'assied lentement sur le lit, en serrant la feuille comme si elle pouvait se désintégrer entre ses doigts. Ses mains tremblent tandis qu'elle inspecte attentivement l'objet. Un profond sillon se creuse au milieu de son front. On dirait qu'elle ne sait pas quoi penser ni comment réagir.

Avec un léger soupir, Nyelle caresse doucement notre enfance. Je regarde le bout de ses doigts se promener sur la fille aux cheveux blonds qui joue de la guitare sous l'arbre. Puis sur la fille coiffée d'un ruban bleu et le garçon avec les lunettes aux montures noires, qui, tous deux assis dans la cabane haut perchée, se tiennent la main. Nyelle laisse ensuite planer sa main tremblante au-dessus de Richelle qui cueille des fleurs.

Quand elle lève la tête, la douleur que je lis dans ses yeux me sidère. Je n'ai jamais vu quelqu'un souffrir autant, et je ne sais pas comment la sauver de sa détresse. J'ai bien envie de lui arracher la feuille des mains et de la déchirer pour mettre un terme à ce qui a l'air d'être en train de la briser de l'intérieur.

— Pourquoi tu gardes ça ? demande-t-elle dans un murmure rauque.

Son attention se concentre de nouveau sur le dessin qu'elle a fait pour moi il y a bien des années.

— Je ne sais pas, dis-je tout bas.

— On s'est disputées pour la première fois à cause de cette peinture, chuchote-t-elle.

Sa voix se brise sous le poids du chagrin. Elle ramasse la lettre que Richelle m'a écrite juste avant de déménager.

Nyelle ferme les yeux et secoue la tête, son visage déformé par une expression tourmentée. Ses lèvres tremblent et sa mâchoire est crispée. Ce qu'elle voit la blesse à un point que je n'aurais jamais pu anticiper. Et je veux que cela s'arrête.

Je prononce doucement son nom. Elle garde les yeux fermés sans répondre.

Quand elle les rouvre enfin, les émotions qu'elle a essayé de combattre ont disparu. La douleur et la confusion qui l'ont possédée il y a quelques instants sont repartis derrière le masque. Je suis trop soufflé par la métamorphose pour pouvoir parler. C'est comme si Nicole avait été là pendant une seconde, puis avait disparu.

Sa poche vibre. Elle en sort le petit téléphone noir.

— Elaine est là.

Nyelle pose la peinture et la lettre sur le lit avant de se diriger vers la porte. Elle est parfaitement calme. Je lui barre le passage. Elle refuse de me regarder.

— Ne t'en va pas.

— Il le faut, murmure-t-elle avant de me contourner.

Je la suis dans le salon. Mon cœur bat à tout rompre. Si elle franchit le seuil de cette porte, je vais la perdre.

Elle attrape sa veste, passe son sac sur son épaule et fait rouler sa valise jusqu'à la sortie.

— Nicole !

Elle se retourne. Son regard, glacial, est plongé dans le mien.

— Je ne suis plus cette fille, c'est fini.

Je suis abasourdi. Pétrifié au milieu du salon, je regarde la porte se refermer derrière elle. Un mouvement de panique me pousse à bouger. Mais je m'arrête, la poignée dans la main, incapable de la faire tourner. J'appuie mon front contre la porte et je laisse Nyelle s'en aller.

Nicole

Mai - Classe de 4e

— Alors, tu fais quoi, cet été ? je demande à Nicole qui est assise au bout de mon lit, et feuillette un magazine.

Elle est restée dormir à la maison hier soir, comme chaque dernier week-end du mois depuis que j'ai emménagé à San Francisco. Sa mère l'accompagne en train jusqu'ici. Parfois, elle réussit à la convaincre de la laisser venir plus d'une fois. Mais c'est très rare.

— Je ne sais pas.

Elle hausse les épaules sans lever les yeux.

— T'es toujours amie avec ces filles ? je lui demande en remontant la couverture sur moi.

Je suis encore fatiguée. On n'a pas beaucoup dormi. C'est toujours pareil quand Nicole passe la nuit à la maison, même si on n'arrête pas de nous dire de nous coucher.

— Ce ne sont pas vraiment mes amies. Tu le sais bien.

— Ouais.

Elle a l'air plus renfermée que d'habitude aujourd'hui. Ça a sans doute un rapport avec son père.

— Tu n'es pas obligée de traîner avec elles si tu n'as pas envie.

— Ma mère est contente, répond-elle doucement. Elle voulait que je devienne amie avec elles depuis qu'on s'est installés à Renfield. Mon père travaille pour le père de l'une d'elles. Et maman aime bien inviter leurs mères à la maison. Elles sont parents d'élèves…

Non. En fait, tout ça, c'est à cause de Cal et Rae.

— Nicole !

Je l'oblige à me regarder.

— Tu peux leur parler, tu sais ? À Cal et Rae. Il suffit que tu ne leur racontes pas tout.

— Je ne peux pas être leur amie, dit-elle tristement.

— Ils me demandent de tes nouvelles quand je leur parle.

Cela ne fait que la rendre plus triste encore. Je déteste qu'ils ne soient plus amis. Ce n'était pas ça, le plan.

Nicole me sourit pour que je me sente mieux. Mais ce n'est pas un vrai sourire.

— Ça va, je te jure. Ça ne durera pas toujours, pas vrai ?

— Exact.

Et puis j'ai une idée qui me redonne le sourire.

— Tu veux faire un truc de ouf ?

Nicole hoche lentement la tête.

— Tu veux couper mes cheveux ? Tu sais, comme Britney quand elle a pété un plomb ? Peut-être un peu moins court. Et puis on pourra les teindre en bleu. Rae sera furax de ne pas y avoir pensé avant moi.

— Tu veux que je coupe tes cheveux super courts ? me demande Nicole, éberluée.

Je sais que cela la fera rire – et j'aime quand elle rit.

— Ouais. C'est juste des cheveux. Et ça sera trop cool quand ça sera fait ! Va chercher la tondeuse de mon père dans le placard du couloir. Attention, faut pas que ma mère te voie !

15

— Pourquoi il y a un camion de déménagement devant la maison des Nelson ? je demande à ma mère en prenant mon petit déjeuner et en regardant des hommes charger des meubles enveloppés dans des couvertures à l'arrière d'un camion.

Maman jette un œil par la fenêtre. Elle ne me répond pas tout de suite.

— Oh, Cal, je suis désolée. Rick a dû obtenir ce poste à San Francisco. Je me demande pourquoi Diane ne me l'a pas dit.

— Quoi ? je m'exclame.

Je suis dehors avant que ma mère ait l'occasion de me crier dessus parce que je n'ai pas mis mon bol dans le lave-vaisselle. Je me précipite chez Richelle.

Je suis sur le point d'entrer quand j'entends :

— Je peux t'aider, Cal ?

Je me retourne vers le camion et je vois son père.

— Euh, bonjour, monsieur Nelson. Est-ce que Richelle est là ?

Mon cœur bat comme un fou, et pas seulement parce que je suis venu ici en courant.

— Non, désolé, Cal, répond-il doucement sans me regarder. Elle est déjà à San Francisco avec sa mère, et prépare la maison en vue de l'arrivée du camion.

— Je ne savais pas que vous déménagiez !

J'essaie de ne pas montrer à quel point je suis en colère.

— C'est arrivé très vite, m'explique-t-il.

Il passe devant moi et se dirige vers la maison, les épaules voûtées.

— Tu peux lui envoyer un mail, Cal. Je suis vraiment désolé.

Sa voix est plate et lasse. On dirait qu'il ne pense pas ce qu'il dit.

— Merci, je bafouille en enfonçant mes mains dans les poches de mon jean et en retournant chez moi, tête baissée.

— Qu'est-ce qui se passe ? m'interroge Rae qui est devant chez elle.

— Les Nelson déménagent à San Francisco.

Les mots ont un goût amer dans ma bouche.

— Pourquoi ça ? demande Rae, comme si cette idée n'avait aucun sens.

— Je crois que son père a décroché un nouveau job ou un truc du genre.

— Tu n'étais pas au courant ?

— Pourquoi, toi, oui ? je réplique sèchement.

— Non, marmonne Rae.

— C'est n'importe quoi ! On est censés être ses amis. Je suis censé être son petit ami. Elle aurait pu me prévenir.

Ma voix s'élève à mesure que la colère remonte à la surface.

— Ce n'est pas sa faute.

Je me retourne. Nicole est derrière moi. On dirait qu'elle a pleuré – ses yeux sont rouges et gonflés.

— Elle ne voulait pas que ça se passe comme ça. Ce n'est pas comme si elle avait eu le choix. Il ne faut pas lui en vouloir.

— Alors pourquoi tu es dans cet état-là ?

Nicole ne répond pas. Elle essuie une larme sur sa joue.

— Elle voulait que je te donne ça.

Elle me tend un morceau de papier plié en deux et s'en va.

* * *

— Tu vas broyer du noir toute la semaine ?

Rae est assise à côté de moi sur le canapé en cuir du bureau de mon oncle. Je lui réponds sur la défensive, en détournant les yeux vers la fenêtre :

— Je ne broie pas du noir !

— T'as peur qu'elle ne soit plus là quand tu reviens, c'est ça ?

— Ouais.

Ma voix est à peine audible.

— Pourquoi tu ne l'as pas rappelée quand elle est partie, Cal ? Pourquoi tu l'as laissée s'en aller comme ça ? Surtout après qu'elle a avoué qu'elle était Nicole.

— C'est pas exactement ce qu'elle a dit…

Depuis, son visage plein de détresse me hante.

— Mais elle a aussi dit qu'elle n'était *plus* Nicole. Ce qui signifie qu'elle fuit quelque chose.

Je hausse le ton :

— J'étais censé lui dire quoi, Rae, hein ? Je lui ai demandé de ne pas partir, je…

— Mais tu ne lui as pas demandé ce qui lui était arrivé. Tu ne lui as pas demandé pourquoi elle n'est pas à Harvard, ou chez elle avec sa famille, ou pourquoi elle fait comme si sa vie d'avant n'existait pas. Tu ne lui as posé aucune question, Cal ! Et maintenant… elle est sûrement partie, et s'il lui arrive un truc…

Je me lève, ce qui met un terme à la discussion. Je ne lui ai jamais confié à quel point c'était difficile de regarder Nyelle souffrir en repensant à notre enfance. Le passé semble être pour elle une espèce de torture.

— Il faut qu'on en parle à Maura, affirme Rae de façon catégorique.

— Non.

Je la fusille du regard.

— Pourquoi es-tu aussi têtu ? crie Rae, frustrée par mon comportement.

— Parce que je m'en fous !

Rae ne bouge pas. Tout ce qu'elle s'apprêtait à dire reste bloqué dans sa bouche.

— Peut-être que je l'aime comme elle est et que je me moque de savoir ce qui s'est passé pour qu'elle soit comme ça ! Peut-être que je ne veux pas le savoir.

Et je ne veux pas la forcer à s'en souvenir si cela lui fait du mal. Je ne peux pas l'obliger à revivre ça.

— Que se passe-t-il ? demande ma mère, à la porte. Pourquoi vous vous disputez ?

Rae se lève.

— Rae, je l'avertis d'un ton sévère. Ne fais pas ça ! Tu m'as promis que tu me donnerais un mois.

Le regard interrogateur de ma mère passe de Rae à moi.

— Tu te comportes comme un abruti, Cal, me lance sèchement mon amie.

Elle passe devant ma mère en sortant.

— Faut que je boive un coup.

— Hé, jeune fille, tu n'as pas encore vingt et un ans ! crie ma mère par-dessus son épaule.

Elle se tourne ensuite vers moi.

— C'était quoi, ça ? Pourquoi Raelyn boit-elle à cause de toi ?

Je me rassieds sur le canapé et passe mes mains sur mon visage.

— Cal ? insiste prudemment ma mère. Est-ce que cela a quelque chose à voir avec cette fille ? Celle pour qui tu retournes à Crenshaw demain ? Et puis comment s'appelle-t-elle, d'ailleurs ?

— Oui.

J'appuie ma tête contre le canapé en regardant fixement le plafond.

— Elle s'appelle Nyelle.

Ma mère s'assied à côté de moi et pose une main sur mon genou.

— Je sais que tu ne m'as jamais parlé de filles. Mais je ne t'ai pas vu aussi contrarié que cela depuis le départ de Richelle. Alors si tu as besoin de…

— Ça va, merci ! Ça ira, maman. Merci.

— Bon, d'accord…

Elle se lève. Avant d'arriver à la porte, elle se retourne pour me regarder.

— Cette fille… Nyelle, elle compte vraiment pour toi, n'est-ce pas ?

Je laisse échapper un grand soupir.

— Oui. Depuis la première fois que je l'ai vue.

* * *

Sean ouvre les portes du bureau deux heures plus tard.

— Allez, le beau gosse. On va jouer au foot.

Je me redresse sur le canapé.

— Stop la déprime, mec. C'est parti ! m'ordonne-t-il.

Pas la peine d'essayer de discuter avec Sean. Il a l'habitude d'obtenir ce qu'il veut. Alors je me lève et je le suis dehors.

Sean me décoiffe.

— J'aime bien ton nouveau look. C'est carrément sexy.

Je lui donne un coup pour qu'il me lâche.

— La ferme, Sean.

— Tu prends Cal, déclare Devin. Il a des passoires à la place des mains.

— Va te faire voir ! dis-je.

Je descends les escaliers en sautant.

Je fais un signe à oncle Zac. Il me lance une balle en spirale que je rattrape. J'adresse un doigt d'honneur à mes frères.

— Cal ! me gronde ma mère depuis le porche.

Devin et Sean se moquent de moi.

— Rae, tu joues ? lui propose Devin.

— Ça va, merci, répond-elle.

Elle est assise sur le porche avec ma mère et ses sœurs. Henley est pelotonné à ses pieds. Liam et sa mère ont dû partir quand j'étais dans le bureau.

Elle refuse de croiser mon regard quand je tourne la tête vers elle. Je déteste quand elle est en colère contre moi.

— Hé, ça te dirait de récupérer un peu le fric que t'as dépensé en changeant tes billets d'avion pour une fille ? me demande Zac quand nous faisons une pause pour boire. Tu ne pourras jamais offrir à Rae cette batterie si tu continues à dépenser tout ton argent.

Rae, bras croisés, me lance des regards noirs depuis le porche.

— Je rentre demain. Mais je reviens au printemps.

— Bon, si tu changes d'avis, j'aurais bien besoin d'un petit coup de main au garage. Les commandes ont repris. Je pars en rando le week-end prochain, mais à part ça, je serai dans le coin. Tu peux venir avec cette fille, si tu veux.

— Pas sûr que ça vaille le coup, vu le prix du trajet en avion pour deux jusqu'ici.

— Bon, j'avoue… j'ai bien envie de la connaître, cette fille. Je ne t'ai jamais vu comme ça avant.

— Comment ? je demande, gêné.

— Hé, tu joues, ou bien tu pleures encore à cause de la fille qui t'a plaqué ? crie Devin.

Zac me regarde en pouffant.

Après m'être assuré que maman ne regardait pas, je lui fais encore un doigt d'honneur. Y a vraiment rien de sacré dans cette famille.

* * *

Finalement, le match m'a bien changé les idées. Quand je remonte les marches du porche derrière les gars, je transpire et je suis fatigué.

Je m'effondre sur le rocking-chair que ma mère occupait tout à l'heure. Rae n'a pas bougé, et a passé ses bras autour de ses jambes. Je n'aime pas qu'elle soit contrariée à cause de moi.

— Toujours fâchée ?

— Non, dit-elle calmement. Je pense encore que tu te comportes comme un abruti, mais je ne suis pas fâchée.

Je me balance en silence pendant quelques instants.

— Je peux te poser une question ? Et t'as pas intérêt à me donner une réponse à la noix.

— D'accord.

— Pourquoi tu as choisi Crenshaw ? Tu devais aller à UCLA. Qu'est-ce qui t'a fait changer d'avis ?

Je continue à me balancer en admirant les grands pins qui entourent la propriété.

— Je n'ai pas vraiment de super réponse à te donner. J'ai accepté sur un coup de tête. Il n'y a pas d'autre raison. Mais à l'origine, c'est à cause de Richelle que j'ai envoyé un dossier de candidature.

— Hein, quoi ?

Ce que je m'apprête à lui raconter est sans queue ni tête, mais puisqu'elle veut savoir, je vais lui dire la vérité.

* * *

— Salut ! dis-je en décrochant le téléphone.

— Salut, répond Richelle. Tu fais quoi ?

— Rien. Je regarde le basket.

Je m'appuie sur mon oreiller avec un bras derrière la tête.

— Et toi, tu fais quoi ?

— Je regarde le vernis qui sèche sur mes orteils.

— Cool.

— Comment étaient les campus que tu as visités ?

— Bien. Comme tous les campus.

Je prends ma balle de basket et je m'amuse à la lancer au-dessus de moi.

— Tu ne sais toujours pas où tu veux aller ? Voyons, c'est notre première année ! On devrait déjà avoir une idée de ce qu'on veut faire jusqu'à la fin de notre vie, dit Richelle sur un ton moqueur.

— Oui, c'est sûr. Et j'ai tellement d'expérience… Comment je suis censé prendre une telle décision ? Mais bon, on s'en fout un peu, d'où je vais. Et toi ? Tu as choisi ?

Richelle ne dit rien pendant quelques instants.

— Toutes les universités me semblent bien. À part Harvard.

Je me mets à rire.

— Tu parles toujours à Nicole ?

Cela fait longtemps qu'on n'a pas parlé d'elle. C'est compliqué : Richelle est restée amie avec Nicole, qui nous ignore, Rae et moi.

— Ouais. Elle avait un spectacle de danse le week-end dernier à San Francisco.

— Ah bon ? Je ne savais pas qu'elle continuait la danse.

— Forcément, puisque tu ne lui parles plus !

Maintenant, je regrette d'avoir abordé le sujet « Nicole ».

— Pardon. J'ai promis de lâcher l'affaire, dit Richelle face à mon silence. C'est juste que je déteste que vous ne soyez plus amis.

— OK…

Jamais je n'admettrai que Nicole me manque. Pas quand on sait qu'en trois ans, elle ne m'a pas adressé le moindre regard. Hors de question que je l'implore pour qu'on redevienne amis.

— On n'a qu'à choisir une fac, et on ira là-bas ensemble ! dit Richelle, m'arrachant à mes pensées amères. Choisis une université, n'importe laquelle. Si on y est admis tous les deux, et que rien de mieux ne se présente, on y va.

Je ris.

— Pourquoi pas ? Tu penses à quelle université ?

— Euh… Quelles sont les deux équipes de basket qui jouent ce soir ?

Je lève les yeux vers le téléviseur.

— Memphis et Crenshaw.

— C'est où, Crenshaw ?

— Dans l'État de New York. Un peu plus au nord qu'Ithaca et Cornell, je crois.

— Ça me paraît bien.

Elle se met à rire.

— Au beau milieu de nulle part. J'adore.

— Tu vas vraiment envoyer un dossier ?

— Promis !

— OK. Chiche !

Je sais que cela n'arrivera jamais. On finira dans une fac des environs, et très certainement dans deux établissements différents. Mais quelque chose dans cette idée complètement aléatoire – faire quelque chose que je n'aurais jamais osé –, m'a poussé à lui dire banco.

— Cal, tu ne vas même pas postuler.

À la seconde où elle me met au défi, je suis à fond dans ce pacte ridicule. Et c'est libérateur de tenter quelque chose sur un coup de tête.

— Et si je le fais vraiment ?

Elle se met à rire.

— Alors j'imagine qu'on se verra à Crenshaw.

* * *

— Mais Richelle n'est pas venue étudier à Crenshaw, dit Rae, perplexe.

— Non. J'espérais pourtant la trouver là-bas. Je ne sais pas trop où elle s'est finalement inscrite. Elle a arrêté de me parler peu de temps après ça.

— Tu ne m'as jamais raconté ce que tu lui avais fait pour qu'elle arrête de te parler.

Je hausse les épaules.

— Tu lui as posé la question au moins ? Ou bien tu l'as juste laissée partir, comme d'habitude ?

— J'ai essayé, Rae. Mais elle n'a jamais répondu à aucun de mes messages. Et puis ça a commencé à m'énerver et j'ai arrêté. Ça m'a foutu en rogne qu'elle m'ignore comme ça, sans raison.

— Tu as dû faire un truc.

— Aucune idée. Et toi, tu as eu de ses nouvelles ?

— On communiquait à travers toi, t'as oublié ? On était amies, mais pas comme vous deux. Elle était complètement dingue de toi, même quand on était gamins.

— Non, c'est faux.

— Tu te fous de moi ?

Rae se redresse et me regarde fixement.

— Évidemment, qu'elle était amoureuse de toi. Tu n'as pas pu passer à côté de ça.

— Hmm... Cette lettre disait clairement le contraire.

De l'eau a coulé sous les ponts depuis, mais ce rejet me brûle encore le cœur.

— Quelle lettre ?

— Celle qu'elle a confiée à Nicole quand elle a déménagé et cassé avec moi.

C'était déjà horrible d'apprendre au dernier moment qu'elle partait, mais en plus, qu'elle me quitte dans une lettre à la con... Je ne sais pas pourquoi je l'ai gardée.

— Oh, cette lettre ! Tu as changé après son départ, tu sais, dit Rae en se souvenant du pire été de toute ma vie.

— On n'est pas obligés d'en parler.

— On ne l'a jamais fait, d'ailleurs. Tu t'es replié sur toi-même et tu n'as adressé la parole à personne pendant genre, une semaine.

— Sérieusement, Rae. Je préfère qu'on évite le sujet.

Je sais qu'on n'était qu'au collège, mais j'ai perdu ma copine et ma meilleure amie le même jour. Il m'a fallu du temps pour m'en remettre. Peut-être bien que je ne m'en suis jamais remis.

— Je ne sais pas ce qu'elle a pu te dire dans cette lettre, mais ça ne pouvait pas être si terrible que ça. Après tout, vous êtes redevenus amis, après.

— Jamais on aurait dû être autre chose que des amis, je marmonne en appuyant ma tête contre le rocking-chair. Après, ça n'était plus pareil. On ne s'est jamais revus. Alors je suis quasi certain qu'elle n'était pas amoureuse de moi.

— Crois-moi, elle l'était. Simplement, elle savait sûrement que ça ne marcherait jamais. Une relation à distance à 13 ans, ça ne rime pas à grand-chose.

Rae soupire et serre ses genoux contre sa poitrine.

— Tu n'as vraiment aucune idée de comment le cerveau d'une fille fonctionne.

— Ce n'est pas à toi que je dirai le contraire.

Nous restons muets pendant quelques instants. Je continue à me balancer en silence. Et puis la bouche de Rae forme un cercle, comme si, soudain, elle avait eu une révélation.

— Tu lui as parlé d'une nana, n'est-ce pas ?

— Quand ça ?

J'essaie de suivre son point de vue de fille, mais je n'y arrive pas.

— Quand elle a arrêté de te parler. Tu lui as parlé de quelqu'un. J'en suis sûre.

J'essaie de m'en souvenir. Cette histoire me paraît si loin…

— Oh !

— Quoi ?

— Lily. Je lui ai parlé de Lily !

Je me rappelle qu'elle n'a pas sorti un mot quand je lui ai confessé à quel point ma première fois avait été un désastre.

— Mais quel abruti ! s'exclame Rae en secouant la tête. Tu ne racontes pas à une fille qui est amoureuse de toi comment tu as perdu ta virginité avec une autre !

— Elle était l'une de mes meilleures amies, Rae !

Elle lève les yeux au ciel.

— T'es vraiment nul ! Pas étonnant que tu sois incapable de rester plus d'un mois en couple.

— Tu penses vraiment que c'est à cause de Lily qu'elle a coupé les ponts ?

— Carrément.

Rae laisse échapper un petit rire.

— Tu devrais essayer de lui téléphoner. Ce n'est pas trop tard, tu sais. Et si elle est toujours copine avec Nicole, elle saura peut-être ce qui lui est arrivé.

— Je ne suis pas sûr qu'elle accepte de me parler. C'était il y a genre, trois ans.

— T'as quoi à perdre ?

Elle n'a pas tord. Je l'ai déjà perdue une fois. Que peut-il se passer de pire ?

— Je l'appellerai plus tard, si ça capte dans ce bled.

* * *

Dans l'Oregon, au milieu des bois, le réseau peut se montrer capricieux. Il manque une antenne pour la centaine de reclus – dont fait partie mon oncle – qui préfèrent la nature à la civilisation.

J'ai toujours le numéro de Richelle dans mon téléphone. Alors quand je trouve deux barres de réseau, je lui passe un coup de fil.

— Salut, c'est Richelle. Je ne suis pas là pour le moment. Alors laissez-moi un message et je vous rappellerai si j'ai envie de vous parler.

Une foule de souvenirs se bouscule dans ma tête. Richelle m'a manqué – il a fallu que j'entende à nouveau le son de sa voix pour me rendre compte à quel point.

— Euh, salut, Richelle. C'est Cal. Je sais que ça fait un bail. Désolé de ne pas t'avoir appelée. Je me demandais comment tu allais, et où tu étais finalement allée étudier. Je suis à Crenshaw. Je parie que tu ne t'y attendais pas, hein ? Enfin, t'as mon numéro. J'espère que tu me rappelleras.

NICOLE

Septembre - Classe de 3^e^

— Alors, le lycée[1] ? me demande Richelle quand j'entre dans sa chambre.

— C'est naze, je marmonne en m'asseyant sur le pouf dans un coin. Tout ce qui compte, c'est tes fringues. À qui tu parles. Qui t'aime bien. C'est vraiment naze.

Richelle se met à rire.

— Ça ne peut pas être aussi terrible que ça.

— Je n'ai envie de parler à personne. C'est fatigant, dis-je en gémissant. En plus, Ashley, Vi et Heather sont des moulins à paroles, alors je pense qu'elles ne remarqueront pas si je ne dis rien.

1. Aux États-Unis, la classe de 3e est intégrée au lycée. (Note de la traductrice.)

— De toute façon, avant, tu n'étais pas du genre bavarde.

Les yeux marron de Richelle s'illuminent. Elle lance d'une voix charmeuse :

— Tu pourrais être la fille mystérieuse qui ne dit jamais rien.

Je sais qu'elle essaie de me remonter le moral. Mais je déteste vraiment le lycée. Il y a tellement de... gens qui vous jugent.

— Vis ta vie ! balance-t-elle quand elle voit que je n'arrive pas à sourire. Ne dis rien. Observe. Tu deviendras la fille la plus populaire du bahut sans même ouvrir la bouche.

— Sérieusement ?

Là, je suis obligée de sourire.

— Les gens sont bêtes, fait-elle remarquer de façon pragmatique. Par exemple. Regarde les nanas avec qui tu traînes. Même à elles trois réunies, elles n'ont pas de cerveau.

Je ris.

— Tu n'imagines même pas ! La plupart du temps, je me bouche les oreilles. Je hoche juste la tête pour qu'elles aient l'impression que j'écoute.

— Si seulement t'étais assez courageuse pour les laisser tomber. Je sais que t'as pas envie de contrarier tes parents, mais ces filles sont...

Richelle souffle, exaspérée. On a déjà eu cette conversation, plusieurs fois.

Elle poursuit.

— Comme je te disais, les gens sont bêtes et superficiels. Pour ces filles, t'es un piège à queues.

— Richelle !

— Tu m'as comprise. T'es canon. Les mecs tournent autour de toi comme des mouches. Et donc, autour d'elles.

— C'est tellement triste, présenté comme ça.

Je secoue la tête en grimaçant.

Richelle et moi, on n'en parle pas, mais elle sait que je ne me vois pas vraiment comme les autres me perçoivent. Je suis un paquet, joliment emballé par mes parents. Remplie d'attentes de perfection – mes cheveux, mes dents, mes habits impeccablement repassés. Il n'y a rien de vrai derrière la façade que j'expose au monde, et donc, dans le miroir, je ne vois rien d'autre qu'un mirage. Mon allure est aussi bidon que ce que je ressens.

Personne ne peut imaginer ce que je suis sous le nœud parfait attaché dans mes cheveux. Sauf Richelle.

— J'aimerais tellement être là pour te voir mener le lycée à la baguette !

— Moi aussi, j'aimerais que tu sois là, je soupire. Tu es ma seule véritable amie.

— Pareil.

Richelle sourit.

— Alors il va falloir qu'on traverse cette épreuve ensemble, même si on est séparées, je déclare.

Richelle ne dit rien. Elle regarde ses mains.

— Arrête, lui dis-je. Ça va bien se passer. Tu finiras par revenir à Renfield. Accroche-toi à cette idée. En plus, j'ai commencé notre liste, pour après le lycée.

— C'est vrai ? demande-t-elle en relevant la tête. C'est quoi, la première chose sur ta liste ?

— Passer l'été à faire le tour de l'Europe en sac à dos.

— Tes parents ne te laisseront jamais faire un truc pareil ! s'exclame Richelle en éclatant de rire.

— En fait, Harvard encourage ses étudiants à passer leur première année à l'étranger afin de s'ouvrir à d'autres cultures. L'idée leur paraîtra formidable, crois-moi.

— Alors on devrait partir toute une année, pas juste un été ! On fera le tour du monde. C'est la seule fois dans notre vie où on aura le temps pour un truc pareil.

— C'est vrai. Je vais corriger ma liste !

Je sors la feuille jaune quadrillée de mon sac et je barre « pour l'été », que je remplace par « toute une année ».

— Montre-moi ! demande Richelle en tendant la main.

Je me lève et je lui apporte la feuille sur le lit.

Richelle se met à lire.

— Voyager à travers le monde toute une année. Faire un tour en montgolfière. Aider quelqu'un qui ne veut pas qu'on l'aide.

Elle me regarde en souriant.

— Ça me plaît, ça !

Elle s'arrête avant d'ajouter :

— Oh ! J'ai une idée !

Elle prend le stylo et écrit : « Aider les enfants à se souvenir qu'ils sont toujours des enfants même quand leur vie est pourrie. »

J'en ai le cœur serré, mais d'une façon positive.

Elle reprend la lecture à haute voix :

— Tomber amoureuse.

Elle ajoute : « de Cal » entre parenthèses. Et aussi : « Perdre sa virginité avec Cal ».

— Richelle ! On est censées faire ces trucs ensemble !

— Je vais mettre son nom entre parenthèses aussi. Tu peux tomber amoureuse de qui tu veux ! Pareil pour la virginité.

— Ouais, ça ne risque pas d'arriver….

L'idée de bien aimer un garçon – et je ne parle même pas de tomber amoureuse –, me paraît impossible. La plupart d'entre eux sont tellement insupportables. Excepté Cal. Même si je ne lui adresse plus la parole. En plus, je ne pourrais jamais faire un coup pareil à Richelle. Elle est ma meilleure amie. Je lui ai d'ailleurs promis il y a des années de ne pas sortir avec lui.

— Laisse-moi voir !

Je tends la main pour récupérer la liste.

— « Dévaler une colline en roulant » ? Vraiment ?

— C'est quand la dernière fois que ça t'es arrivé ? me demande-t-elle sur un air de défi.

— Jamais, je réponds tout bas.

— Exactement.

J'ajoute : « Revivre le jour le plus heureux de ta vie. »

— C'était quand ? demande Richelle.

Je souris.

— Je ne le sais pas encore.

16

Chez Bean Buzz, je m'effondre, épuisé et démoralisé, sur le sofa en cuir abîmé. J'ai passé toute la journée à sillonner Crenshaw en voiture à la recherche de Nyelle. Mais je ne l'ai pas trouvée.

Je suis allé dans tous les endroits auxquels j'ai pu penser : l'hôtel, le foyer pour sans-abris, la boutique d'Elaine, l'hôpital, le bureau médical, chez Starlight et ici. J'ai roulé dans des rues au hasard dans l'espoir de la croiser. Je l'ai appelée. Je lui ai envoyé des textos. J'ai tout fait, à part crier son nom – même si j'ai sérieusement envisagé cette idée. Elle est partie, et maintenant, je suis paumé.

— Rude journée ?

Une fille plutôt mignonne qui porte un pull échancré s'assied à côté de moi avec son livre.

— Carrément, je réponds en m'enfonçant encore plus dans le canapé.

J'ai l'impression que mon corps est sur le point de s'effondrer sur lui-même.

— Je t'offrirais bien un truc un peu plus fort que du café si ça te tente d'aller ailleurs.

Je lui souris poliment.

— Merci mais…

Je grogne car quelqu'un se jette sur moi et atterrit sur mes genoux. Je suis paralysé : Nyelle est à califourchon sur moi.

Elle se met à parler sans attendre ma réaction.

— Je retire ce que j'ai dit. Je ne veux pas que tu sortes avec d'autres filles.

Elle passe ses bras autour de mon cou et m'embrasse devant tout le monde. Quand elle arrête, je suis à bout de souffle.

— D'accord ?

La revoilà. La fille insouciante que j'ai rencontrée dans ce café. Je peux me torturer en essayant de savoir où elle était ou de comprendre ce qui est arrivé à Nicole. Mais à cet instant précis, je m'en moque. Nyelle est sur mes genoux et me sourit, et c'est tout ce qui compte.

— Salut ! T'as passé un bon Noël ? me demande-t-elle gaiement.

Dans sa voix, aucune trace du désespoir qui m'a hanté depuis que je l'ai laissée partir. Et la tristesse a disparu de ses yeux.

La fille avec le pull décolleté nous regarde, bouche bée. En fait, presque tout le monde nous regarde. Je devrais m'être habitué à être le centre de toutes les attentions. Je crois bien que je fais partie du folklore, chez Bean Buzz.

Quelqu'un se racle la gorge.

Nous levons les yeux. Mel est devant nous, les mains sur les hanches.

— Je sais que vous êtes dans votre période de lune de miel, mais ceci est un établissement familial.

Nyelle lui sourit.

— Pas de souci. On allait partir.

Elle se met debout et me prend la main.

— Euh… désolé, Mel.

Nyelle m'arrache au canapé et m'entraîne vers la sortie. Une fois dehors, dans le froid, elle se retourne et m'enlace de nouveau. Mon cerveau a du mal à accepter qu'elle est vraiment ici, en face de moi. Et sincèrement heureuse de me voir.

Je l'attire pour la serrer contre moi. J'enfouis mon visage dans ses cheveux.

— Tu n'imagines pas à quel point je suis heureux, là, maintenant.

— Tu croyais que j'étais partie ?

— Oui, dis-je avec un long soupir. Je suis désolé de ne pas avoir essayé de te rattraper. J'aurais dû. Mais…

Nyelle lève les yeux vers moi.

— Ne t'inquiète pas. Je suis encore là. On n'est pas obligés d'en parler.

Alors nous éviterons le sujet. La dernière chose au monde que je veux c'est qu'elle s'en aille une nouvelle fois. Je me penche vers elle et j'embrasse ses lèvres chaudes. Elle passe ses doigts dans mes cheveux en s'appuyant contre ma bouche. Le baiser devient plus fougueux, et mon pouls suit la cadence.

— Allons chez toi, murmure-t-elle.

Ses lèvres sont toujours plaquées contre les miennes. Je crois que je réponds, mais il est possible que cela ressemble plus à un gémissement qu'à des mots.

— Vous êtes sérieux ?

Nous nous retournons. Mel se tient sur les marches, les bras croisés. Elle nous fusille du regard.

— Euh… On s'en va, pour de vrai ! je bafouille.

Mon visage est écarlate. Je prends la main de Nyelle et nous partons.

Quand nous montons à bord du pick-up, les affaires de Nyelle sont sur la banquette. Je souris. Elle les a déposées là quand elle a vu que je n'avais pas verrouillé les portières. Une part de moi croit toujours que tout cela n'est qu'un rêve.

Surtout quand nous arrivons à l'appartement et qu'elle se dirige directement dans la chambre, en laissant tomber sa veste sur le canapé et en se débarrassant de sa chemise au passage. Pitié, pourvu que ce ne soit pas un rêve !

Quand j'entre dans la chambre, elle a enlevé ses bottes et déboutonne son jean.

Je pose ma veste sur la chaise du bureau.

— T'es sûre ? je lui demande, incapable de détourner mes yeux de sa peau.

Nyelle se mord la lèvre et hoche la tête. Elle fait glisser son pantalon sur ses jambes et ôte ses chaussettes avant de s'allonger sur mon lit. Je scrute ses yeux pour vérifier qu'elle ne se paie pas ma tête. Cela serait cruel – très cruel, me dis-je en promenant mon regard le long de son corps.

J'enlève mon tee-shirt, que je jette par terre. Je garde les yeux rivés sur elle, car j'ai peur qu'en les détournant, même une seconde, je me réveille. Après tout, ce rêve, je l'ai déjà fait.

— Waouh, s'exclame-t-elle en levant un sourcil. Je ne m'attendais pas à ça, en dessous.

Je me fige. Je n'ai même pas encore enlevé mon pantalon. Mais je comprends alors que c'est de mon torse qu'elle parle. Et je ne sais pas quoi répondre. Qu'est-ce qu'on dit, dans ces cas-là ? Merci ? Je choisis de me taire. Je me penche au-dessus d'elle sur le lit. Sa main caresse ma peau, ce qui me donne la chair de poule. Je l'embrasse tendrement en me tenant en appui au-dessus d'elle.

— Dis-moi juste ce que je dois faire, murmure-t-elle contre mes lèvres.

Je ne m'attendais pas à ce qu'elle soit aussi directe. Pourtant, quelque chose dans ses mots me pousse à m'arrêter.

Je me détache un peu d'elle pour la regarder.

— Qu'est-ce que tu veux dire ?

— Apprends-moi… à le faire.

Ses yeux bleus cherchent les miens. Je discerne une pointe de nervosité dans son regard. Je me redresse.

— Nyelle, c'est ta première fois ?

C'est impossible !

— Eh bien, oui, répond-elle en s'appuyant sur son coude. Ça ne te pose pas de problème, hein ?

Je hoche la tête. J'essaie d'enregistrer cette information.

— Mais…

Je m'apprête à lui demander pour Kyle. Mais au dernier moment, je me ravise.

— Tu es sorti avec quelqu'un pendant longtemps.

— Je sais.

Elle s'assied sur le lit.

— Et tu es toujours vierge ?

— Je voulais que personne ne me touche, répond-elle franchement. Mais je te fais confiance. Depuis toujours.

Et voilà cette bonne vieille phrase qui pointe le bout de son nez. Comme je les déteste, à cet instant précis, ces paroles remplies d'attente. En plus, ce que j'ai dit dans l'arbre à glaçage au sujet des premières fois me revient en pleine figure.

Je ramasse ses affaires que je lui redonne.

— Quoi ? Tu ne veux plus faire l'amour avec moi ?

— Ah si, j'ai grave envie, je lui assure en remettant mon tee-shirt. Mais je veux être l'exception.

— Tu peux développer ? demande-t-elle en tenant ses habits contre elle, sans bouger.

— Rends-moi un service, s'il te plaît. Rhabille-toi dans la salle de bains et attends que je vienne te chercher. D'accord ?

Elle hoche doucement la tête, toujours perdue. Quand elle se lève, je lui serre doucement les bras et dépose un baiser tout doux sur ses lèvres.

— Il me faut une minute.

— OK, dit-elle à voix basse avant de sortir de la chambre.

Je pousse la porte et je ferme les yeux en me passant la main dans les cheveux. Allez, on se détend ! Je prends une petite inspiration avant d'aller jusqu'au placard. Il y a une boîte quelque part là-dedans remplie de… Ah, voilà ! Des bougies. Je les dispose à travers la pièce et je les allume. Je replace les couvertures sur le lit. Je choisis une playlist sympa sur mon iPhone. Et j'éteins les lumières.

Je fais un pas en arrière et j'observe la pièce.

Voilà, c'est beaucoup mieux.

Ensuite, je sors un préservatif du tiroir de ma commode et je le pose sur le chevet. Généralement, je ne suis pas aussi cash. J'aime bien qu'il apparaisse comme par magie. Mais il y aura assez de pression comme ça, alors je n'ai pas envie d'avoir à le chercher partout le moment venu.

À la dernière minute, je décide d'enlever mes boots et mes chaussettes. Ce sont de sacrés tue-l'amour. On ne peut pas les enlever de façon discrète. Quand je sors de la pièce, j'entends le robinet de la douche qui se ferme. Je ne m'y attendais pas et je souris en imaginant déjà l'odeur de sa peau.

J'ai toujours du mal à croire que Kyle et Nicole n'ont jamais couché ensemble. Je ne m'en plains pas. Mais j'aurais juré…

* * *

RAE : T'ES OÙ ?

MOI : EN BAS !

RAE : JE SUIS DEVANT LA PORTE. VIENS ME CHERCHER.

— Rae est là, dis-je à Brady et Craig qui jouent à une espèce de jeu d'alcool avec des fléchettes. Je vais la chercher. Je reviens tout de suite.

— OK, répondent-ils sans me regarder.

Je traverse la foule et je monte les marches. Il n'y a personne au rez-de-chaussée, puisque la soirée a lieu dans la cave et dehors. Je ne sais pas du tout pourquoi Rae a besoin d'une escorte, mais bon.

— Elle est où, là ? souffle Vi. Je n'ai pas envie de poireauter ici.

Je m'arrête.

— Elle est à l'étage avec Kyle. T'imagines, ils ont passé tout l'été ensemble, alors ils pourraient au moins se retenir pendant une soirée, dit Heather sur ce ton qui me rend dingue.

Cette fille en fait décidément beaucoup trop à mon goût.

— Moi aussi, j'aurais du mal à ne pas le toucher, fait remarquer Ashley d'une voix qui se veut sexy.

— Ashley ! la reprend Heather en gloussant.

Je leur rentre pratiquement dedans à l'angle de la maison. Sans vraiment me regarder, elles soupirent de façon exagérée pour montrer que je suis en travers de leur route.

Quand j'arrive devant la porte d'entrée, Rae n'est pas là. En fait, il n'y a personne.

Je sors mon téléphone.

MOI : SUIS DEVANT LA PORTE D'ENTRÉE. T'ES OÙ ?

RAE : TOILETTES. ATTENDS-MOI.

Je m'assieds sur l'une des marches menant au premier et je patiente. J'entends une porte qui s'ouvre à l'étage et je me lève, m'attendant à voir Rae.

— J'ai pas envie de faire ça ici, tu comprends ? dit Nicole. Pas à une soirée. Ce n'est pas vraiment comme ça que j'imaginais les choses.

— Est-ce que ça t'arrive de te mettre à ma place ? demande Kyle.

— Hé, tu obtiens exactement ce que tu voulais de notre histoire, réplique sèchement Nicole.

— *D'accord. Écoute, je suis désolé, dit Kyle. Mais j'ai envie de toi depuis tellement longtemps, et puis tu ne vas pas tarder à entrer à l'université.*

Heureusement, la porte se referme. C'était la dernière chose que je voulais entendre.

— *Prêt ? demande Rae, qui vient d'apparaître devant moi.*

— *On y va, je réponds en la suivant dans la cave.*

* * *

Avec le recul, je crois que j'ai très mal interprété cette discussion.

La porte de la salle de bains s'ouvre, et Nyelle apparaît. Elle détache ses cheveux, qui tombent en cascade sur ses épaules.

Elle a remis ses vêtements. Je suis content qu'elle l'ait fait : je préfère les lui enlever moi-même.

— Je suis prête, déclare-t-elle, comme si elle allait entrer sur un terrain de basket.

— OK. Tranquille. Pas de pression. On va faire ça…

Elle me saute dessus, en enroulant ses jambes autour de ma taille. Je bascule d'un pas en arrière, et je place mes bras sous ses fesses pour la soutenir. Un sourire sexy se dessine sur son visage. Elle se penche vers moi jusqu'à ce que ses lèvres taquinent les miennes. Le simple fait de sentir son souffle contre moi m'embrase tout entier. Sa bouche bouge au même rythme que la mienne. Lentement.

Nyelle m'embrasse le long de ma mâchoire et de mon cou tandis que je la porte jusqu'à la chambre. Je la dépose à terre, et je prends son visage entre mes mains pour l'embrasser de nouveau – il m'en faut toujours plus. Ses mains glissent sous mon tee-shirt, et je l'aide à le passer par-dessus ma tête. Je frissonne quand ses doigts se promènent sur ma peau, et que ses lèvres trouvent mon torse.

Je retire sa chemise et Nyelle déboutonne mon jean. Je descends sa fermeture Éclair tout en essayant d'envoyer valser mon pantalon. Cela me demande un effort surhumain. Nous sommes tous les deux en sous-vêtements. Nous nous regardons.

Je cherche dans ses yeux un signe d'hésitation. Je pourrais vraiment passer toute la nuit à les contempler. Elle se hisse sur la pointe des pieds et chuchote :

— J'en ai envie. Promis.

Il ne m'en faut pas plus : je glisse mes mains sur sa taille et je l'embrasse avec plus de fougue et de désir que jamais dans ma vie. Je suis littéralement en feu.

Nyelle s'allonge lentement sur le dos, et me voilà sur elle, à l'embrasser, la toucher. Elle respire fort tandis que mes mains caressent sa peau. J'apprends à la connaître. J'accepte l'idée de ne pas pouvoir changer grand-chose au fait que le sexe ne sera pas forcément agréable en cette première fois. En revanche, je peux rendre ce qui précède suffisamment chouette pour qu'elle s'en souvienne. Et vu ses réactions, j'ai l'impression que ça marche.

Je savoure des yeux la fille qui est en dessous de moi. Elle est tellement belle que mon cœur a mal. Et elle me fait confiance.

* * *

Nyelle est allongée contre mon torse, sans rien dire. Je suis stressé, car j'attends de connaître sa réaction. J'ai eu du mal à interpréter sa respiration saccadée et j'ai fermé les yeux pendant. Impossible pour moi de savoir ce qui se passait dans sa tête. Et c'est toujours le cas. Je me lance.

— Comment tu te sens ?

Silence. Je reste muet, retenant presque mon souffle.

— Différente.

— C'est une bonne chose, ou pas ?

Elle laisse échapper un petit rire tout en dessinant des cercles sur ma poitrine.

— Différente, c'est tout.

Nyelle lève la tête et me sourit. Et puis elle s'approche de moi et embrasse le bout de mon nez. Je n'ai toujours pas bougé, j'appréhende ce qu'elle va dire.

— Cal, c'était notre première fois.

Me voilà rassuré !

— Je n'ai pas de point de comparaison, ajoute-t-elle.

— Ah !

J'essaie de me détendre.

— Alors il va falloir qu'on recommence, dit-elle avec légèreté, en pressant ses lèvres contre mon épaule.

Je l'attrape par la taille et je la retourne sur le dos.

— Pas aujourd'hui, dit-elle de façon catégorique. Mais on le refera.

— D'accord. Très bien. Dès que… dès que tu seras prête.

Je bafouille mais je suis quand même soulagé. Je l'attire vers moi et je l'embrasse encore avant de ramasser mon boxer.

Quand je reviens, Nyelle porte l'un de mes tee-shirts, qui tombe sur ses cuisses. Elle tire le drap-housse sur le dernier coin du lit. J'enfile un short avant de l'aider à remettre la couette et les oreillers.

Nyelle monte sur le lit et marche jusqu'à moi, se penche en prenant appui sur mes épaules et dépose sur mes lèvres un baiser furtif. Je laisse mes mains glisser sur ses jambes nues et avant que j'aie pu m'arrêter, elle est allongée sur le dos et je réponds à son petit baiser par un autre beaucoup plus profond.

— Cal ! dit-elle en haletant.

Je me contente de gémir.

— Pas maintenant.

Je m'effondre à côté d'elle sur le lit.

— C'est vrai, pardon !

— Oh ! s'exclame-t-elle en se levant d'un bond et en me laissant sur le carreau. Tu vas adorer !

Je la suis dans le salon. Accroupie devant son sac, elle farfouille dedans. Je m'assieds sur le canapé, et j'allume la télé en attendant. J'entends des bruits de plastique et de paquet de chips qu'on ouvre. J'appréhende un peu la suite.

— Ferme les yeux !

— Nyelle, c'est encore l'une de tes expériences avec des chips ?

— Celle-ci va te plaire, me promet-elle. Mais ferme les yeux.

J'obéis. Et puis je sens qu'elle s'assied sur mes genoux. Jusqu'ici, l'expérience me plaît bien.

— Ouvre !

Je m'exécute. Et puis un marshmallow arrive dans ma bouche. Je mâche. Et…

— C'est dégueulasse ! je proteste après avoir avalé. T'as mis un Dorito épicé au milieu, ou quoi ?

— Je trouve ça bon, moi, dit-elle alors qu'elle en avale un.

— T'es la fille la plus chelou que je connaisse.

— Cool ! dit-elle en m'embrassant sur les lèvres, la bouche pleine de marshmallows.

* * *

Le lendemain matin, j'ouvre les paupières et je découvre les yeux bleus de Nyelle. Nous sommes tous les deux pelotonnés l'un en face de l'autre. Ses mains sont sous l'oreiller.

— Salut, dis-je en essayant de ne pas respirer trop fort.

Elle me fait un petit sourire. Comme elle se contente de me regarder sans bouger, je lui demande si ça va. Elle hoche la tête.

— Tu me regardes depuis longtemps ?

Nyelle grimace.

— Tu n'as pas dormi du tout ?

Elle secoue la tête d'un air contrarié. Ses yeux papillonnent.

— T'es sûre que ça va ?

Elle m'adresse un autre petit sourire et hoche la tête. Mais je décèle une espèce de tension étrange sur son visage.

— Tu ne me parleras pas tant que tu n'auras pas brossé tes dents, c'est ça ?

Sans desserrer les lèvres, elle me fait signe que j'ai tout compris.

— D'accord. Bon, je vais prendre une douche, si ça ne te dérange pas. Ensuite, tu auras la salle de bains pour toi toute seule.

Elle hoche la tête, mais ne bouge toujours pas. Même quand je quitte le lit. Elle reste de son côté et ses yeux fixent un point droit devant eux. Je me retourne pour la regarder depuis le seuil de la chambre. Quelque chose ne tourne pas rond.

Quand je sors de la douche, je me dirige vers ma chambre. Alors que je m'apprête à ouvrir la porte, je m'arrête, la main sur la poignée. Je tends l'oreille. Je jurerais que j'entends…

Elle parle toute seule. Je me risque à entrebâiller la porte. Les poings serrés le long de son corps, tête baissée, Nyelle fait les cent pas près de mon bureau. Elle est dans l'une de ses transes super bizarres. Je ne comprends pas tout ce qu'elle dit, mais elle est vraiment remontée.

— Et maintenant ? marmonne-t-elle.

Ensuite, je crois qu'elle dit :

— Ce n'était pas censé arriver.

Je suis persuadé qu'elle parle de moi et de la nuit dernière. Et maintenant, je me sens super naze.

Je suis sur le point de refermer la porte quand elle se jette sur le lit et se met à hurler dans un oreiller. Un frisson me parcourt.

* * *

— Je vais aux toilettes, dis-je à Rae et aux gars en me levant de la chaise sur laquelle je suis assis depuis le début de la soirée.

Je ne sais même pas pourquoi nous continuons à venir. Nous restons dans un coin sans parler à personne. Enfin, Rae et moi, en tout cas. De temps à autre, Brady et Craig partent faire un tour et reviennent chaque fois qu'une fille les jette.

Je trouve facilement la salle de bains au rez-de-chaussée. Des filles font la queue devant.

— Logan, tu peux utiliser celle de ma chambre si tu veux, murmure Reggie. C'est là-haut. Mais ne dis pas que je t'ai autorisé. Personne n'a le droit d'y aller.

— Merci !

C'est l'un des seuls types de l'équipe de basket à m'adresser la parole en dehors du terrain.

— Oh, et si tu vois des gens à l'étage, tu les vires, OK ?

— OK, je réponds en me rendant à l'avant de la maison.

En haut des marches, il y a une porte anti-chiens qui bloque l'accès au palier. Quelqu'un a scotché un écriteau « Zone interdite ». Je prends soin de bien refermer derrière moi.

On ne peut pas rater la porte de Reggie. Elle est ornée des panneaux : « Interdiction d'entrée » et « Tir à vue ». Juste au moment où je m'apprête à entrer, j'entends quelqu'un parler. Génial.

Je suis sur le point de faire demi-tour et de poireauter une heure dans la queue en bas quand un bruit m'arrête. Des cris, on dirait. Mais étouffés. Je m'immobilise. Maintenant, impossible de partir sans vérifier que tout va bien. J'ouvre doucement la porte, assez pour voir à l'intérieur. Il fait sombre, mais la lumière de l'aquarium de Reggie me permet de distinguer la silhouette de quelqu'un... une fille, assise au bord du lit, un oreiller sur les genoux. Elle est seule.

Elle se penche, enfonce sa tête dans l'oreiller et hurle. Même étouffé, c'est un cri plein de douleur. J'en ai des frissons. Je la regarde remettre l'oreiller en place et se lever. Elle se recoiffe et passe une main tremblante sur le devant de sa robe. Nicole.

Je referme la porte et je me faufile dans la chambre de la sœur de Reggie jusqu'à ce que je l'entende partir.

— C'était rapide, dit Rae quand je reviens. T'es allé dehors ?

Je secoue la tête en cherchant Nicole Bentley dans la foule. Je la trouve de l'autre côté de la pièce, entourée de son groupe habituel. Elle sourit en écoutant quelqu'un. Elle semble calme, comme d'habitude. Mais l'espace d'un instant, nos yeux se rencontrent, et son front se plisse. Ou peut-être l'ai-je imaginé.

Kyle arrive à sa hauteur et passe son bras autour d'elle. Elle sursaute quand il l'embrasse sur la joue, mais elle ne dit rien. Je la regarde encore quelques secondes.

— Elle ne... parle jamais, dis-je tout bas.

— Hein ? demande Rae. Tu regardes qui, comme ça ?

— Personne.

Je reprends ma place sur le fauteuil.

* * *

Nyelle lève la tête et avale brusquement de l'air en me voyant sur le seuil, immobile. Je ne sais pas quoi dire. Ses yeux papillonnent – elle essaie de déchiffrer ce que disent les miens.

Elle se lève et marche vers moi. Je relâche la poignée et je pousse la porte. Elle pose une main sur mon torse en me jetant un regard plein de tristesse avant de continuer son chemin jusqu'à la salle de bains. J'ai l'impression qu'on a passé mes entrailles à la moulinette.

Je m'assieds sur le lit et je m'avachis, les coudes posés sur mes genoux. J'entends la douche. J'ai merdé. Elle n'était pas prête. Et maintenant… elle regrette.

Je sais qu'il faudrait que je lui dise quelque chose. Mais quoi ? L'idée de lui présenter des excuses me donne des sueurs froides. Parce que je ne suis pas désolé. J'ai couché avec des filles et je les ai larguées dans la foulée. Nous ne sommes pas tous compatibles. Mais ce que Nyelle et moi avons fait, je ne le regrette pas. Pas une seule seconde.

J'aurais aimé qu'elle non plus.

J'appuie ma tête dans mes mains et je réfléchis.

— Tu n'étais pas censé voir ça.

Je me redresse. Nyelle se tient sur le seuil, juste en débardeur et petite culotte. Ses cheveux mouillés sont coiffés vers l'arrière, et sa peau est encore humide. Quelle torture !

— Parfois, j'ai besoin d'évacuer, explique-t-elle en s'avançant lentement vers moi. Je n'ai jamais été très douée pour ça. Je laisse les choses s'accumuler jusqu'à ne plus pouvoir rien contenir. Et alors… j'explose. C'est comme ça que je m'en sors.

Elle s'assied à côté de moi sur le lit et pose sa tête sur mon épaule.

— Tu n'étais donc pas censé voir ça, ajoute-t-elle en soupirant. Je devais avoir l'air d'une folle.

— C'était moi ? je demande tout bas.

Je sens mon cœur battre dans ma gorge.

— Quoi, c'était toi ? La raison pour laquelle j'ai pété un plomb ?

Elle penche la tête en me regardant et plisse le front.

— Oh, non, Cal, ce n'était pas toi du tout.

Elle semble avoir une illumination. Elle rampe jusqu'à moi et m'enjambe.

— Je suis désolée si j'étais bizarre ce matin.

Je pose mes mains sur ses cuisses tandis que ses doigts se posent sur mes épaules.

— La nuit dernière, c'était un sacré truc pour moi. Tu le sais.

Je hoche la tête.

— Et puis… j'ai compris que je partais dans deux semaines. Alors je n'ai pas réussi à fermer l'œil, et je t'ai regardé dormir. Ce qui n'a fait qu'empirer les choses parce que… je n'ai pas envie de te quitter…

Elle s'écroule sur moi et me serre contre elle. Je lui caresse le dos.

— Mais je dois le faire.

— Pourquoi ? je lui demande, le visage collé contre son cou.

— Ma place n'est pas ici, Cal. Tu le sais bien.

— Mais tu ne veux pas partir. Et je ne veux pas que tu t'en ailles. Alors c'est simple : reste.

Elle se rassied sur mes jambes en riant.

— Si seulement ! Mais je ne peux pas.

— Je ne comprends pas. Il y a des tas de choses que je ne comprends pas à ton sujet.

C'est un risque, je le sais. Mais je me suis battu chaque jour pour elle depuis que je l'ai vue pour la première fois ici, et maintenant qu'elle est avec moi, je n'ai pas envie de la laisser partir.

— Tu peux tout me dire.

— Je suis désolée, se contente-t-elle de répondre. Je suis tellement désolée.

Et puis Nyelle pousse mes épaules, m'obligeant à m'allonger sur le dos. Elle entoure ma tête de ses mains et reste au-dessus de moi.

— Tu crois qu'on pourrait… tu sais… dit-elle avec un sourire charmeur.

J'écarquille les yeux.

— Vraiment ?

— Au fait, tu es adorable quand tu dors, murmure-t-elle.

Elle embrasse mon cou et descend jusqu'à ce point très sensible sous l'oreille.

— Bon, je suis ici, avec toi, pendant deux semaines.

Et puis ses lèvres trouvent les miennes, et à cet instant précis, plus rien d'autre n'a d'importance.

Nicole

Octobre - Classe de seconde

— Ma mère ne devrait pas tarder à arriver. Merci d'être venue avec moi, dit Richelle en fourrant ses livres dans sa besace. Je sais que ce n'est pas vraiment comme ça que tu imaginais ton week-end.

— Arrête tes bêtises ! En plus, j'avais un devoir à terminer, je lui réponds en tirant la fermeture Éclair de mon sac à dos.

Assise sur les chaises en plastique, on attend que la mère de Richelle passe nous chercher. Ensuite, je reprendrai le train pour Renfield.

— Tu ne m'as jamais raconté comment s'était passé le récital de piano l'autre soir.

— Plutôt bien, je réponds. Ça a plu à mon père, et j'imagine que c'est tout ce qui compte.

— Malheureusement, oui…

J'évite de croiser le regard de Richelle. Je sais ce qu'elle pense de son obsession pour la perfection.

— Est-ce que Rae joue encore de la batterie ?

— Oui. Je l'entends tous les soirs dans son garage. Pourquoi tu ne lui parles plus alors que tu parles encore à Cal ?

Richelle laisse échapper un petit rire.

— Rae et moi, on n'a jamais vraiment parlé.

— C'est vrai !

Je me souviens qu'elles passaient leur temps à se prendre le bec.

— Mais tout sera comme avant quand on reviendra à Renfield.

Mon cœur bondit.

— Vraiment ?

Richelle hausse les épaules.

— Mes parents disent que c'est une possibilité. Ça dépend comment tout ça se passe.

Je ferme les yeux. C'est ce que je souhaite le plus au monde. Cela voudra dire que tout s'est finalement arrangé.

— On pourra lancer notre groupe. Pour de vrai, cette fois-ci, dit Richelle en équilibre sur les pieds arrière de sa chaise. Tu pourrais être aux claviers. Moi je chanterais. Rae prendrait la batterie, bien sûr. Et Cal, la guitare. Tu sais ce qu'il vaut ? Parfois, il gratte deux trois notes quand on se parle au téléphone, mais j'ai du mal à…

Elle s'arrête. Elle sait bien que je n'ai aucun moyen de répondre à cette question.

— Ne dis rien ! je lui lance sévèrement car je sais ce qu'elle va me sortir. Je t'ai fait une promesse. Et c'est plus important qu'être leur amie.

— Mais ne pas être amie avec eux n'a jamais été une clause de cette promesse.

C'est son argument à chaque fois. Mais je sais que si j'étais restée amie avec eux, j'aurais fini par trahir ma promesse. Et ça, je ne peux pas l'envisager. Même s'ils me manquent beaucoup.

Face à mon silence, Richelle lève les yeux au ciel. Elle a compris que le débat était clos. Une fois de plus.

— Oh, écoute ce truc ! dit Richelle en laissant retomber sa chaise sur le lino.

Elle sort son casque de la poche de son sweat-shirt et le branche à son téléphone. Elle me tend l'un des écouteurs.

— J'ai entendu cette chanson et je me suis dit que Rae assurerait grave à la batterie. On pourrait trop jouer ce morceau !

Je soupire. Je sais très bien qu'elle n'arrêtera pas de parler d'eux. Je place l'écouteur dans mon oreille. Richelle touche son écran et choisit la chanson. Ça commence avec de la basse. Au bout de quelques secondes, Richelle, les yeux fermés, se met à secouer la tête en rythme.

Impossible de résister. J'agite la tête aussi. Quand vient le refrain, une espèce d'hymne, Richelle se lève soudain, poing levé. Surprise, je me mets à rire. Elle commence à attirer l'attention des autres personnes dans la pièce. Mais apparemment, elle s'en moque.

Quand le refrain recommence, Richelle chante en même temps. J'ouvre la bouche et je ris. Je n'en reviens pas. Elle prend ma main pour que je me lève et me fait tourner. La chanson se termine par un accord de guitare tonitruant. Richelle s'effondre sur sa chaise, à bout de souffle. Mon visage est rouge pivoine parce que tout le monde nous regarde.

— Excusez-moi, dit une femme robuste.

Je crois que c'est la responsable ou un truc du genre.

— Je ne suis pas certaine que cela soit vraiment le meilleur endroit…

— Vous plaisantez, j'espère ? proteste Richelle. J'essaie juste de m'amuser un peu.

Une mère qui est assise avec son fils de l'autre côté de la pièce secoue la tête d'un air désapprobateur.

Le garçon, lui, sourit de toutes ses dents. Comme moi, il trouve ça drôle. La femme au-dessus de nous semble choquée, avec ses gros yeux.

— Vous pourriez au moins respecter les autres et baisser d'un ton.

Elle se retourne et sort en trombe, excédée.

Richelle me regarde en riant.

— Ah, les gens, je te jure ! Il faut qu'ils se détendent un coup. Et qu'ils vivent un peu ! hurle-t-elle soudain.

La mère, en face de nous, n'apprécie tellement pas que sa mâchoire en tombe. Son fils glousse.

— Pas vrai ?

— Grave ! je réponds en pouffant moi aussi. Ça devrait être ça, la vie. Se marrer.

— Ah ! s'exclame Richelle, comme si elle venait de faire une découverte capitale. Essaie juste d'être heureuse, Nicole. Quoi qu'il arrive. Sois heureuse.

17

— Tu veux faire quoi, ce soir, pour fêter la nouvelle année ? je demande à Nyelle en versant des céréales dans un bol.

— T'as envie d'un gros truc, toi ? me demande-t-elle, assise sur le bras du canapé.

Je m'appuie sur le bar avec le bol dans mes mains.

— Non, mais j'aimerais qu'on fasse quelque chose.

Nyelle réfléchit en examinant le plafond.

— D'accord !

— Tu vas me dire ce que tu as en tête ? Parce que j'ai un peu peur de tes surprises. Et soyons clairs : je garde mes vêtements.

Nyelle se met à rire.

— Bon, d'accord… Exit la tenue à paillettes que je t'avais préparée…

— Ha, ha, très drôle ! Le pire, c'est que je suis sûr que c'est vrai.

Un grand sourire scotché aux lèvres, Nyelle plie ses genoux sous son menton. Je ne sais pas du tout comment elle tient en équilibre au bout du canapé comme ça, mais elle est vraiment adorable. Pendant que je mange mes céréales, elle continue à cogiter.

— J'ai une idée ! déclare-t-elle pendant que je lave mon bol. Pourquoi on ne retournerait pas à Camp Sunshine ?

— Ah non, fini pour moi, les plongeons dans la glace.

Elle fait la moue.

— Mais non… On allumera un feu. On grillera des marshmallows. Et on glissera sur le lac gelé avec une bouée.

— Une… bouée ?

— Tu sais, une espèce de luge, mais gonflable.

Je m'arrête en réfléchissant. Pas si fou que ça, finalement.

— OK. Je suis partant.

* * *

Nyelle, les joues roses, tient devant elle sa luge gonflable. Nous regardons tous les deux le lac gelé.

— À vos marques, prêts ?

Elle jette un œil vers moi et je hoche la tête.

— Partez !

Nous courons dans la neige en direction du lac. Juste avant de sauter sur la glace avec la luge, j'hésite une seconde. Elle profite de mon moment de lucidité pour filer devant moi. Elle s'arrête un mètre cinquante plus loin, sur ce même lac dans lequel nous avons failli nous noyer un mois plus tôt.

— J'ai gagné ! déclare-t-elle en levant les bras.

— Tout ça parce que j'ai soudain eu une vision : moi en train de m'écraser la tête la première sur la glace, dis-je pour me défendre. Je saignais. Mon nez était cassé. C'était pas beau à voir.

Elle me regarde d'un air consterné.

— Essaie de me pousser, me demande Nyelle en s'asseyant sur la bouée.

Je me tiens prudemment sur la glace. Avec la fine couche de neige qui la parsème, cela ne glisse pas trop. Mais je ne me vois pas courir non plus. Je place mes mains derrière Nyelle sur la luge gonflable en prenant appui du mieux que je peux avant de la pousser avec force.

Nyelle se met à hurler comme si elle était sur des montagnes russes. Nous traversons le lac. Pas aussi vite que son sprint de départ tout à l'heure, ni que sur des montagnes russes, mais quand même.

— À mon tour de te pousser, dit-elle à plat ventre sur la bouée en se servant de ses pieds pour revenir vers moi.

— Tu ne vas pas y arriver, je lui dis en m'installant sur le boudin.

— Je m'en veux, dit-elle en me rentrant dedans. C'était toujours toi qui nous poussais sur la balançoire en pneu.

Une fois de plus, elle laisse échapper des bribes de souvenir, elle parle de notre enfance. Avant de trop analyser la situation, je me penche et je l'embrasse. Dans ma tête, j'entends Rae s'énerver contre moi parce que je viens de louper une occasion de poser des questions. Mais ce soir, je n'ai pas envie de ça. Une nouvelle année est sur le point de commencer. Pas le moment de regarder derrière soi, si ?

— Course ? je la défie en me levant et en prenant la poignée en caoutchouc de la luge.

— Celui qui remporte deux courses sur trois a gagné ? suggère-t-elle. Le gagnant a le droit…

— À tout ce qu'il veut ! je propose.

Elle lève un sourcil.

— Je veux connaître les enjeux d'abord.

Mon esprit s'emballe, et mes yeux aussi. Elle me donne une petite tape sur le bras.

— Cal ! Je me doutais bien que tu voudrais un truc… où on serait à poil !

— Bah bien sûr ! Si j'ai le droit à tout ce que je veux, c'est sûr qu'il y aura forcément toi, sans vêtements. Mais pour les détails, ça c'est plus compliqué !

— Très bien. Toute nue. Sous la douche.

Elle s'arrête en attendant ma réaction. Silence complet.

— Dans le noir. Et on se lave vraiment, avec du shampooing et du savon.

— Quoi ? je proteste. Vaut mieux que je gagne, parce que ton truc a l'air limite dangereux. En plus, c'est quoi l'intérêt de se laver ensemble si je ne te vois pas toute nue ?

— Bon, c'est quoi, ton idée alors ?

Elle a les bras croisés.

— Je garde le même thème, mais on prend un bain ensemble avec les lumières allumées. Et pas besoin de se laver, juste…

— Des bulles !

Je fais un grand sourire. Cette idée me plaît bien.

— OK pour les bulles !

— *Deal* !

Son esprit de compétition m'amuse. Nyelle tend la main, que je saisis, mais au lieu de la serrer pour conclure notre marché, je l'attire vers moi, je l'entoure de mes bras et je l'embrasse.

— C'est pas du jeu, souffle-t-elle. Tu essaies de me déconcentrer.

— Je crois que c'est une bonne stratégie, je murmure en faisant glisser mes lèvres le long de son cou.

Nyelle me repousse.

— Ah, vraiment ? Tu veux la jouer comme ça ?

Elle retourne sur la rive enneigée, enlève son écharpe, puis sa veste. Quand elle passe son sweat au-dessus de sa tête, elle s'arrête pour voir si elle a mon attention. Ce qui est bel et bien le cas. Et puis elle retire doucement son débardeur, révélant un soutien-gorge en dentelle noire… et beaucoup de chair.

Je souffle doucement.

— Tu es démoniaque !

Les mains sur les hanches, elle m'adresse un petit sourire taquin.

Je souris en regardant chaque parcelle qu'elle a dévoilée. Je devrais lui dire de se rhabiller. Il fait moins 5 degrés. Mais le spectacle me plaît trop.

— Waouh ! Les nichons, ça rend les mecs très cons !

Elle lève les yeux au ciel.

— Je n'ai jamais dit le contraire, je m'exclame en admirant le paysage.

— Arrête de mater et ramène-toi ! ordonne-t-elle en ramassant sa luge.

Je secoue la tête en essayant de reprendre mes esprits.

— La première victoire ne compte pas, lui dis-je en posant le pied sur la berge. Celui qui remporte deux courses sur trois a gagné, à partir de maintenant !

— Marché conclu.

* * *

Nyelle, tremblante, serre ses bras autour d'elle.

— Tu dois être congelée !

Je jette du bois sur le feu pour l'attiser.

— Et tu sais ce qui me réchaufferait ? Une douche chaude, dans le noir, fanfaronne-t-elle.

— T'as eu du bol.

Je déplace les bûches.

— Non, j'avais une bonne stratégie. Tu n'as pas arrêté de trébucher en essayant de me regarder courir.

— Ton histoire de douche dans le noir, ça promet d'être un désastre. Je ne comprends toujours pas le concept.

Nyelle enfile son sweat. Soudain, elle paraît sérieuse. Elle semble vouloir parler, puis se ravise. J'arrête de m'occuper du feu, pour lui offrir toute mon attention.

— Si tu ne pouvais pas me voir, est-ce que je t'attirerais toujours ?

Cette question, je ne m'y attendais pas du tout.

— Je ne sais pas vraiment quoi répondre.

— Laisse tomber.

Elle referme son manteau et enroule l'écharpe autour de son cou.

— Comment va le feu ?

— Mets-toi devant. Ça te réchauffera, dis-je en scrutant son visage.

Nyelle essaie de sourire, mais sa question n'était pas innocente. J'ai vu comment elle réagit chaque fois que quelqu'un s'intéresse à son physique. Bon sang, elle a foutu un coup de poing à un mec pour ça – OK, il lui avait mis une main aux fesses, mais quand même… Je ne lui ai encore jamais dit à quel point je la trouvais attirante. Chaque fois que la pensée m'effleure, je l'étouffe avant qu'elle puisse franchir mes lèvres. Pour une raison que j'ignore, dès qu'il est question de sa beauté, ça la blesse, alors je ne lui en parle pas.

* * *

Assis côte à côte, chacun sur sa luge avec une couverture sur les genoux, nous grillons des marshmallows sur des bouts de bois, trouvés dans la forêt, que j'ai taillés.

Tandis que je fais tourner les marshmallows au-dessus du feu, je n'arrête pas de penser à la question que m'a posée Nyelle. Je me demande pourquoi son physique la dérange autant. Elle était amie avec trois des filles les plus superficielles du lycée. Tout leur monde gravitait autour des apparences. Alors pourquoi les a-t-elle choisies elles ?

* * *

— *Cal ! hurle Rae derrière moi sur le trottoir. Tu vas où ?*

J'attends qu'elle me rattrape.

— Chez Nicole. Elle est censée être rentrée, mais je ne l'ai pas encore vue.

— Elle était où déjà, cet été ?

— Je ne sais plus. À un truc de danse, je crois.

Juste au moment où nous nous apprêtons à remonter l'allée devant chez Nicole, la porte d'entrée s'ouvre et trois filles super bien sapées sortent en riant.

De chaque côté de Nicole se trouvent Ashley Kinsley et Victoria North. Je les connais parce que leurs frères aînés sont potes avec les miens. Elles ne vont pas à McDermott comme nous, mais dans l'autre collège, Canton. Pourtant, avec leurs jupes courtes, leurs cheveux bouclés et leurs tartines de maquillage, elles essaient clairement de se faire passer pour des lycéennes.

— Salut, Nicole, dis-je.

Elle ne nous a pas vus derrière la voiture de sa mère.

— C'est qui, eux ? demande Victoria.

Elle nous dévisage d'un air dégoûté. Je remets mes lunettes en place en les ignorant.

Nicole hausse les épaules sans nous regarder.

— Nicole ?

Je la hèle de nouveau car je ne comprends pas pourquoi elle se comporte aussi bizarrement.

Ashley fronce le nez comme si elle venait de sentir une mauvaise odeur.

— C'est tes amis ?

— Plus maintenant, répond Nicole tout bas.

Elle ne nous regarde toujours pas.

— C'est quoi, ce cirque ? s'indigne Rae. Nicole, t'es sérieuse, là ?

Nicole s'installe à l'avant de la voiture et referme la portière sans répondre.

Qu'est-ce qui se passe ? Pourquoi fait-elle comme si nous n'existions pas ?

Rae se retourne et fonce vers le trottoir. Une fois devant la maison d'à côté, elle m'appelle :

— Cal, tu viens ou quoi ?

Mme Bentley sort de chez elle à ce moment-là.

— Bonjour, Cal. Est-ce que Nicole t'a présenté à ses nouvelles amies du stage de danse ?

— Euh, oui.

J'ignore pourquoi je mens, mais comme je sais à quel point il est important pour ses parents qu'elle soit polie, je préfère ne pas lui attirer d'ennui. Même si elle s'est mal comportée envers moi.

— Bon, je vais les conduire au centre commercial. Nous devrions nous revoir bientôt ! dit-elle en me souriant de sa façon bizarre.

— OK, je réponds de façon automatique.

Je me retourne doucement et je marche vers ma maison. Rae est déjà dans son garage en train de se défouler sur sa batterie.

* * *

Nicole ne nous a plus jamais adressé la parole. Et cela reste un mystère. Je me remettais à peine de la lettre que Richelle m'avait écrite quelques mois auparavant. Je n'aurais pas supporté d'entendre en plus Nicole me dire qu'elle se moquait pas mal de moi. Alors je ne l'ai pas embêtée. Elle m'avait clairement montré qu'elle n'avait plus du tout envie que nous soyons amis.

Nyelle s'installe sur mes genoux. La luge se déplace en dessous de moi.

— Hé, tu penses à quoi ? demande-t-elle en passant ses bras autour de mon cou.

J'ai tout fait pour me convaincre que Nicole et Nyelle étaient deux personnes différentes. Mais Nyelle *est* Nicole. Et je ne peux pas ignorer cette réalité pour toujours. J'ouvre la bouche afin de poser toutes mes questions – notamment pourquoi elle a arrêté de nous parler. Mais je n'y arrive pas. Elle est tellement heureuse. Et je n'ai pas envie d'éteindre cette lueur dans ses yeux.

— Tu es belle.

Voilà ce qui sort.

Son corps se tend.

— Ne me fais pas de mal !

Soudain, j'ai vraiment peur qu'elle me frappe.

— Mais je pense que tu mérites de le savoir, et je veux que ce soit moi qui te le dise. Et ce n'est pas juste tes yeux bleus de folie, ou tes lèvres douces, ou ton corps parfait.

Elle en reste bouche bée.

— Tu es belle parce que tu te moques bien de l'être. Je crois que je comprends pourquoi tu t'énerves autant quand on te parle de ton apparence. Ce n'est pas ta faute si tu es belle. C'est une histoire de génétique.

Nyelle continue à me regarder sans dire un mot.

— Par contre, ce qu'il y a en dessous de tout ça, c'est toi qui en es responsable. Tu peux te cacher sous des habits trop grands, ou ne faire aucun effort pour t'habiller, tu restes belle malgré tout. Et je suis content d'avoir la possibilité de voir qui tu es vraiment. Pas juste toi, toute nue, même si… ça m'a changé pour toujours.

Nyelle plisse les yeux. Je me mets à rire, m'empressant de reprendre le fil de mon discours avant de perdre mon élan – ou un membre.

— Je suis content d'avoir pu voir ton côté attentionné, gentil, altruiste et spontané. Te regarder vivre, c'est époustouflant. Ta vie est remplie de possibilités. La plupart des gens passent à côté de ça. Alors oui, Nyelle, si je ne te voyais pas, tu m'attirerais quand même. Dès l'instant où tu es sortie de la voiture de tes parents dans ta robe jaune, j'ai pensé que tu étais la plus belle fille du monde. Et au risque de me prendre un coup de poing, je trouve toujours que…

Ses lèvres se posent sur ma bouche, ce qui met un terme à mes divagations. Je m'embrase instantanément en sentant ses doigts se poser sur ma peau tandis qu'elle descend la fermeture Éclair de ma veste, passe sa main sous ma chemise et se contorsionne pour grimper sur moi. Il pourrait faire moins 50 degrés, je m'en foutrais. J'enlève ma veste et ma chemise et je commence à lui retirer tous ses vêtements comme si c'était une urgence vitale.

J'enveloppe la couverture autour de ses épaules nues. Des nuages de buée sortent de sa bouche. Mon corps à moi dégage assez de chaleur pour faire fondre le lac.

Les lèvres de Nyelle descendent le long de mon cou. Elle murmure au creux de mon oreille :

— Tu es la première personne avec qui j'ai l'impression d'être belle.

Et puis elle m'embrasse lentement, tellement doucement que cela me fait mal. De la façon la plus extraordinaire qui soit. Je ne remarque les larmes qui coulent sur ses joues que lorsqu'elles tombent sur mon visage.

Je l'attire contre moi et je l'embrasse pour qu'elle sache que tout ce que je lui ai dit était sincère.

* * *

Nous regardons les secondes passer de l'année qui s'achève à la nouvelle. Les braises de notre feu de camp rougeoient dans l'obscurité. Quand mon téléphone indique minuit, je m'attends presque à voir des feux d'artifice traverser le ciel, à entendre des gens crier ou klaxonner. Mais tout est silence. Et c'est parfait.

— Bonne année, me dit Nyelle en m'embrassant.

Elle se blottit encore plus sous les deux couvertures qui nous recouvrent.

— Bonne année, dis-je en la serrant plus fort encore contre moi.

Nous essayons de lutter contre le froid, mais nous grelottons tous les deux.

— On ne fera jamais rien comme tout le monde, pas vrai ?

— C'est l'heure de la douche ! s'écrie Nyelle en bondissant.

Les couvertures toujours autour d'elle, elle traverse la neige pieds nus jusqu'au pick-up.

— Espèce de cinglée ! je hurle en avalant de l'air glacial.

Tout mon corps tremble alors que j'essaie de retrouver mes vêtements. J'entends le moteur du pick-up derrière moi.

— Oh, je vais ramasser tes affaires, c'est vraiment pas un problème !

Je parle tout seul puisqu'elle est déjà installée sur la banquette. Je remonte ma braguette et passe ma chemise par-dessus ma tête. Je crois que je ne me suis jamais habillé aussi vite de toute ma vie.

Après avoir balancé ses habits dans le pick-up et mis les luges à l'arrière, je jette quelques pelletées de neige sur le feu. Quand je monte dans la voiture, il y fait chaud – un vrai soulagement, parce que je suis au bord de l'hypothermie. Je frotte mes mains devant le radiateur en essayant de faire circuler le sang au bout de mes doigts tout bleus.

Nyelle est pelotonnée sous les couvertures. Seule sa tête en dépasse. Ça me rappelle la dernière fois que nous sommes venus ici – elle était congelée. Je crois qu'il vaudrait mieux ne jamais remettre les pieds ici. Jamais.

— Désolée de t'avoir laissé ramasser nos trucs. M'habiller, ça m'a semblé au-dessus de mes forces.

— Oh, c'était vraiment horrible. T'as eu raison. Mais tu sais quoi ? Je ne vais pas te porter jusqu'à l'intérieur. Et peut-être bien que je vais me garer le plus loin possible de l'appart. Juste pour le fun.

— Cal ! proteste-t-elle en faisant la moue.

J'éclate de rire et nous quittons le campement – j'espère pour la dernière fois.

Finalement, je me gare juste devant la porte, mais je la laisse marcher sans chaussures, nue sous les couvertures.

* * *

— Ah ! je hurle en fermant les paupières. T'as foutu du shampooing dans mes yeux !

— Oh, désolée. Dans ma tête, t'étais plus petit.

— Rappelle-moi en quoi prendre une douche dans le noir complet, c'est un truc sexy ? Je ne te vois pas. J'ai du shampooing dans les yeux. Et je ne sais pas du tout où se trouvent les choses.

— Mais je peux te sentir, dit-elle en dessinant sur ma poitrine des petits ronds avec du savon.

Elle descend lentement.

— Oh ! je m'exclame quand je comprends ce qu'elle fait. OK, là, ça me parle.

Nicole, la bouche collée contre ma peau, se met à rire.

Et oui, même dans le noir, avec seulement mes doigts pour me guider, elle est toujours belle.

Nicole

Janvier - Classe de seconde

— Bonne année ! dis-je en entrant dans la chambre de Richelle avec un bouquet de ballons gonflés à l'hélium.

— Oh ! T'as ramené la fête avec toi !

— C'est nul que t'aies été malade le 31… J'ai pensé que des ballons avec des feux d'artifice dessus, ça te remonterait le moral.

— T'inquiète, répond Richelle en se relevant doucement sur le lit. Les garçons faisaient la queue devant la porte pour m'embrasser avant minuit, mais mon père leur a flanqué la trouille.

— Tant pis pour eux, dis-je en haussant les épaules.

Elle sourit.

— Comment tu te sens ?

— Ça va, répond-elle. Ma mère se comporte comme une dingue, par contre. Je te jure, elle prend son pied à jouer les infirmières.

Même si elle est pâle, on dirait qu'elle va mieux. Je ne savais pas si c'était une bonne idée de lui rendre visite. Mais je préfère vraiment être ici, à la regarder dormir, qu'à la maison.

— Pitié, dis-moi que tu as une histoire de Nouvel An super foireux pour moi ! Par exemple, raconte-moi qu'un mec a allumé des feux d'artifice et foutu le feu à la maison des voisins. Ou que des types qui couraient à poil dans la rue se sont étalés les uns sur les autres.

Je glousse.

— Alors tu veux que je te mente ?

— Non, tu mens trop mal. Je crois bien que je vais devoir me contenter d'entendre parler de quelqu'un qui est resté assis toute la soirée à regarder les autres boire.

Et puis elle écarquille les yeux.

— Oh, s'il te plaît, dis-moi que t'es vraiment allée à une soirée ! Si t'es restée cloîtrée chez toi, je crois que je te renierai comme amie pendant… toute une semaine.

— Je suis sortie, je lui réponds d'un ton monotone. Et c'était horrible. Enfin…

Je rougis.

La bouche de Richelle forme un cercle.

— Je veux tout savoir. Maintenant. C'est qui ? Il ressemble à quoi ? Il embrasse bien ?

Mon sourire s'élargit naturellement.

— Il s'appelle Kyle. Il est en terminale.

— Nan, je te crois pas ! T'as une photo ?

Je sors mon téléphone, je cherche Kyle sur Facebook et le montre à Richelle.

— Oh, trop sexy ! Nicole ! Je suis tellement fière de toi !

Je me mets à rire.

— Il ne s'est rien passé. En gros, il m'a sauvée du pire premier baiser du monde.

— En plus, t'as eu ton premier baiser ? Énorme, ton Nouvel An ! Et c'était qui, le mec qui embrassait trop mal ?

Je reprends le téléphone et je lui montre la photo de Justin Murphy. Richelle hausse les épaules.

— Il est plutôt mignon.

— Mais je t'assure, si c'est ça, embrasser quelqu'un, je ne veux plus jamais recommencer. J'ai cru que j'allais me noyer.

— C'est dégueu, s'exclame-t-elle. Et non. Embrasser quelqu'un, ça ne devrait jamais être comme ça.

Elle rougit. Je sais qu'elle pense à Cal.

— Euh… alors, Justin m'a embrassée à minuit, parce que, en gros, j'étais juste à côté de lui. Mais après, quand tout le monde était en couple, Kyle et moi on est allés se balader tous les deux. Il est super gentil. Son petit frère est en seconde aussi mais il est…

Je fais une grimace.

— … hyper énervant.

Richelle retourne sur la page Facebook de Kyle.

— Un joueur de Lacrosse, fait-elle remarquer. Oh ! sympas, les photos sur la plage.

Je me mords la lèvre. Je connais toutes les images par cœur.

— Alors, vous vous revoyez quand ?

— Le week-end prochain. On va dîner et ensuite on ira peut-être à une soirée. Pas sûr encore.

— Ça me plaît, dit-elle avec un grand sourire.

Richelle se cale de nouveau contre les oreillers. Elle semble soudain fatiguée.

— Tu veux que je te laisse te reposer ?

Elle secoue la tête.

— Non, reste avec moi, demande-t-elle en prenant ma main.

La sienne est froide et moite.

— Je ne bouge pas, je lui promets en serrant ses doigts dans ma paume.

18

Quand j'ouvre les yeux, de la musique résonne dans l'appartement. Le match de football devant lequel je me suis endormi n'est pas terminé, mais le son a été coupé. Le canapé est agité par de violentes secousses. Une fille à demi nue est en train de sauter juste à côté de moi.

Je m'allonge sur le dos pour mieux voir Nyelle qui, vêtue de l'un de mes tee-shirts et les cheveux en bataille, bondit en chantant à tue-tête un air qui parle de… nudité.

Elle braille le refrain en m'adressant les paroles, ce qui me fait beaucoup rire. Je m'assieds, j'agrippe l'arrière de ses cuisses et je l'attire vers moi. Et maintenant, elle est à cheval sur moi.

— Je crois que c'est ma nouvelle chanson préférée, dis-je en balayant les cheveux qui tombent sur son cou afin de pouvoir y accéder.

— Je savais que ça te plairait, murmure-t-elle en tirant sur son tee-shirt et en penchant la tête sur le côté. Je crois qu'on devrait suivre les paroles.

— Bonne idée !

Je l'aide à enlever son haut, et je souris : en dessous, elle ne porte rien, à part un string.

— Bon, c'était facile.

Nyelle approche sa bouche de la mienne. Je passe mes mains le long de son dos nu. Elle retrousse ma chemise, assez pour la passer par-dessus ma tête, et la jette par terre. J'inspire profondément en sentant sa peau douce contre la mienne. Je la tiens fort contre moi tandis qu'elle enroule ses jambes autour de ma taille.

Je nous fais glisser au bord du canapé et prends appui au sol. Je goûte sa peau le long de son cou, jusqu'à ses épaules, en descendant langoureusement. Elle se cambre et inspire lentement.

Nous n'en sommes plus à notre première fois, mais je ne me lasserai jamais d'elle. De sentir son corps contre le mien. De la goûter. De ses réactions quand je la touche au bon endroit. De la façon qu'a mon corps de s'embraser au moindre contact avec le sien.

Nyelle serre les cuisses autour de moi et gémit tandis que mes lèvres savourent sa peau douce. Pour être plus à l'aise, je la renverse sur le canapé et je me place au-dessus d'elle en m'imprégnant de la lumière qui se reflète dans ses yeux bleus.

— Je ne vais pas pouvoir te laisser me quitter.

Pour l'empêcher d'argumenter, je garde mes lèvres fermement pressées contre les siennes.

D'ordinaire, je ne suis pas aussi téméraire, mais là, je suis sans limites. Elle a cet effet-là sur moi.

Nyelle gémit lorsque mes doigts remontent entre ses cuisses. Les boutons de mon pantalon lui donnent du fil à retordre.

Je me fige quand j'entends :

— Salut !

Je m'effondre sur Nyelle pour la couvrir avec mon corps. Elle laisse échapper un grognement de surprise.

— Eric ! je m'exclame en levant la tête depuis le canapé.

— Qu'est-ce qui se passe ? demande-t-il en posant son sac par terre.

Quand il me regarde enfin et qu'il comprend, il écarquille les yeux. Et puis il se met à rire. J'ai envie de l'étrangler.

— Désolé.

Il approche en fronçant les sourcils.

— Hé, la fille du lac ! Je ne t'avais pas vue là-dessous.

— Qu'est-ce que tu fous ? je braille.

— Salut, Eric, répond Nyelle d'une voix essoufflée.

Je l'écrase sans doute un peu. Mais il est hors de question que je bouge avant qu'il ait fichu le camp d'ici.

Il nous regarde et secoue la tête en soufflant.

— Tu n'as pas dormi dans ma chambre, hein ? Même pas un soir ?

— Pourquoi t'es encore là ?

— Génial ! marmonne-t-il. Maintenant, je dois vingt dollars à Rae.

— Vous avez parié sur… Mec, on peut parler de ça plus tard ?

— Ouais, Eric. Là, il m'écrabouille légèrement, dit Nyelle avec difficulté.

— Désolé !

Je dépose un baiser sur son front.

— T'as raison, ça n'a pas l'air très confortable, fait remarquer Eric en penchant la tête sur le côté pour mieux voir.

— Eric ! je hurle. Reste dans ta chambre, pendant genre, cinq minutes. S'il te plaît !

Dès que la porte se referme, je me lève du canapé, je prends mon tee-shirt et je l'enfile par-dessus la tête de Nyelle tout en essayant de passer ses bras dans les trous.

— Euh, Cal, je peux m'habiller toute seule !

Elle se redresse.

Je fais descendre le tee-shirt par-dessus son string rouge.

— Oui, désolé. C'est juste que je me méfie de ses cinq minutes, qui pourraient bien devenir cinq secondes avec lui…

Elle éclate de rire et se met debout pour ajuster son habit.

— J'avais envie de faire un tour. Profitez-en pour discuter.

— Ou alors je vais en profiter pour lui en coller une.

— Ce n'est pas ton genre.

Elle se penche pour m'embrasser avant d'aller dans la chambre.

* * *

— T'as eu des nouvelles de Richelle ? me demande Rae quand je décroche.

— Non, mais le message n'est peut-être pas vraiment passé comme ça capte super mal chez Zac.

Je ferme mon ordinateur portable.

— Je réessaierai.

— Nyelle est avec toi ? demande Rae d'une voix hésitante. Elle ne répond pas à mes SMS.

— Elle ne répond jamais aux miens. Mais non, elle est partie faire un tour. Pourquoi ?

— Rien... On a juste échangé des textos au sujet d'un truc...

Elle est vraiment bizarre aujourd'hui.

— Toi et Nyelle vous vous êtes envoyé des textos ?

Bizarrement, je suis jaloux. Nyelle ne m'a pas joint par téléphone depuis la nuit où elle m'a appelé de son arbre. Et il a fallu qu'elle soit saoule pour le faire.

— À quel sujet ?

Rae se tait pendant quelques instants. Je commence à me sentir nerveux. Elle ne me cache jamais rien.

— Rae ?

— J'ai passé des entretiens pour étudier à Berklee[1] il y a quelques semaines.

Maintenant, c'est moi qui me tais. Je suis trop sous le choc pour dire quoi que ce soit.

— Je savais que tu m'en voudrais. C'est pour ça que je ne voulais pas t'en parler avant d'être sûre que ça marche.

— Je ne t'en veux pas ! Par contre, je ne m'y attendais pas du tout. Pourquoi tu as préféré garder ça pour toi ?

1. Une université de Boston très renommée spécialisée dans la musique.

La question que j'aurais dû poser, c'est pourquoi elle a mis Nyelle dans la confidence et pas moi.

— Parce que ça voudrait dire que je ne viendrai pas à Crenshaw.

— Rae, viens à Crenshaw si tu en as envie. Il ne faut pas que ce soit juste à cause de moi.

Je ne suis pas dupe : je suis la seule raison pour laquelle Rae voulait étudier ici. Pourtant, je n'ai jamais pensé à la dissuader de s'inscrire. Jusqu'à maintenant.

— C'est une super opportunité pour toi. En plus, je m'en voudrais si tu ne poursuivais pas tes rêves.

— Merci ! dit-elle doucement.

— Quand est-ce que tu auras la réponse ?

— Pas avant quelques semaines. Ça me rend dingue.

Elle soupire.

— C'est pour ça que tu cherchais Nyelle ?

Pourquoi ça me dérange autant qu'elles se parlent toutes les deux ? Peut-être que je veux protéger Nyelle à tout prix et que j'ai peur que Rae dise quelque chose qui la perturbe au point de tout détruire entre nous.

— En gros, oui. Bon, Cal, quand est-ce que tu vas vraiment discuter avec elle ? Il ne te reste plus qu'une semaine.

Rae avait un peu laissé tomber le compte à rebours après Noël. C'est la première fois qu'elle me harcèle avec ses questions depuis.

Je prends une grande inspiration.

— Je ne vais pas le faire.

— Quoi ? s'écrie-t-elle.

— Si tu estimes qu'il faut aborder le sujet avec ma mère, vas-y. Moi, je ne peux pas demander à

Nyelle ce qui lui est arrivé, Rae. Je n'ai pas envie de lui faire de mal.

— Comment pourrais-tu lui faire du mal ?

Je me frotte le front.

— Elle ne veut pas se souvenir. J'ignore ce qu'il s'est passé, mais elle bloque. Je ne vais pas la brusquer juste parce que moi, j'ai besoin de savoir. Parce que ce n'est même plus vrai.

— C'est reparti, tu recommences à dire des conneries.

— Peut-être. Mais il ne me reste plus qu'une semaine avec elle, et je vais la passer comme ça me chante.

— T'as couché avec elle, marmonne Rae.

Comme si cela expliquait tout.

— Rien à voir ! Je tiens à elle.

— Tu es amoureux d'elle, corrige Rae de façon catégorique.

Instinctivement, j'ai envie de répondre « non ». Mais je décide de me taire.

Silence pendant une bonne minute.

— Ta vie promet d'être bien pourrie. Et ça sera encore pire quand tu ne pourras plus lui poser tes questions.

Je m'adosse à ma chaise en poussant un long soupir. J'ai la tête qui tourne. Est-ce que tout cela est bien réel ? Suis-je vraiment en train d'essayer de décider si je suis amoureux de Nyelle ?

— Tu ne peux pas aimer quelqu'un que tu ne connais pas vraiment, répond-elle. Et je vais devoir en parler à Maura. Désolée, Cal.

Elle raccroche.

Je ferme les yeux et je passe ma main dans mes cheveux.

Je connais Nyelle. Je sais exactement qui elle est. Mes sentiments pour Nyelle sont les mêmes que ceux que j'ai éprouvés presque toute ma vie pour Nicole. Cela n'a pas changé. J'ai toujours été attiré par elle. Par chacune de ses versions. Depuis le jour où je l'ai vue dans sa robe jaune. Alors peut-être qu'en effet, il serait temps que je lui parle.

J'inspire profondément. Rien qu'en pensant à ce que je m'apprête à faire, mes boyaux se tordent. Mais… elle le vaut bien. Et il faut qu'elle le sache.

— Eric ! je l'appelle en ouvrant ma porte.

— Qu'est-ce qu'il y a ? dit-il en sortant la tête de sa chambre.

— Ça t'embête de dormir à la fraternité ce soir ?

Il lève les yeux au ciel.

— Content de te retrouver aussi, mon pote.

— Je te demande juste une nuit de plus. Je dois faire un truc.

— Ouais, pas de souci.

Je ne sais pas si Nyelle en a pour longtemps. Je prends ma veste et les clés de mon pick-up.

— Merci ! dis-je à Eric par-dessus mon épaule avant de me précipiter dehors.

* * *

Assis sur le canapé, je frotte mes mains moites sur mon pantalon pour la centième fois en attendant que la porte s'ouvre. Cela fait trois heures qu'elle est sortie, et je suis sur le point de partir à sa recherche. Mais je ne veux pas prendre le risque qu'elle revienne pendant mon absence. Surtout après avoir passé deux heures à tout préparer dans ma chambre.

Je décide d'essayer à nouveau de joindre Richelle. Ça sonne. Juste au moment où on décroche, quelqu'un entre et je bondis du canapé. Je raccroche.

— Il est mort, dit Nyelle, le souffle court, dès que ses yeux rouges et gonflés me trouvent.

— Quoi ?

En voyant son visage trempé de larmes, j'en ai des palpitations.

— De qui tu parles ?

Je me rue vers elle pour la prendre dans mes bras. Elle s'appuie contre moi. Je referme la porte et je guide Nyelle jusqu'au canapé.

— Qui est mort ?

Entre deux sanglots, elle murmure :

— Gus.

Je ferme les yeux. Le sans-abri à qui elle a parlé le jour de la tempête de neige. Je ne sais pas quoi dire alors je me contente de déposer un baiser au sommet de son crâne.

— J'ai cru qu'il était en train de dormir.

J'entends à peine sa voix car son visage est enfoui contre ma poitrine.

— Mais il n'a pas bougé quand j'ai dit son nom. Il est resté immobile, même quand je l'ai touché. Il était… froid.

Je serre les lèvres. Je ne sais pas quoi faire. J'aimerais tellement pouvoir l'aider à se sentir mieux.

* * *

— Hé, mec, je t'ai perdu de vue chez Shannon. À quelle heure tu viens me chercher ce soir ?

Je cale le téléphone sous mon menton et je retire la clé du contact. J'ai passé la journée avec Brady et Craig, à aller de barbecue en barbecue. Rae ne veut plus avoir affaire avec nos camarades de classe maintenant que le lycée, c'est fini, alors elle a choisi de rester toute la journée avec sa petite amie, Nina.

— 19 heures, dit-il. On a trois soirées.

— Trois ?

— Ouais. Je dois te laisser. Ma famille vient d'arriver, dit Brady avant de raccrocher.

Je m'arrête dans l'allée. Je crois bien avoir aperçu un éclair dans les bois. Je plisse les yeux derrière mes lunettes. Ça bouge un peu plus loin, près de la cabane dans l'arbre. Je ne sais pas ce qui m'empêche d'aller voir. Henley, langue pendante, surgit de nulle part en remuant la queue.

— Salut, mon pote !

Je me penche pour lui gratter la tête. Quand je me redresse et que je regarde de nouveau en direction des bois, je suis persuadé qu'il y a quelqu'un. Mais la personne est trop loin pour que je puisse la reconnaître.

— Viens, Henley. Allons voir qui est là-dedans.

Pendant quelques instants, je me demande si ce n'est pas Rae. Mais elle n'a pas mis les pieds ici depuis notre enfance. Peut-être qu'il s'agit de l'un des gamins du quartier venu jouer dans la cabane. Vu comme elle est vieille – et qu'en plus elle a été fabriquée par mon père –, ce n'est pas forcément une bonne idée. Il faudrait sans doute la démonter avant que quelqu'un se blesse… une nouvelle fois.

Nicole est la dernière personne que je m'attends à trouver ici. Au moment où j'aperçois le ruban rouge qu'elle a dans les cheveux, Henley file vers elle.

— Henley !

Lorsqu'elle entend ma voix, Nicole tourne la tête vers moi. Elle pleure. Je me fige.

Henley colle sa truffe contre son visage pour attirer son attention. Elle lui gratte la tête pendant qu'il la lèche. Elle lâche un petit rire au milieu de ses sanglots. Henley s'assied sur le sol jonché de feuilles à côté de Nicole qui a les jambes étendues devant elle et est adossée à un arbre.

Je me dirige lentement vers elle. J'ai peur de ne pas dire ce qu'il faut. Alors je me tais. Je me contente de m'accroupir de l'autre côté de Henley, qui, la tête posée sur les genoux de Nicole, se laisse caresser. Je m'appuie contre l'écorce en plongeant mes doigts dans sa fourrure dorée. Mes yeux restent fixés sur la main fine et pâle de Nicole qui se promène sur l'échine du chien. Je n'ose pas la regarder. Par contre, j'entends ses larmes. Je remarque le bouquet de fleurs sauvages qu'elle serre fermement dans son poing. Elle se tient le ventre comme si elle essayait de se contenir. Ses cheveux tombent tel un rideau noir sur son visage, mais les spasmes qui agitent son dos trahissent chacun de ses sanglots.

Nous n'échangeons pas un mot. Nous nous contentons de rester adossés à l'arbre en caressant Henley. Et puis je sens sa main froide frôler ma peau et j'arrête de bouger. Nicole pose sa main sur la mienne qu'elle entoure de ses doigts. Elle ne me regarde pas. Ses yeux son rivés sur les fleurs.

Je serre doucement ses doigts. Je ne sais toujours pas quoi dire, surtout que nous ne nous sommes pas adressé la parole depuis cinq ans. J'ai envie de lui demander ce qui ne va pas. J'ai envie de l'aider à se sentir mieux, de faire disparaître ce qui la blesse. Mais je me contente de garder ma main dans la sienne – et elle finit par me lâcher. Elle se met debout et lisse sa jupe avant de partir. Je remarque qu'elle a oublié les fleurs. Mais je ne la rappelle pas. Je la regarde juste se volatiliser.

* * *

Je l'ai laissée partir sans dire un mot. Et ensuite je ne l'ai plus jamais revue. Je l'ai juste entendue crier sur ses parents cette nuit-là. Et je ne me rappelle toujours pas les détails. Alors c'est la dernière image que j'ai de Nicole. Jusqu'à Nyelle.

Je place mes mains de chaque côté de son visage. Elle a les yeux brillants et ses joues sont rouges et à vif à force d'avoir pleuré.

— Il n'a pas eu une vie facile. Et toi, tu étais l'une des meilleures choses qui lui soient arrivées.

Je pose mes lèvres contre les siennes le temps d'une longue respiration.

— Merci, murmure-t-elle en collant sa joue contre mon torse et en serrant fort ses bras autour de moi. Il voulait partir depuis longtemps. Je savais que c'était imminent. Mais quand même…

Elle soupire. Je la tiens contre moi jusqu'à ce qu'elle finisse par se dégager. Quand elle me regarde, je passe mes pouces sur ses joues humides pour les sécher.

— Qu'est-ce qui pourrait t'aider à aller mieux ? Une glace ? Des marshmallows ? Des chips ? Une douche chaude dans le noir ?

Elle laisse échapper un petit rire.

— Ça va aller.

Elle se lève et se dirige vers la chambre. Je me précipite derrière elle. Il ne faut pas qu'elle entre. Pas maintenant.

— Et si on partait ? je m'empresse de lui dire.

Elle se retourne d'un coup.

— Quoi ?

— Et si on quittait un peu Crenshaw.

Mon cœur bat très vite.

— Tu veux aller où ? me demande-t-elle, une petite étincelle dans les yeux.

— Euh… Dans l'Oregon. Dans le chalet de mon oncle. Il est parti marcher ce week-end. On l'aura pour nous tout seuls. Et… il ne neige pas, là-bas.

Nyelle se met à rire.

— Un chalet dans les bois, rien que nous deux, pendant deux jours ?

— Ou toute une semaine. C'est toi qui vois. Ça ne l'embêtera pas. Et sur place, je pourrai lui filer un coup de main au garage. Un peu de sous, ça ne me ferait pas de mal.

Nyelle se mord la lèvre inférieure en réfléchissant. Et puis un sourire se dessine sur son visage.

— D'accord. Allons passer le reste de la semaine dans l'Oregon.

Elle tend la main vers la porte de la chambre, mais je l'en empêche.

— Je vais chercher nos sacs. Pourquoi tu n'irais pas prendre tes affaires de toilette dans la salle de bains ?

Nyelle me dévisage d'un air suspicieux.

— Tu as quelque chose à me cacher, là-dedans ?

— Ce n'est rien, je lui réponds de façon évasive. Je vais préparer nos bagages et ensuite, on décollera.

— Tout de suite ?

Elle continue à scruter mon visage.

— Et pourquoi pas ? On prendra le prochain vol, même si on doit se mettre sur liste d'attente et faire quelques escales en route.

— Tu te rends compte que ton comportement est super chelou ?

Je hoche la tête.

— Je sais. Mais tu comprendras plus tard. Promis.

Nyelle me regarde toujours avec des yeux méfiants en se dirigeant lentement vers la salle de bains. Elle doit penser que j'ai perdu la boule. Ce qui n'est pas impossible du tout.

Une fois Nyelle dans la salle de bains, je me glisse dans la chambre pour préparer nos bagages.

NICOLE

Mai – Classe de première

— Tu te rends compte, il vient de me raconter ce truc comme si ce n'était rien du tout ! hurle Richelle dans son oreiller tandis que je lui caresse le dos pour essayer de la calmer.

Elle relève la tête. Son visage est rouge et trempé de larmes.

J'ai envie de lui dire que je suis désolé. J'ai envie de lui dire que Lily ne compte absolument pas pour Cal. Ils ont déjà cassé, d'ailleurs. J'ai envie de lui dire quelque chose qui l'aidera à se sentir mieux.

Mais plus que tout ça, j'ai envie moi aussi de crier dans cet oreiller.

— Je me comporte en vraie fille, dit-elle en reniflant. Mais j'ai trop mal. Et je ne sais pas comment faire pour que ça s'arrête.

— Je comprends.

Et c'est vrai. Quand j'ai appris, j'ai eu l'impression qu'on m'écrasait le cœur. Et puis quand je suis arrivée et que j'ai vu le visage de Richelle, c'était pire encore. Alors j'essaie d'être la meilleure amie dont elle a besoin, et pas la fille au cœur brisé. Je l'écoute déverser son chagrin sur son oreiller.

Richelle inspire pour tenter de retrouver un souffle normal. Elle se redresse en gardant l'oreiller contre sa poitrine.

— Tu sais ce qui fait le plus mal ?

J'attends.

— Qu'il n'ait même pas hésité à me le raconter. Apparemment, je ne suis qu'une amie pour lui. Alors c'est vrai, quand je l'ai plaqué, je lui ai dit que je voulais qu'on reste potes. Mais je ne le pensais pas. Je ne pouvais pas lui expliquer…

Sa voix se brise.

— Oui… Tu l'aimes et il ne le sait pas.

— Et si lui ne ressentait jamais ça pour moi ?

Elle renifle, désespérée.

— Je suis paumée. Peut-être que je ne devrais plus lui parler. Ça me fait trop de mal.

— Richelle, tu souffres là, maintenant. Mais tu ne peux pas faire ça.

— Et pourquoi pas ? Toi, tu as bien arrêté.

— Mais c'était…

— À cause de moi, me coupe-t-elle.

— Non, j'allais dire que c'était mon choix. Ne le laisse pas filer comme moi je l'ai fait.

Parce que moi, je le regrette chaque jour.

19

— On pourrait tenir un mois, avec tout le sucre qu'il y a là-dedans !

Nyelle essaie de refermer son sac à dos sur le paquet de marshmallows qui dépasse.

— Tu as dit que c'était au milieu de nulle part, réplique-t-elle en souriant fièrement quand elle parvient à ses fins.

— Et c'est tout ce que tu as l'intention de manger ? je lui demande en passant mon sac de marin par-dessus mon épaule. Je pensais m'arrêter dans un magasin en allant au chalet.

— Et bien ce n'est plus la peine !

Elle enfile sa veste.

Je ris en l'attendant près de la porte.

— Si, si ! Moi je ne peux pas manger la même chose que toi. Il faut que j'avale des trucs qui poussent dans le sol de temps à autre.

Nyelle fait rouler sa valise derrière elle dans le couloir.

— Ton oncle sera là quand on arrivera ?

— Non, il part cette après-midi pour retrouver les gars avec qui il va marcher. Je l'ai appelé pour le prévenir qu'on venait. Il laisse l'électricité.

Nous sortons dans le froid glacial. Je démarre le pick-up en tremblant. J'aurais dû faire tourner le chauffage avant !

— Tu l'aides comment, au garage ?

Nyelle se pelotonne contre moi pour se réchauffer. Le bras autour de ses épaules, je sors du parking.

— Il customise et retape des motos.

Je ne remarque que Nyelle me regarde, bouche bée, que lorsque nous roulons.

— Quoi ?

— Toi. Les motos. Sérieux ?

Je la dévisage.

— Et ?

— C'est sexy !

— Alors soyons clairs : je ne conduis pas de moto. Et je n'ai pas un seul tatouage. Je n'ai rien d'un *bad boy*. Je sais juste me servir d'une clé à douilles.

— Tu casses le mythe, là. Laisse-moi juste fantasmer encore une petite minute.

Elle ferme les yeux avec un grand sourire aux lèvres.

— De toute façon, qu'est-ce qu'un biker a de si sexy ? je lui demande en riant.

Ma mère me tuerait si je conduisais l'une des bécanes de Zac. Son oncle à elle est mort dans un accident de moto quand elle était jeune, alors interdiction que ses fils en fassent. Même mes frères ont peur d'enfreindre cette règle.

— Je ne sais pas. C'est comme ça. Sauf si le mec est un abruti qui se la pète. Ou qu'il pèse 150 kilos. Et là, franchement… beurk !

Elle tremble de façon exagérée.

— Bon, pas très clair, ton histoire. Mais heureusement, je ne serai jamais un abruti de 150 kilos qui se la pète sur une moto.

— Heureusement, comme tu dis !

Nyelle éteint l'autoradio.

— Cal ?

Elle pose sa tête sur mon torse.

— Oui ?

Son ton prudent m'inquiète un peu.

— Tu ne m'as jamais expliqué pourquoi tu finissais toujours par quitter les filles avec qui tu sortais.

— Je croyais que le sujet était clos.

Je ne comprends pas vraiment ce qu'elle cherche à savoir. Je les quitte parce que c'est ce que j'ai l'habitude de faire. Et quand il n'y a rien à perdre, c'est plutôt facile.

— Le sujet est clos, mais pas tout à fait, dit-elle en jouant avec la fermeture Éclair de sa veste. Mais je pense qu'il y a autre chose.

— Vraiment ?

Je préférerais éviter le sujet. Mais bizarrement, elle n'arrête pas de le remettre sur le tapis. J'ignore ce qu'elle imagine pouvoir apprendre sur moi, si ce n'est que je préfère partir avant que les choses se compliquent.

— Oui. Je pense que tu ne les plaques pas uniquement parce qu'elles ne sont pas la fameuse fille « et si ».

— OK...

J'attends qu'elle en arrive à ses propres conclusions. Jusqu'ici, elle a raison.

— Tu n'éprouves pas de sentiment à leur égard, même si tu les apprécies beaucoup.

Cette discussion commence à être embarrassante. Je ne dis rien, alors elle bouge un peu pour tenter de voir mon visage, m'obligeant à déplacer mon bras.

— Tu sais parfaitement pourquoi tu agis comme ça, pas vrai ?

Je serre un peu plus le volant.

— Je n'ai pas envie d'avoir de secret pour toi, Nyelle. Mais ça me met mal à l'aise de penser à ces filles alors que je suis avec toi. Tu n'es pas l'une d'entre elles. Tu ne dois jamais te considérer comme l'une de ces filles.

— T'es un amour !

Elle dépose un baiser sur ma joue.

— Alors explique-moi pourquoi !

Je soupire un grand coup avant de me lancer :

— Je n'ai pas envie de leur faire de mal.

Elle reste muette. Quand je la regarde, elle sourit tristement.

— Quoi ? Pourquoi tu prends cet air contrarié ?

Elle me répond doucement :

— Tu t'en vas avant de pouvoir les blesser. Alors... qui t'a fait du mal à toi ?

Je garde les yeux fixés droit devant moi. J'en ai assez de cette discussion. Qu'est-ce que je suis censé répondre ? Toi ? Toi et Richelle m'avez anéanti le même été, et je ne m'en suis jamais remis ? Ses mots ne sortiront pas de ma bouche. Alors je préfère me taire.

— Je suis désolée, murmure-t-elle en se blottissant contre ma poitrine. Je ne veux pas…

Sa phrase reste en suspens. Mais je sais comment elle se termine.

— Ce n'est pas grave.

Je la serre contre moi et dépose un baiser sur sa tête.

— Ça va aller.

Nous savons tous les deux comment cette histoire va se finir. Elle part dans une semaine, même si nous n'avons pas abordé le sujet depuis l'incident de la peinture. Et après, ça craindra vraiment. Sa place n'est pas ici. J'en ai bien conscience. Mais où est sa place ? J'aimerais que la réponse soit « à mes côtés », mais ce n'est pas le cas. Je n'ai plus beaucoup de temps. Impossible de se voiler la face maintenant. Ça va craindre un max.

* * *

La piste en lacets donne sur une route plus étroite qui se termine devant le chalet. Je gare la voiture de location à côté du garage et j'éteins le moteur.

— Nyelle, on est arrivés ! lui dis-je doucement en passant une main sur sa joue.

Elle cligne des paupières, ouvre les yeux et regarde autour d'elle.

— C'est vrai ?

— Eh ouais !

Henley surgit de derrière la maison. Il aboie et remue la queue quand Nyelle ouvre sa portière. Je sors du pick-up. Nyelle s'exclame « Henley ! » avant de s'agenouiller pour l'accueillir. Il se précipite sur elle, lui donnant des coups de langue sur le visage. Elle passe ses bras autour de lui, caressant son dos pendant qu'il continue à la lécher en tortillant sa queue comme un fou.

Lorsqu'elle se remet debout, Nyelle est visiblement émue. Elle s'agrippe à la portière pour ne pas perdre l'équilibre.

— Hé, ça va ? Y a un problème ?

Nyelle secoue la tête et place quelques mèches qui sont tombées de sa queue de cheval derrière ses oreilles.

— Je vais bien, dit-elle d'une voix râpeuse.

Elle serre les lèvres pour que je ne voie pas qu'elles tremblent et détourne la tête vers le sol.

Je prends sa main, mais elle la retire immédiatement, et se retourne pour refermer la portière. Elle semble désorientée, se cramponnant à la voiture pour ne pas tomber.

— Nyelle, que se passe-t-il ?

J'essaie de comprendre. Henley se frotte contre ma jambe. Je baisse les yeux vers lui en caressant le sommet de son crâne. Mais bien sûr ! C'est le fait de le revoir qui l'a mise dans cet état. Zac s'occupe de Henley le temps que je termine mes études. Et comme mon oncle savait que nous venions, il n'a pas pris le chien avec lui. Je ne pensais pas que les retrouvailles bouleverseraient autant Nyelle.

Elle se tourne vers moi, perdue. On dirait qu'elle n'est pas là.

— Tu te souviens de Henley ? je lui demande prudemment alors qu'elle saisit son sac à dos.

Je n'ai jamais pensé qu'elle faisait semblant de ne pas me connaître ou exprès de ne pas se rappeler certaines choses. Personne n'est assez bon acteur pour ça. J'ai juste arrêté de chercher à comprendre son comportement parce que j'étais prêt à l'accepter telle quelle. Mais là, c'est compliqué de ne se poser aucune question. Clairement, le passé qu'elle a oublié pour une raison que j'ignore lui revient en pleine figure. Je suis complètement démuni.

— Pardonne-moi, je suis vraiment fatiguée, murmure-t-elle en passant une main tremblante dans ses cheveux. On peut rentrer, tu crois ?

— Bien sûr !

Je l'entoure de mon bras et je prends son sac. Elle s'appuie sur moi tandis que nous marchons vers la maison. Elle tremble, presque autant que le soir où je l'ai portée après notre baignade forcée dans le lac gelé.

Je décroche la clé du crochet sous les escaliers et je guide Nyelle jusqu'à la porte en haut des marches. Abasourdie, elle reste muette, son regard toujours braqué sur le sol. J'ouvre et j'allume les lumières, qui illuminent le vaste séjour.

Nous montons dans la chambre où j'ai l'habitude de dormir et je pousse la porte pour elle.

— Il y a une salle de bains aussi. Je vais chercher les autres affaires pendant que tu t'installes.

Elle hoche la tête, et je la regarde entrer dans la salle de bains en refermant la porte derrière elle.

J'ai l'impression qu'elle n'a pas entendu un mot de ce que je lui ai dit.

Je ne suis pas certain d'y arriver. Si elle fait une espèce de crise, encore pire que celle-ci, je ne saurai pas comment l'aider. Je devrais appeler ma mère… ou Rae. Elle expliquera bien mieux la situation à maman.

Je me promène dans la maison pour trouver un endroit où ça capte. Le message « Pas de réseau » ne disparaît pas de mon écran. Quel trou paumé !

Quand je rentre avec nos sacs et les courses achetées en chemin, Henley me suit à l'intérieur. Je prends le temps de ranger, en jetant de temps à autre un œil à la porte de la chambre.

Je suis à bout de nerfs et je dois lutter pour ne pas péter un plomb. Je ne veux pas qu'elle reste là-haut toute seule trop longtemps.

Je verrouille la porte du chalet et j'éteins les lumières avant de gravir lentement les marches. Je marque un temps d'arrêt devant la chambre afin de me ressaisir. Je suis capable d'assurer – l'écouter, la tenir dans mes bras, la laisser crier dans un oreiller. Tout ce qui la soulagera. Je saisis la poignée en me préparant à une tempête d'émotions. Mais, surprise ! je la trouve… endormie !

Je coiffe en arrière les cheveux qui tombent sur son visage et je l'observe dans son sommeil. Sa main posée sur l'oreiller, Nyelle semble si paisible. Comme si tout allait pour le mieux. Si seulement c'était le cas !

Je m'accroupis à côté d'elle et je passe le dos de ma main sur sa joue. Je ne peux m'empêcher de me demander qui me regardera quand elle ouvrira les yeux demain matin. Mon attention se porte vers sa main. De minuscules lignes blanches constellent sa peau entre l'articulation et son poignet.

— Que t'est-il arrivé, Nyelle ?

* * *

Le bruit du verre qui se brise est reconnaissable entre tous. Même si je suis bourré, je sais exactement ce que j'entends. Et c'est assourdissant.

— Peut-être que je ne veux plus être la petite fille parfaite dont tu rêves.

Sa voix est vraiment emplie de colère, et elle semble cassée, comme si, en disant ces mots, elle avait mal dans son corps.

— Nicole, arrête !

La voix grave de M. Bentley résonne depuis l'intérieur de la maison.

— Qu'est-ce que tu fabriques ?

Mes pieds me guident jusqu'à chez elle, mais on dirait deux blocs de pierre. Je titube sur la pelouse parfaitement taillée des Bentley.

— Nicole, il y a du sang partout sur le sol ! s'écrie la mère.

— Appelle le Dr Xavier, lui demande M. Bentley. Dis-lui de passer par-derrière.

— T'ai-je déçu, papa ? hurle Nicole, ce qui me glace le sang.

Soudain, M. Bentley se précipite hors de la maison. Les veines sur son front ressortent tandis qu'il se rue vers sa voiture. Quand il me voit, il se fige.

— Cal ? Cal, c'est bien cela ?

Je hoche la tête en essayant d'avoir l'air sobre.

— Nicole va bien ?

— Oh, répond-il en se raclant la gorge. Oui, elle va très bien. Juste une mauvaise nuit, c'est tout. Nous prenons soin d'elle. Merci de vous en inquiéter.

— Pas de souci.

Je me retourne pour continuer mon chemin. Je jette un œil par-dessus mon épaule en arrivant sur le trottoir. Debout à côté de sa voiture, il me regarde toujours.

— Nicolas ? crie Mme Bentley.

J'entends encore les sanglots hystériques de Nicole qui dérivent dans l'obscurité alors que je m'éloigne.

* * *

Quand j'ouvre les yeux, je me retourne et le lit est vide. Pris de panique, je n'ai plus du tout sommeil. Je tends l'oreille mais je n'entends personne bouger, alors je repousse les couvertures et je me lève. Il est tout juste un peu plus de 2 heures du matin. Où peut-elle bien être fourrée ? Elle n'est pas dans la salle de bains. J'ouvre la porte de la chambre. La maison est plongée dans le noir complet.

— Nyelle ? je crie.

Rien.

J'allume les lumières en traversant le chalet. Je vérifie dans toutes les chambres. Et puis je sors. J'ai le cœur qui bat à cent à l'heure. Le rêve, ou le souvenir, est encore bien présent dans mon esprit, ce qui ne m'aide pas à me calmer.

Je vais derrière le chalet et je m'arrête quand j'aperçois une forme étrange dans l'herbe. Je m'approche. Nyelle, avec Henley. Allongée sur le dos, les cheveux éparpillés autour d'elle, elle contemple les étoiles. L'une de ses mains est posée sur la tête du chien, posée sur son ventre.

— Nyelle, pourquoi tu ne dors pas ?

Je tâche de me remettre de mes émotions. Quelle angoisse, cette nuit !

Nyelle ne quitte pas les étoiles des yeux.

— J'essaie d'aller mieux.

— Je peux m'allonger à côté de toi ? je demande prudemment.

Moi aussi, j'ai bien besoin de réconfort. Elle hoche la tête.

Mon corps est parcouru d'un bref frisson au contact de l'herbe froide. Je regarde Nyelle. Elle observe attentivement le ciel comme si elle attendait que quelque chose se produise. Je scrute son visage en essayant de comprendre qui est allongé à mes côtés.

— Je n'ai jamais vu autant d'étoiles, dit-elle doucement. Ce ciel est rempli de possibilités et de souffrances. C'est tellement contradictoire ! Peut-être qu'il n'y a que des possibilités qui font mal…

Sa voix est si triste que je ne la reconnais presque pas. Son masque est en train de s'effriter et ce qu'elle a essayé de cacher ne va pas tarder à apparaître.

— Comment je peux t'aider ? je lui demande. Demande-moi n'importe quoi. Ça ne me dérange pas de mourir gelé pour toi.

Elle rit faiblement. Nyelle est bien là.

— Il fait un peu frais, hein ? Je n'avais pas vraiment remarqué.

— Quand je suis avec toi, souvent, je ne sens plus mes membres. J'ai fini par m'y habituer.

Elle prend ma main dans la sienne.

— Pourtant, tu dégages une chaleur incroyable, j'ajoute.

Je serre ses doigts et les presse contre mes lèvres.

— J'avais besoin de sentir ça, dit-elle doucement.

— Quoi donc ?

— Le papillon.

Les mots sortent comme un murmure.

— Qu'est-ce que ça veut dire ? C'était ton vœu, sur le silo, mais je n'ai pas compris.

— Tenir ta main. Ça me donne l'impression d'avoir un papillon dans la poitrine. Et je ne sais pas pourquoi, mais ça m'aide à me dire que tout va bien se passer.

— Mais tout va bien se passer ! je la rassure en essayant d'y croire moi-même.

— Je sais. Désolée.

Un peu gênée, elle rit et écrase rapidement une larme qui s'est échappée sur sa joue.

— Je ne suis pas censée être comme ça. Tu ne devrais pas me voir comme ça.

— Hé ! dis-je en m'installant sur le côté et en mettant un doigt sous son menton pour l'obliger à me regarder. Tu peux toujours me montrer qui tu es. En toute circonstance.

— Je ne suis pas sûre de savoir qui je suis, chuchote-t-elle avec un petit sourire pincé, comme si elle voulait garder toute l'émotion à l'intérieur d'elle.

Cette expression forcée me rappelle trop sa mère. Je suis parcouru d'un frisson.

— Qui veux-tu être ?

Ses yeux papillonnent tandis qu'elle cherche une réponse. Je passe ma main sur sa joue. Je ne me suis jamais senti aussi inutile de toute ma vie.

— Je ne sais pas.

Sa lèvre tremble et elle ne parvient plus à retenir son émotion.

— Je ne sais plus.

Je me rapproche d'elle et j'attire son corps tremblant contre ma poitrine. J'aimerais pouvoir emporter tout son chagrin.

Que se serait-il passé si j'avais fait quelque chose la nuit où je l'ai entendue hurler ? Et si je n'étais pas parti ? Et si j'étais entré dans sa maison pour l'aider ? Et si, à ce moment-là, j'avais été l'ami dont elle avait besoin ? Est-ce qu'elle serait toujours allongée ici, à se chercher parmi les étoiles ?

— Tu peux être qui tu veux avec moi. Et cela n'aura aucune importance, promis. Que tu sois gentille, méchante ou folle.

Et je me moque de savoir quelle version d'elle me regarde en cet instant. C'est toujours la même fille. Celle que j'ai désirée presque toute ma vie.

Elle rit faiblement, comme si elle était essoufflée.

— Même si je risque de regretter d'avoir dit ça plus tard.

Ma petite blague a rempli sa mission : Nyelle rit un peu plus.

Je lève son menton et j'effleure ses lèvres avec un petit baiser.

— Tout va bien se passer, je répète en nous mentant à tous les deux.

Nicole

Août –
Avant la classe de terminale

Je raccroche et je m'adosse à mon siège. Je serre le volant jusqu'à ce que mes articulations deviennent blanches, et je regarde de l'autre côté du pare-brise. Il faut que je me ressaisisse avant de sortir de la voiture. Il y a trop de gens ici. Je ne peux pas péter un plomb maintenant.

Quelqu'un frappe à la vitre et je sursaute.

— Tu fais quoi, Nicole ? demande Ashley.

Ma mâchoire se serre rien qu'au son de sa voix.

J'éteins tout. La tristesse. La colère. La frustration. Et je *souris*.

— J'arrive ! dis-je en mettant mon téléphone dans mon sac de plage et en ouvrant la portière.

— J'ai du mal à croire qu'on soit déjà en terminale ! s'exclame Heather.

Nous marchons sur le sable chaud en cherchant le meilleur endroit où nous installer. Ou, comme préfèrent le formuler les filles, le coin à beaux mecs.

— Oh, la vue me plaît bien ici, lance Ashley en laissant tomber son sac sur le sable.

Je déplie la couverture et Vi m'aide à l'étendre pendant que Heather et Ashley admirent le paysage de corps bodybuildés.

Je fais passer mon débardeur par-dessus ma tête et je le jette sur mon sac. Juste au moment où je m'apprête à retirer mon short, un avant-bras musclé m'attrape par la taille et me soulève. Je pousse un cri de surprise.

— Hé, bébé ! me murmure Kyle à l'oreille.

Je grogne intérieurement. J'aimerais tellement qu'il enlève ses pattes de moi. Il me tourne vers lui et m'embrasse en enfonçant sa langue dans ma bouche. Je compte les secondes jusqu'à ce que ce soit terminé.

— Salut, dis-je en lui souriant. Vous faites quoi, ici, les gars ? Je croyais que c'était une journée entre nanas.

— Moi, rater l'occasion de te voir en maillot ? Jamais !

Il fait un clin d'œil. J'ai envie de vomir. Et puis il se penche vers moi et me susurre :

— En plus, je ne t'ai pas vue de tout l'été, et je n'ai pas passé une seule minute avec toi.

Je recule en écarquillant les yeux.

— T'inquiète. J'ai pas lâché le morceau, dit-il tout bas.

J'essaie de me détendre en espérant qu'il ne mente pas. Il est censé avoir raconté que lui et moi sommes allés à Malibu après mes quatre semaines de stage de danse. En fait, j'étais avec Richelle, et non pas dans sa maison de famille avec lui. Mais je fais tout pour garder notre amitié secrète. Ça laisse dans ma vie au moins une chose authentique à laquelle personne ne touche.

Il me serre fort contre lui.

— Mais te voir dans ce bikini, c'est la torture, surtout que je n'ai jamais vu ce qu'il y a en dessous.

— Mais c'est pour ça que je t'ai autorisé à faire tout ce que tu voulais sur le campus, je lui chuchote à l'oreille. Tant que tu ne dis rien, je ne dis rien.

Kyle est inquiet pour sa réputation. C'est pathétique. Il a convaincu les mecs d'ici que nous couchons ensemble à longueur de temps, en échange de quoi, il a le droit de se taper toutes les étudiantes qu'il veut. Si son frère cadet ou l'une des élites découvre qu'il ne m'a jamais vue sans tee-shirt à part sur la plage, il sera foutu.

Je ne comprends pas pourquoi il n'a pas encore cassé avec moi. Je m'y prépare depuis son départ à la fac, l'année dernière. Mais notre accord lui convient. Dans notre petite ville, il a une réputation qui correspond à l'image qu'il veut donner de lui-même. Et en plus, il peut mener une vie de célibataire sur le campus.

— Où est Charlie ? hurle Neil.

Je serre les dents. Neil vient de renverser Cal en essayant de rattraper un ballon.

— Désolé, mec. Je t'avais pas vu.

Les garçons se mettent à rire comme des hyènes.

— Alors il faudrait peut-être que tu te sortes la tête du cul, réplique Rae en se plantant devant Neil.

Mais elle ne lui arrive qu'à la poitrine. Je pince les lèvres pour ne pas rire.

Craig aide Cal à se relever. Je le regarde enlever le sable sur lui et ajuster ses lunettes. Il a l'air… plus grand. Mais il est toujours maigrichon. Ce qui n'est pas très grave. Les mecs qui m'entourent ont peut-être des corps de rêve, ils n'en restent pas moins des enfoirés.

Cal me regarde, et pendant quelques instants, je suis incapable de détourner les yeux. L'espace de ces quelques secondes, je crie en silence que je suis désolée que Neil soit un abruti. Je suis désolée de ne pas être en train de me marrer dans le garage avec lui et Rae, en écoutant de la musique et en buvant sur ce canapé horrible qu'elle a rapporté de la cave. Je suis désolée de ne pas l'encourager assez fort sur le terrain de basket quand il joue pendant, allez, cinq minutes. Je suis vraiment… désolée.

J'interromps notre connexion et je m'assieds sur la couverture.

— Pas vrai, Nicole ? me demande Heather.

— Hein ? Ah, oui !

Je sais bien que c'est la seule façon de leur répondre : être d'accord avec elles.

* * *

Je rentre chez moi en voiture, épuisée et vidée. J'aimerais pouvoir crier de tout mon souffle. Mais malheureusement, Kyle s'est arrangé pour que je le ramène, alors je dois continuer à afficher mon sourire bidon.

— Je viens te chercher pour qu'on aille à cette soirée, plus tard ?

Je me gare devant sa maison.

— 20 heures ?

— Parfait, je réponds avec un enthousiasme forcé.

Il se penche et m'embrasse de façon agressive. Je le laisse faire, en prenant soin de garder les yeux fermés jusqu'à ce que ce soit terminé.

— Bébé, t'es en terminale, dit-il, à bout de souffle. Il serait temps qu'on couche ensemble, non ?

— Peut-être, je lui réponds avec un sourire adorable. J'aimerais juste que ça se passe naturellement, tu vois ? Au bon moment.

Et maintenant casse-toi !

— Bien sûr ! Allez, à plus !

Quand je rentre chez moi, plus rien ne me retient.

— Pourquoi je ne peux pas aller à San Francisco ce week-end ?

Ma mère, qui plie du linge, se crispe. Je n'ai jamais employé un tel ton avec elle avant.

— Pardon ?

— J'étais censée voir Richelle ce week-end.

J'essaie de me ressaisir.

— Mais tu as appelé pour dire que je devais rester à la maison. Pourquoi ?

— Nous sommes invités à un dîner d'affaires avec ton père demain soir. Il a besoin de notre soutien.

Je ferme les yeux en essayant de ne pas défaire le joli emballage qui me contient.

— Tu sais combien ça compte pour moi de la voir, dis-je doucement. C'est notre week-end. Je ne peux pas le rater.

— Eh bien ton père est plus important.

Je m'effondre.

— Rester assise à côté de toi et papa à sourire comme une vulgaire poupée en plastique en le regardant lécher des culs pendant trois heures, ce n'est pas important. Il n'aura pas sa promotion. Il ne bougera pas de son poste de cadre moyen qu'il occupe depuis quatre ans. Et pourtant, nous devons continuer à faire comme s'il était le maître du monde chaque fois qu'il franchit cette porte. Mais il est loin de l'être ! Je ne sais pas pourquoi tu l'autorises à te traiter comme son esclave, à faire ses lessives, le ménage et la cuisine pour lui ! Toujours parfaite. Sans jamais vouloir le décevoir. Eh bien, peut-être que moi, je n'en ai plus rien à foutre, de tout ça !

Je tremble de rage. Ma mère cligne des yeux comme si j'étais un chaton attendrissant. J'ai envie de la secouer. J'ai envie de débrancher le programme qui l'empêche d'être humaine.

— Tu as fini ?

Je tressaille. L'absence d'émotion dans ses mots me fait l'effet d'une gifle.

— Ton père et moi sommes associés dans ce mariage. Je le soutiens en veillant à ce que la maison soit propre et en préparant tous les soirs le dîner. Comme cela, je crée un environnement calme et respectueux dans lequel il peut se sentir aimé et apprécié. Et cela lui permet de supporter la déception de ne pas être valorisé au travail en dépit de tout ce qu'il offre à son entreprise depuis des années. Comme s'installer ici pour un poste pour lequel il était surqualifié. C'est ce qui nous a permis d'avoir la vie que nous avons. D'économiser pour une université dans laquelle il n'a jamais eu la chance d'aller, mais qui te permettra de bénéficier d'un avantage dans l'existence que lui n'a pas eu. Alors tu viendras à ce dîner. Tu feras preuve de respect envers lui. Et tu ne le décevras pas. Est-ce bien compris ?

Vaincue, je remets mon masque de fille parfaite et je suis ses ordres, hébétée.

— C'est bien compris.

20

Le lendemain matin, je suis réveillé par les rayons du soleil qui filtrent à travers la fenêtre. Je me frotte les yeux et je m'étire. J'hésite à me couvrir la tête et à me rendormir.

Je me retourne. Nyelle est en train de me regarder.

— Bonjour, dit-elle tout bas, avec un tout petit sourire.

Je grogne, passe mon bras autour de sa taille et je la fais rouler sur le côté pour qu'elle se retrouve dos à moi.

— On est réveillés ?

— Oui, dit-elle. Je me suis déjà douchée et je me suis brossé les dents.

— Alors je devrais faire pareil !

Je bâille dans l'oreiller.

— Avant que tu dises quoi que ce soit, même si je sais que tu ne diras rien…

Elle laisse sa phrase en suspens et se remet sur le dos. Elle passe doucement ses doigts sur ma main, que j'ai posée sur son ventre.

— Je suis désolée pour hier soir. J'ai légèrement pété les plombs. Merci pour ta patience. J'imagine que ça n'a pas été facile.

Je lève la tête et je la scrute. Ma patience ? Par rapport à son masque de Nyelle ? Ou par le fait qu'elle se retrouve parfois dépassée par cette dernière ? Maintenant, je me sens perdu moi aussi.

— Je suis désolée. Je ne suis pas celle que tu attendais.

Ses lèvres forment un sourire navré.

— Nyelle, tu es plus que ce que j'attendais, j'affirme de façon catégorique.

Je ne supporte pas de voir autant d'insécurité dans son regard. Cela ne lui ressemble pas. Il faut que je l'aide à s'en débarrasser.

— Tant pis pour l'haleine. Je vais t'embrasser.

— Non, pitié !

Elle glousse. Je me mets entre ses jambes et je plaque ses bras au-dessus de sa tête. Elle se tortille pour se libérer. Ce rire – voilà ce qui fait toute la différence. C'est le rire que j'avais besoin d'entendre. J'enfouis mon nez dans son cou sur lequel je dépose un chapelet de petits baisers. Je sens que son corps se détend.

Je laisse glisser mes lèvres jusqu'au creux de sa clavicule. Elle respire vite.

— Attends, dit-elle soudain.

Je ne bouge plus.

— Je voulais... te préparer un petit déj'.

— Un petit déj' ? J'étais sur le point de…

— Oui, dit-elle en s'asseyant et en me repoussant.

Je m'effondre sur le dos en gémissant. Pas facile d'être rejeté comme ça au saut du lit. Ce n'est jamais facile, d'ailleurs, quelle que soit l'heure.

— Euh… Tu peux rester allongé. Je vais te l'apporter.

Elle agit bizarrement.

— Qu'est-ce que tu trafiques ?

Elle m'adresse un sourire diabolique.

— Je reviens tout de suite. Bouge pas.

— Tu veux que j'aille où ? On est au milieu des bois ! je lui crie tandis qu'elle s'éloigne dans le couloir.

En attendant, je décide de prendre une douche rapide pour enlever la crasse du voyage qui me colle encore à la peau.

Une fois sous l'eau, je me mets à espérer que cette journée sera meilleure que celle d'hier.

Je n'ai pas envie d'oublier tout ce qui s'est passé ces dernières douze heures, mais je préférerais ne pas avoir à replonger de si bon matin dans un tel bain d'émotion. Ses excuses, c'était déjà du lourd.

Nous avons une semaine. Et je ne m'attends pas à une fin de conte de fées. Alors si on me le permet, je veux bien être un imbécile heureux une journée de plus.

Quand je reviens dans la chambre, Nyelle est assise sur le lit. Elle porte une chemise de bûcheron et a glissé ses jambes sous les couvertures. Elle arbore un sourire ridicule qui me fait rire. Je regarde autour de moi pour trouver un bol de céréales ou quelque chose à manger.

— Euh, y a quoi, au petit déj' ? je lui demande en ouvrant un tiroir pour prendre une chemise.

— Moi ! répond-elle, ce qui me force à me retourner.

Avant que j'aie pu dire le moindre mot, elle découvre ses jambes sur lesquelles il y a des cœurs roses. Elle en a aussi sur le cou.

Je souris. Cela me rassure qu'elle aussi ait choisi d'être dans le déni. Je ne sais pas ce qui fera tout basculer, mais la révélation peut attendre.

— Glaçage ?

Elle hoche la tête.

— Et même pas besoin de grimper au sommet d'un arbre pour le déguster ! je m'exclame.

Je m'approche du lit. Soudain, je suis affamé.

Elle me sourit innocemment quand je me penche vers elle pour goûter ses lèvres.

— Il n'y a pas de glaçage ici, murmure-t-elle contre ma bouche.

— Je me suis dit que c'était pas mal pour commencer.

Je descends le long de son cou, jusqu'au cœur sous son oreille. Je prends le temps de trouver chaque endroit qu'elle m'a indiqué stratégiquement. Elle halète en sentant ma langue qui descend lentement sur sa peau douce.

Je n'ai jamais fait un truc aussi excitant de ma vie. Sa respiration s'accélère quand je termine par les cœurs cachés sur ses jambes.

— Les petits déj' au lit, j'adore !

J'en reviens à ses lèvres.

— C'est tellement meilleur que les céréales !

— Je rêve ou tu viens de me comparer à des céréales ? me demande-t-elle, le visage tout rose.

— Et en quoi c'est vexant ? Je ne pourrai jamais me lasser ni de toi, ni des céréales. Même si je vous… consomme tous les jours.

Mon regard se promène sur son corps nu. Je n'en ai pas encore fini avec elle.

Elle prend une petite inspiration quand je la recouvre de mon corps.

— Non, ce n'est pas mal du tout !

* * *

— Tu t'es endormi ? me demande Nyelle en s'allongeant contre moi.

— Non, je lui réponds, les yeux fermés et la voix groggy car l'eau chaude a un effet calmant sur moi. Mais je pourrais bien.

— Il n'y a bientôt plus de bulles, dit-elle.

L'eau froufroute.

— T'as envie de sortir ?

J'ouvre les yeux et j'inspire. Je me penche en avant et j'embrasse son épaule.

Elle met les mains devant elle.

— Mes doigts sont fripés, alors je pense qu'il est temps.

Nyelle s'appuie sur le côté de la baignoire en fonte pour se mettre debout. J'admire l'eau qui ruisselle sur sa peau. Et puis je chasse cette image de mon esprit – nous ne pouvons pas passer toute la journée au lit… n'est-ce pas ?

— Ça te tente, une balade ? me propose-t-elle en s'enveloppant dans une serviette.

— J'ai l'impression qu'il va pleuvoir.

— On est dans l'Oregon. On a toujours l'impression qu'il va pleuvoir !

Je souris et j'attrape la serviette sur le crochet.

— C'est vrai.

— Si je te dis que j'aimerais t'habiller, tu en penserais quoi ?

Elle va dans la chambre.

— Tu veux choisir mes vêtements ? Je n'ai pas apporté grand-chose.

Nyelle se met à rire.

— Non ! Je voudrais t'habiller. L'idée me plaît bien.

Je suis sur le point de faire un commentaire sur cette idée vraiment bizarre, et puis je me ravise. Après tout, la douche dans le noir, ça me paraissait bizarre aussi. Et maintenant, c'est un moment que je n'oublierai jamais.

— Si tu veux. Et moi, je pourrais t'habiller aussi ?

— Bien sûr ! répond-elle sur un ton guilleret.

La regarder se baisser devant moi pour remonter mon pantalon et glisser ses doigts le long de ma fermeture Éclair pour la remonter est beaucoup plus excitant que j'aurais pu l'imaginer. Je suis tenté de lui demander de le retirer dans la foulée.

Quand c'est mon tour, je prends mon temps. Je passe ses bras dans le soutien-gorge et je me tiens tout près d'elle pour l'agrafer dans son dos. Je m'agenouille devant elle pour l'aider à mettre sa culotte.

Lorsque sa tête ressort de son sweat, je l'embrasse. Mes lèvres suivent le mouvement de son pantalon qu'elle fait remonter le long de ses cuisses. Je m'arrête sur la petite cicatrice sur sa jambe gauche et j'y dépose un petit baiser. Mes doigts la caressent. Après toute ces années, elle s'est effacée. Je n'y avais jamais vraiment prêté attention jusqu'à maintenant, trop distrait par le reste de son anatomie.

— Quand on pense qu'une branche s'était plantée dans ta jambe et qu'il n'y a presque plus de trace. J'ai bien cru que Richelle…

Soudain, son corps me paraît bien trop figé. Je grimace. J'aurais dû la boucler.

Nyelle tire le pantalon sur ses hanches et le boutonne. Je reste bouche bée. J'aimerais tellement revenir en arrière… Mais pourquoi ? Présenter des excuses ? Faire comme si je n'avais rien dit ?

En temps normal, elle ne sourcille même pas quand je parle de Renfield et des gens de là-bas. Mais là, c'est différent. Les souvenirs sont comme des décharges électriques qui la sortent de l'oubli. Et ils la blessent. Comment arrêter cela ?

— Euh, ça te dirait, des crêpes ? je lui demande en espérant que cela l'aidera à passer à autre chose.

Quand nous avons acheté les ingrédients en venant ici, elle trépignait comme une gamine. Je suis prêt à me raccrocher à n'importe quelle branche.

— Non, ça va, répond-elle calmement en s'asseyant sur le lit pour enfiler ses chaussettes. Je crois que je vais aller marcher avant qu'il pleuve.

Je l'observe en silence lacer ses chaussures militaires. Elle refuse de me regarder, et cela me rend dingue.

Quand elle se met debout, je fais un pas en avant et je pose mes mains sur ses hanches.

— Nyelle !

Ses yeux sont rivés sur mon torse.

— Je t'en prie, regarde-moi !

Elle relève à contrecœur la tête. Mais s'empresse de détourner le regard quand les larmes commencent à monter. J'essaie de ne pas montrer à quel point je flippe.

— Je crois… je crois qu'il faudrait qu'on parle de ça.

Bon sang, ça y est, je l'ai dit.

— Je ne veux pas parler. Je ne peux pas.

Sa voix est un murmure brisé.

— Je reviens dans pas longtemps.

Elle passe devant moi.

— Attends ! Ne t'en vas pas !

Je me précipite derrière elle dans le couloir.

— Je sais que quelque chose t'as secouée. Tu n'es pas obligée de le cacher. Nyelle, tu n'as pas à cacher qui tu es avec moi. Tu te souviens ?

Une fois au pied de l'escalier, elle se retourne.

— Je vais bien. J'ai juste besoin de marcher un peu pour me changer les idées.

Je la suis jusqu'à la porte, mais je la laisse partir sans chercher à l'arrêter.

Je croise les mains derrière ma tête. Merde !

Je fais quoi, maintenant ? Je lui cours après ? Je lui laisse de l'espace ? Je suis complètement paumé… Je remonte dans la chambre pour prendre mon téléphone.

Je me balade dans la maison pour trouver un endroit où ça capte. Rien. Le ciel couvert ne doit pas arranger les choses.

Je sors et tiens mon téléphone en l'air. Une barre de réseau, au moins, pitié ! Il y en a deux qui apparaissent. Je m'arrête.

Ça sonne. Je ferme les yeux en priant pour vraiment pouvoir passer cet appel. Rae décroche.

— Cal, tu foutais quoi ?

J'entends très mal.

— Je suis chez Zac.

— Où ça ?

— Dans l'Oregon. Le chalet.

Pas sûr qu'on réussisse à avoir une vraie conversation.

— Nyelle… toi…

Et ça coupe.

Je grogne. Tout ça pour ça. Je continue à me promener avec mon téléphone. Je vais même jusqu'à la piste en terre. Rien.

Je m'assieds sur les marches de la maison. Henley trotte jusqu'à moi et s'installe à mes pieds. Je caresse son crâne, les yeux perdus vers les bois dans l'espoir qu'elle revienne vite.

— T'en penses quoi, Henley ? Je devrais partir à sa recherche ?

Il se contente de me regarder, langue pendante.

— T'as raison. S'il y a bien une fille qui mérite que je lui coure après, c'est elle.

Je le gratte derrière les oreilles.

— Allez viens, on va la chercher.

Sauf que quand je me lève, je ne sais absolument pas de quel côté partir. Nous sommes entourés par les arbres. Elle a pu partir n'importe où.

Alors je me mets à marcher en essayant de suivre le chemin qui me paraît le plus naturel. Au bout de quinze minutes, je m'arrête. Cela ne sert à rien. Et puis ça me revient.

— Le lac ! dis-je à Henley, qui penche la tête en entendant le son de ma voix.

Je me repère et je prends le sentier qui descend vers le lac. Comment n'y ai-je pas pensé tout de suite ?

Je suis à mi-chemin quand, du coin de l'œil, je détecte du mouvement. Henley est aux aguets. Et puis il détale. J'aurais dû le laisser me mener jusqu'à elle.

Je me précipite derrière lui à travers les arbres et les buissons.

Quand je l'aperçois, je ralentis. Henley s'est arrêté un peu plus loin. Il m'attend.

Les arbres s'ouvrent en une espèce de clairière. Le sol est tapissé de mousse. Nyelle se tient au centre. Et elle danse.

Je n'ose pas continuer, de peur de l'interrompre. Elle tourne sur elle-même au milieu des bois. Ça peut sembler barré. Mais elle est tellement gracieuse quand elle bouge, qu'en réalité, c'est beau.

Je m'approche en espérant qu'elle ne me remarquera pas. Et puis je me rends compte qu'elle a des écouteurs. Et ses yeux sont fermés.

Je m'adosse à un arbre et regarde ses mains fendre l'air. Elle se cambre et tend une jambe vers le ciel. Elle est pieds nus.

Je savais qu'elle dansait. Mais je ne l'avais jamais vue le faire. Et maintenant, je le regrette.

Elle exécute un petit saut de cabri. En touchant le sol, Nyelle s'assied en repliant les jambes avec élégance. Elle passe ensuite ses bras autour. Et puis elle ne bouge plus.

Je m'approche lentement. Elle a posé sa tête sur ses bras. Elle respire avec difficulté et ses épaules tremblent. Elle pleure.

Henley court vers Nyelle et colle sa truffe contre son visage. Elle lève les yeux vers moi. Des larmes coulent sur ses joues. Elle enlève ses écouteurs sans se remettre debout.

Tandis que je contemple ces mêmes yeux bleus que je connais depuis si longtemps, je me demande :

— Qui est Nyelle Preston ?

Richelle

Mai - Classe de terminale

— Ça me plaît bien, ici, dis-je en me rallongeant sur la couverture pour regarder les étoiles.

— On ne devrait pas rester ici trop longtemps. Il commence à faire froid, répond Nicole, les mains croisées sur son ventre.

— Rien ne me paraît important quand je regarde les étoiles. Elles semblent pleines de possibilités. Il suffit de faire un vœu en les regardant pour que tout s'arrange.

— Elles me rappellent tout ce que je n'ai pas fait et que je regrette. Les moments que j'aimerais revivre pour pouvoir recommencer autrement.

— Tes « et si ».

— Oui !

— Eh bien, chaque fois que tu aperçois une étoile filante, refais quelque chose autrement.

Nicole laisse échapper un petit rire.

— J'aimerais bien !

Nous restons muettes pendant quelques minutes. Nicole est ma meilleure amie depuis qu'on est gamines. Chaque souvenir heureux que j'ai est rattaché à elle d'une façon ou d'une autre. Mais une part de moi s'inquiète toujours pour elle. Je n'y peux rien.

— Tu es heureuse ? je lui demande.

— Quoi ?

— Tout ce que je veux, c'est que tu sois heureuse. Tu te mets tellement la pression pour être ce que tout le monde attend de toi. J'ai peur que tu ne sois pas heureuse.

— Je le suis quand je suis avec toi. Tu es la seule qui n'attend pas de moi que j'agisse d'une certaine façon.

Elle s'arrête.

— Parfois, j'aimerais être tout ce que je ne suis pas. Être spontanée. Aventurière. Être capable de faire des choses juste pour le fun. De me moquer de ce que les autres pensent de mon apparence et de mes faits et gestes. Être moi, tout simplement.

— Je pense que tu devrais essayer, dis-je pour l'encourager, même si je ne peux m'empêcher de sourire en imaginant Nicole autrement que posée et bien comme il faut.

— Si seulement ! soupire-t-elle.

— C'est ça, ton premier « Et si » ! À la prochaine étoile filante, tu pourras tout recommencer, autrement, devenir quelqu'un d'autre.

Nicole se met à rire.

Nous restons là un moment, à contempler le ciel. Je pense voir une étoile filante, mais c'est un avion.

— Et… tu es heureuse, toi ?

Sa voix est hésitante alors je saisis sa main.

— Aujourd'hui, oui.

Nicole serre mes doigts.

— Tu me rendrais un service ?

— Tout ce que tu veux, répond-elle vite.

Trop vite.

— Je m'inquiète pour toi. Tu es tellement calme que je me demande ce qui se passe dans ta tête. Tout le monde attend de toi que tu sois parfaite. Tu dois sûrement ressentir de la tristesse, de la colère, de la frustration. Alors, lâche prise, exprime-toi !

— Je ne peux pas crier chaque fois que ça craint !

Je continue à absorber les lumières qui brûlent au-dessus de moi.

— Alors laisse les étoiles agir. Elles vont tout arranger. Quand le soleil se lèvera et qu'elles disparaîtront, elles auront emporté toute ta douleur.

— Jusqu'à la nuit prochaine, quand elles seront là pour me rappeler tout ce qui craint dans la vie.

— Non ! Parce qu'il y aura à nouveau des possibilités.

— Quand tu philosophes, ça me trouble.

Je ris.

— Ouais ! Peut-être bien que je débloque !

— En tout cas, je ne regarderai plus jamais le ciel sans penser à toi, déclare Nicole en me serrant fort la main.

— Pas mal !

Une traînée de lumière passe au-dessus de nos têtes. Nous tendons toutes les deux le bras au même moment, en pointant le doigt dans la même direction.

— Et voilà ! Tu vas pouvoir être cette fille-là ! La fille bordélique, folle et imprévisible que tu as toujours voulu être !

Nicole lâche un long soupir.

— Richelle, Nicole ! crie ma mère depuis la terrasse à l'arrière du chalet. Rentrez ! Vous allez prendre froid !

— Je croyais qu'on était ici pour prendre l'air !

— Richelle ! s'exclame ma mère sévèrement.

— OK, on arrive !

— Elle a raison. Ça caille vraiment, ici.

Je m'assieds.

— Oh ! Elle va peut-être nous préparer un chocolat chaud !

21

— S'il te plaît, dis-moi qui est Nyelle Preston.

Nous venons de nous regarder dans les yeux pendant un très long moment. Sans quitter le tapis de mousse sur lequel elle est assise, Nyelle ramène ses genoux vers elle et passe ses bras autour.

— Elle est un mensonge, et je voulais qu'il soit vrai.

— Elle m'a l'air bien réelle, en tout cas. En quoi est-elle un mensonge ?

Nyelle ferme les paupières. Ses cils sont scintillants à cause des larmes. J'ai envie de la toucher. De la serrer dans mes bras. Mais j'ai peur que cela m'empêche de trouver ce que je suis venu chercher ici.

— Je ne voulais pas de ma vie. Je ne voulais plus avoir mal. Alors je suis devenue le mensonge que j'avais souhaité.

Elle baisse la tête et soupire, comme si elle essayait d'évacuer sa douleur dans l'air. Ses propos ne veulent rien dire. Je ne sais pas de quoi elle se souvient.

Ni à quel point elle est encore prisonnière du mensonge auquel elle a fini par croire.

— Tu m'as reconnue ce soir-là, à la fête d'Halloween ?

— Pas tout de suite. Tu as changé.

Elle se mord la lèvre.

— Mais quand j'ai su que c'était toi, j'ai essayé de garder mes distances. J'ai vraiment essayé, parce que tu me rappelais tout ce qu'il fallait que j'oublie. Sauf que chaque fois que je te voyais, j'avais envie de te revoir. Du coup, j'ai eu l'impression d'apprendre à te connaître comme si c'était la première fois.

— Et il lui est arrivé quoi, à Nicole ?

Quelque part entre le chalet et ici, j'ai trouvé le courage de lui poser toutes les questions que j'avais essayé d'étouffer jusqu'à maintenant. Ce n'est pas facile de la voir recroquevillée comme si elle voulait disparaître. Mais si je me bats pour elle, elle doit le faire elle aussi, qui qu'elle soit.

Nyelle pose sa tête sur son bras, les yeux rivés sur la mousse.

— J'ai fait le vœu qu'elle disparaisse.

Elle inspire profondément et expire tristement. Ses réponses mystérieuses continuent à me perturber. Peut-être qu'à force d'être emprisonnée dans son mensonge, elle ne parvient plus à en sortir ?

Une goutte de pluie atterrit sur son bras. Le ciel a décidé que c'était le moment idéal pour nous tomber dessus. Ben voyons.

— On rentre ?

Je m'approche pour l'aider à se lever.

Nyelle remet ses chaussettes et ses bottes avant d'accepter la main que je lui tends.

Je m'apprête à piquer un sprint car la pluie s'intensifie. Mais Nyelle marche, insensible à ce changement. Je ne devrais pas être surpris. Les branches des sapins nous abritent du plus gros de l'orage, mais nous sommes tout de même mouillés.

— Pourquoi tu as voulu qu'elle disparaisse ?

Nous venons de passer une minute à avancer dans un silence étouffant, en regardant nos pieds.

Nyelle lève la tête vers moi avec un sourire étrange. On dirait qu'elle ne comprend pas pourquoi j'ai posé cette question.

— Elle… La fille que j'étais faisait tout ce qu'on attendait d'elle. Ça n'était pas moi et je n'avais plus envie d'être cette personne.

Elle se mord la lèvre en essayant de retenir ses larmes.

— Ça a été tellement dur de se souvenir d'elle. D'avant. Mais je ne suis pas cette fille. Plus maintenant.

— Parce que tu as tout recommencé. Ce n'est pas une mauvaise chose, j'imagine. Est-ce que tu n'es pas plus heureuse en étant Nyelle… en étant toi ?

Nyelle s'arrête et se tourne vers moi.

— Oui, soupire-t-elle. Mais si ce n'est pas vraiment moi ? Et si je voulais tellement être Nyelle que je m'étais perdue en chemin ?

Je tends la main vers elle. La distance entre nous me fait l'effet d'un canyon, et je ne le supporte plus. Elle me laisse passer les bras autour d'elle.

— Tu t'es juste autorisée à être celle que tu as toujours voulu être. Et cela te rend heureuse. Et moi aussi. Alors, en ce qui me concerne, tu es… toi ! Exactement celle que tu es censée être.

Elle me regarde avec l'ébauche d'un sourire sur les lèvres.

— Tu m'as manqué, me dit-elle.

— Tu m'as manqué aussi.

Je l'embrasse.

— Pourquoi ai-je dû te perdre toutes ces années ?

Elle se dégage, balayant les larmes sur ses joues d'un mouvement de la tête. Elle n'est pas encore prête pour ça. Parler de ce qui fait mal.

Nous poursuivons notre chemin. Je n'ai pas envie de lui poser plus de questions. Je ne peux pas. Pour qu'elle m'en confie autant, j'ai dû donner tout ce que j'avais. Ma poitrine est tellement comprimée par l'angoisse que je suis surpris de parvenir à respirer.

— J'ai fait une promesse.

Son murmure peine à traverser la pluie.

Alors que nous arrivons à la lisière de la forêt et que le chalet est en vue, Nyelle s'arrête devant moi, les poings serrés.

— Tu dois encore la tenir, cette promesse ?

Nyelle secoue la tête.

— Mais je la tiens depuis tellement longtemps que je ne sais pas comment la lâcher.

Elle met ses mains sur son visage et sanglote.

À chacune de ses inspirations douloureuses, ses épaules sont secouées par des spasmes. Cela me fend le cœur. C'est trop pour moi. Je pose ma main sur son épaule et elle s'effondre contre moi, incapable de tenir sur ses jambes plus longtemps.

— Ne t'en fais pas, dis-je pour la consoler en la serrant fort contre moi. Tu n'es pas obligée de m'en parler.

— Je vais te raconter. Il le faut. Mais ça fait mal. Ça me fait toujours très mal.

Henley se met à aboyer. Je regarde par-dessus la tête de Nyelle. La voiture de ma mère approche. Nyelle se tourne dans mes bras. Sans bouger, nous regardons ma mère et Rae sortir de la voiture devant le chalet.

Le bras toujours autour de l'épaule de Nyelle, je fais un pas en avant. Mais elle reste clouée sur place.

— Cal, on a essayé de te joindre ! s'écrie ma mère à l'abri d'un parapluie.

Quand je vois son air inquiet, mon estomac se noue. Elle regarde Nyelle en plissant les yeux, qu'elle écarquille lorsqu'elle la reconnaît.

— Nicole ?

— Que se passe-t-il ?

Je pose la question tout en n'ayant aucune envie de savoir ce qui a provoqué de telles marques rouges sous les yeux de Rae. Je me prépare au pire.

— Tu sais, dit Nyelle à côté de moi.

Je me tourne vers elle. C'est à Rae qu'elle s'adresse. Celle-ci hoche la tête et répond :

— Oui, je sais.

NICOLE

Lendemain de la remise des diplômes – Classe de terminale

Je lève les yeux vers les étoiles en leur demandant d'emporter toute ma douleur. Mais je sais que si elles le font, il ne restera plus rien de moi.

Une étoile filante passe au-dessus de ma tête.

Je ferme les paupières. Les larmes coulent sur mes tempes, mouillant mes cheveux.

— J'aimerais être aussi courageuse que toi, je murmure. Rire plus. Prendre plus de risques. J'aimerais être celle que tu voyais en moi. Je t'en prie, fais en sorte que je n'aie plus mal, et je te promets que je serai cette fille-là. Je te promets de lâcher prise et d'être heureuse… pour toi.

— Nicole ? Nicole, c'est toi ? crie ma mère à côté des petits sapins qui bordent notre jardin. Que fabriques-tu, là-bas ?

Elle sort de l'ombre.

— Te rends-tu compte de l'heure ? Ton père ne va pas tarder à rentrer. Il a dû aller seul à ce dîner parce que tu as disparu toute la journée. Maintenant, lève-toi de la pelouse des voisins et va te laver avant qu'il arrive.

— C'est une blague ? je réplique en la fusillant du regard.

Je laisse échapper un rire sans joie.

— Ah, mais non, tu ne plaisantes pas.

Je me mets debout, je passe en trombe devant ma mère et je me dirige vers la maison.

— Débarbouille-toi et redescends pour accueillir ton père, me demande ma mère quand nous entrons dans la maison.

Je serre les mâchoires. Je sens une colère amère se former sur ma langue. Je me retourne. Elle me dévisage bizarrement.

— Tu ne me l'as pas dit ! Tu le sais depuis deux jours et tu ne m'en as pas du tout parlé !

— Tu es major de ta promotion, répond-elle avec un calme qui me donne envie de l'ouvrir en deux pour voir si elle n'est pas connectée à des câbles. Nous avons choisi de ne pas te détourner de l'importance de ce jour.

— C'est ma meilleure amie ! Ma seule amie ! je hurle en tremblant. Tu ne peux pas me l'enlever comme ça ! Tu n'avais pas le droit !

— Nous sommes tes parents. Nous avons parfaitement le droit de faire ce que nous estimons être le mieux pour toi.

Une voiture se gare devant chez nous. Les yeux de ma mère se posent furtivement sur la porte avant de revenir vers moi.

— Va te débarbouiller !

— Va te faire foutre ! je hurle, en serrant tellement les poings que mes ongles s'enfoncent dans mes paumes.

Quelques instants plus tard, mon père entre dans la maison. Il paraît perturbé. Ce qui est étrange. Je l'ai toujours vu dans la maîtrise. Ses yeux froids se plissent. Un frisson me parcourt l'échine. Il ferme la porte derrière lui, et son regard se pose alternativement sur ma mère et sur moi. Il jauge la situation.

— Te mettre dans tous tes états ne va pas arranger la situation.

Mon père a beau s'efforcer d'avoir l'air calme, sa voix profonde et tonitruante résonne à l'intérieur de moi.

Je serre les dents.

— Tu as tout contrôlé dans ma vie. Mais ça, tu n'as pas le droit. Tu n'as pas le droit de me dire ce que je dois ressentir.

Il marche lentement vers moi. Je recule. Il lève la main, comme quand on approche un animal effrayé.

— Il faut que tu te calmes.

— Ne me touche pas !

Il s'arrête, paralysé par mon attitude de défi.

— Tu ne peux pas l'effacer en faisant comme s'il ne s'était rien passé !

La rage s'est emparée de moi, et me donne de la force.

— Sinon, autant que tu m'effaces aussi, papa. Elle était la seule chose véritable dans ma vie, et sans elle, je ne suis personne.

Alors que je recule, mon dos heurte la crédence. La composition florale si parfaite bascule et s'écrase sur le sol. Ma mère pose la main sur sa bouche.

Je m'effondre sur mes genoux, en sanglotant dans mes mains.

— Ressaisis-toi et sois la fille que j'ai élevée. Tu n'es plus toi-même.

Mon père semble éprouver du dégoût.

Je lève la tête et le fusille du regard.

— Peut-être que je n'ai plus envie d'être la petite fille parfaite dont tu rêves.

Je tape des poings sur le verre qui jonche le sol, pour la déchirer, sa fille parfaite.

— Nicole, arrête !

Je le regarde avec rage et je frappe de nouveau le sol avec mes poings, qui percutent encore les bouts de verre. Je ne sens rien. Les tessons qui me cisaillent ne suffisent pas à assourdir la douleur qui me lacère intérieurement.

— Qu'est-ce que tu fabriques ? hurle mon père d'une voix qui secoue toute la maison.

— Quel est le problème ? Je ne suis pas assez belle ? Pas assez intelligente ? Ou pas assez parfaite ?

Je viens de déchirer mon joli emballage et de déverser ce qui était retenu à l'intérieur depuis toujours.

Son visage se tord, révulsé par ce spectacle.

— Nicole, il y a du sang partout sur le sol ! s'écrie ma mère.

Je regarde encore mon père avec défiance et j'écrase une nouvelle fois mes poings contre les bris de verre.

Mon père se détourne.

— Appelle le Dr Xavier. Dis-lui de passer par derrière. Et nettoie-moi ça.

— T'ai-je déçu, papa ? je hurle.

Mais il est déjà dehors.

Et je suis seule.

Je m'effondre dans le sang qui souille le plancher lustré et je pleure, je pleure notre disparition à toutes les deux.

22

— Richelle est morte, lâche Nyelle dans un souffle.

Je la regarde fixement. J'ai dû mal entendre. Ça ne peut pas être ça…

Je me tourne vers Rae. Elle pleure à chaudes larmes. Je ne l'ai jamais vue pleurer auparavant. Même pas quand elle s'est tordu la jambe en tombant de son skate.

Ma mère serre les lèvres. Ses yeux rencontrent les miens et semblent s'excuser en silence.

— Non ! je m'exclame en secouant la tête. Non. Ce n'est pas vrai. Elle n'est pas morte. C'est impossible.

Ma mère s'avance vers moi.

— Cal, je suis navrée. Sa mère a téléphoné après avoir écouté ton message.

— Je ne comprends pas. Comment ?

— Rentrons, propose ma mère en se dirigeant vers le chalet.

Je reste planté sous la pluie, incapable de bouger. Quelque chose de chaud enveloppe ma main.

— Viens, me dit doucement Nyelle.

Je cherche dans ses yeux bleus quelque chose de rassurant. Mais ils semblent hurler de douleur.

Rae nous attend près des marches. Je trébuche sur la première et m'agrippe à la rampe pour ne pas tomber – même si j'ai l'impression que c'est déjà trop tard, que j'ai déjà été précipité d'une colline de trente mètres de haut et atterri sur des rochers pointus.

Nyelle serre un peu plus ma main et Rae s'arrête. Mais elles ne disent rien. Je me redresse et continue jusqu'à l'intérieur du chalet.

— Tu ne veux pas passer des vêtements secs ? demande ma mère.

— Qu'est-ce qui est arrivé à Richelle ?

— Elle avait une leucémie, répond Nyelle.

Je me tourne vers elle.

— Tu savais…

Et puis, au milieu du chaos qui me transperce la tête, tout s'éclaire.

— C'était ça, ta promesse ?

Elle hoche la tête, le menton tremblant.

— Tu lui as promis de ne pas nous dire qu'elle avait un cancer ?

Rae semble l'accuser de trahison. Nyelle se mord la lèvre.

— Elle ne voulait pas que vous l'appreniez. Elle ne voulait pas que vous la traitiez différemment sous prétexte qu'elle allait peut-être… mourir.

Sa voix se brise.

— Elle se disait que lorsqu'elle irait mieux et reviendrait à Renfield, vous n'auriez jamais à le savoir. Comme si rien ne s'était produit.

Elle déglutit.

— Mais on ne peut pas l'effacer en faisant comme s'il ne s'était rien passé.

Nyelle plonge ses yeux dans les miens, comme si elle savait que j'étais là et que je l'avais entendue prononcer cette phrase. Ma mâchoire en tombe.

— La remise des diplômes. C'est pour ça que tu pleurais…

— Elle est morte la veille.

Rien ne bouge. L'air est tellement figé qu'on jurerait que la Terre s'est arrêtée de tourner.

— C'est pour ça que tu es devenue Nyelle, n'est-ce pas ? conclut Rae, brisant ainsi le silence. Tu as assemblé vos deux noms.

Nyelle ferme les yeux. Un torrent de larmes coule sur ses joues.

Je me frotte le visage, que je ne sens même plus. Je monte à l'étage. C'en est trop.

— Cal ! crie ma mère.

Je me retourne sur le palier.

— Ne te replie pas sur toi-même, d'accord ? Change-toi et redescends.

Je hoche vaguement la tête avant d'aller dans ma chambre.

Adossé à la porte avec la paume contre mon front, j'ai envie de tout éteindre et de me réveiller de ce cauchemar tordu.

Je retire mes boots, puis mon sweat trempé que je balance sur le sol. Je commence à marcher vers la commode, mais mes jambes se dérobent sous moi. Alors que je suis à quatre pattes sur le plancher, je sens les bras chauds de Nyelle qui m'entourent. Elle presse sa joue contre mon dos. Je coule et elle est la seule chose qui m'empêche de sombrer complètement. Nous restons par terre, collés l'un à l'autre pendant… je ne sais pas combien de temps. Je me concentre sur ma respiration, car c'est tout ce que je suis capable de faire.

Quand Nyelle se détache de moi, je m'assieds, le dos appuyé contre le lit. Elle se glisse près de moi. Et Rae descend du lit pour s'installer de l'autre côté. J'enlace Nyelle de mon bras et je prends la main de Rae. Nous restons là. Sans rien dire. Sans bouger. Juste… assis.

Ma voix finit par remonter à la surface.

— C'est pour ça qu'elle s'est installée à San Francisco ? Parce qu'elle était malade ?

Des ombres remplissent la chambre, alors j'en déduis que le soleil s'est couché.

— Oui, souffle Nyelle.

— Mais je lui parlais tout le temps ! Jamais elle ne… Je ne savais pas. J'aurais dû le savoir.

— Ce n'est pas comme ça qu'elle voulait que tu te souviennes d'elle. Elle ne voulait pas que tu la voies malade.

Le visage de Nyelle est contre mon torse et elle m'entoure de ses bras.

— Elle n'avait qu'une idée en tête : vaincre ce truc pour revenir chez nous et vous revoir. Elle a eu une courte période de rémission. Elle était tout excitée parce que ses parents parlaient de rentrer à Renfield. Mais ensuite, elle a fait une rechute.

— On était ses meilleurs amis. On méritait de savoir. On aurait dû être là pour elle.

La voix de Rae est emplie de rage.

— Mais ce n'est pas ce qu'elle voulait. Pour elle, c'était important que vous vous souveniez d'elle comme de quelqu'un de joyeux et plein de vie.

Elle s'arrête, trop émue pour continuer. Je la serre contre moi.

— Mais elle était tout le temps pleine de vie, même quand elle était dans un sale état, après la chimio. Ou quand elle devait subir une transfusion. Elle ne se laissait pas abattre.

J'ai du mal à imaginer Richelle malade. En revanche, je peux l'imaginer combative et déterminée à aller mieux. Ce que décrit Nyelle ressemble tout à fait à la fille entêtée et courageuse que je connaissais.

* * *

— Qu'est-ce que vous faites ? je demande en m'approchant des filles assises près des hautes herbes derrière la maison.

— Cal est là ! annonce Rae. Allez, on arrête ?

— On n'a pas fini ! dit Richelle sévèrement.

Et puis elle me regarde.

— On fabrique des colliers de fleurs.

Elle entrelace les tiges.

Nicole travaille sur un assemblage rose et violet. Et Rae a un bouquet sans tiges devant elle.

— Tu devrais rester, on organiserait un faux mariage ! suggère Richelle gaiement. Toi et moi, on pourrait être

les mariés. Nicole serait la demoiselle d'honneur et Rae, la fille des fleurs.

— La quoi ? s'indigne Rae en lui balançant quelques-unes de ses fleurs arrachées.

— Euh, je crois que je vais aller voir Brady et Craig, dis-je en reculant doucement.

* * *

— Pousse-nous fort, qu'on aille plus haut ! crie Richelle d'une voix stridente.

Tête en arrière, elle est debout sur le pneu et s'accroche aux chaînes.

Je me précipite et je le pousse aussi loin que possible avant de partir en courant pour ne pas rester sur sa trajectoire. Il repart dans l'autre sens en tournoyant.

— Je crois que je vais vomir ! crie Rae.

Nicole et Richelle éclatent de rire.

— Plus haut, Cal ! redemande Richelle avec un énorme sourire sur le visage. Je veux toucher les étoiles !

* * *

— Je veux ton amour. Oh, chéri, je veux ton amour ! chante Richelle, debout sur le canapé orange et marron que nous venons de remonter de la cave.

— Chanson naze, chanson naze, chanson naze ! hurle Rae tout en martelant ses cymbales.

Richelle ignore ses critiques.

Nicole joue la mélodie au clavier, et moi, je fais semblant d'être à la guitare. Nous sommes très mauvais.

Les chiens des environs doivent être en train de nous accompagner en hurlant.

Richelle s'appuie au dossier du canapé et fait une incroyable pirouette.

— Je veux ton amour ce soir !

Richelle est tellement à fond qu'elle se moque pas mal de son apparence. Ça me fait rire.

* * *

— C'est comme ça qu'on était censés faire ? je demande en reculant et en la regardant nerveusement.

J'ai envie d'essuyer la salive que j'ai sur la bouche, mais j'ai peur de la vexer.

— Ça m'a paru plutôt bien, dit Richelle en souriant. Mais on devrait peut-être continuer à s'entraîner.

— OK.

Je ne vais pas la contredire.

Je me penche pour embrasser sa bouche si douce, prêt à m'entraîner avec elle toute la journée. Si elle me laisse faire.

* * *

— Alors on se verra à Crenshaw, j'imagine.

* * *

— Je ne la reverrai plus jamais, dis-je, incrédule, en me rappelant ses mots comme si elle venait de les prononcer.

— Tu étais là quand elle est morte ? demande Rae. Tu as vu…

— Non, répond calmement Nyelle. Je ne l'ai su qu'après. Mais je lui ai rendu visite aussi souvent que j'ai pu. Je l'accompagnais à la clinique quand elle avait ses séances de chimio. Je suis restée à son chevet en racontant des tas de trucs débiles pour lui changer les idées. Et j'ai regardé les étoiles avec elle en faisant le vœu qu'elle aille mieux.

Je ferme les yeux et j'essaie d'avaler malgré la boule que j'ai dans la gorge.

— Elle t'a obligée à tenir ta promesse, je peine à lui dire. Tu la voyais mourir, et tu ne pouvais en parler à personne.

— Je la voyais vivre, réplique Nyelle, la voix pleine de larmes. Chaque journée passée avec elle était une journée de plus à rire avec elle, ou à nous projeter dans notre avenir. Elle reste la personne la plus courageuse que je connaisse.

— Alors on vous a perdues toutes les deux à cause de cette promesse.

Rae appuie sa tête sur le lit. Sa respiration est saccadée. Elle essaie de combattre l'émotion coincée dans sa gorge.

— Ça craint, conclut-elle.

— Je suis désolée, s'enflamme Nyelle. Je l'aurais trahie si je vous en avais parlé. Et elle était ma meilleure amie. La seule personne qui me connaissait vraiment. Je ne pouvais pas... Je ne voulais pas vous faire de mal. Je suis vraiment désolée.

Elle s'arrête, incapable de continuer. Elle enfonce son visage contre moi. Je frotte son bras et dépose un baiser au sommet de son crâne.

Nyelle essuie son visage et prend une grande inspiration avant de poursuivre.

— Elle voulait lancer un groupe avec toi, Rae, et…

— Ne me dis pas qu'elle voulait chanter ! s'exclame celle-ci.

Nous la regardons. Son visage est couvert de larmes et ses yeux injectés de sang. Elle lève les mains pour plaider son innocence.

— Quoi ? Elle chantait trop mal !

Je serre les lèvres pour contenir un sourire. Nyelle laisse échapper un rire. Rae l'imite. En les entendant, je souris plus franchement. Ça fait du bien, un peu de joie, mais c'est étrange. Cela se mélange au chagrin. Parce que en dessous, dans ma poitrine, tout paraît s'être effondré.

Nyelle dirige son attention vers moi.

— Elle était amoureuse de toi.

— J'en étais sûre ! s'exclame Rae comme si elle venait de remporter un pari.

— Sérieux ?

— Mec, quand il s'agit des nanas, t'es complètement largué, lance Rae avant de se rassoir en jubilant.

Je roule des yeux.

— Je lui ai fait de la peine quand je lui ai parlé de Lily, pas vrai ?

— Oui. Mais ce n'est pas ta faute. Tu ne savais pas, répond Nyelle.

Je me tais. Je suis un imbécile. Elle a arrêté de me parler à cause d'une fille qui ne comptait pas pour moi. Tout cela parce que j'ai été incapable de voir ce qu'elle ressentait pour moi.

— Elle t'a pardonné, ajoute-t-elle, comme si elle avait lu dans mes pensées. Elle a essayé de t'appeler quelques mois plus tard, mais tu n'as pas répondu. Alors elle s'est dit qu'elle avait tout gâché.

— Quoi ? Je n'ai jamais eu de ses nouvelles !

— Oh ! soupire Rae quand elle comprend. C'est l'année où ton père a eu les téléphones professionnels et où ton numéro a changé. Tu te souviens que tu étais vénère ?

— C'est une blague, ce truc, ou quoi ? J'aurais dû faire plus d'efforts. Je n'aurais pas dû lâcher l'affaire avec elle…

Je ferme les yeux. Le regret est un animal vicieux, qui enfonce ses griffes au plus profond de vous et jette du sel sur vos blessures quand vous essayez de guérir. J'aurais dû me battre pour elle.

Nyelle et Rae restent muettes. Et puis cette dernière explose :

— Je suis tellement en colère ! Je n'y peux rien. C'est comme ça.

Nyelle nous regarde tous les deux en souriant.

— J'ai une idée.

— Pas de glace pour moi, merci ! je marmonne.

Nyelle rit.

— Non, pas ça !

Elle se lève.

— Enfile un tee-shirt. On sort.

Je me tourne vers Rae. Elle me regarde et hausse les épaules.

— Allons-y ! me dit-elle.

Je lâche un soupir résigné et je me mets debout. Mon corps est raide et fatigué. Il me faut bien une minute pour me ressaisir. Ensuite, je passe un tee-shirt à manche longue. J'enfonce mes pieds nus dans mes boots sans m'embêter à les lacer.

Ma mère, qui est assise sur le canapé avec Henley pelotonné à ses pieds, nous regarde descendre les escaliers tous les trois.

— Comment ça va, les enfants ?

— Vénère ! s'exclame Rae. Alors Nyelle va m'aider à régler le problème.

Ma mère hoche lentement la tête, digérant l'information.

— Je suis là, si jamais vous avez besoin de moi. J'ai préféré vous laisser un peu d'espace.

— Merci, maman.

Nous allons sur le porche.

— Et maintenant ? demande Rae.

— On crie ! lui dit Nyelle.

Rae la regarde comme si elle était folle. Et puis ça lui revient. Le jour où nous avons – ou plutôt Richelle a – changé la note de Nicole…

— OK, répond Rae en s'agrippant à la rambarde.

Nyelle et moi nous plaçons à côté d'elle, face aux bois sombres.

Rae inspire profondément et se lance. Son cri est strident. Les petits animaux de la forêt doivent être morts de trouille. Et puis Nyelle se joint à elle. Son cri est tellement perçant et empli d'émotion qu'il pourrait briser toutes les fenêtres de la maison.

Je plonge au fond de moi pour ramasser toutes les saletés qu'on m'a balancées à la figure aujourd'hui et je les recrache, laissant ma douleur et ma colère résonner dans l'obscurité.

Debout sur le porche, côte à côte, nous crions sur le monde qui nous a enlevé Richelle et qui nous a laissés ici à créer des souvenirs sans elle. Nous crions à cause des moments dont elle aurait dû faire partie. Des années que je n'ai pas pu partager avec elle quand elle était malade. De l'amitié que j'ai perdue. Et de toute la peine qui a suivi. Je crie pour nous tous, jusqu'à ce qu'il ne reste plus rien.

Quand c'est terminé, mes épaules s'affaissent d'épuisement. Rae s'effondre contre moi, vidée. Je la serre dans mes bras. Et puis Nicole, derrière elle, l'embrasse aussi. Si Richelle voit ça, elle doit rire car je sais que nous avons l'air ridicule.

— Elle me manque, dis-je doucement, sans lâcher les filles. Elle me manque depuis longtemps.

— Moi aussi, tous les jours, murmure Nyelle en me regardant par-dessus Rae.

— C'est bon, laissez-moi, implore Rae. J'ai fini. Je ne peux plus ni pleurer, ni hurler ni faire quoi que ce soit d'autre. Je vais pioncer.

Je souris et je la lâche. Nyelle la tourne vers elle en serrant ses épaules, et l'embrasse sur la bouche. Cela se passe trop vite, et Rae n'a pas le temps de comprendre ce qui lui arrive.

— Je t'aime, Raelyn, déclare Nyelle.

Je dois lutter pour ne pas rire – mais c'est plus fort que moi.

— Rae, je...

— Ne t'avise pas ! dit-elle d'un ton menaçant. Il y a déjà eu beaucoup de contacts ce soir. Alors ces machins d'amour en plus, c'est trop pour moi.

Elle entre d'un pas décidé dans le chalet.

Nyelle se tourne vers moi en riant. Quel bonheur d'entendre ce son.

Quand ses yeux croisent les miens, son rire se mue en sourire. Je ne me détourne pas. Je lui caresse la joue avec un pouce.

Mon cœur bat comme un fou lorsque j'ouvre la bouche pour dire…

— Vous venez, les gars ? crie Rae depuis le seuil de la maison.

Ma main retombe, tout comme mes mots. Nous rentrons.

* * *

Je passe la tête dans la chambre d'à côté. Rae est allongée sur le lit, un casque sur les oreilles. Elle agite ses baguettes en l'air sur un rythme imaginaire. Lorsqu'elle remarque ma présence dans l'embrasure de la porte, elle se redresse et ôte son casque.

— Tu as vu Nyelle ?

— Non, elle était en bas avec ta mère tout à l'heure. Elle n'y est plus ?

Je secoue la tête. Je suis resté au garage ces dernières heures. J'ai essayé de me changer les idées en trafiquant des pièces de moto afin de ne pas penser à toute cette histoire vraiment tordue – Richelle qui meurt d'un cancer, Nicole qui devient Nyelle pour supporter le choc – tout ça sans que je me doute de quoi que ce soit.

— Est-ce que tu rentres à Renfield avec nous demain ?

Rae s'est levée.

— Je reste travailler ici.
— Je crois que Nyelle vient avec nous.
Mes épaules se crispent.
— Ah bon ?
— Je crois que c'est de ça que Maura lui a parlé, en bas. Elle lui a proposé de l'aider à reprendre contact avec ses parents.
Je me précipite au rez-de-chaussée. Rae me suit. Ça ne me plaît pas que Nyelle ait disparu juste après qu'il a été question de se retrouver face à ses parents. Il faut que je la retrouve.
Ma mère est allée chercher de quoi manger ce soir – ce que Nyelle et moi avons acheté n'étant pas franchement adapté à un dîner en famille. J'espère que Nyelle l'a accompagnée.
Nous n'avons pas beaucoup parlé la nuit dernière, après toutes ces révélations. Nous nous sommes effondrés tous les trois sur le tapis de l'amour en face de la cheminée. Nous avions l'impression d'être ivres d'émotions. Et aujourd'hui, chacun s'est plongé dans une activité permettant de ne pas trop penser.
Dehors, je fais le tour du chalet et je m'arrête quand j'aperçois Nyelle qui marche.
Elle secoue la tête et arpente une petite zone d'un pas pressé. Elle serre les poings puis les relâche chaque fois qu'elle marmonne un truc.
— Elle est encore folle, dit Rae.
— Elle n'est pas folle ! dis-je pour la défendre, en hésitant à l'approcher. C'est sa façon de gérer.
— Parce qu'elle est folle, répète Rae. On fait quoi ?
— Je m'en occupe.
— T'es sûr ? On devrait peut-être attendre Maura.

Je sens à sa voix que Rae est inquiète. Je suis content. Elle se fait du souci pour Nyelle.

— C'est bon. Je m'en occupe.

Enfin, je crois. J'inspire un grand coup et me dirige vers Nyelle, laissant Rae à l'angle de la maison.

Quand je suis assez proche, je demande à Nyelle :

— Quand tu fais ça, tu parles à qui ?

Nyelle s'arrête sur le chemin qu'elle est en train de creuser sur la pelouse et lève la tête vers moi, surprise.

— Ah ! Coucou ! T'as dit quoi ?

— Quand tu fais ton truc, là, tu parles à qui ?

Elle me sourit d'un air gêné.

— À moi, essentiellement. Parfois à Richelle. Ça m'évite de crier.

C'est bien ce que je pensais.

— Je rentre à Renfield voir mes parents demain, m'annonce-t-elle en soufflant. Je suis un peu nerveuse.

— Pas étonnant, dis-je en m'approchant. Tu as envie de les voir ? Tu n'es pas obligée, tu sais.

— Oui, je sais. Je ne les déteste pas, Cal. Je ne veux pas leur ressembler, c'est tout. Et puis, je n'ai nulle part où aller.

Je suis sur le point de lui demander de revenir avec moi. Et elle a dû le deviner parce que avant que j'aie pu lui proposer quoi que ce soit, elle poursuit :

— On savait bien que ça arriverait. Je t'ai dit qu'il fallait que je parte. Ça n'a pas changé. Ma place n'est pas à Crenshaw. Tu le sais.

Je hoche la tête en avalant l'amertume que je sens dans ma bouche.

— Tu vas aller à Harvard ?

— Aucune idée, répond Nyelle d'un air pensif. Ça a toujours été le rêve de mon père. Pas certaine que ce soit le mien.

Nyelle soupire et s'allonge sur l'herbe.

— Je ne suis plus sûre de ce que je suis censée faire.

— Tu n'es pas Nyelle pour rien, dis-je en m'allongeant à côté d'elle sur le sol froid et humide.

J'aurais dû me douter que ce ne serait pas confortable.

— Tu voulais un nouveau départ.

— Richelle voulait cette vie pour moi. Plus que tout, elle voulait que je sois heureuse.

Ses yeux sont fermés et ses lèvres tremblent.

— Elle me manque. Elle me manque tellement, Cal. Ça me fait encore mal, et je ne sais pas comment agir sans elle.

Elle s'étrangle en riant au milieu des larmes.

— Bon sang, j'en ai marre de pleurer !

Je serre sa main très fort. Partager les secrets qui ont pesé sur elle pendant toutes ces années ne l'a pas vraiment libérée. Elle est déboussolée et souffre encore. J'aimerais la protéger de toutes les attentes des autres qui l'empêcheront d'être heureuse.

— Tu n'es pas seule, dis-je doucement.

Elle tourne la tête vers moi.

— Je sais, répond-elle avec un petit sourire. Toi et Rae êtes mes meilleurs amis. Vous l'avez toujours été, même quand je ne vous parlais plus. Et vous m'avez manqué.

« Je suis désolée de t'avoir fait de la peine. Je n'ai jamais voulu ça, je te jure. Alors... ne me quitte pas, Cal. Les choses vont être atroces quand je vais retourner à Renfield. J'en ai bien conscience, mais je dois le faire. J'ai besoin que tu sois mon ami. Sans toi, je n'y arriverai pas.

— Bien sûr.

J'ai du mal à prononcer ces mots. J'ai envie de m'enfoncer dans le sol et me laisser engloutir par la terre. Elle veut que nous soyons amis. Nous avons toujours été amis. Mais ce n'est pas vraiment ce que j'avais en tête, moi. Et je n'arrête pas de penser à ce qu'elle a dit sur le fait de tomber en arrière dans le noir. Eh bien, j'ai atterri dans un puits rempli de lances. Et j'ai sacrément mal.

— Je ne vais nulle part.

Je serre sa main et je regarde les nuages se déplacer rapidement dans le ciel nocturne.

Ce soir, il n'y a pas d'étoiles pour faire des vœux. Pourtant, je serais preneur d'une possibilité de nouveau départ.

— Je ne vais pas te quitter. Je te le promets.

J'ai l'impression qu'on me transperce le cœur.

* * *

Le lendemain matin, elles partent à Renfield. Je reste dans l'Oregon avec Zac et Henley afin de rembourser le prix des billets d'avion. J'ai toujours l'intention d'acheter une batterie à Rae. J'espère pouvoir lui offrir avant qu'elle aille à Berklee. Je suis sûr qu'elle sera acceptée.

Quand je retourne à Crenshaw à la fin de la semaine, tout me paraît plus calme. Je sais que c'est parce que Nyelle n'est pas avec moi. Quand j'entre chez moi, je sens que je n'ai pas vraiment envie d'être là sans elle. Mais pour l'instant, il faut qu'elle réfléchisse. Et je dois la laisser le faire sans ajouter à la pression. Je ne veux pas être une personne de plus à lui mettre la pression.

J'ai un choc en ouvrant la porte de ma chambre. J'ai l'impression qu'à l'intérieur de moi, un fusible a sauté.

Trente ballons dégonflés portant une étiquette sur laquelle est écrit « On t'aime » jonchent le sol de la pièce. Je m'assieds au bord du lit et je prends un ballon bleu, que j'accuse en silence d'être responsable de mon cafard.

J'enlève ma veste que je jette sur la chaise de mon bureau, mais elle glisse et atterrit par terre. Quand je me baisse pour la ramasser, je remarque une feuille de papier jaune qui dépasse de ma poche. Je ne l'avais pas vu jusqu'à maintenant.

Le bout de papier est abîmé, comme si on l'avait ouvert puis fermé des centaines de fois. Je le déplie soigneusement. « Liste de Nicole et Richelle. » Entre parenthèses, juste à côté, dans une autre écriture, je lis « Ni-Elle ». Je ris. La fameuse liste.

Il y a des petites cases à côté de chaque entrée. Je souris. J'ai pu assister à la plupart des choses décrites. « Promenade en montgolfière » est entouré mais pas coché. Et face à « Revivre le moment le plus heureux de votre vie » se trouvent trois points d'interrogation.

Je m'assieds sur le lit et je continue à étudier la liste. Et puis je m'arrête. Le papier glisse entre mes doigts tremblants quand je lis « Tomber amoureuse (de Cal) ». Cette entrée est cochée.

ÉPILOGUE

Vacances de printemps – Deuxième année universitaire

— Coucou !

Quand j'entends sa voix qui résonne dans le garage, je manque de laisser tomber la clé à molette que j'ai dans la main.

Et puis je manque moi-même de tomber à genoux quand je la vois debout dans l'entrée. Ses cheveux ont retrouvé leur couleur noire naturelle et sont enroulés n'importe comment en chignon près de sa nuque. Elle porte une petite robe jaune, et est encore plus belle que la première fois que je l'ai aperçue. Elle est toujours la plus époustouflante fille que je connaisse.

— Coucou ! je réponds en me raclant la gorge. Je ne t'attendais pas avant demain.

Je ne l'ai pas vue depuis qu'elle est retournée à Renfield, il y a deux mois. Et même si nous nous sommes parlé ou avons échangé des textos presque tous les jours, cela n'a pas été facile pour elle. Maintenant qu'elle est rentrée chez ses parents, elle doit à nouveau lutter contre la pression qu'ils font peser sur elle. Au téléphone, je décelais parfois ce stress dans sa voix, et je trouvais des arguments pour qu'elle ne cède pas. Rae est sûrement d'un meilleur soutien que moi. Elle tire la sonnette d'alarme dès qu'elle sent que Nyelle endosse sa carapace de perfection. Enfin, c'est certainement ma mère qu'il faut remercier le plus, car elle a présenté Nyelle à un ami psychologue.

Ses parents ont fini par accepter de l'appeler Nyelle, puisque c'est la fille qu'elle a toujours voulu être. Mais elle a repris son nom de famille, et abandonné Preston – le nom de jeune fille de la mère de Richelle. De façon assez surprenante, ses parents ont abandonné le sujet de Harvard. Je ne peux qu'imaginer à quel point cela doit être dur pour son père puisque c'était son rêve depuis la conception de Nicole.

Je regarde mes mains couvertes de cambouis, puis la robe moulante, et je lâche un juron. Nyelle remarque mon air hagard et se met à rire. Je prends un chiffon et je m'essuie les doigts du mieux que je peux tandis qu'elle avance doucement vers moi. Si elle approche trop, je vais être incapable de ne pas la toucher.

— J'avais prévu tout un truc pour ton arrivée demain soir, lui dis-je alors qu'elle s'arrête pour admirer la moto et passe ses mains sur les flammes bleues qui ornent le réservoir d'essence.

— Et tu ne peux pas le faire maintenant ? demande-t-elle en avançant un peu plus.

Je n'ai pas bougé. La façon qu'a sa robe de coller à ses hanches est trop tentante – et je me connais.

Je regarde autour de moi.

— Ce n'est pas vraiment ici que je pensais le faire.

— Alors on peut attendre ce soir si tu veux.

J'essuie la sueur sur mes mains.

— Je ne sais pas si je pourrai. Ça a été une vraie torture d'attendre aussi longtemps.

— Alors dis-moi où on sera demain soir quand j'arriverai, demande-t-elle en fermant les yeux.

— Quoi ?

— Je vais le visualiser dans ma tête. J'arrive. Il fait sombre. Tu sors du chalet et…

J'inspire. Mon cœur bat comme un malade. Quand faut y aller, faut y aller.

— Je prends ta main.

— Oh, j'aime bien.

— Pour l'instant, je n'ai même pas commencé, dis-je en gloussant.

— Tu tiens ma main, réplique-t-elle, en la levant pour que je la prenne vraiment.

— J'ai les mains sales.

— Je m'en fous de me salir, réplique-t-elle, le bras toujours tendu.

Je m'approche et nous ne sommes plus séparés que par un long souffle. Je prends sa main dans la mienne. J'espère qu'elle ne va pas se rendre compte que je tremble. Elle sourit.

Debout en face d'elle, je regarde ses yeux, qui sont encore fermés, en essayant d'imaginer quelle serait leur nuance de bleu s'ils étaient ouverts.

— Ensuite, on va derrière le chalet et on s'allonge dans l'herbe pour admirer les étoiles. Et c'est une nuit sans nuages. Il y a tellement d'étoiles qu'on a l'impression que quelqu'un a jeté des confettis dans le ciel.

Elle sourit un peu plus. Je me tais.

— Et ensuite ? s'impatiente-t-elle.

Ce que je m'apprête à lui dire libère dans ma poitrine des milliers de ces papillons qu'elle évoque parfois.

— On guette une étoile filante pour lui demander une seconde chance. Et quand on la voit, moi je lui demande un nouveau départ avec toi.

Elle ouvre les yeux. Leur couleur est tellement éclatante qu'ils m'aveuglent presque.

— Moi ?

— Oui, Nyelle. Je veux être ton meilleur ami. Mais ça ne me suffit pas.

Ça y est, je me suis laissé tomber en arrière, dans le vide.

— C'est toi, ma fille « et si ». Si je te laisse partir, je le regretterai toute ma vie.

Nyelle enroule ses bras autour de mon cou et saute sur moi. Je l'attrape, basculant d'un pas en arrière. Ses bonds, c'est toujours une surprise.

— Je vais salir ta robe.

Mes mains sont posées sur les courbes que sa tenue met si bien en valeur.

— Je m'en moque, dit-elle en m'embrassant sur la joue. Je ne demande que ça !

Elle s'empresse de déposer un baiser sur ma bouche.

— Voilà, tu l'as la réponse, à ta question.

— Quelle question ?

— Celle que tu m'as posée le soir où on était allongés dans l'herbe. Je t'ai répondu que je ne savais pas.

— Qui tu voulais être ?

— Oui. Eh bien, ma réponse, c'est ta fille « et si ». La fille sans laquelle tu ne peux pas vivre.

Elle me serre contre elle.

— Tu es plus que ça, tu sais, lui dis-je.

Elle recule un peu pour me regarder.

— Tu as toujours été plus que ça.

Sa bouche est sur la mienne et je sens la tension me quitter. J'ai passé ce film dans ma tête un millier de fois, avec une centaine de fins alternatives. Celle-ci est la meilleure de toutes.

J'espère que Zac ne va pas entrer et nous surprendre en train de nous embrasser, les jambes de Nyelle enroulées autour de moi, sa robe relevée sur ses hanches, et mes mains agrippées à l'endroit où le tissu se termine et où la peau commence.

Elle se détache lentement de moi et me regarde droit dans les yeux, incapable de retenir un sourire.

— Tu te rends compte que maintenant, tu ne pourras plus te débarrasser de moi, n'est-ce pas ?

— Ça me plaît bien !

Je la pose doucement par terre tout en continuant à la tenir enlacée.

— Bon… J'ai envoyé une lettre à Harvard dans laquelle j'explique ma situation, et ils ont accepté de me reprendre !

J'écarquille les yeux.

— Tu vas aller à Harvard ?

Elle hoche la tête.

— Rae m'a dit que tu avais été accepté à Boston University. Tout est bien qui finit bien, tu ne trouves pas ?

— J'attendais de savoir ce que tu pensais faire avant de te l'annoncer.

Je me sens coupable. Je ne veux pas qu'elle croie que je lui ai caché.

— Il fallait que tu puisses prendre ta décision sans que je t'influence.

— Je comprends, dit-elle en appuyant sa tête sur ma poitrine. Tu as choisi ta matière principale ?

— Je n'ai aucune idée de ce que je vais faire de ma vie. Mais j'ai deux certitudes : toi et Rae.

Le visage de Nyelle s'illumine de joie.

— Pourquoi Harvard n'a jamais été sur la liste ?

— J'avais du mal à savoir si c'était un désir à moi ou à mon père. Mais j'ai travaillé très dur pour être prise là-bas. Et c'est l'une des meilleures universités du pays. Comme le répète Rae, faudrait vraiment être bête pour ne pas y aller.

Je ris.

— Donc, tu as trouvé la liste ? me demande-t-elle.

— La dernière entrée m'a bien plu.

Je l'embrasse tendrement, en prenant le temps.

Quand nos lèvres se séparent, Nyelle a les joues roses.

— Il me reste un truc à faire.

— La montgolfière ? C'est réalisable.

— Je crois que je veux me marier dans une montgolfière, annonce-t-elle, l'air de rien.

— Quoi ?

Je m'en étouffe, littéralement.

Elle rit encore et encore, comme quand elle et Rae se paient ma tête.

— C'était pas cool.

— Tu aurais dû voir ta tronche !

Avant qu'elle puisse éclater une nouvelle fois de rire, je l'embrasse.

— Au moins, je n'ai pas à m'inquiéter de ta peur de rencontrer les parents, dit-elle en se dégageant doucement de ce baiser langoureux. Tu connais déjà les miens.

— Et ils me foutent grave les pétoches.

Ma réponse l'amuse beaucoup.

— Viens. Il faut qu'on fasse un truc, dit-elle en prenant ma main et en m'entraînant à l'extérieur du garage.

— Quoi ?

Rae est devant le chalet et tient suffisamment de ballons pour s'envoler.

— Revivre le jour le plus heureux de ma vie, annonce-t-elle en serrant mes doigts.

— Vous faisiez quoi là-dedans ? demande Rae.

Et puis elle remarque les marques de cambouis sur la robe de Nyelle.

— Laissez tomber. J'ai pas envie de savoir.

Nyelle prend les ballons et les répartit équitablement entre nous trois. Ils portent tous une étiquette sur laquelle est écrit « On t'aime ».

— C'est pour Richelle, explique Nyelle. De notre part. Pour qu'elle le sache, toujours. Et que nous, on ne l'oublie jamais.

D'une main, je tiens les ballons, de l'autre, la main de Nyelle.

— Prêts ? demande-t-elle en nous regardant. À 3. 1, 2, 3 !

Nous lâchons les ballons et les regardons s'envoler.

— Je t'aime, dis-je à Nyelle au creux de son oreille.

— Il était temps ! marmonne Rae, ce qui fait rire Nyelle de ce rire qui arrange tout.

Mon rire.

— Je t'ai toujours aimé, dit-elle. Mon premier vœu, c'était toi.

Remerciements

L'idée de *Et si...* m'est venue en écoutant une chanson. Pour coucher sur le papier cette inspiration, j'ai imaginé un récit complexe jouant sur plusieurs strates narratives. Créer cet univers romanesque a été pour moi un défi de chaque instant. Mais après avoir écrit une première version, puis retravaillé encore et encore mon texte, l'histoire à laquelle je suis arrivée, dont le sujet est de vivre la vie que l'on veut plutôt que celle qu'on nous a imposée, me plaît beaucoup. Ce processus d'écriture m'a permis de mûrir en tant qu'écrivain. À chaque nouvelle tentative, j'ai dû me surpasser jusqu'à ce que chaque mot soit exprimé avec la passion et l'intensité requises.

Je n'aurais jamais survécu à cette expérience laborieuse sans l'appui et les encouragements de deux personnes exceptionnelles. Tout d'abord, mon agent, Erica Silverman, qui m'a prodigué des conseils essentiels pour donner de la force à la voix de Cal, et m'a gratifiée de son soutien indéfectible. Je me suis aussi énormément appuyée sur ma partenaire littéraire, Elizabeth, une amie de cœur dotée d'un talent formidable. Je pourrais m'épancher à son propos pendant des heures entières. Sans elle, je ne serais pas devenue l'ombre de l'auteur que je suis aujourd'hui.

Je tiens à saluer Leah et toute l'équipe de Grand Central Publishing. Merci de m'autoriser à m'exprimer et d'accepter mon perfectionnisme névrosé. Au bout du compte, tout est dans l'histoire.

Un groupe de lectrices m'aide généralement à élaborer ma trame au fur et à mesure que j'écris. Au bout de la troisième version, j'ai décidé de ne plus les torturer et j'ai attendu d'avoir quelque chose d'abouti avant de leur soumettre. Je suis reconnaissante envers toutes ces personnes formidables qui ont lu bénévolement mon travail même lorsque je me battais avec les mots. Ce sont elles qui m'ont poussée à continuer même lorsque j'avais des doutes. C'est grâce à elles que je n'ai pas jeté l'éponge. Il y avait une très bonne histoire à raconter, et elles le savaient. Leur foi me les rend précieuses. En tant qu'amies. En tant que lectrices. En tant qu'êtres humains fantastiques. Alors merci Amy, Emily, Faith, Courtney et Carrie.

Je trouve parfois intimidant que d'autres écrivains lisent mon travail car leur perspective n'est pas la même. Étant eux-mêmes du côté de la création, ils comprennent les difficultés inhérentes à l'écriture – mais aussi l'euphorie que l'on éprouve lorsque l'on parvient à ses fins. Ces auteurs m'ont écoutée développer mon intrigue. Elles m'ont conseillée quand je savais qu'il manquait quelque chose. J'ai une admiration et un respect sans bornes pour ces femmes. Merci de m'aider à devenir un meilleur écrivain, Jenn. Merci de vouloir lire ce que j'essaie d'écrire, même lorsque cela n'est pas parfait, Colleen. Merci de voir l'immense potentiel de cette histoire, Jillian. Et sans toi, Tarryn, jamais je n'aurais écrit ce roman. Merci à vous qui êtes des amies exceptionnelles. Cette histoire est exactement celle que je voulais parce que vous m'avez comprise.

Au cœur de ce roman : l'amour, la perte et l'amitié. Et surtout, les secondes chances – savoir reconnaître les moments où une décision peut changer le cours de votre vie. Saisissez ces moments. Vivez chaque jour en sachant que vous avez la possibilité d'en faire quelque chose de mieux. Vous pouvez recommencer… chaque jour. Tout ce qui importe est votre bonheur et que vous soyez exactement celui ou celle que vous devez être. Soyez heureux !

Ouvrage composé par
FACOMPO – 14100 Lisieux

Cet ouvrage a été imprimé
en Allemagne par

GGP Media GmbH
à Pößneck

Dépôt légal : octobre 2016

PKJ• www.pocketjeunesse.fr
POCKET JEUNESSE

12, avenue d'Italie – 75627 PARIS Cedex 13